DROEMER

KATHERINE
BLAKE

NOT YOUR DARLING

Roman

Aus dem Englischen
von Astrid Finke

DROEMER

Die englische Originalausgabe erschien 2024 unter dem Titel
»The Unforgettable Loretta, Darling« bei Viking,
an imprint of Penguin Random House, London.

Besuchen Sie uns im Internet:
www.droemer-knaur.de

MIX
Papier | Fördert gute Waldnutzung
FSC® C083411

Deutsche Erstausgabe Dezember 2024

Redaktion: Melike Karamustafa
Covergestaltung: FAVORITBUERO, München
Coverabbildung: FAVORITBUERO, München, unter Verwendung
von Motiven von © akg-images.com und © Getty Images
Satz und Layout: Adobe InDesign im Verlag
Druck und Bindung: CPI books GmbH, Leck
ISBN 978-3-426-28417-9

2 4 5 3 1

Für Ella

Alles auf der Welt dreht sich um Sex, außer Sex.
Sex dreht sich um Macht.

Vermutlich von Oscar Wilde

TEIL EINS

1

Jimmie klopfte seine Taschen ab, dann erstarrte er und sah mich durchdringend an. »Du!«

»Ich?«

»Du hast meinen Pass geklaut, du kleine Schlampe. Gib ihn mir zurück!«

Offen gestanden konnte ich nicht glauben, dass Jimmie so lange gebraucht hatte, um es zu merken. Wir hatten bereits unser Gepäck abgeholt, zum Glück als unverdächtig eingestuft von dem Zollbeamten, der dem Passagierdampfer entgegengefahren war, um unsere Habseligkeiten noch an Bord zu überprüfen.

Eine Frau im Pelz warf Jimmie im Vorübergehen einen eisigen Blick zu.

»Schatz, die anderen Passagiere schauen schon«, sagte ich mit einem verkrampften Lächeln. »Mach bitte keine Szene.«

»Komm mir nicht mit Schatz! Wo ist das Ding?« Er zerrte mich zur Seite, und ich geriet ins Straucheln, noch wackelig auf den Beinen von der Überfahrt.

»Lass mich gefälligst los.«

Widerstrebend löste er die Hand von meinem Arm. Über seine Schulter hinweg sah ich, dass uns ein Steward von unserem Dampfer beobachtete. Ich fragte mich, wie viele Ehestreitigkeiten er wohl in seinem Berufsleben schon miterlebt hatte.

Nur, dass Jimmie und ich nicht verheiratet waren.

Zum ersten Mal begegnet war ich Jimmie im Winter Gardens in Morecambe. Albert Modley and the Sandow Sisters traten auf. Jimmie lehnte an der Wand wie ein begossener Pudel, aber ich ging trotzdem zu ihm und bat ihn, mir einen auszugeben. Manche Männer mochten es, wenn man ein bisschen frech war. Sie hielten mich deswegen für draufgängerisch, was ich tatsächlich war, und das wiederum machte ihnen Hoffnung, ich würde mit ihnen schlafen, was ich nicht vorhatte.

»Wieso haben Sie denn überhaupt so schlechte Laune?« Ich nippte mit dem Strohhalm an meiner Coca-Cola.

»Das verstehen Sie sowieso nicht«, sagte er, die Hände schmollend in den Hosentaschen vergraben.

»Wer weiß?« Mir war bereits aufgefallen, dass er einen amerikanischen Akzent hatte, und meine Neugier war geweckt. Zähne wie eine Reihe abrissreifer Häuser, was für einen Yankee merkwürdig war, aber egal.

»Ich habe Probleme mit euren Leuten in Liverpool.«

»Unseren Leuten?«

»Zoll.«

»Aha.« Ich musterte ihn genauer. Das breite Revers, den schmalen Schnurrbart, die Pomade im Haar. Für Klischees gab es normalerweise einen guten Grund.

»Sie sind ein Schieber«, übertönte ich die Musik.

Hektisch sah er sich um. »Nicht so laut!«

Ich konnte mir ein Lachen nicht verkneifen. Dennoch brachte ich es nicht übers Herz, Jimmie darüber aufzuklären, dass ein Blick auf seinen schmierigen Anzug reichte, um ihn als genau das zu identifizieren, was er war.

»Womit handeln Sie denn?«, fragte ich.

»Seidenstrümpfe.« Demonstrativ sah er auf meine nackten Beine. »Schon mal davon gehört?«

Ein Gedanke brachte meine Haut zum Prickeln. »Wo liegt

denn das Problem mit unseren Leuten in Liverpool? Schöpfen die Verdacht?«

Jimmie trank einen großen Schluck von seinem Bier und nickte.

Mein Gedanke zog diverse weitere nach sich, die sich rasch zu einem Plan formierten.

»Wissen Sie, was Sie brauchen?«, fragte ich. Er wirkte sichtlich verwirrt. »Einen Kurier.«

»Wie war noch mal Ihr Name?«

»Margaret.«

Er runzelte die Stirn. »Sie sind mir ein Rätsel, Fräulein.«

»Passen Sie auf.« Ich saugte ein letztes Mal geräuschvoll an meinem Strohhalm und bestellte mir dann noch eine Cola. Schließlich zahlte Jimmie. »Was Sie brauchen, ist ein nettes Frauchen als Reisebegleitung. Das wäre wohl auf jeden Fall besser als ein doppelter Boden im Koffer. Zur Tarnung. Als Anstands-Fassade.« Ich hatte bereits seinen Ringfinger inspiziert. »Wie ich sehe, haben Sie zwar schon eine Gattin, aber wir könnten so tun, als wäre ich das.«

Er schluckte heftig. »Sie ist tot.«

»Oh.« Ich lächelte. »Umso besser.«

Er riss die Augen auf. »Wie kann meine tote Frau was Gutes sein?«

Ich sprach schnell weiter. »Damit meinte ich nur, sie kann sich nicht darüber ärgern, dass jemand anderes unter ihrem Namen reist. Wie hieß sie denn?«

»Loretta.«

Das gefiel mir.

»Sehr schön. Der Plan ist doch prima, oder?«

Er musterte mich von Kopf bis Fuß. »Sind alle Frauen in dieser Stadt wie Sie?«

Ich grinste. »Oh, nein. Ich bin einzigartig.«

»Gott sei Dank.« Er rückte seinen Hemdkragen zurecht.

Es kostete noch etwas Überredungskunst, aber nach einer Weile sah Jimmie ein, dass meine Idee gut war: ihm bei seinem Schmuggelauftrag zu assistieren, indem ich mich als die in seinen Reisepass mit eingetragene Ehefrau ausgab. Falls er gefilzt wurde: Warum sollte seine bessere Hälfte nicht einen ganzen Packen Seidenstrümpfe haben wollen?

Das war der Plan gewesen, den ich Jimmie zu Beginn aufgetischt hatte. Der Plan, der für uns beide perfekt gewesen war. Mein Plan. Aber ich musste sehen, wo ich blieb. Meine Träume waren zu wichtig, um sie aufs Spiel zu setzen, und daher war jener Reisepass in diesem Moment in meinem Schlüpfer versteckt.

»Jeder hätte den Pass stehlen können!« Ich musste mich beherrschen, nicht herumzuzappeln, weil sich das sperrige Heftchen unangenehm in meinen Allerwertesten bohrte.

»Nein, weil er die ganze Zeit in unserer Kabine lag.« Jimmies Hand zuckte, als wollte er mich ohrfeigen – ich kannte die Anzeichen –, deswegen war ich froh über den neugierigen Steward, der uns im Auge behielt. Wenn man jemanden erpresst, dann am besten in der Öffentlichkeit.

Ich stieß ein Seufzen aus, als hätte ich dieses Spielchen satt, obwohl ich es eigentlich extrem genoss. »Also, zufälligerweise habe ich wirklich deinen Pass und …«

»Du!«

»Jetzt hör doch mal auf damit, Jimmie, das wird langsam langweilig.«

»Nach allem, was ich für dich …«

»Für mich getan hast?«, beendete ich den Satz. »Mal ehrlich, was erwartest du, eine Belohnung? Dafür, dass du eingewilligt hast, mit einer jungen Frau ein Ding zu drehen, für das sie im Gefängnis landen könnte?«

Seine Kinnlade klappte herunter. »Ist das dein Ernst?«

Ich gestattete mir ein Lachen. »Worauf du dich verlassen kannst, Freundchen.«

Er verzog das Gesicht. »Soll das ein amerikanischer Akzent sein?«

»Nicht gut?«, fragte ich mit meiner normalen britischen Aussprache.

»Grauenhaft.«

»Siehst du, Jimmie? Selbst in so einer Situation kannst du noch Scherze machen.« Ich tätschelte ihm den Arm. »Du bist wirklich eine Marke.«

Er schüttelte langsam den Kopf. »Du beklaust mich! Machst du denn vor gar nichts halt?«

»Aber nicht doch. Ich beklaue dich nicht. Ich passe nur für dich auf deinen Pass auf.« Ehe er etwas erwidern konnte, fuhr ich rasch fort. »Also, wir machen Folgendes: Du nimmst mich nach Kalifornien mit.« So lautete die Adresse in seinem Pass; es war ein irrsinniger Glückstreffer gewesen.

»Aber da muss ich gar nicht hin! Die Seidenstrümpfe sind doch hier.« Verstohlen sah er sich um und senkte die Stimme, als er den Beamten der Küstenwache am Tor bemerkte. »Wir treiben uns nur ein paar Tage hier rum und steigen dann auf den nächsten Passagierdampfer zurück nach Liverpool. So war es ausgemacht.«

»Ja, aber ich habe es mir anders überlegt«, erklärte ich geduldig. »Ich will nach Hollywood, und du bringst mich hin. Sobald du mich wohlbehalten abgesetzt hast, kriegst du deinen Pass zurück.«

»Warum müssen sich Frauen andauernd alles anders überlegen?« Er schüttelte trübselig den Kopf. »So verpasse ich den Mittelsmann für die Strümpfe.«

»Die Strümpfe sind mir piepegal, Jimmie, und ich komme nicht mit dir zurück. Kapiert? Noch mal zum Mitschreiben:

Du bringst mich nach Hollywood. Dann bekommst du deinen Pass wieder.«

»Warum kann ich dir nicht einfach das Geld geben, um allein hinzufahren?«

»Weil ich keine Ahnung habe, wie das funktioniert, und jemanden brauche, der mir hilft.« Ich war nicht vollkommen blauäugig. Eine zwanzigjährige Engländerin ganz allein in Amerika mit wenig Geld und keinen Freunden? Das konnte nur schiefgehen. Außerdem benötigte ich Zeit, um mitgehen zu lassen, was er sonst noch bei sich hatte. »Bring mich einfach hin, anschließend musst du mich nie mehr wiedersehen.«

»Du bist der furchtbarste Mensch, dem ich je begegnet bin. Weißt du das?«

»Danke!«, sagte ich fröhlich. »Also, wollen wir dann mal?« Die anderen Passagiere hatten sich mittlerweile zerstreut, durch die Passkontrolle hinaus in die Straßen New Yorks. »Ich muss vorher nur kurz aufs Klo.« Ich sah mich um und entdeckte eine Bedürfnisanstalt. »Bin gleich wieder da!«

Ich wühlte den Reisepass aus meinem Schlüpfer und pinkelte bei der Gelegenheit noch schnell. Während ich mir die Hände wusch, betrachtete ich mich in dem kleinen Spiegel über dem Becken. Ich frohlockte. Nein, mehr noch – ich triumphierte.

»Du bist jetzt Loretta«, sagte ich zu mir selbst. »Herzlich willkommen in deinem nagelneuen Leben.«

2

Sechs Tage waren wir unterwegs, bis wir in Hollywood ankamen. Es war der 23. Mai 1950; das Datum bleibt mir für immer ins Gedächtnis eingebrannt. Von jenem Tag an musste ich Jimmie niemals wiedersehen. Zum Glück. Mit jemandem zu reisen, der mich hasste, war … strapaziös gewesen.

Aber jetzt waren wir da. Noch nie im Leben war ich so froh gewesen. Beim Aussteigen aus dem Zug klappte mir der Kiefer herunter. Allein auf dem Bahnsteig zu stehen, war unglaublich aufregend, es wimmelte von Leuten in schicken Anzügen und Kleidern mit Wespentaille. Amerikas Provinznester verblassten wie eine schlechte Erinnerung, und mir war auf einmal egal, dass ich seit fast einer Woche dasselbe Kleid trug.

Jimmie und ich standen einander gegenüber, ich streckte ihm die Hand entgegen. »War mir eine Freude, mit dir Geschäfte zu machen.«

Er ignorierte meine Geste. »Wo ist er?«, blaffte er.

Seufzend kniete ich mich vor meinen Kosmetikkoffer; das mit dem Schlüpfer hatte ich nach einer Weile aufgegeben, weil ich nicht wollte, dass sich der Pass komplett auflöste. Noch ehe ich wieder aufstehen konnte, riss Jimmie ihn mir aus der Hand und stopfte ihn in seine Brusttasche.

»Sollten wir uns jemals wieder über den Weg laufen, haust du besser schnell ab.«

»Hollywood ist eine kleine Stadt.« In Wahrheit hatte ich keine Ahnung, wie groß es war.

»Ganz genau. Deshalb solltest du hoffen, dass du mich zuerst entdeckst.«

Als er wegging, rief ich ihm noch ironisch ein zärtliches Abschiedswort nach, woraufhin er mir beide Mittelfinger zeigte. Ich lachte und reckte ebenfalls einen in die Höhe, als er in ein Taxi stieg.

So viel dazu. Ich überlegte, wie lange es wohl dauerte, bis er bemerkte, dass ich ihn um einen der größeren Dollarscheine in seiner Brieftasche erleichtert hatte. Na ja, eigentlich um zwei. Genau genommen um drei.

Ich folgte den anderen Reisenden auf die Straße hinaus. Es war ganz genau wie in der Wochenschau, die zu Hause in Morecambe im Odeon vor dem Hauptfilm lief. Unzählige Male hatte ich mit Enid im Dunkeln gesessen, fasziniert von dem Glamour und mit dem insgeheimen Traum, eines Tages selbst hier zu sein. Palmen wiegten sich in einer sanften, milden Brise. Im Norden lagen Hügel in Grau- und Blautönen. Die Wärme sickerte in meine müden Knochen.

Ich trieb mich ein Weilchen in der Bahnhofshalle herum, blätterte durch Broschüren, gab ein paar kostbare Cents für eine Flasche Coca-Cola aus, die mit Strohhalm serviert wurde. Es war seltsam, aber ich war fast unwillig, den nächsten Teil meines Abenteuers zu beginnen. Ich wollte nicht enttäuscht werden; ich hätte es nicht ertragen, wenn sich Hollywood als öde und langweilig herausstellte statt als der glamouröseste Ort der Welt. Nach allem, was ich auf mich genommen hatte. Irgendwann allerdings musste ich mich auf den Weg machen. Der Bahnhofsvorsteher beäugte mich bereits misstrauisch.

Ich trat wieder auf die Straße ohne eine Ahnung, wohin ich mich wenden sollte. Mit offenem Mund und einem imaginierten Schild mit der Aufschrift »Bitte nehmen Sie mir all mein Hab und Gut weg« um den Hals wollte ich nicht länger als unbedingt nötig dort rumstehen.

Mir fiel ein Wegweiser zum Sunset Boulevard ins Auge. Warum also nicht einfach dort anfangen. Ohne mich um meine drückenden Schuhe zu kümmern, marschierte ich mit selbstsicherem Gang los – der mindestens genauso unecht war wie der Streifen der »Nylons«, den Mum sich während des Kriegs immer aufgemalt hatte. Mir schoss durch den Kopf, dass ich möglicherweise der einzige Mensch auf der Welt war, der jemals zu Fuß nach Hollywood gelaufen war, aber diese lange, gerade Straße lag vor mir wie eine Einladung, gesäumt von Fahnenmasten, die bis in den Himmel reichten, und Plakaten, die Werbung für Schlitz Beer und Wallichs Music City machten. Es lag ein Duft von Zitronen in der Luft, der von den Plantagen rechts und links der Straße herüberwehte.

Ich bin in Kalifornien, und es gibt hier echte Zitronenbäume! Träumte ich?

In einem Schaufenster erhaschte ich einen Blick auf mein Spiegelbild. *Du hast es geschafft. Du bist hier!*

Meine Stimmung hob sich. Ich hätte mir keine Sorgen zu machen brauchen. Es war eindeutig, dass Hollywood mich kein bisschen enttäuschen würde. Am liebsten wäre ich losgerannt oder hätte jemanden umarmt, aber ich wollte nicht gleich als Erstes verhaftet werden.

Einen solchen Ort hatte ich noch nie gesehen. Alles war so neu. Und groß. Neu und groß. Reklametafeln ragten vor mir auf. Selbst die Kirchen, an denen ich vorbeikam, waren sichtlich schnell hochgezogen worden, gigantische Betondenkmäler zur Ehre der schieren Größe, umringt von Palmen. Und diese Bürgersteige! Von überall und nirgendwoher strömten Menschen herbei, wie Statisten an einem Filmset. Beflügelt kaufte ich mir in einem Geschäft eine Postkarte und eine Marke, um auf einen Briefkasten gestützt nach Hause zu schreiben:

Allerliebste Enid, (Das würde sie bestimmt zum Lachen bringen.)
bin per Automobil in Beverly Hills angekommen. Könnte nicht besser sein! (Gelogen.)
Amüsiere mich prima! (Ebenfalls gelogen.) Die Bäume sind so hoch, und der Himmel ist richtig blau, und es ist so warm. Ich hätte dir meine Strickjacken dalassen sollen.
Ich wünschte, Du könntest das alles sehen. Ich vermisse Dich sehr. Wenn ich mich besser eingelebt habe, schreibe ich wieder.
Alles Liebe, Margaret

Zögerlich ergänzte ich noch ein P.S.

Bitte verzeih mir.

Ich leckte die Briefmarke an und drehte die Karte um, auf der Autoschlangen auf dem Hollywood Freeway abgebildet waren. Ganze vier Spuren! Warum nicht jede Fahrt zum Strand in einem Blutbad endete, war mir ein Rätsel.

Eine Frau mit Kinderwagen lief vorbei. Sie wirkte recht freundlich.

»Hallo!«, sprach ich sie an. »Wissen Sie vielleicht, wo man Zimmer mieten kann?«

Wortlos beschleunigte sie ihre Schritte.

Nicht weit von mir lehnte ein Mann an einer Mauer. Er stieß sich ab, kam auf mich zu und zog eine zusammengerollte Zeitung unter der Achsel hervor. »Hier, sehen Sie mal in die Kleinanzeigen.«

Ich zögerte. »Wo ist es billig?«

»Nirgends.« Grinsend ging er weiter.

Ich suchte mir eine Bank und strich die Zeitung auf dem Schoß glatt, um die Anzeigen zu überfliegen, die alles Mögliche versprachen, Klimaanlage, moderne Küche, Privatparkplatz … die Preise waren schwindelerregend.

In diesem Moment fiel ein Schatten auf mich. Als ich den Kopf hob, stand eine Frau in einem Satinkleid vor mir, das am helllichten Tag deplatziert wirkte. Sie trug mehrere große Papiereinkaufstüten, von denen sie eine auf der Hüfte abstützte, um mir einen Kaugummi aus ihrer Handtasche anzubieten.

»Vielen Dank.«

»Sind Sie Engländerin?«

Meine Augen weiteten sich vor Schreck. »Woher wissen Sie das?«

»Der Akzent, Dummchen!«

Sie schob meinen Kosmetikkoffer aus dem Weg, und ich rutschte auf der Bank zur Seite, damit sie sich neben mich setzen konnte. Wir mussten ein seltsames Paar abgeben, ich völlig zerzaust, sie todschick.

»Lassen Sie mich raten.« Sie deutete mit dem Kopf Richtung Bahnhof. »Sie sind hier, um sich Ihre Träume zu erfüllen. Stimmt's?«

»Bei Ihnen klingt das so vorhersehbar.«

Sie sah mich amüsiert an. »Ist es ja auch.«

Ich wollte schon aufstehen, aber sie hob eine Hand. »Warten Sie, ich wüsste eine freie Wohnung. Bei mir im Nachbarhaus. Sie haben Glück, dass wir uns über den Weg gelaufen sind!« Sie beugte sich vor. »Es gibt zwar keine Mietpreisbindung, und es wimmelt von Kakerlaken, aber …« Sie zuckte die Schultern. »Es ist billig, und man lässt Sie in Ruhe.«

Mietpreisbindung? Kakerlaken? Ich verstand nur Bahnhof, aber das Wort »billig« reichte mir.

»Können Sie mir die Adresse nennen?«, fragte ich.

Sie musterte mich von Kopf bis Fuß, als wäre sie noch unentschlossen. »Haben Sie Geld?«

»Ja.« Womit die von Jimmie gestohlenen Dollars gemeint waren, die leicht angeschwitzt in meinem BH steckten.

Ohne Vorwarnung sprang sie auf. »Das Taxi geht auf Sie.«

»Moment mal …«

Aber sie stand bereits am Rand des Bürgersteigs und pfiff nach einem Wagen. Als einer anhielt, zog sie die hintere Tür auf, stieg ein und kurbelte das Fenster herunter; die Scheibe schob sich quietschend zwischen die Gummilippen. Dann legte sie den Arm auf den Rahmen.

»Kommen Sie jetzt, oder was?« Ihr Lächeln war so breit, dass ich nicht anders konnte, als es zu erwidern.

Der Taxifahrer hupte laut und ausgiebig. »Na los, Fräulein!«

Ich erhob mich hastig und kletterte mit meinem Kosmetikköfferchen und meiner kleinen Reisetasche auf den Rücksitz, während ihm meine neue Freundin eine Adresse nannte.

Als der Fahrer sie hörte, fluchte er halblaut und riss das Lenkrad herum. Nach ein paar Sekunden hin und her geschleudert werden auf dem Rücksitz, hielten wir mit quietschenden Bremsen an einer Kreuzung, wo der Fahrer ein paar Kraftausdrücke mit einem Kollegen wechselte.

»Ich bin übrigens Primrose.« Sie streckte mir die Hand hin, ohne sich um das Gefluche zu kümmern.

Ich klemmte mir mein Köfferchen unter die Achsel. »Hallo. Loretta.«

»Also, was sind Sie?«

Was ich war?

»Maskenbildnerin.« War ich nicht. Noch nicht, weit entfernt davon. Aber das brauchte sie nicht zu wissen. Und außerdem würde ich, *musste* ich eine werden, sonst wäre alles, was ich getan hatte, um es bis hierher zu schaffen, niemals zu rechtfertigen gewesen.

Sie nickte. »Süß.«

»Und … was sind Sie?«

»Ich?« Sie wechselte im Rückspiegel einen Blick mit dem Fahrer. Perlendes Lachen. »Ach, Darling, ich bin Prostituierte.«

3

Der Vermieter versicherte mir, dass es sich bei der Wohnung um ein Schnäppchen handelte. Ein möbliertes Apartment für siebenunddreißig Dollar im Monat, eine Summe, bei der ich Herzklopfen bekam. Ich hatte genug für die Kaution und die ersten zwei Wochen. Danach …

»Ich kann bei der Miete nicht kleinlich sein«, erklärte er mir, als würde er mir einen riesigen Gefallen tun. Wie sich herausstellte, wohnte ich ab sofort Tür an Tür mit dem berühmtesten Bordell Kaliforniens, dem Hacienda Arms, das, wie ich erfuhr, zufälligerweise von meiner neuen Freundin geführt wurde. Mein künftiger Vermieter drückte mir noch eine Schachtel Kakerlakenfallen in die Hand. »Halten Sie alles gut in Schuss, dann wird das schon. Lassen Sie sie nicht die Wände raufkrabbeln.«

Die ersten Tage schlief ich nur. Mein Gott, wie ich schlief! Natürlich kehrten die Albträume immer wieder, aber daran war ich gewöhnt.

Nach einer Weile raffte ich mich auf und ging auf Arbeitssuche. Ich fand eine Stelle in einem Diner namens Van de Kamp's, wo man mir keine unangenehmen Fragen stellte und es Geld bar auf die Hand gab.

»Wie heißen Sie?«, fragte der Geschäftsführer über ein Bestellformular für Uniformen gebeugt.

»Loretta.« Der Name kam mir bereits so leicht über die Lippen, als hätte ich schon mein ganzes Leben so geheißen.

Er schrieb ihn sich auf. »Sollte am Mittwoch fertig sein. Bis dahin sind Sie Bertha.« Er gab mir eine viel zu große Uniform. Ich trug sie drei Tage lang, innerlich wutschäumend. Ich meine, sah ich etwa wie eine Bertha aus?

Aber was für ein Tag, als mein eigenes personalisiertes Outfit eintraf! Geht doch, *Loretta*. Ich hatte ein besticktes Tüchlein zum Beweis, also musste es stimmen. Meine neue Uniform war rosa und türkis, an Kragen und Ärmelsaum kontrastfarbig abgesetzt, und das Namenstüchlein steckte in einer unglaublich niedlichen Brusttasche.

»Machen Sie sich hübsch«, sagte der Geschäftsführer zu mir. »Das mögen die Gäste.«

Jeden Morgen schminkte ich mich vor dem gesprungenen Badezimmerspiegel in meiner Wohnung. Ich tupfte mir einen dezent rosigen Schimmer auf die Wangen, zeichnete meine Augenbrauen nach, tuschte mir die Wimpern. Die Julia zu Hollywoods Romeo. Währenddessen wiederholte ich meinen Namen wie ein Mantra, übte ihn vor dem Spiegel. »Wie ich heiße? Loretta.«

Es funktionierte. Ich fand riesigen Anklang! Oft arbeitete ich zwei Sechsstundenschichten nacheinander. Die Gäste stützten das Kinn auf die Hand und fragten mich, ob ich jemals dem König begegnet sei. So etwas konnte man sich gar nicht ausdenken! Also, manche von diesen Leuten lebten wirklich hinter dem Mond.

Anfangs kam ich morgens extra früh, um die unterschiedlichen Gerichte auswendig zu lernen.

»Siehst du das?« Jake hielt ein Ei hoch. Er arbeitete seit zwanzig Jahren in dem Diner und sagte gern den Satz: »Such dir einen Job, den du liebst, und du arbeitest keinen Tag deines Lebens.« Jake musste es wirklich geliebt haben, fünfzig Pancakes am Tag zu backen.

Ich zuckte die Schultern. »Das ist ein Ei, Jake.«

Er schüttelte den Kopf. »Eben nicht.« Er schlug die Schale mit einem Küchenmesser auf und kippte das Ei auf die heiße Platte, wo es zischte und brutzelte. Dann zeigte er mit dem Messer auf mich. »Es gibt Spiegelei, beidseitig gebratenes Spiegelei in flüssig oder fest, Rührei, extraweiches Rührei, pochiertes Ei, gebackenes Ei.« Mit einem Schaber wendete er das Ei. »Mal ganz zu schweigen von Omeletts.«

»Ich wusste gar nicht, dass das so eine Wissenschaft ist«, sagte ich matt.

»Tja, das musst du alles noch lernen.« Er bestrich zwei Brotscheiben dick mit Butter, ließ das Ei auf eine der Scheiben gleiten, drückte die andere darauf und reichte mir den Teller. »Ketchup steht da drüben.«

Ich setzte mich ihm gegenüber, und Jake beobachtete aufmerksam, wie ich den ersten Bissen nahm. »O Gott, das schmeckt unglaublich«, stöhnte ich, während mir Butter über die Finger rann. Was stimmte. In England waren Eier immer noch rationiert.

Von dem ganzen kostenlosen Essen, das er mir servierte, bekam ich die perfekte Bikini-Figur; wenn wir freihatten, gingen wir gern zu mehreren Kolleginnen an den Strand, trafen uns dort mit Primrose' Gang und legten uns in die kalifornische Sonne. Ich wurde nie braun, bekam nur mehr Sommersprossen.

Allmählich lernte ich, wie diese Stadt funktionierte. Sie war sehr hierarchisch aufgebaut, und wenn man ganz unten rangierte, kümmerte sich niemand um einen. Prostituierte, Kellnerinnen, wir waren alle Freundinnen, und das half. Ich konnte üben, üben, üben! Gesichter – davon bekam ich gar nicht genug. Aber es waren die Prostituierten und ihre Körper, von denen ich am meisten lernte. Falls jemand glaubt, bei Sex als Beruf gehe es nur darum, sich auf den Rücken zu legen, irrt er. Diese Frauen arbeiteten hart in ihrem Handwerk.

»Tu mir einen Gefallen«, sagte Primrose nach einem Strandtag zu mir, nachdem wir uns alle in meinem Badezimmer abgeduscht hatten. Sie zog eine junge Frau zu mir, nackt, wie Gott sie schuf, mit dem Körper eines Engels und einem so faulen Mundwerk, dass ich bei aller Liebe niemals hätte wiederholen können, was sie von sich gab. »Mach sie schön. Und damit meine ich komplett.«

Ich begutachtete Rosa in all ihren Details. Ob das ihr echter Name war, wusste ich nicht; meistens war das nicht der Fall. Aber diese geschwungenen Lippen, Brustwarzen wie Blütenknospen, Hüften, die sich zu einer zarten Taille verjüngten – was auch immer in Amerikas Genpool herumschwamm, die Ergebnisse überzeugten. In der untergehenden Sonne schimmerte das Licht auf ihrer Haut, als wäre sie mit Vaseline eingecremt.

Rosa schob ihre Hüfte so heraus, dass ihr Körper ein kurviges S bildete.

»Steig mal bitte auf diesen Hocker.« Ich holte mir meinen dicksten Schminkpinsel und begann zu malen. Denn so kam es mir vor – wie echtes Malen. Ich machte eine Frau schön.

Zuerst ließ ich ihre Brustwarzen noch etwas rosiger erstrahlen, dann kaschierte ich mithilfe weißer Kreide die Dehnungsstreifen an ihrem Bauch. Ihre Waden waren zum Niederknien, modelliert durch das ständige Tragen hoher Absätze, also schattierte ich sie, um ihre Form zusätzlich hervorzuheben. Noch mehr weiße Kreide in die Grübchen hinter ihren Fußknöcheln und dann dunkleren Puder, um die wohlige Falte zwischen ihren Brüsten zu betonen. Brüste, zwischen denen sich jeder Mann mit Freuden vergraben hätte. Auch jede Frau. Rosa hatte alles – nur, dass ich ihr noch mehr geben konnte.

In Morecambe, in der Kosmetikabteilung von Woolworth, hatte ich geglaubt, es ginge darum, die Kundin über den

Tisch zu ziehen, sie zu überreden, sicherheitshalber noch einen zweiten Lippenstift zu kaufen, oder steif und fest zu behaupten, dass Koralle unbedingt ihre Farbe sei, obwohl sie damit in Wirklichkeit wie ein Clown aussah. Geliebt hatte ich das Zeug immer, also die Kosmetik, meine ich, aber erst jetzt begriff ich allmählich ihre wahre Macht. Eine Maskenbildnerin veränderte nicht nur die Oberfläche; sie veränderte, wie Menschen sich in ihrem Herzen fühlten, in ihrer Seele. Wie sie sich verhielten. Wenn ich damals einer Kundin nachblickte, die den Laden verließ, dann sah ich jemanden, der seine Schultern straffte, bereit, einem Ehemann zu widersprechen oder vielleicht um eine Gehaltserhöhung zu bitten. Für den Preis eines Lippenstifts veränderte ich das Leben von Menschen. Half ihnen, sich im besten Licht zu sehen. Machte mich das zu einer Heiligen? Nein. Ich veränderte darüber ja auch mein eigenes Leben. Aber es machte mich nützlich, besonders an einem Ort wie Hollywood. Ich hatte meinen Traum gefunden – den Traum anderer –, und um kein Geld der Welt wollte ich das wieder aufgeben.

Besonders nicht jetzt.

Ich war Loretta, Darling. Sollte doch jemand versuchen, mich aufzuhalten.

4

Als ich Raphael Goddard zum ersten Mal erblickte, hatte ich schon zehn Frühstücke serviert.

Den ganzen Morgen waren Gäste gekommen und gegangen, und ich hatte irrsinnig viel zu tun, deshalb nahm ich kaum zur Kenntnis, dass die Tür zuknallte. Kurz darauf allerdings flaute der übliche Lärm im Lokal ab. Ich hielt im Serviettenstapeln inne. Mütter gafften und vergaßen dabei ganz, auf ihre Kinder zu achten. Väter runzelten die Stirn. Fast jeder sah hin. Da entdeckte ich ihn, die Silhouette golden umrandet von der durch die Glastür hereinfallenden Sonne.

Blonde Locken wie ein Engel und ein dazu passendes Gesicht. Ich wäre nicht überrascht gewesen, wenn bei seiner Ankunft ein himmlischer Chor zu singen begonnen hätte. Vermutlich genauso wie er selbst. Mit den Händen in den Hosentaschen und der leicht hochgezogenen Oberlippe strahlte er stets eine gewisse Arroganz aus.

Er setzte sich auf einen Barhocker und verzog den Mund zu einem Lächeln, das das gesamte Lokal erleuchtete. Falls ich das alles religiös klingen lasse, dann, weil es sich so anfühlte. Es gibt Momente, in denen man einfach spürt, dass sich das Leben für immer verändern wird, und bei dieser Gelegenheit merkte ich es daran, dass in meinem Slip ein Feuer ausgebrochen war. Ganz im Sinne von Moses und dem brennenden Dornbusch.

Trotz der ganzen Bibelsache, die sich in meinem Unterleib

abspielte, gelang es mir gerade so eben, ihm eine laminierte Karte hinzustrecken.

Er warf nicht einmal einen Blick darauf. »Schoko-Milchshake.«

Ich zögerte, unsicher, ob ich richtig verstanden hatte. »Zum Frühstück?«

Er sah mich an. »Genau, zum Frühstück.«

Ich ging zum Mixer und hielt einen silbernen Löffel hoch. »Mit Eis?«

»Selbstverständlich.«

Eine Minute später schob ich ihm das vor Kälte beschlagene Glas über den Tresen. Ich wartete darauf, dass er es annahm, überlegte, ob – hoffte, dass – unsere Finger sich vielleicht dabei berühren würden.

»Krieg ich noch Schokosoße extra?«

Ich griff nach der Flasche und quetschte eine großzügige Portion auf den Shake.

Die ganze Zeit über wandte er nicht den Blick von mir ab. »Und ein paar von den Graham-Keksen, wenn Sie schon dabei sind.«

Ebenfalls ohne mich abzuwenden, holte ich einen Keks aus der Dose, brach ihn in zwei Stücke und legte sie auf den Unterteller seines Shakes.

Endlich schien er zufrieden. »Danke.«

Ich machte einen scherzhaften Knicks. »Bitte sehr.«

Als er nach dem Glas griff, fiel mir etwas Silbernes ins Auge, ein Manschettenknopf, und darunter eine klobig wirkende Armbanduhr. Und mit klobig meine ich teuer.

Er bemerkte meinen Blick, streckte den Arm aus und zog den Ärmel etwas hoch. »Das ist eine Omega Seamaster. Die Uhr für den sportiven Typ.«

Er hätte genauso gut französisch sprechen können. »Klingt nobel.«

»Und mein Hemd ist aus einem Seiden-Leinen-Gemisch, das können Sie sich auch gleich notieren. Feinster italienischer Stoff.« Er zupfte den Ärmel wieder zurecht. »Gefällt Ihnen, was Sie sehen?«

»Kann sein. Sie sind ziemlich von sich überzeugt, oder?«

»Aber immer doch«, gab er wie aus der Pistole geschossen zurück.

Was für ein Ego!

Ich überließ ihn seinem Milchshake und widmete mich wieder meiner heimlichen Lektüre hinter dem Tresen. Momentan versuchte ich, mich darüber zu informieren, wie die Welt der Studios funktionierte, die offenbar von lauter Geheimcodes und Praktiken bestimmt war, die eine Außenseiterin wie ich niemals durchschauen konnte. Ich gab mir trotzdem Mühe. Aus einer von einem Gast liegen gelassenen alten Ausgabe der *LA Times* hatte ich mir die Hollywood-Kolumne von Hedda Hopper ausgeschnitten.

UNFAIR! Paramount gibt zu, dass Phyllis Loughton wundervoll ist. Der einzige Grund, warum sie keine vollwertige Regisseurin aus ihr machen wollen, sei, so wurde mir gesagt, dass man befürchte, die Männer würden keine Anweisungen von einer Dame entgegennehmen. Seit wann, meine Herren, seit wann denn?

»Sind Sie ein Fan von Hedda?«

Er beugte sich über den Tresen und kontrollierte dreist meinen Lesestoff; dabei kam er mir so nah, dass ich den Zedernholzduft seines Rasierwassers riechen konnte.

Aus dem Konzept gebracht, faltete ich den Artikel zu einem festen, kleinen Quadrat und schob ihn mir in die Schürzentasche. »Geht Sie gar nichts an.«

Ich ging ans andere Thekenende, um Kaffee nachzuschenken. Als ich zurückkam, hatte er seinen Shake ausgetrunken.

Ich gab ihm seine Rechnung. »Sie können an der Tür zahlen.«

Statt aufzustehen, stützte er das Kinn auf die Hand und betrachtete mich eindringlich, die Stirn forschend gerunzelt.

Ich hielt mit der Hand auf der Glasabdeckung einer Kuchenplatte inne. »Was ist?«

»Jetzt weiß ich es.« Er deutete mit dem rot-weißen Strohhalm auf mein Kellnerinnen-Käppchen. »Es ist die Frisur.«

Ich fasste mir in den Nacken. »Was soll damit sein?«

»Sehen Sie sich mal um.«

Ich musterte die Gäste.

Wieder lehnte er sich über den Tresen und winkte mich näher zu sich. »Ich sag es Ihnen ins Ohr.«

Hastig sah ich mich über die Schulter nach meinem Chef um, dann stellte ich mich auf die Zehenspitzen und beugte mich ebenfalls vor.

»Es ist wegen Audrey Hepburn«, flüsterte er mit heißem Atem. »Sie trägt seit letztem Donnerstag den Pony anders. Er ist jetzt zu den Ohren hin abgeschrägt.«

Mein Blick huschte durch den Raum. Er hatte recht! Jetzt war es unübersehbar. Alle Frauen hatten ihren Kurzhaarschnitt dezent umfrisiert. Ich befeuchtete meine Finger und zupfte hastig an meinem Pony herum. Sein schiefes Lächeln trieb mir das Blut in die Wangen. Irgendwie hasste ich ihn jetzt schon. Aber genau da breitete sich ein Strahlen auf seinem verfluchten, attraktiven Gesicht aus. In dem Moment hatte er mich erobert, und das wusste er. Ebenso wie ich.

»Werden Sie rot?«

»Nein.«

»Macht auf mich den Eindruck. Sind Sie neu in der Stadt?«

»Verrate ich nicht.«

»Eltern?«

Für wen hielt der sich? »Geht Sie gar nichts an.«

»Fräulein?«, rief ein anderer Gast nach mir und deutete auf seinen Teller.

Ich holte ihm beim Koch eine weitere Portion fettigen Speck. Als ich zurückkam, hatte sich mein neuer Freund nicht von der Stelle gerührt. Er schob mir eine Visitenkarte über den Tresen: *Raphael Goddard, Blue Book Modellagentur.*

Meine Haut prickelte. »Blue Book?«, sagte ich herablassend. »Nie gehört.« Natürlich hatte ich davon gehört! Aber das sollte er nicht wissen. In sämtlichen Zeitschriften standen Anzeigen für Blue Book als Anlaufstelle für junge Models.

»Sie müssen wirklich noch sehr blauäugig sein.« Seine Augen funkelten erheitert, als hätte er meine Flunkerei sofort durchschaut. »Wir haben die besten Models unter Vertrag. Lassen Sie sich den Pony schneiden, dann entsprechen Sie perfekt unserem Profil.«

»Wer sagt denn, dass ich Model werden will?« Inzwischen glühten meine Wangen regelrecht.

»Was denn sonst? Lassen Sie mich raten. Starlet? Dabei können wir Ihnen ebenfalls behilflich sein.«

Ich lächelte verkniffen. »Weit gefehlt. Ich habe nicht vor, Geld für hoffnungslose Träume aus dem Fenster zu werfen.«

Auch das schien ihn zu amüsieren. »Also gut, was möchten Sie wirklich?«

Als sich unsere Blicke miteinander verwoben, wurde mir am ganzen Körper heiß. Die Spannung zwischen uns war nahezu greifbar. »Ich werde Maskenbildnerin«, sagte ich, als wäre es das Selbstverständlichste auf der Welt. »Für die Stars.«

Er stieß einen leisen anerkennenden Pfiff aus und machte

Anstalten, seine Visitenkarte wieder einzustecken. »Dann brauchen Sie mich natürlich nicht.«

Hastig legte ich ihm eine Hand auf den Unterarm und spürte die Muskeln darin. »Die behalte ich«, sagte ich und steckte mir die Karte in die Schürzentasche.

»Aber Sie haben schon einen Job«, bemerkte er mit einem Blick durch das Lokal. Seine Miene verriet Erheiterung, als glaubte er nicht wirklich an meine Träume.

»Ich halte mir gern mehrere Wege offen«, gab ich zurück.

Er legte den Kopf schief. »Sehr vernünftig.« Er machte eine Pause. »Sind Sie das? Vernünftig?«

»Was glauben Sie?«

Er lehnte sich zurück. »Ich hoffe, nicht.«

»Langweilig?«

»Tödlich.« Demonstrativ sah er auf den Namen auf meinem Einstecktüchlein. »Tja, *Loretta,* vielleicht können wir uns unterhalten.«

»Wann?«

»Loretta, Tisch sechs wartet!«

Widerstrebend wandte ich mich zum Gehen.

»Sie haben meine Nummer. Rufen Sie mich an.« Er klatschte zwei Scheine auf den Tresen und ging. Ganze zwei Dollar! Doch ehe ich reagieren konnte, war er bereits auf die Straße hinausgetreten.

»Tisch sechs, Loretta!«

Missmutig machte ich mich auf den Weg zu der vierköpfigen Familie, Papi mit Fotoapparat um den Hals. Touristen.

Während ich die Bestellung aufnahm, beobachtete ich Raphael Goddard, der lässig den Bürgersteig entlangspazierte, als wäre er vollkommen entspannt. Als würde sein Herz nicht wild pochen, wie es meines tat. Oder so, als wäre ihm nicht unnatürlich heiß und schwummerig wie mir. Er musste ein wahres Schlitzohr sein, und das machte ihn für mich noch reizvoller. Vollkommen verrückt, oder? Aber das Gehirn ignoriert, was das Herz will.

Als er um die Ecke verschwand, wusste ich, dass ich ihn begehrte, wie ich noch nie einen Mann begehrt hatte. Und ich wollte verflucht noch mal dafür sorgen, dass wir uns wiedersahen.

5

Das Hotel lag hinter einer breiten, von Apartments flankierten Rasenfläche. Fahnen flatterten an Türmchen, die Palmen reichten bis in den Himmel. Das hier war nicht einfach nur ein Hotel, es war ein ganzer Komplex. Golfplatz, Ballsaal, Theater, Papageien auf der Veranda und mehr weiß behandschuhtes Personal, als ich zählen konnte. Ich brauchte eine halbe Stunde, um die Lobby zu finden, und bis dahin schmerzten meine Füße bereits höllisch.

Er hatte ein Sofa im Cocoanut Grove gekapert. War das etwas Judy Garland an der Theke? Im Vorbeigehen beäugte ich ihre Schuhe, aber sie waren weder rot noch paillettenbesetzt. Enttäuschend. Stattdessen trug die Frau Pantoletten mit niedrigem Absatz, die viel zu bequem für einen Filmstar wirkten.

»Sie haben sich den Pony stutzen lassen«, sagte Raphael statt einer Begrüßung.

»Ach ja?« Ich versuchte, mich lässig zu geben, aber der unbewusste Griff an meine Stirn verriet mich. Auf dem Weg hierher war ich kurz bei Primrose gewesen, die mich mit ihrer Küchenschere und einem Geschirrtuch um die Schultern rasch umfrisiert hatte.

Während ich mich auf den Sessel ihm gegenüber fallen ließ, musterte er mich eingehend. Ich trug mein Twinset mit den aufgestickten Perlen, sorgsam kombiniert mit einem Tellerrock, der meine Taille betonte. Mein Make-up war dezent; ein Hauch von Rosa auf der Stirn, derselbe Farbton auf den Wangen. Superzarter Puder und ein paar wenige Sommersprossen. Die falschen Wimpern einzusetzen war ein Albtraum gewesen, weil der Kleber in der Hitze einfach nicht halten wollte. Trotzdem war ich froh, mir die Zeit genommen zu haben – ich fühlte mich einem Ort wie diesem gewachsen.

Ein großer, niedriger Marmortisch stand zwischen uns auf dem dicken weißen Teppich, der durch die gleichmäßigen Staubsaugerstreifen wirkte wie ein getrimmter englischer Rasen. Raphael kam mir sehr weit weg vor.

Er hielt sein Cocktailglas hoch und winkte einen Kellner mit dem Zeigefinger zu sich. »Noch so einen.« Er tippte mit dem Nagel gegen den Rand.

»Sagen Sie nie bitte?«, fragte ich, nachdem der Kellner gegangen war.

Raphael lachte. »Nur, wenn es sich nicht vermeiden lässt.«

»Also, warum wollten Sie sich mit mir treffen?«

»Sie haben mich angerufen, schon vergessen?«

»Sie haben mir Ihre Visitenkarten gegeben, schon vergessen?«

»Sie haben mich durch die Fensterscheibe beobachtet, schon vergessen?«

Verflixt.

Der Kellner kehrte zurück und stellte mir ein Glas hin, in dem etwas kleines Grünes schwamm. Ich beäugte es.

»Das ist eine Olive«, erklärte Raphael.

»Weiß ich.« Ich trank einen großzügigen Schluck und unterdrückte ein Würgen, das mir die Kehle hinaufstieg.

Raphael hob sein Glas, um mit mir anzustoßen. »Und es ist ein Martini.«

»Ich bin nicht völlig von gestern.« Suchend sah ich mich um, als rechnete ich jeden Moment damit, einen Bekannten zu treffen.

Er wartete ungerührt, bis ich noch einmal an meinem Glas nippte. »Schmeckt Ihnen der Drink?«

»Ganz himmlisch.« Ganz furchtbar. Wollte er mich etwa umbringen?

Seine Lippen zuckten amüsiert. »Sie müssen ihn nicht trinken.«

»Er schmeckt mir.« Wieder musste ich husten. Mit tränenden Augen musterte ich forschend seine ärgerlich symmetrischen Gesichtszüge. »Warum machen Sie das? Sich mit einer Kellnerin aus einem belanglosen Diner verabreden?«

»Kleines, Sie bringen mich zum Lachen.« Keine wirkliche Erklärung, aber die Art, auf die er es sagte, ließ seine Worte wie das größte Kompliment klingen.

Drei Stunden und zwei Martinis später befanden wir uns in einem Hotelzimmer. Ich war nackt und der neue Haarschnitt vollkommen zerzaust. Meine Wangen röteten sich, und ich bekam eine Gänsehaut, als er das Laken aus ägyptischer Baumwolle herunterzog, um meine Kurven zu entblößen.

»Was willst du?« Insgeheim hoffte ich inständig, dass er mich *nehmen* wollte. In den Groschenromanen klang das immer ziemlich aufregend.

Raphael war mir so nah, dass ich jede einzelne Wimper erkennen konnte, während der Rest seines Gesichts wie eine Komposition aus Kreisen wirkte – die weichen Wangen, das Grübchen im vollen Kinn, eine Frische, die immer noch von Jugend zeugte. Nichts schlaff, nichts faltig. Ich fragte mich, wie lange es noch vorhalten würde. Ein paar Jahre, höchstens. Wenn er es als Schauspieler schaffen wollte, musste er sich beeilen.

Er beugte sich vor, um mich auf den Hals zu küssen. »Alles.«

Das klang nach … viel. Aber was auch immer er anbot, ich

würde es nehmen. Er war so anders als alles, was ich bis dahin erlebt hatte. Nicht dass mein Erfahrungsschatz besonders groß gewesen wäre: ein bisschen Gefummel hinter dem Winter Gardens oder im ein oder anderen Türeingang; es ist erstaunlich, was man bewerkstelligen kann, wenn man noch zu Hause wohnt, aber unbedingt erwachsen werden möchte. Aber das hier war anders. Keine Straßenlaternen, kein nasser Asphalt, keine Pfiffe von Passanten. Das hier war Hitze und Licht und Kultiviertheit, alles in einem einzigen tollen Mann vereint. Ich wollte jeden Zentimeter von ihm kosten.

Er fuhr mit dem Finger die Kontur meines Kinns nach. »Bist du bereit?«

Ich konnte mir ein Lachen nicht verkneifen. »Bittest du etwa um Erlaubnis?«

Er schob mir eine Hand zwischen die Beine und fand dort seine Antwort.

6

Schwaches Morgenlicht fiel durch die Vorhänge. Immer noch vollkommen erledigt drehte ich den Kopf auf dem Kissen, um Raphael beim Schlafen zu betrachten. Männer lassen sich nicht gern sagen, dass sie schön sind, als wäre das eine Beleidigung ihres Testosteronspiegels, aber Raphael war es. Er war schön, sein Gesicht wie aus Marmor geschnitzt.

Er musste meinen Blick gespürt haben, denn er stöhnte schläfrig und streckte die Hand nach mir aus.

Ich rutschte zu ihm, vergrub die Nase in seiner Armbeuge und atmete den Morgenduft seines Körpers ein.

Er lachte leise in meine Haare. »Versuchst du, mich wach zu machen?«

»Nein!«

Er küsste mich auf die Nasenspitze und schob mir mit einer Fingerspitze eine Strähne aus dem Gesicht. »Letzte Nacht war nett, oder?«

»Nett?« Mir fielen andere Beschreibungen dafür ein.

Ich schmiegte mich noch dichter an ihn in der Hoffnung auf ein Zeichen, aber da schrillte ein Telefon.

Ein Telefon!

Gleich hier, neben dem Bett!

Raphael nahm den Hörer von der Gabel, ohne sich um meinen schmollenden Blick zu kümmern. »Hallo, Mick. Was gibt's?«

Die Stimme am anderen Ende der Leitung klang drängend. Raphael hörte zu, legte dann auf und schwang die Beine aus dem Bett.

»Los, los, Zuckerpuppe, raus aus den Federn!« Er marschierte Richtung Bad und rieb sich dabei den Rücken.

»Zuckerpuppe?« Ich streifte das Laken ab und rutschte an die Bettkante vor.

Ich hörte Wasser rauschen, dann spähte Raphael grinsend aus dem Bad, das Gesicht noch vom Schlaf zerknittert, eine Zahnbürste zwischen den Zähnen. »Zieh dich an.« Zumindest glaubte ich, dass er das sagte.

Er verschwand wieder hinter der Tür. Sekunden später spuckte er energisch aus. Dann kam er zurück ins Zimmer, während er sich das Gesicht mit einem Handtuch abwischte. Er war immer noch vollkommen nackt. Was für ein schöner Anblick.

»Wir müssen hier raus, und zwar dalli.« Er begann eilig hin und her zu laufen. »Mick kann uns nicht ewig den Rücken freihalten. Die Zimmermädchen kommen gleich.«

Eine Ahnung begann in mir zu keimen. Ich stand auf, das Laken an mich gepresst. »Du machst hoffentlich Scherze.«

Raphael stieg in seine Hose und stopfte das Hemd in den Bund. »Was?«

»Du weißt genau, was ich meine.«

»Ach, du wirst nicht gern Zuckerpuppe genannt? Ganz wie du meinst, entschuldige.«

Meine Mundwinkel zuckten. »Nicht das.«

»Ah, gut. Weil du nämlich eine bist.« Er begutachtete mich eingehend, wie ich da mit dem Laken bis unters Kinn gezogen vor ihm stand. »Du bist doch wohl keine von denen, die am nächsten Morgen ganz verschämt sind, oder?«

Ich ließ das Laken fallen, rannte quer durchs Zimmer und trommelte mit den Fäusten auf ihn ein. »Sag mir, dass wir für das Zimmer bezahlt haben!«

Er kniff die Augen zusammen. »Nein, Loretta. Wir haben nicht für das Zimmer bezahlt.« Sanft schob er mich von sich weg und griff nach seiner Jacke.

»Warum zum Henker nicht?«

Raphael stellte sich ans Fenster und spähte durch die Vorhänge auf den Bürgersteig hinaus. »Mick und ich tun einander gelegentlich einen Gefallen.«

Draußen im Flur ertönte das sanfte *Pling* eines Aufzugs, dann waren leise Stimmen und quietschende Rollwagenräder zu hören.

Mit aufgerissenen Augen zeigte Raphael auf die Tür. »Zimmermädchen. Wir müssen hier raus.«

»Ich kann nicht fassen, dass du mich in so eine Situation bringst«, zischte ich.

»Tja, da musst du jetzt durch, Kleines.«

»Aber du hast dich an der Rezeption angemeldet. Die wissen, wer du bist.«

Seine Lippen zuckten amüsiert. »Falscher Name.« Er nickte mir auffordernd zu. »Du schnappst dir jetzt besser mal deine Klamotten.«

Er erwartete ernsthaft von mir, dass ich in Rekordzeit in meine Sachen sprang.

Stattdessen blieb ich splitternackt vor ihm stehen.

»Zieh dich an«, wiederholte er.

»Sonst was?« Ich stützte die Hände in die Hüften; mir war inzwischen herzlich egal, was er oder irgendjemand anderes von mir sah.

Auf dem Flur hörte man das Klirren eines Schlüsselbunds.

»Komm schon. Das ist kein Spiel mehr.« Raphael klang jetzt besorgt.

»Ach, das Ganze soll ein Spiel sein, ja?«

»Loretta!« Ihm ging endgültig die Geduld aus. Er versuchte, sich einen Schuh anzuziehen, geriet dabei aus dem Gleichgewicht und hopste ein paar Schritte, stieß gegen das Bett und fiel rückwärts auf die Matratze. Er funkelte mich an. »Hör auf damit!«

Das ganze Schauspiel war lachhaft. Dies war der Mann, der mich mit seiner teuren Uhr und seinen Beziehungen in die Filmbranche beeindruckt hatte?

Aufreizend langsam schlenderte ich durch das Hotelzimmer, hob meinen Rock und meinen Pulli auf. Als ich mich nach meiner perlenbestickten Strickjacke umsah, fiel mein Blick auf das leere Martiniglas neben dem Bett. Der Cardigan war hinter einen Stuhl gefallen. Als ich mich danach bückte, verströmte ich eine Wolke aus Schweiß und Sex. Ich hatte noch nicht einmal Zeit gehabt, mir die Haare zu kämmen.

»Was jetzt?«, fragte ich.

»Jetzt hauen wir ab.« Er hielt sich den Zeigefinger an die Lippen.

Ich nickte, und wir tapsten auf Zehenspitzen zur Tür. Vorsichtig drückte er die Klinke herunter und streckte den Kopf hinaus, bevor wir uns in den Flur schlichen. Er ließ den Schlüssel innen stecken, hängte das »Bitte nicht stören«-Schild an die Klinke – und dann nahmen wir die Beine in die Hand.

Am Ende des Korridors befand sich ein Notausgang. Ohne sich um die Aufschrift »Nur für Personal« zu kümmern, lief Raphael mir voraus die Betontreppe hinunter. Wir huschten an der Hotelküche vorbei und rannten hinaus in die helle Morgensonne.

Uff! Natürlich hatte ich mich nicht abgeschminkt oder auch nur die falschen Wimpern entfernt, deshalb wollte ich gar nicht wissen, wie ich aussah. Aber Raphael schien es nicht zu bemerken. Er hob mich hoch und wirbelte mich herum. Sein Lachen war so rein, so unbefangen. Wie das eines Kindes. Eines Kindes, dem völlig egal war, wer es hörte. Ein Lachen, das sich unvermittelt in ein Husten verwandelte, als er mich absetzte und sich vorbeugte, um sich hinter eine Reihe Mülltonnen zu übergeben. Irgendwie war es romantisch, wenn man sich nicht an den Ratten störte – oder daran, dass Raphael sich gerade die Seele aus dem Leib würgte.

»Alles in Ordnung?«, fragte ich.

Er wischte sich die letzten Tropfen Galle von den Lippen und nickte.

»Du machst das nicht zum ersten Mal, stimmt's?«

Er nahm meine Hand und küsste die Fingerspitzen, eine nach der anderen.

Ich wich vor dem unverwechselbaren Geruch nach Erbrochenem zurück. »Das war ein billiger Trick.«

Er verdrehte die Augen. »Was hast du denn gedacht? Dass ich Millionär bin?«

»Zumindest nicht, dass du ein Dieb bist.«

»Komm, ich bin halb verhungert.« Er sah sich um, als wäre das alles völlig normal. »Gehen wir frühstücken.«

Ich musste zugeben, dass ich Hunger hatte.

Gemeinsam rannten wir los, durch die dreckige Gasse hinaus auf die Straße.

Wer behauptet, L.A. sehe im Morgenlicht trostlos aus, hat es nicht so gesehen wie ich. Es war herrlich in seiner frivolen Schönheit, mit den ausgeschalteten Neonschildern, den leeren Flaschen am Straßenrand, den überquellenden Mülleimern. Die breiten Bürgersteige, die hohen Palmen, die Rotschwanzbussarde, die gelegentlich am klaren Himmel kreisten. Ich liebte alles daran.

Beide außer Atem verlangsamten wir unsere Schritte zu einem Schlendern.

»Ich konnte mir noch nicht mal die Zähne putzen«, schimpfte ich, obwohl ich mich köstlich amüsierte.

»Ach, keine Sorge.« Raphael schob die Hand in seine Brusttasche und zog zwei längliche Gegenstände heraus, einer rosa, einer hellblau. »Dein freundlicher Zahnarzt hat die Zahnbürsten geklaut.«

7

Raphael war anders, als ich mir erhofft hatte, aber er war witzig, und wir spielten weiter unsere Spielchen. Er ging mit mir in ein Kino, von dem sich herausstellte, dass es auf Schmuddelfilme spezialisiert war. Ich lud ihn zu einem Boxkampf ein, von dem ich wusste, dass er manipuliert war, und ließ ihn auf den falschen Mann setzen. Eben ein ganz normales »Wir-lernen-uns-kennen«.

Nach jedem gemeinsamen Ausflug zogen wir uns in mein Bett zurück, warfen uns gegenseitig auf den Rücken und balgten uns. Aber früher oder später hörte das Herumalbern auf, und es wurde ernst. Persönlich. Ich wusste, dass es keine Kleinigkeit war, mein Herz für Raphael zu öffnen, und es machte mich wahnsinnig nervös – wodurch es aufregender wurde, wodurch es wiederum furchterregender wurde, wodurch es wiederum romantischer wurde. Ich steckte in einem großen, endlosen Kreislauf von Lust und … ich möchte nicht unbedingt sagen Liebe, aber es kam dem sehr nahe. Und ich spürte, dass Raphael etwas Ähnliches empfand. Dann sahen wir uns mit verschlungenen Gliedmaßen und sich fast berührenden Nasen in die Augen.

»Du kennst mich besser als jeder andere Mensch auf dieser gottverdammten Welt«, murmelte Raphael. Und als er schließlich mit einem Pappkarton vor meiner Tür stand, hatte er mich ganz und gar in der Hand.

An jenem Morgen lackierte ich mir gerade die Nägel, als es klingelte. Ich erhob mich vorsichtig und öffnete unbeholfen mit den Handinnenflächen die Tür, um nichts zu verschmieren, dann rannte ich die Treppe hinunter.

Durch die Glasscheibe sah ich Raphael. Er schob sich den Karton auf eine Hüfte, um mir zuwinken zu können. Dann zeigte er auf die Klinke, um mir zu bedeuten, dass ich mich beeilen sollte.

Nachdem ich ihm geöffnet hatte, trat ich einen Schritt zur Seite. »Was machst du hier?«

»Das ist ja ein schöner Empfang. Hier, halt mal.« Er griff in den übervollen Karton und drückte mir so schnell eine Weinflasche in die Hand, dass ich nicht anders konnte, als sie ihm abzunehmen. »Und das hier.«

Ein Korkenzieher.

Er ging zur Treppe, und ich folgte ihm. »Was ist denn los?«

»Wir feiern.«

»Und was genau feiern wir?«

»Dass wir zusammenziehen.«

Ich spürte ein nervöses Kribbeln. »Ha, ha, sehr witzig.«

»Doch, das ist mein Ernst.« Er drehte sich zu mir um. »Ich ziehe bei dir ein.«

Beinahe hätte ich die Flasche fallen lassen. »Wie bitte?«

Er deutete mit dem Finger zwischen uns hin und her. »Du. Ich. Wir wohnen ab sofort zusammen.«

Ich schüttelte den Kopf, dann stürmte ich ihm nach und knallte die Wohnungstür hinter uns zu. Er schuldete mir eine Maniküre.

»Das ist verrückt! Wir kennen uns doch erst seit einem Monat! Und außerdem dürfen wir hier nicht untervermieten«, sagte ich, immer noch unsicher, ob er das wirklich ernst meinte. Aber er hatte seinen Karton schon in der Küche abgestellt und nahm mir die Weinflasche aus den Händen. Er klemmte sie sich zwischen die Oberschenkel und zog mit einem Plopp den Korken heraus. Mit selbstgefälliger Miene öffnete er auf der Suche nach Gläsern geräuschvoll eine Schranktür nach der anderen.

»Rechts neben dem Spülbecken«, sagte ich, zu verdutzt, um klar denken zu können.

»Ah ja!« Er schenkte uns ein und reichte mir ein Glas. »Auf uns!«

»Raphael, was ist hier los?«

Seine Mundwinkel sanken herab. »Nichts ist los. Ich konnte einfach nicht länger ertragen, von dir getrennt zu sein. Apropos ...« Er nahm mich bei der Hand und zog mich zum Bett.

»Nein«, sagte ich. »Nein, nein, nein ...«

Er presste sich einen Finger an die Lippen. »Psst.«

»So leicht kriegst du es nicht!« Aber ich musste bereits lachen.

»Was? Was krieg ich nicht?«, neckte er mich grinsend. Bei Raphael war alles ein Spiel.

»Du darfst nicht einfach so einziehen!«

Er presste mich an sich und küsste mich auf die Lippen. »Was darf ich nicht?«

»Du darfst nicht ...«

Er streifte mir einen Träger von der Schulter und hauchte einen Kuss darauf. Dann sah er mir tief in die Augen. »Ich darf gar nichts?«

»Nein, gar nichts!«

Es dauerte nicht lange, bis er mir das Gegenteil bewiesen hatte.

8

Nicht lange nachdem Raphael bei mir eingezogen war, vermittelte er mir eine Stelle, bei der ich vormittags Models für Porträtaufnahmen schminkte. Als »Sprungbrett für eine Filmkarriere«, wie es im Katalog der Blue Book Modellagentur hieß. Meine erste Chance, und ich ergriff sie mit beiden Händen. Raphael hatte recht, ich konnte professionelles Maskenbilden lernen und gleichzeitig Geld damit verdienen, zwei Fliegen mit einer Klappe.

Die Agentur, die in einem Ladenlokal auf demselben Stockwerk wie das Casino des Ambassador Hotels untergebracht war, wurde von einer Miss Emmeline Snively geführt.

»Ich hätte hier eine junge Dame für euch«, erklärte Raphael der Frau am Empfang. Er hatte mich zu dem Vorstellungsgespräch begleitet. Ich lächelte unbeirrt weiter, während er mir die Hand schüttelte, als würde er mich kaum kennen. »Viel Glück.« Damit machte er kehrt und verschwand in einem geheimnisvollen Raum, in dem er von entzückt kreischenden weiblichen Stimmen empfangen wurde. Allmählich dämmerte mir, warum er seinen Job so gern mochte.

Die Frau am Empfang starrte noch immer auf die Stelle, an der Raphael bis gerade gestanden hatte. Ich räusperte mich vernehmlich.

»Ach ja!« Sie schreckte hoch und klappte ihr Buch auf. »Also gut, Miss …?«

»Ich bin Loretta.«

»Genau, Sie haben einen Termin um zehn.«

»Ich weiß.«

Ihr Blick huschte zu mir hoch, als wollte sie prüfen, ob ich das sarkastisch gemeint hatte.

Das hatte ich, aber ich schenkte ihr mein gewinnendstes Lächeln. »Ich hoffe doch, dass ich pünktlich bin.«

Die Frau nahm einen Telefonhörer ab und drückte eine Taste. Ein Rauschen, dann schwach eine Stimme. »Eine Loretta ist hier«, verkündete sie und legte wieder auf. »Zweite Tür links.«

Ich war wahnsinnig aufgeregt gewesen, Miss Snively zu treffen, die Frau aus den Zeitschriften, die Mädchen in Filmstars verwandelte! Ich hatte mir alles sehr glamourös ausgemalt, Mahagoni-Schreibtisch, Vorhänge, griechische Säulen – immerhin hatte ich Fotos von Hollywood-Bossen in den Filmzeitschriften gesehen. Mittlerweile betrachtete ich mich als Expertin. Daher war ich etwas überrascht, als ich eine wackelige Treppe zu einem Zimmer mit Dachschräge hinaufstieg. Sie saß an einem für den Raum viel zu großen Schreibtisch (gebraucht gekauft?) und schob sich gerade ein Taschentuch mit Spitzenbordüre in den Ärmel, die Augen über der roten Nase waren wässrig. Jemand – höchstwahrscheinlich sie selbst – hatte ihr die Haare extrem schlecht gefärbt und frisiert, wodurch es aussah, als trüge sie einen Helm auf dem Kopf. Hinter ihr hing eine Pinnwand mit Fotos von Covergirls.

Sie verzichtete auf ein Lächeln. »Bitte, setzen Sie sich.«

Völlig unerwartet verspürte ich ein nervöses Kribbeln im Bauch, als mir bewusst wurde, wie unbedingt ich diese Stelle haben wollte. Als Kellnerin zu arbeiten war schön und gut, aber dafür hatte ich mir nicht die Reise nach L.A. ergaunert. Das hier war meine große Chance.

»Also.« Sie überflog ihre Notizen. »Mr. Goddard sagte, Sie wären Maskenbildnerin.«

»Jedenfalls habe ich eine große Leidenschaft dafür«, sagte ich mit plötzlich trockenem Mund.

»Qualifikationen?«

»Ich habe mir alles selbst beigebracht.«

Sie hob eine Augenbraue. »Aha.«

Darauf erwiderte ich nichts. Sie hatte mich durchschaut. Schon wollte ich mich damit abfinden und aus dem kürzesten Vorstellungsgespräch der Weltgeschichte verabschieden, da streckte sie die Hand aus.

»Lebenslauf.«

Ich holte den Lebenslauf, den ich mit Raphaels Hilfe erstellt hatte, aus meiner Tasche. Eine von Primrose' Kolleginnen, eine ehemalige Sekretärin, hatte ihn für mich abgetippt. Wir hatten das Blaue vom Himmel gelogen, uns Jobs in Morecambe aus den Fingern gesaugt. Das mit der Kosmetikabteilung bei Woolworth stimmte wenigstens noch einigermaßen. Im Winter Gardens bei musikalischen Aufführungen die Maske gemacht zu haben, schon weniger. Nach Hollywood gezogen zu sein mit dem Traum, für Miss Snively zu arbeiten: kompletter Humbug. Ich hatte einfach nur flüchten wollen.

Sie überflog das Blatt Papier und legte es dann achtlos beiseite. »Putziger Akzent. Haben Sie sich selbst geschminkt?«

»Ja.«

»Kommen Sie mal her.« Sie rollte ihren Stuhl etwas zurück. »Bücken.«

Ich gehorchte, den Blick zur Seite gerichtet, während sie mein Gesicht begutachtete. An diesem Morgen hatte ich mir besondere Mühe gegeben, mir ausgiebig die Augenbrauen gezupft und Sommersprossen aufgemalt. Als Grundierung hatte ich einen extrafeinen Puder verwendet und dann, mein Lieblingstrick, den Lippenstift knapp über die Linien hinaus aufgetragen. Primrose hatte mir sogar noch den Pony nachgeschnitten.

»Gut genug. Setzen Sie sich wieder.« Ich fühlte mich wie ein Kadett bei der Armee. »Also, Folgendes.« Mit verschränkten Armen stützte sie sich auf den Schreibtisch, wobei ihr Stuhl gefährlich ächzte. »Sie schminken die Mädels für die Porträts. Blonde sind am besten, also am einfachsten. Bei uns kommt alles Mögliche rein, da haben Sie ordentlich zu tun. Erzählen Sie einfach allen, wie schön sie sind. Ich stelle die Kosmetikprodukte zur Verfügung, gehen Sie also sparsam damit um. Haben wir uns verstanden?«

Ich nickte stumm.

»Ihren Lohn bekommen Sie wöchentlich am Freitag.« Die Summe, die sie mir nannte, lag ein winziges bisschen über dem, was ich im Van de Kamp's verdiente. »Nächste Woche können Sie anfangen.« Sie gab mir meinen Lebenslauf zurück.

»Danke … Vielen Dank«, stammelte ich.

Daraufhin wedelte sie mit der Hand, um mir zu bedeuten, dass ich gehen sollte. »Sie haben Glück. Kelly hat gestern gekündigt, und ich brauche schnell jemanden.«

Trotz der kaum verhohlenen Kränkung schwebte ich geradezu in den Flur hinaus und an der Frau am Empfang vorbei.

»Hat es geklappt?«, rief sie mir nach, als ich schon an der Tür stand.

Grinsend drehte ich mich um. »Ja. Ich bin die neue Maskenbildnerin.«

»Sehr schön! Es wird Ihnen hier super gefallen. Miss Snively ist einfach die Beste.«

Hörte ich da eine Spur Sarkasmus heraus? Das war hier wahnsinnig schwer zu beurteilen; Amerikaner wirkten immer sehr ernsthaft, selbst wenn sie es nicht waren. Egal. Wir hatten es geschafft, Raphael und ich. Mein erster Schritt in die Welt des professionellen Maskenbildens war getan.

9

Liebe Enid,

ich habe eine neue Stelle als Maskenbildnerin! Du wärst so stolz auf mich!!
Die Firma wird von einer Miss Snively geführt (und ja, sie ist so unfreundlich, wie ihr Name klingt …). Nicht gerade wahnsinnig glamourös, aber mein Lackschuh, besser gesagt dein Lackschuh (Danke für die Leihgabe!), klemmt fest in der Tür. Na ja, zumindest ein Zeh.
Ich hoffe, Dir und dem Baby geht es gut. Ich habe länger nichts von Dir gehört (gelesen, egal).
Gib Bescheid, ob Du einen Rückumschlag brauchst oder Geld oder was auch immer. Ich kann es mir jetzt leisten. (Stimmte nicht.)
Grüß bitte alle von mir.
Margaret

Für Miss Snively zu arbeiten war ziemlich lehrreich. Sie erteilte Lektionen in optischer Pflege und professionellem Auftreten. Den Kundinnen wurde gezeigt, wie man einen guten ersten Eindruck machte, wie man seine Garderobe zusammenstellte und eine freundliche Miene aufsetzte. Es gab Probe-Interviews, Tipps fürs Posieren und Persönlichkeitsberatung, wobei Letztere hauptsächlich darin bestand, dass den Frauen eingeschärft wurde, den Mund zu halten. Mein Lieblingsfach war »Wie man sich von der Masse abhebt«. Ich meine, das hätte ich den Mädels zeigen können!

Miss Snively zog es prinzipiell vor, wenn die Modelle ledig waren. »Großer Gott!«, kreischte sie immer. »Wenn ich mich noch ein einziges Mal mit einem überfürsorglichen Mann oder einer vollen Windel rumschlagen muss, zahle ich die Scheidung und die nächste Abtreibung aus eigener Tasche!«

Sie machte sich Notizen zu jedem Neuzugang: *Blaue Augen, blonde, lockige Haare, schiefe Zähne. Bessere Unterwäsche erforderlich.* Alle Frauen wurden auf eine Spalte Stichworte reduziert. Es wurde erwartet, dass sie ihre eigene Garderobe hatten, dass sie mir nichts, dir nichts ihre Haarfarbe änderten, und wenn sie sich die Agenturgebühren nicht leisten konnten, zog Miss Snively sie ihnen von künftigen Einnahmen ab.

Kein Zweifel, diese Frauen saßen in der Falle, von der Sekunde an, in der sie auf der gestrichelten Linie unterschrieben. Manche – manche! – von Miss Snivelys Modellen hatten es auf die Titelseite von *Time*, *Life* oder *People* geschafft. Häufiger allerdings endeten sie als Nullachtfünfzehn-Hostessen an Roulettetischen oder auf Schönheitswettbewerben. Ich konnte mir nicht vorstellen, wie jemand mit diesen Auftritten zu Ruhm und Reichtum kommen sollte. Machte ich mir etwas vor, wenn ich auf mehr hoffte?

Meine Aufgabe war es, die Frauen für die Porträtaufnahmen zu schminken. Ich lernte, wie man seit einer Woche nicht gewaschene Haare in Locken legte, wie man Wangen mit einer cremigen Grundierung, abgedämpft durch einen Hauch Puder, für die Kamera modellierte. Auf der Straße hätte das niemals funktioniert, aber vor einem Fotoapparat, wo die Kandidatinnen Posen einnehmen und halten mussten, auf einem Stuhl zurückgelehnt oder in einem Badeanzug, schon. Uns wurde beigebracht, die Starlets schillern zu lassen, ihr schmales Lächeln aufzublasen oder jemanden gesund aussehen zu lassen, selbst wenn die Person es nicht war. Wir mussten schiefe Zähne kaschieren oder schwer zu zähmende Haare. Es gab Requisiten wie Kerzen, Badekappen oder Surfbretter. Und alle Modelle arbeiteten für fünf Dollar die Stunde. Miss Snively schätzte das, was sie als einen »natürlichen Sinn für den Umgang mit der Kamera« bezeichnete; die Fähigkeit, die Beine genau richtig zu überkreuzen oder den Kopf auf eine gewisse Weise zu neigen oder im passenden Moment die Haare zurückzuwerfen. Wir verwandelten diese Frauen von blutigen Amateuren in eine Art Profis – wenn wir unsere Arbeit gut machten. Ponys wurden geschnitten, Dekolletés entblößt und hawaiianische Blumengirlanden umgehängt.

Aber ohne Schminke bedeutete das alles gar nichts. Wir brauchten feuchte Lippen, große Augen und starke Augenbrauen. Ich wusste, wie man all das erreichte. Die anderen Maskenbildnerinnen und ich setzten neue Techniken ein, die wir gelernt hatten. Und dann waren da all die Augenbrauenstifte und Lipliner … Es war eine Kunst, ehrlich. Mit der Zeit liebte ich Blonde genauso wie Miss Snively, denn man konnte sie in jedem Licht fotografieren. Die Frauen freuten sich wahnsinnig darüber, professionell geschminkt zu werden. Rührend, wenn auch verblendet. Und die ganze Zeit über wurden wir von den Plakaten an den Wänden beäugt.

»Was hat es mit dem auf sich?«, fragte ich eine Kundin eines Tages und zeigte dabei auf ein Foto. Relativ kleiner Mann, Schnurrbart. »Petraś oder so ähnlich?«

Sie schielte unter der Blondierungshaube hervor, die mit Sicherheit gerade ihre Haare ruinierte. »Alecs Petraś? Ach, nur der beste Maskenbildner von ganz Hollywood!«

»Polnischer Adel«, rief eine andere herüber. »Ein Prinz!«

Ich hatte nicht einmal gewusst, dass es in Polen Adel gab.

»Danke, Marcy, aber ich weiß Bescheid.« Meine Kundin setzte sich aufrechter hin, sichtlich verärgert, dass ihr großer Moment unterbrochen worden war. »Er ist 1918 aus Polen nach Amerika geflohen, nachdem man die Königsfamilie dort abgeschafft hatte.« Die Frau hatte eindeutig ihre Hausaufgaben gemacht. »Ohne Geld und Beziehungen hat er hier zunächst als Apotheker angefangen, sich dann aber ganz auf die Maskenbildnerei konzentriert.«

»Alle Schauspielerinnen wollen ihn haben!«, schaltete sich erneut das andere Modell ein. »Wie toll es wäre, von Alecs Petraś geschminkt zu werden …« Sie starrte ins Leere, als hätte sie eine Art religiöse Erweckung.

Ich sah zwischen den beiden hin und her. Wenn Petraś solche Hingabe bei Menschen hervorrief, die ihm noch nie begegnet waren … dann wollte ich ihn kennenlernen! Wie schwer konnte das schon sein? Ich war hier, er war hier. Wir befanden uns in derselben kleinen Stadt. Hollywood war berühmt für zufällige Begegnungen. Ich und dieser Petraś? Wir waren dazu bestimmt, einander über den Weg zu laufen! Und falls nicht, dann musste ich eben dafür sorgen, so sicher, wie meine Mutter mir immer versprochen hatte, dass ich dazu geboren war, etwas zu werden, *jemand* zu werden. Auf jeden Fall jemand. Auf jeden Fall eine Freundin von Petraś. Denn alles andere kam nicht infrage. Genau das war doch der Grund für mich gewesen, herzukommen! Ich brauchte nur eine Gelegenheit … solange ich nicht abgelenkt war.

Ablenkung. Das schlimmste, verwerflichste Wort in Hollywood. Woher ich das wohl weiß …

10

Vormittags arbeitete ich bei Miss Snively. Nachmittags und abends stand ich mit meinem bestickten Einstecktüchlein im Van de Kamp's und sammelte meine Trinkgelder ein. Oft kam ich erst spät nach Hause, wo Raphael auf mich wartete. Dann stellten wir Kerzen ins Fenster und setzten uns auf die Feuertreppe, aßen fettige Pizza, tranken Bier und unterhielten uns, bis die Kerzen flackerten und erloschen.

Eines Abends saß er in Socken auf der Fensterbank, die Arme auf die Knie gestützt, und sah mich an.

»Was genau hast du für Träume?« Er stupste mich mit dem Zeh am Oberschenkel an.

»Träume?«

»Von mir aus auch Pläne. Wie hast du vor, die Welt zu erobern? Ich meine, deshalb bist du doch hier, oder?«

»Ich möchte einfach nur Maskenbildnerin werden.«

Er legte den Kopf in den Nacken und stieß ein brüllendes Gelächter aus. »Was für eine gequirlte Scheiße!«

Ich grinste. »Ich quirle meine Scheiße nicht.«

Er sah mich unter gesenkten Augenlidern an. »Versuch nicht, mich zu veralbern, Loretta, darin bin *ich* der Meister. Komm schon, wir kennen einander doch mittlerweile lang genug.«

»Na ja, wenn ich es hier schaffen will, brauche ich natürlich eine Aufenthaltsgenehmigung.« Wenn ich Karriere machen wollte, konnte ich mich nicht ewig in bar bezahlen lassen.

»Jetzt kommen wir der Sache schon näher.« Er griff nach einem Stück Pizza. »Also brauchst du mich? Stimmt's?«

»Nicht unbedingt.« Ich zuckte die Schultern. »Jeder andere würde auch reichen.«

Die Pizza verharrte auf dem Weg zum Mund. »Mannomann, du hast aber Selbstvertrauen.«

»Und was ist mit dir? Was willst du?«

»Du weißt, was ich will.« Ich strich ihm mit einer Hand über den Oberschenkel. »Nein, nicht das. Ich meine, klar, das auch. Aber das andere. Ich möchte Schauspieler werden. Ein richtiger, nicht so ein Nebenrollen-Heini.«

»Kann ich dabei helfen?«

Er überlegte. »Ja, könntest du. Ich brauche jemanden an meiner Seite, der kapiert, wie es läuft, und ich glaube, du kapierst es. Jemanden, zu dem ich ehrlich sein kann, der sich nicht aufregt, wenn ich zu Vorsprechen gehe oder für Dreharbeiten ans andere Ende der Welt muss.«

Ich konnte es nicht ändern, ich hielt seine Pläne für maßlos übersteigert. Noch arbeitete er nur für Miss Snively, du liebe Güte! Aber das würde ich garantiert nicht laut aussprechen; nicht gegenüber dem hübschen Jungen, der nach Hollywood gekommen war, um ein Star zu werden.

»Und du glaubst, das sollte ich sein?«, fragte ich. »Die Ehefrau, die deine Pläne mitträgt?«

»Ehefrau?« Er verschluckte sich beinahe an seinem Bier, aber ich merkte, dass es nur gespielt war. Schlecht gespielt.

»Ich dachte, darum geht es hier. Du tust mir einen Gefallen, ich unterstütze dich bei deiner Karriere. Wenn es dir nicht passt, kannst du jederzeit zu Mick zurück.« Mit mir hatte er eine mietfreie Unterkunft einschließlich Sex. Außerdem half ich ihm, seinen Look zu verfeinern; weniger Protz, mehr Eleganz. Er brauchte meinen professionellen Blick, ich seinen Namen. Es war eine ganz simple Transaktion.

»Also gut«, sagte er. »Ich denke darüber nach.« Er wischte sich die Pizzakrümel vom Hemd und streckte die Hand nach dem Nachtisch aus – mir.

Ich wehrte mich, aber nur halbherzig, und das wusste er. Er hob mich an der Taille hoch und trug mich zum Bett. Sobald er mich losließ, rannte ich auf die andere Seite und hob die Fäuste zu vorgetäuschten Boxhieben.

»Du wirst darüber nachdenken«, forderte ich.

Er sprang auf die Matratze, lief über die müden Federn und stieß mit dem Kopf an den Lampenschirm, sodass der heftig ins Schaukeln geriet. Dann packte er mich am Handgelenk und zog mich mit sich nach unten.

»Ich denke darüber nach. Und jetzt komm her.« Er beugte sich über mich und rieb mit seiner Wange über meine, bis seine Bartstoppeln auf meiner Haut brannten.

»Aua! Lass das!« Ich versuchte, ihn von mir hinunterzuschieben, aber er war stärker. Zappelnd drehte ich das Gesicht von einer Seite auf die andere.

Schließlich hielt er meine Hände rechts und links neben meinem Kopf fest. »Du willst mich nicht?«

»Ich will dich nicht. Ich brauche dich.« Unvermittelt begann ich zu keuchen.

Er ließ meine eine Hand los, um seine Finger unter dem Rock zwischen meine Oberschenkel zu schieben, und dann umarmte er mich, plötzlich ganz zärtlich.

Die Zärtlichkeit war es, die mich wehrlos machte. Das hatte ich in jenen dunklen Gassen nie erlebt. Raphael mochte gelegentlich ein Mistkerl sein, aber er war *mein* Mistkerl, und er wusste stets genau im richtigen Moment, was er zu tun hatte. Er verstand mich, verstand, dass ich es brauchte, gebraucht zu werden.

Am Morgen schliefen wir wieder miteinander. Ich wachte in der Regel früh auf. Es brauchte nicht viel, sobald er spürte, dass ich mich rührte, bekam er einen Ständer. Dann schob er eine Hand unter meinen Kopf, und ohne ein einziges Wort fielen wir übereinander her. Oft blieben wir stumm, und ich lauschte den morgendlichen Geräuschen des Hauses, dem Plätschern von Wasser, den Rufen der Müllmänner im Hof. Es war nicht unbedingt das, was man romantisch nennt, aber das musste es für mich auch nicht sein.

Hinterher stand ich auf und lief in der Wohnung herum, hob meine Uniform vom Boden auf und ging ins Bad. Raphael schlief meistens wieder ein und fing an zu schnarchen. Dann stellte ich mich ans Bett und sah ihm zu, die Lippen weich, das Gesicht zerknittert auf dem Kissen. Ich liebte diese Momente, weil ich wusste, dass er meinen Blick nicht auf sich spürte.

Eines Morgens, als ich aus dem Badezimmer kam, saß er aufrecht im Bett, die Arme vor seiner wunderbar breiten Brust verschränkt. Seine Haare waren zerzaust, und ich musste mich mit aller Macht gegen den Drang stemmen, mich rittlings auf seinen Schoß zu setzen.

»Ich habe nachgedacht«, fing er an.

»Ach ja?«

»Über deinen Vorschlag.« Beiläufig zupfte er ein unsichtbares Staubkörnchen von der Decke. »Du hast recht. Wir sollten unsere Beziehung offiziell machen.«

»Reden wir hier von … Heirat?« Theatralisch legte ich mir den Handrücken an die Stirn und tat, als sänke ich in Ohnmacht.

Er lachte und klopfte auf die Matratze. »Komm her, Süße. Lass mich erklären.«

Auf gar keinen Fall. Dann wäre es absolut unmöglich, pünktlich zur Arbeit zu kommen. »Spuck es einfach aus.«

»Bist du sicher, dass du so weit weg stehen willst?«

»Oh, ja.« Ich sah demonstrativ auf meine Armbanduhr.

Wie um sich zu ergeben, hielt er die Hände hoch. »Ist ja gut, ist ja gut, wie du willst. Also, neulich habe ich mich mit ein paar Jungs von der Schauspielergewerkschaft unterhalten.«

»Und?«

»Und offenbar mögen die Studios es gern, wenn ihre Schauspieler eine nette Frau haben. Einem Mann ohne Familie fehlt was …«

»Ich soll schwanger werden!«

»Nein! Aber weißt du, es gibt diesen Hays Code.« Als er meine ausdruckslose Miene bemerkte, seufzte er. »Einen Moral-Kodex für die Filmbranche, Loretta. Wir alle müssen momentan sauberer als sauber wirken.«

»Okay, das verstehe ich.« Offen gestanden war ich nicht überzeugt davon, dass Raphael auch nur einen uneigennützigen Gedanken hegte; ihn interessierte nur sein eigenes Vorankommen. »Aber geht es hier um uns oder um Politik?«

»Um uns! Es wäre ein für beide Seiten vorteilhaftes Arrangement. Nimm doch nur mal Danny Kaye und Sylvia Fine als Beispiel. Bei denen hat es gut geklappt.«

Ich blinzelte. »Ich wusste gar nicht, dass du solche Neigungen hast.«

»Ha, ha, sehr witzig. Du weißt schon, was ich meine.« Er verzog den Mund zu einem perfekten trägen Grinsen. »Das ist unsere Chance, uns gemeinsam eine Karriere aufzubauen. Und du wärest nicht mehr illegal, Politik hin oder her. Das wolltest du doch immer, oder?«

Legalität. Alles, worauf ich je gehofft hatte.

Ich hielt es nicht mehr aus.

»Einverstanden!« Juchzend vor Freude und ohne Rücksicht auf das altersschwache Bett rannte ich los und warf mich auf ihn. Ich umschlang ihn, wollte sein Gewicht auf mir spüren.

Er gab mir einen langen Kuss, dann stützte er sich halb auf. »Ich dachte, du machst dir solche Gedanken über Politik.«

»Scheiß auf die Politik.« Ich hatte mich schon halb aus meiner Uniform geschält.

»Snively wird toben«, sagte er, während er mir dabei zusah, wie ich mich auszog.

Ich setzte mich rittlings auf ihn. »Heute steht nur ein Modell im Terminkalender, und es dauert mindestens zwei Stunden, ihr die Haare zu machen.« Damit zog ich meinen künftigen Ehemann an mich, und wir sanken auf die Matratze.

11

Enid! Ich heirate, und das an meinem einundzwanzigsten Geburtstag! Ich hoffe, Du freust Dich für mich, aber Du darfst es niemandem erzählen, weil Miss Snively mir nicht freigeben wollte. Also werde ich mich krankmelden, ha, ha! Ich wünschte, Du könntest dabei sein, aber, na ja, es ist wirklich weit, nicht wahr, und wir müssen an Mum denken. Erinnerst Du Dich noch an meinen Achtzehnten in der Gemeindehalle, als ich diesen Onkel geohrfeigt habe, weil er mich betatscht hat? Das hat Mum mir immer noch nicht verziehen, oder? Ich wünschte, sie würde es tun. Wie geht es Dir? Du fehlst mir. Es wäre schön, von Dir zu hören. Läuten bei Dir auch irgendwelche Hochzeitsglocken? Man weiß ja nie!
Margaret

An meinem einundzwanzigsten Geburtstag trug ich ein beiges Leinenkostüm, das ich in einem Laden mit gebrauchter Kleidung ergattert hatte. Mit Bubikragen, Perlmuttknöpfen und einem Gürtel an der Jacke fühlte es sich passend an; nicht zu auffällig für eine Braut, die sich in der Arbeit krankgemeldet hatte. Einen Brautstrauß hatte ich nicht. Raphael meinte, Blumen verwelkten ohnehin nur in der Hitze, und ich versuchte, es mir nicht allzu sehr zu Herzen zu nehmen. Eigentlich hatte ich mich passend zu meinem Teint blass schminken wollen, aber letzten Endes entschied ich mich für einen knallroten Lippenstift und Wahnsinns-Wimpern. Ich meine, man heiratet schließlich nur einmal, stimmt's?

Die Zeremonie vollzog Pfarrer Cornelius McCoy – bekannt dafür, dass er nicht zu viele Fragen stellte. Er behauptete, irischer Abstammung zu sein, als wäre es ein Beweis, dass er Stammgast im Tom Bergin's war. Jeder konnte auf einem Barhocker unter einem Papp-Kleeblatt sitzen, also erzählte ich ihm alles über Dads Verwandtschaft in Galway. Ein wilder Haufen. Fast zu lustig, um wahr zu sein. Pfarrer McCoy schien nicht zu bemerken, dass nach meinem zweiten und auch dem dritten Guinness die Hälfte der Leute andere Namen hatten.

Mick hatte die Dokumente gefälscht, so wie Raphael es versprochen hatte. Er fungierte, neben Primrose, als Trauzeuge.

»Heiraten?«, hatte sie gefragt, als ich ihr von unseren Plänen erzählte. »Bist du sicher?«

»Er macht mich glücklich.«

»Gut im Bett?«

Ich grinste schamlos. »Irre gut.«

Mit zusammengekniffenen Augen zündete sie sich eine Lucky Strike an, und eine dünne blaue Rauchsäule stieg gemächlich Richtung Decke auf. »Schätzchen, du kannst dich doch auch amüsieren, ohne unter die Haube zu kommen. Bist du schwanger?«

»Nein.«

»Wirklich nicht? Sonst könnte ich dir helfen.«

»Ja! Ich meine, nein. Also … ist das ein Kreuzverhör, oder was?«

»Aber warum dann?« Sie strich mir über die Stirn, wodurch ich mich auf einmal sehr jung fühlte. Ihre Stimme wurde weicher. »Du bist hübsch. Clever noch dazu. Warum wartest du nicht ein bisschen?«

Ich ergriff ihre Hand. »Er ist gut für mich, und ich bin gut für ihn.«

Sie zögerte. »Weißt du, ich glaube, er ist nicht der, für den er sich ausgibt.«

»Wer von uns ist das schon?«, erwiderte ich gereizt.

»Sprich mit mir«, drängte sie.

»Wir … wir unterstützen einander. Ich staffiere ihn für Hollywood aus, er beschafft mir eine Aufenthaltsgenehmigung.«

Primrose' Miene blieb skeptisch. »Und Liebe? Kommt die gar nicht ins Spiel?«

In dem Moment hätte ich sie am liebsten umarmt. Tief drinnen war sie trotz allem, was sie gesehen, was sie erlebt hatte, nach wie vor herrlich romantisch.

»Liebe ist eigentlich nicht Teil des Plans«, erklärte ich.

»Das ist schade.«

Ich spürte meine Miene hart werden. »Ach ja?«

»Süße.« Sie streichelte mir über die Wange. »Eines Tages wirst du das merken.«

Ich drehte das Gesicht zur Seite und gab ihr einen Kuss auf die Handfläche. »Wenn du magst, kannst du mir helfen, die Hochzeitsfeier zu organisieren.«

Sie runzelte die Stirn. »Klingt teuer.«

»Keine Angst. Wir machen sie bei mir.«

»Na gut«, sagte sie sanft. »Es wäre mir eine Ehre zu helfen.«

Der Plan stand. Primrose gab ihren Protest auf, und in den nächsten drei Wochen klauten sämtliche Kellnerinnen im Van de Kamp's Bier für uns.

12

Primrose und ich standen vor der bis zum Rand gefüllten Badewanne. Ich holte eine Bierflasche aus dem Wasser und löste mit dem an einer Schnur befestigten Öffner den Kronkorken. Es zischte. Nebenan dröhnte Musik. Es war nach Mitternacht, die Nachbarn riefen sicherlich bald die Polizei, falls sie es nicht schon getan hatten.

Primrose setzte sich auf die Wannenkante. »Wie fühlt es sich an?«

»Super.« Ehrlich gesagt war alles so unspektakulär und schnell vor sich gegangen, dass ich gar nicht genau wusste, wie es sich angefühlt hatte. Ich wusste nur, dass mir Mum und Enid gefehlt hatten.

Ich zog mir den Lippenstift vor dem Spiegel nach. Unter dem Waschbecken bewahrte ich ein Kosmetikköfferchen auf. Raphael beklagte sich oft über den Platzmangel in der Wohnung, für die er kaum Miete bezahlte. Er hatte sich eine größere in den Kopf gesetzt, eine mit einem richtigen Schlafzimmer. Mir selbst war es egal. Ich liebte unsere bescheidenen vier Wände, die auf der Straße gefundene Kleiderstange, die von der Modellagentur geliehene Nähmaschine in der Ecke am Fenster. Im Vergleich zu meinem Zimmer zu Hause war das hier ein Palast.

Plötzlich riss die Musik ab.

»Loretta? Könntest du bitte mal kommen?«

Primrose zwinkerte mir zu.

Nach einem letzten erfrischenden Schwung mit dem roten Lippenstift spürte ich meine Zuversicht zurückkehren; ich verschloss ihn mit der Kappe und folgte ihr nach nebenan. Das Licht war ausgeschaltet, alle Gäste drängten sich um einen Kuchen und stimmten ein Lied an. Mit Zuckerguss stand darauf eine verschnörkelte *21*.

Raphael streckte mir den Kuchen entgegen, das schöne Gesicht vom Kerzenschein beleuchtet.

Das hatte er für mich getan? Der große Raphael Goddard hatte mir extra einen Geburtstagskuchen besorgt?

Unsere Blicke begegneten sich, und es war, als würden alle anderen Menschen im Raum verblassen.

»Mein wunderbarer Ehemann«, sagte ich mit plötzlich zugeschnürter Kehle. Was war bloß los mit mir?

»Meine wunderbare Ehefrau«, entgegnete er sanft, und ausnahmsweise war seine schauspielerische Leistung eins a. Vielleicht meinte er es aber sogar ernst. Dann riss er seinen Blick von mir los und sah sich um. »Kommt schon, Leute!«

Er stimmte »Happy Birthday« an, und die anderen fielen schnell mit ein. Manche stockten bei meinem Namen (nicht alle Anwesenden waren im engeren Sinne gute Freunde), aber das störte mich nicht. Oder zumindest wollte ich mich nicht davon stören lassen.

»Auspusten!«, rief Raphael, als das Lied zu Ende war.

Ich schloss die Augen und verharrte kurz, um den Moment zu verinnerlichen. Ich wusste, was ich in diesem kleinen Raum hatte, war mehr, als sich die meisten Leute erträumten. Trotzdem wünschte ich mir etwas, während ich die Kerzen ausblies.

Wieder wurde gejubelt, und jemand legte eine neue Platte auf, während Raphael und ich einander noch einmal in die Augen sahen. Unser Pakt war besiegelt. Der Ring steckte an meinem Finger, und niemand konnte ihn mir je wieder wegnehmen.

»Danke«, sagte ich.

Er grinste schief. »Es kommt noch mehr.«

Ehe ich ihn fragen konnte, was er damit meinte, hakte sich eine Freundin von uns bei ihm unter und zerrte ihn zum Tanzen weg. Er konnte gerade noch den Kuchen auf dem Tischchen abstellen.

Der Partner der Freundin hob mich hoch und wirbelte mich im Kreis herum, während ich mir den Kopf nach Raphael verdrehte. Ich konnte den Blick einfach nicht von meinem frischgebackenen Ehemann lösen.

Im nächsten Augenblick ließ Raphael seine Tanzpartnerin stehen (ich gestehe, dass ich leichte Genugtuung verspürte) und sprang aufs Bett. Er reckte sein Glas. »Auf Mrs. Goddard.«

Erneut erhob sich allgemeines Grölen.

Raphael zeigte mit dem Glas auf mich, sodass Whisky auf die Laken spritzte. »Und jetzt: eine Überraschung.«

»Noch eine?« Warum fühlte ich mich so verunsichert?

»Aber selbstverständlich.«

Falls er bemerkte, dass etwas nicht stimmte, ließ er sich nichts anmerken. In seinem leuchtend rosa Anzug trieb er alle aus der Wohnung hinaus zu einer Ansammlung von Autos. Es hätten nur noch mit Federbüschen geschmückte Pferde gefehlt, und die Aschenputtel-Szene wäre perfekt gewesen.

»Du sitzt hier, Loretta.« Er schnippte mit den Fingern. »Komm her.«

»Wo fahren wir denn hin?« Als ich auf der Beifahrerseite einstieg, knickte ich beinahe in den hochhackigen Satinschuhen um. Ich hatte sie mir von Primrose geliehen, aber sie hatte kaum Zeit gehabt, mir das Laufen darin beizubringen. Mal ehrlich, sie selbst benutzte sie ja auch eher selten zum *Laufen*.

»Das siehst du dann schon.« Raphael setzte sich ans Steuer. Eigentlich hätte er natürlich auf keinen Fall fahren dürfen, er trank seit dem Frühstück, aber das war mir jetzt auch schon egal. Ich kuschelte mich an ihn, als er den Wagen die Einfahrt hinuntersteuerte, im Schlepptau die anderen Autos, aus deren Fenstern sich die Hochzeitsgäste lehnten und kreischten und johlten.

So fuhren wir hinaus in die kalifornische Nacht, über uns die Sterne wie funkelnde Kristalle. Die Geräusche der Stadt verebbten allmählich, während die Reifen über den Asphalt rollten, Scheinwerfer die Dunkelheit zerschnitten. Es kam mir vor, als wären wir Goldgräber, die Spaten im Kofferraum. Ein magischer Schimmer würde reichen, damit wir, eine Staubwolke hinter uns herziehend, von der Straße abbogen. *Das ist ein Abend zum Träumen,* sinnierte ich.

Hätte ich mal besser mitgedacht.

Das erste Warnzeichen war der Jazz. Das und die nackt in den Erkern unter Lampions tanzenden Frauen.

Raphael hielt an, lief um den Wagen herum und öffnete mir galant die Tür, um mir die Hand entgegenzustrecken. »Da wären wir, meine holde Gattin.« Er lallte etwas.

Zögerlich ergriff ich seine Hand. Beim Aussteigen drehte ich mich diskret zur Seite, da mein Rock über die Nylonstrümpfe nach oben gerutscht war. Dann betrachtete ich die hohen, weiß verputzten Mauern des … Wie sollte ich es nennen? Villa? Märchenschloss? Eigentlich war es ein Haus im mexikanischen Stil, aber anders als alles, was ich je gesehen hatte, mit Wassersprengern über einem tiefgrünen Rasen, der sicherlich nicht in diese Wüste gehörte. Dahinter lagen die flachen, unregelmäßigen Ausläufer der kalifornischen Berge.

Eine Frau in nichts als einer Federboa, um ihre Blöße zu bedecken, rannte uns entgegen. Durch Primrose und ihre

Kolleginnen war ich mittlerweile sehr vertraut mit der weiblichen Anatomie, aber an diesem kühlen Abend wirkte sie … na ja, etwas fröstelig. Als sie näher kam, bemühte ich mich, den Blick auf ihr Gesicht zu richten. Raphael war weitaus weniger taktvoll.

Perlendes Lachen. »Hallo«, sagte sie fröhlich. »Ich bin Daisy.« Sie musterte mich von Kopf bis Fuß. »Hey, du bist ja süß.«

Ich lächelte verkniffen und streckte die Hand aus, aber sie rümpfte nur die Nase und wedelte mit der Boa vor meinem Gesicht herum. Raphael war schon auf dem Weg zum Haus. Daisy lief ihm nach, hakte sich bei ihm ein und gab ihm auf Zehenspitzen einen Kuss auf die Wange.

Ich blinzelte einmal langsam. Die beiden kannten einander anscheinend.

»Hey«, rief ich Raphael nach.

Er tätschelte Daisy den Hintern und ließ sie vorausgehen, dann schlenderte er zu mir zurück. »Ja, Schatz?«

Mit dem Kinn deutete ich auf das Haus. »Was zum Henker soll das sein?« Die anderen Hochzeitsgäste rannten lachend an uns vorbei. »Wussten die Bescheid, dass wir kommen?«

Raphael streckte die Hände nach mir aus, aber ich zuckte zurück.

»Es sollte eine Überraschung sein.« Plötzlich spiegelte sich Verzweiflung in seiner Miene. »Hör mal.« Probehalber schob er sich am Auto entlang näher zu mir. »Ich hatte keine Ahnung, dass die Termine kollidieren würden, aber wir …« Er grinste starr. »Wir mussten unbedingt herkommen.«

»Wir?«

Wenigstens machte er ein beschämtes Gesicht. »Na gut, ich.«

Ich sah an meinem Kostüm hinab, das vom Mondlicht beschienen wurde. Die Ansteckblume ließ bereits den Kopf hängen. »Ich weiß, dass die Sache zwischen uns ein Arrangement ist, aber das hier? Du hast gerade einer Frau auf den nackten Po gehauen! Das ist erniedrigend.«

Er nahm meine Hände. »So sollte es nicht laufen. Es ist einfach nur … was weiß ich … ein Geschäftstermin.«

»Mit einem Haufen Leuten, die total neben sich stehen? Morgen werden die sich an kein Gespräch mit dir erinnern.« Ich riss meine Hände aus seinen.

Ein weiteres Auto fuhr vor. Mehrere Leute stiegen fröhlich aus und grüßten Raphael im Vorbeilaufen. Er winkte ihnen zu, aber sein Lächeln erstarb in dem Moment, als er sich wieder zu mir umwandte.

»Stanley Hughes kommt. Der Regisseur«, sagte er und fügte in schmeichelndem Tonfall hinzu: »Weißt du nicht mehr, Süße? Von dem hab ich dir doch erzählt.« Auf mein Zögern hin verfinsterte sich seine Miene. »Was denn? Darf ein Mann jetzt nicht mal mehr seine Frau an ihrem Hochzeitstag überraschen?«

»Ach, du machst das also für mich?« Ich trat einen Schritt zurück. Plötzlich wollte ich auf keinen Fall länger in seiner Nähe sein. Ich lief im Kreis um den Wagen herum, immer auf einen Sicherheitsabstand bedacht, während er mich verfolgte. »Eine Orgie? Das ist dein großer Erfolgsplan?«

Raphael sah sich verstohlen um. »Ich hasse es, wenn du so redest«, sagte er halblaut. »Warum musst du immer so direkt sein?«

»Oh, entschuldige bitte. Bin ich dir peinlich?«

»Ehrlich gesagt, Loretta: Ja.« Er packte mich am Arm. »Vergiss nicht, wo du bist. Diese Party ist supersuperwichtig und könnte auch für dich nützlich sein, verstehst du?«

Ich schüttelte ihn ab. »Ach ja, das hab ich total übersehen. Die ganzen Prostituierten! Denen könnte ich ja bei der Gelegenheit kostenlos einen neuen Look verpassen.«

Er breitete die Arme aus. »Na und? Machst du doch sowieso schon.«

»Bei meinen Freundinnen! Nicht bei …« Ich wedelte mit der Hand in Richtung der Frau mit der Federboa. »Ich weiß noch nicht mal, wer die ist.«

»Macht sie das zu einem schlechteren Menschen als Primrose?«

»Primrose hat damit gar nichts zu tun! Sie hat mich vor dir gewarnt, und …«

»Ist ja zauberhaft. Freut mich, dass ihr beide Gelegenheit hattet, über mich zu lästern.«

»Wir haben nicht gelästert, es war nur …« Was sollte ich sagen? Dass Primrose von Anfang an recht gehabt hatte? Ich wollte es nicht glauben. Natürlich wollte ich meine Karriere vorantreiben, aber ich bezweifelte stark, dass mir eine sextrunkene Party dabei von Nutzen sein würde.

»Lass diese Spielchen«, knurrte er. »Wir haben einen Pakt geschlossen.«

»Keinen, bei dem Sex inbegriffen war. Zumindest nicht mit Fremden.«

»Ich verlange ja nicht, dass einer von uns Sex mit Fremden hat. Ich möchte nur, dass wir dabei sind. Uns unters Volk mischen. Sehen, mit wem wir ins Gespräch kommen.« Ungläubig schüttelte er den Kopf. »Ich dachte, du hättest Ehrgeiz, Loretta.«

Das Ganze war für ihn nur ein weiteres Spiel. Tja, in dem Fall würde ich nicht die Verliererin sein.

Ich rückte die Blume an meinem Revers gerade. »Von mir aus. Wenn schon, denn schon.«

Erleichterung machte sich auf Raphaels Miene breit. »Ich wusste, dass du verstehen würdest. Wir sind vom gleichen Schlag, du und ich.«

»Das trifft sich gut, weil wir jetzt verheiratet sind.«

Vor uns rief und winkte jemand.

»Hey, du alter Gauner! Wie geht's denn immer?«, brüllte Raphael zurück. Er hielt mir seinen Ellbogen hin. »Komm, lern erst mal alle kennen. Ehrlich, wenn du mal drin bist, gefällt es dir. Das wird witzig.«

»Geh du schon vor.« Ich brauchte Zeit zum Nachdenken. »Ich will mich noch ein bisschen frisch machen.«

Raphael gab mir einen flüchtigen Kuss auf die Wange. »Gute Idee. Mach dich hübsch, aber beeil dich. Ich will dich vorstellen.« Er trabte auf seinen Freund zu und johlte vor Lachen, als er selbstverständlich stolperte. Die beiden klopften einander auf den Rücken und verschwanden im Haus.

Mich hübsch machen? Was für eine Witzfigur der Typ doch war. Dennoch bückte ich mich im Wagen nach meiner Handtasche.

Eine Tür wurde zugeschlagen. Primrose. Ganz offenbar hatte sie sich in einem der anderen Autos ebenfalls nachgeschminkt – roter Lippenstift, passend zu ihrem Kleid. Sie musste das gesamte Gespräch mitgehört haben.

Sie sah mich an. »Er hat eine hohe Meinung von Prostituierten, was?«

Ich drehte meinen Lippenstift zu. »Der kann mit seiner Meinung zur Hölle fahren.«

»Du hast mehr Mumm im kleinen Finger als er im ganzen Körper, Loretta.« Sie legte mir den Arm um die Schultern, zog mich kurz an sich und gab mir einen Kuss auf die Stirn. »Ach, Süße.«

Ich starrte vor mich hin.

»Wer veranstaltet die Party überhaupt?«, fragte ich trübsinnig.

»Ein Schauspieler. Nennt sich den Kaiser von Hollywood.«

»Und das ist sein Schloss«, murmelte ich angesichts der

ganzen irren Türmchen und Brüstungen. Plötzlich passte alles zusammen.

»Tja, sieh es mal positiv.« Primrose tippte im Takt der Musik mit dem Zeh auf den Boden. »Vielleicht werde ich heute Nacht endlich auch entdeckt.« Sie ließ mich los, breitete die Arme aus und drehte eine kleine Pirouette.

Trotz allem musste ich lachen.

»Komm schon, Augen zu und durch.« Sie streckte mir die Hand hin.

Nach kurzem Zögern verschränkte ich meine Finger mit ihren, und wir beide gingen auf das Haus zu. Durch den offenen Eingang konnte ich eine Terrassentür erkennen und dahinter das türkise Rechteck eines Swimmingpools, in dem sich Leute tummelten.

Immerhin lernte ich an meinem Hochzeitstag eines – bei einer Orgie niemals schwimmen zu gehen.

13

Ich hatte nicht damit gerechnet, dass meine erste Orgie so glamourös wäre. Es wimmelte von Schauspielern und Schauspielerinnen, Regisseuren, Produzenten, Drehbuchautoren, alle auf der Suche nach Zerstreuung. Und Junge, Junge, die fanden sie auch. Unter der Woche rackerten die Stars sich ab, aber am Wochenende feierten sie exzessiv.

Dennoch war ich auf das hier nicht vorbereitet gewesen.

Das Lächeln der Gäste war so dick aufgetragen wie die Silver-Stone-No.2-Grundierung, mit der sich einige der halb nackten Frauen eingeschmiert hatten, die mit ihrem Federschmuck auf dem Kopf herumstaksten. Schwaden von blauem Zigarrenqualm hingen über unseren Köpfen. Wer noch nie das rasselnde Gelächter eines Studiobosses gehört hat, dem kann ich verraten: Dabei läuft es einem kalt den Rücken hinunter.

Ich kam an mehreren Männern in Anzügen vorbei, von denen sich einer gerade lautstark beschwerte: »Ich hole den Scheißkerl extra aus Europa, zahle ihm die Überfahrt, und dann sagt er mir, das Drehbuch, für das ich achtzigtausend hingelegt habe, taugt nichts.«

Geschlossen drehte sich das Grüppchen um und musterte finster den ahnungslosen jungen Schauspieler, der gerade am Pool eine Frau küsste.

Primrose hielt immer noch meine Hand, und ich festigte meinen Griff, während wir uns umsahen.

»Immer lächeln«, sagte sie mit zusammengebissenen Zähnen. »Einfach immer lächeln.«

Eine ältere Frau, deren Brüste herabhingen wie die Ohren eines Cocker Spaniels, setzte sich einem jungen Kellner auf den Schoß, und er knetete die runzlige Haut ihrer Oberschenkel. Ein anderer Kellner tauchte mit einem Tablett schimmernder Martinis auf. Ich schnappte mir einen und beobachtete die Szenerie über mein Glas hinweg. Dann zogen Primrose und ich uns in das Halbdunkel neben dem Tennisplatz zurück.

Also, nackte Hinterteile von Männern mittleren Alters sind wirklich nichts für schwache Nerven. Und die Behaarung! Überall Haare. Da war ein Mann mit einem Kopf, so kahl und glatt wie eine Billardkugel, aber mit einem Schambereich, der Nationalpark-Status hätte beantragen können.

»Mit Körperpflege haben die aber nichts am Hut«, raunte mir Primrose zu, nachdem uns ein Mann im offenen Kimono im Vorbeigehen hoffnungsvoll zugenickt hatte. Unter dem Kimono wippte eine große, aber leicht gekrümmte Erektion, eingebettet in etwas, das aussah wie ein Vogelnest.

Eine Bauchladenverkäuferin in einem Satinmieder näherte sich. Statt Popcorn und Zigaretten bot sie … andere Sachen an.

»Was zum Schnupfen?«, fragte sie. »Oder vielleicht was von Mädchen für Mädchen?« Sie hielt etwas Geripptes hoch, das fröhlich in ihrer Hand wackelte.

»Äh, nein, vielen Dank«, antwortete ich.

Ihre Kinnlade klappte herunter. »Dieser Akzent!« Sie drehte sich um und deutete mit dem Daumen über ihre Schulter auf mich. »Hey, Hank! Komm mal, die ist aus *Europa!*«

Plötzlich umschlangen mich von hinten zwei Arme, und ein feuchter Mund küsste mich aufs Ohr.

»Hallöchen«, raunte mein Ehemann. Er fasste mich an der Hand und wirbelte mich einmal im Kreis herum. Ich konnte mich nicht entscheiden, ob ich ihn küssen oder in den Pool schmeißen wollte.

»Amüsierst du dich?«, fragte er.

»Noch nicht. Hast du deinen Typen gefunden?«

Raphaels Grinsen verwandelte sich in eine Grimasse. »Ich arbeite dran.«

Primrose tippte mir auf die Schulter.

»Na, sieh mal einer an«, sagte Raphael. »Die Ballkönigin!« Er tat, als sähe er sich um. »Wo ist denn dein Begleiter?«

Primrose ignorierte seinen ärmlichen Witz und sah meinen neuen Ehemann verächtlich an, was wiederum er ignorierte.

»Ich geh mir mal den Klavierspieler ansehen«, sagte sie nur.

»Das ist meine Freundin«, zischte ich Raphael zu. »Du weißt schon, die mir geholfen hat, die Hochzeit zu organisieren.«

»Ja, ja, schon gut«, winkte er ab und trabte, ohne mich eines weiteren Blickes zu würdigen, einem Kellner mit einem Cocktailshaker hinterher.

Von jetzt auf gleich stand ich ganz allein da und fühlte mich unwohl.

Komm schon, Loretta. Geh auf Erkundungstour. Wie schwer kann das schon sein?

Die Hitze traf mich wie ein Schlag, als ich durch die raumhohe Glastür trat, Schweißperlen kribbelten in meinen Achselhöhlen. Ich zog die Jacke aus und warf sie auf ein Sofa, sodass die Blütenblätter meiner Ansteckblume zerknautschten.

Ich betrachtete den in der Mitte abgesenkten Fußboden. Eins, zwei, drei … sechs, sieben, acht … Weiter als bis zehn zählte ich nicht: miteinander verschlungene Menschen, vor Schweiß glitschige Gliedmaßen. Meine Mutter wäre auf der Stelle mit einer Flasche Chlorreiniger da hinuntermarschiert, aber selbst mit sämtlichem Putzmittel der Welt wäre da meines Erachtens nicht viel zu retten gewesen.

Als über mir schallendes Gelächter ausbrach, hob ich den Kopf in der inständigen Hoffnung auf etwas – egal was –, das ohne die Beteiligung von Körperflüssigkeiten auskam. Ich entdeckte eine Treppe, die auf eine Art Empore hinaufführte, und drängte mich an den tanzenden Frauen und Männern vorbei, die sich kleine Häufchen eines weißen Pulvers auf den Handrücken klopften. Rasch stieg ich die Stufen hinauf, dem langsamen Zischen einer am Ende einer Platte angelangten Nadel entgegen. Als ich den Fuß auf die oberste Stufe setzte, wurde eine neue Scheibe aufgelegt, und ich erkannte das Jazz-Stück sofort. »Hush, Little Baby«. Mum hatte es Enid und mir vorgesungen, wenn wir drei uns zusammen unter ihre Bettdecke kuschelten.

Eine Frau, ich schätzte sie auf Mitte vierzig, stand selbstvergessen auf einem Flügel, ihre Absätze zerkratzten den Lack, die Asche ihrer Zigarette in einem Ebenholzhalter rieselte einfach auf das Instrument hinab. Mit den Perlenreihen unter dem schief gelegten Kinn kam sie mir entfernt bekannt vor. Und dann fiel es mir ein. Louise Brooks, Star der Stummfilmzeit. Ich erkannte sie nur, weil Mum ihre europäischen Filme vergöttert hatte. Aber jetzt – herrjemine. Sie hatte dunkle Tränensäcke, und der kurze Pagenkopf musste dringend nachgeschnitten werden. Sie wirkte so allein. Ein aus der Galaxie gefallener Stern, der in einem Martiniglas ertrank.

»Sie ist jetzt Kurtisane«, raunte mir jemand im Vorbeigehen ins Ohr.

Ich drehte mich um, aber die Person war bereits in eine

kleine Menschenmenge eingetaucht, die sich auf der anderen Seite des Raums versammelt hatte. Während der Stummfilmstar eine weitere Pirouette drehte, spazierte ich hinüber.

Zu unseren Füßen war eine dicke rechteckige Glasscheibe in den Fußboden eingelassen. Unter der Scheibe stand ein Bett. Auf dem Bett lag ein Paar. Schlagartig bekam ich feuchte Handflächen, als ich das Auf und Ab von zwei Pobacken wahrnahm, die Haut flaumig wie ein Pfirsich, mit einem seltsamen kleinen Muttermal neben dem Grübchen über der linken Backe. Darunter lag eine Frau, die träge eine Hand ausstreckte und sich einen rot lackierten Fingernagel voll Kokain holte, es auf die breite Schulter ihres Liebhabers kippte und schniefte.

»Du meine Güte«, murmelte ein Mann. »Weiß Stanley, dass er als Kokstablett herhalten muss?«

Stanley? Der Regisseur? Den Raphael unbedingt kennenlernen wollte?

Stumm sahen wir dem Sex-Schauspiel unter unseren Füßen zu. Es musste sich um eine Scheibe handeln, durch die man nur durch eine Seite hindurchschauen konnte, denn der Mann hatte offenbar keine Ahnung, dass er beobachtet wurde. Im Gegensatz zu der Frau, zumindest wenn ich ihren Blick nach oben richtig deutete. Flüchtig überlegte ich, ob sie dafür bezahlt wurde, und falls ja, wie hoch ihr Honorar war.

»Aus dem Weg!« Ein großer, breit gebauter Mann mit einem locker sitzenden Seidenhemd und blitzenden silbernen Manschettenknöpfen tauchte auf. Er wirkte trotz der Narbe auf der Stirn und der mondänen Kleidung einigermaßen jung. Der Schweißfilm auf seinem Gesicht und die schlaffe Haartolle ließen erahnen, dass er seit Stunden trank. Unser Gastgeber, nahm ich an. Der Kaiser.

Er stellte sich zu uns, ein durchtriebenes Grinsen auf dem Gesicht, Grübchen im Kinn. Dann hielt er sich den Zeigefinger an die Lippen. Als wir alle verstummt waren, stampfte er mit dem Fuß auf den Parkettboden. Die Pobacken unter uns erstarrten erschrocken, nahmen aber schnell ihr Tempo wieder auf. Unser Gastgeber brüllte vor Lachen, und wir anderen stimmten hastig mit ein, doch meines klang gekünstelt und spröde. Ich zog mich zurück und spießte mir mit einem Zahnstocher eine Olive von einem Teller auf.

»Nicht so angetan?«, fragte eine Stimme.

Ich sah über die Schulter; hinter mir stand ein Mann, der mich mit einem ironischen Lächeln musterte.

Er deutete mit dem Kopf auf den Glasfußboden. »Immerhin spannender als die Wochenschau.«

Ich steckte mir die Olive in den Mund. »*Sie* findet es nicht so spannend, glaube ich.«

Er legte den Kopf schief. »Da könnten Sie recht haben.«

Wir grinsten beide etwas gequält.

Mit dem Oliventeller in der Hand wandte ich mich zu ihm, und wir schlenderten zur Brüstung der Empore, von der man auf die untere Etage hinab und durch hohe Fensterscheiben in den Garten schauen konnte. Da funkelten wieder diese Sterne, viel zu majestätisch für einen Himmel wie unseren. Ich umklammerte das Geländer und spürte, wie sich mein Herzschlag verlangsamte.

Aus dem Augenwinkel sah ich den Mann eine Zigarette anzünden und Rauch ausstoßen, der von einem Luftzug weggeweht wurde. Er war eher der Typ Sidekick – derjenige, dessen besser aussehender Freund stets die Frau abbekam.

»Sie halten sich bedeckt«, bemerkte er.

»Ja, und?«

»Und die meisten Gäste des Kaisers legen Wert darauf, sich ihrem Gastgeber vorzustellen.«

»Meine erste Orgie.«

»Aha.« Er lächelte mitfühlend. »Man sagt, die erste vergisst man nie.«

»Tja, das stimmt wohl.« Ich stellte das Tellerchen ab. »Die Bilder werden für immer in mein Gehirn eingebrannt bleiben.«

Hinter uns ertönte erneut Gelächter. Ich drehte mich um und stützte die Ellbogen auf das Geländer. Die Menge hatte sich zerstreut und den Blick auf ein weiteres Sofa freigegeben, auf dem sich ein paar Menschen rekelten.

»Will ich das sehen?« Er blieb weiter dem Pool zugewandt, wahrscheinlich zählte er Brustwarzen.

»Kommt darauf an.«

»Ich habe eine Idee.« Er fuhr mit der Hand über eine unsichtbare Leinwand, als würde er einen Pinsel halten. »Malen Sie mir mit Worten ein Bild.«

Ich betrachtete die Szene vor mir. »Also, da ist eine Frau, die einem Mann einen bläst.«

»Haarfarbe?«

»Rot.«

»Mann?«

»Glatze.«

»Aha. Maxine und Nowak. Interessant. Letzte Woche hat sie es ihm mit der Hand gemacht. Offenbar steigt sie auf in der Welt. Weiter, bitte.«

Mein Blick blieb an etwas hängen, das in die Luft gehalten wurde. »Und da ist ein … Ich glaube, es ist ein Dildo, der …« Ich sog hörbar den Atem ein. »Ist ein Arzt anwesend?«

Er lachte. »Großer Gott.« Er konnte nicht länger widerstehen und wirbelte herum. Blinzelte einmal. »Das bekommt man beim Film normalerweise nicht zu sehen.«

Meine Haut kribbelte vor Interesse. »Arbeiten Sie in einem Filmstudio?«

Er hielt seine Zigarette mit Daumen und Zeigefinger. »So was in der Art.«

»Erzählen Sie doch.«

Er stieß ein langes Seufzen aus. »Ich hab mich Ihnen nicht vorgestellt, um Sie zu Tode zu langweilen.«

»Sie haben sich gar nicht vorgestellt«, wandte ich ein und streckte die Hand aus. »Loretta. Loretta Goddard.«

Er machte eine abwehrende Geste. »Den echten Namen.«

Ich zögerte.

»Kommen Sie schon, die Hälfte der Menschen in dieser Stadt haben erfundene Namen.« Gespielt gekränkt zog er die Mundwinkel herab. »Wenn wir Freunde werden wollen, müssen wir ehrlich zueinander sein.«

Ich verschränkte die Arme vor der Brust. »Wer sagt denn, dass wir Freunde werden?«

»Jetzt kommen Sie mir nicht so britisch.«

»Margaret.«

»Herrje. Mochten Ihre Eltern Sie bei der Geburt nicht?«

»Sie können mich mal«, sagte ich so sanft, dass er wusste, es war nicht ernst gemeint.

»Sie mich auch.« Es klang, als wollte er genau das Gegenteil damit sagen. »Für eine Orgie sind Sie nicht gerade passend gekleidet.«

Ich schielte auf meinen beigen Rock. »Heute Morgen wusste ich noch nicht, dass ich hier landen würde.«

»Was hatten Sie denn erwartet?«

»Dass ich um diese Zeit meine Hochzeitsnacht verbringe.« Ich hielt die linke Hand hoch und wackelte mit dem golden beringten Finger.

»Nein!« Der schockierte Ausdruck, der über seine Miene huschte, hatte etwas seltsam Befriedigendes.

»Doch.«

»Aua.«

»Genau, aua.«

Er sah sich im Raum um. »Und wo ist er?«

»Ich habe keine Ahnung.« Zum ersten Mal versagte meine Stimme beinahe.

Er betrachtete eingehend mein Gesicht.

»Wagen Sie es nicht, jetzt nett zu mir sein«, warnte ich. Plötzlich wollte ich nicht mehr über meine Ehe sprechen. »Also, was machen Sie hier?«

Er zog eine Augenbraue hoch. »Wollen Sie das wirklich wissen?«

»Ich will es wirklich wissen.«

»Weil ich muss«, erwiderte er mit einem Schulterzucken.

»Warum das denn?« Noch nie hatte ich gehört, dass jemand gezwungen wurde, auf eine Party zu gehen.

»Für die Arbeit.«

»Steht das in Ihrem Vertrag?«

»Nicht so ganz, aber …« Er fuhr mit einem Finger über den Rand seines Glases. »Es gehört einfach dazu.«

»Das ist eine wirklich komische Stadt.« Ich trank den letzten Schluck meines Martinis.

Sofort winkte er einem Kellner. »Zwei doppelte Gin, bitte. Pur.«

Während wir warteten, beobachteten wir wieder Louise. Sie war vom Klavier geklettert und schnarchte leise auf einer Chaiselongue, die Schuhe von sich geschleudert, mit ausgestreckten Beinen, sodass alle Leute darübersteigen mussten.

»Stimmt es, dass sie jetzt Kurtisane ist?«, fragte ich.

Der Mann machte eine bedauernde Miene. »Angeblich taugte ihre Stimme nicht für den Tonfilm, aber ich glaube, es steckt mehr dahinter. Hollywood fand sie … schwierig.«

»Das geht natürlich gar nicht bei einer Frau«, sagte ich. »Wahrscheinlich wollte sie Milch in ihren Tee.«

»Oder eine höhere Gage«, fügte er etwas ernster hinzu. »Das mögen die männlichen Schauspieler nicht.«

»Du lieber Gott.« Ich war froh, als der Kellner zurückkehrte.

»Chin-chin.« Mein neuer Freund erhob sein Glas und vollführte eine hinreißend steife Verbeugung.

Ich trank einen Schluck. »Sie haben mir Ihren Namen immer noch nicht verraten.«

»Eliot. Scott Eliot.«

Wir schüttelten im selben Moment förmlich Hände, in dem eine nackte Frau auf Rollschuhen an uns vorbeischoss.

»Hey!«, rief eine vertraute Stimme von der abgesenkten Fläche im Fußboden unter uns zu mir herauf. Es war mein Gatte, auf dessen Brust zwei Frauen lagen und sich küssten. Eine dunkelhaarig, eine blond. Unser Gastgeber stand vor ihnen und betrachtete die drei. »Komm, mach doch mit!«, rief Raphael.

Ich winkte steif zurück. Sah aus, als strengte sich Raphael extrem an, Stanley Hughes aufzuspüren.

»Das ist Ihr Mann?«, fragte Eliot.

»Jawoll, das ist er.«

Aus unserer Vogelperspektive konnte ich die dunkel nachwachsenden Haarwurzeln an Raphaels Scheitel erkennen.

»Warum hat er Sie denn an Ihrem Hochzeitstag mit hierhergenommen?«, fragte Eliot eindeutig verblüfft.

»Er kennt jemanden, der jemanden kennt.«

»Hatten Sie beide denn nichts Besseres zu tun?«

»Na ja.« Plötzlich war ich müde und schämte mich. »Er will eben unbedingt zum Film.«

»So unbedingt, dass er seine frischgebackene Ehefrau mit auf eine Orgie nimmt?«

Wieder winkte Raphael zu uns hinauf. Er hatte einen

drängenden Ausdruck auf dem Gesicht, der mir nicht gefiel. Ich erahnte seine Botschaft. *Komm hier runter. Schnell.*

Matt winkte ich noch einmal zurück. »Ich muss los.«

Mein neuer Freund hielt mich am Ellbogen fest. »Machen Sie nichts, was Sie nicht wollen.« Auf einmal wirkte sein Gesicht unter der tiefen kalifornischen Sonnenbräune blass. »Ganz im Ernst, mit einem attraktiven Schauspieler zu schlafen, wird Ihrem Mann keine Rolle verschaffen. So funktioniert das nicht. Die wollen nur, dass Sie das glauben.«

Meine Miene wurde starr. »Wer hat denn was davon gesagt, dass ich mit einem Schauspieler schlafen will? Da haben Sie was gründlich missverstanden.«

Wir unterhielten uns doch erst seit Kurzem. Warum sollte ich ihm auch nur ein Wort glauben?

»Sie schaffen es noch, mir meinen Hochzeitstag zu verderben.«

»Verzeihung. Das war nicht meine Absicht.«

»Dann seien Sie mal ein bisschen vorsichtiger mit Ihren schlauen Äußerungen. Die könnten jemanden verletzen.«

Er setzte zu einer Erwiderung an, aber von unten wurde erneut gerufen.

»Ich muss jetzt los«, wiederholte ich, zu stur, um mich für meinen Ausbruch zu entschuldigen.

»Sicher doch. Ich hoffe, Sie haben eine lange und glückliche Ehe.«

»Das habe ich vor.« Ich schüttelte ihm befangen die Hand.

»Ihr Mann ist ein Glückspilz.«

»Ich weiß.« Ich ließ meine Hand sinken und wandte mich zum Gehen. Dann zögerte ich und drehte mich noch einmal zu ihm um. »Warum interessiert Sie das überhaupt? Wir sind uns doch gerade erst begegnet.«

Seine Antwort kam wie aus der Pistole geschossen. »Aha, dann spüren Sie es also auch?«

Unsicher, was er meinte, runzelte ich die Stirn.

»Na ja, zumindest könnten wir Freunde werden.«

Ich lachte gezwungen. »Ich kann mir nicht vorstellen, dass es meinem Mann zusagt, wenn ich neue Freunde wie Sie finde.« Es war eine gemeine Stichelei, und eine überflüssige dazu.

Er sah mich an, als wäre das, was ich gerade gesagt hatte, unter meiner Würde. Was es tatsächlich war. »Tja, seine Wünsche sollten wir lieber respektieren«, sagte er nach einer kurzen Pause. »Na los, Loretta. Ihr Typ wird verlangt.«

Schon wieder brüllte Raphael: »Loretta!«

Eliot und ich sahen einander ein letztes Mal an, wobei stumme Botschaften gesendet wurden, die ich nur allzu gut verstand. Dass ich mehr wert war, dass Raphael ein Monster war, dass ich Freunde wie Eliot brauchte.

Ich wollte ihm befehlen, mich nicht weiter zu bemitleiden, ihn anherrschen, dass es mir gut ging, mehr als gut, ganz wunderbar. Fantastisch!

Warum also fühlte sich meine Brust wie zugeschnürt an?

Ich stampfte mit dem Fuß auf und wiederholte: »Wir sind uns gerade erst begegnet!«

»Ja, eben. Das macht es so komisch, finden Sie nicht? Dass wir uns so gut verstehen?«

Und dann ging er, bevor ich etwas erwidern konnte.

14

Als ich unten ankam, stellte Raphael unseren Gastgeber und mich einander vor.

Der Kaiser hielt meine Hand hoch über meinen Kopf, damit ich mich einmal um die eigene Achse drehte. Dabei lugte ich verstohlen zur Empore hinauf in der bangen Hoffnung, dass Eliot diese neuerliche Erniedrigung nicht mit ansah. Zum Glück war er verschwunden.

»Ich zeige dir mal das Haus, Schätzchen.« Unser Gastgeber schlang den Arm um meine Taille.

Ich warf Raphael einen Blick zu, ob er vorhatte einzugreifen – als er nach seinem Glas griff, hatte ich meine Antwort.

»In Ordnung.« Ich konnte sehr gut auf mich selbst aufpassen.

»Braves Mädchen.«

Der Kaiser schob mich vor sich her, seinen Körper an meinen gepresst, und die Gäste beobachteten uns verstohlen oder starrten uns offen neidisch an. Von Primrose war weit und breit nichts zu sehen.

Die Hand unseres Gastgebers blieb die ganze Zeit auf meinem Rücken liegen, während er Leute begrüßte oder mich auf Details aufmerksam machte. »Ich hab den ganzen Kasten abreißen und wieder neu aufbauen lassen«, sagte er ziemlich stolz. »Der war total alt, aus den Dreißigern oder so was, hab ich vergessen, Art déco.

»Wow, wie alt«, murmelte ich. »Kennen Sie etwa all diese Leute?«

»Wie viele sind Ihrer Schätzung nach denn hier?«, fragte er begierig.

»Vielleicht so um die hundert?«

»Ach«, meinte er knapp. »Viel mehr, würde ich sagen.«

Wir traten aus dem Haus. Überall um den Pool herum lagen Menschen im hohen Gras. Am einen Ende waren Liegen aufgestellt, deren Holzrahmen mit Musselin bespannt waren. Ein Jazz-Trio spielte auf einem Podium und bekam gerade von einer Frau in einem goldenen Kleid Getränke gereicht.

Unser Gastgeber zeigte auf ein Mädchen im Wasser, das nicht älter als sechzehn sein konnte. »Sehen Sie die? Kellnerin. Hab ich im Paket zusammen mit zwei anderen Schauspielerinnen eingekauft. Die wird ein Star, Jahreseinkommen hunderttausend Dollar.« Eine kurze Pause. »Wenn sie die richtigen Leute vögelt.«

Ich schluckte heftig. »Sie sind sehr wohltätig.«

»Und wie, Schätzchen!« Er lachte schmutzig, wobei sich mir der Magen umdrehte.

Er kam mir immer noch aus keinem Film bekannt vor, nicht einmal von Nahem. Er musste wohl einer dieser neuen Darsteller sein, die ganz auf ihren Körper setzten. Er sah umwerfend gut aus. Damit es funktionierte, damit der ganze Film nur von seinem Aussehen getragen wurde, brauchte man Nahaufnahmen und Tricks, aber ich erkannte den Typ. Der Typ Schauspieler, der Raphael sein wollte.

Wir gingen ins Haus zurück, direkt in eine riesige Küche. Angestellte in tadellos sitzenden Uniformen liefen stumm herum. Mir fiel ein Gast auf, der in der Tür stand. Er schob einer Kellnerin die Hand unter den Rock, und ich hätte geschworen, dass sie nicht einmal mit der Wimper zuckte. Am liebsten hätte ich den Kerl geohrfeigt. Mir wurde plötzlich schwindlig.

Erst einundzwanzig und will schon bei den Erwachsenen

mitspielen, dachte ich unwillkürlich. Und das alles meinem Ehemann zuliebe, von dem weit und breit nichts zu sehen war. Ich wünschte mir, ich hätte nicht eingewilligt, aber nun war es zu spät. Viel, viel zu spät.

»Und hier endet unsere Besichtigungstour«, witzelte mein großzügiger Gastgeber, als er mich eine weitere Treppe hinaufzog.

Ich verlangsamte meine Schritte, sah über die Schulter in die Menge unter mir, suchte nach einem Gesicht – irgendeinem Gesicht –, das bereit wirkte, mich retten zu kommen. Doch da war niemand.

Sein Griff um meinen Arm wurde fester. »Hier entlang.« Er drehte einen goldenen Türknauf, warf die Tür auf und schob mich hinein. Als sie hinter uns ins Schloss fiel, verebbten die Partygeräusche.

Es gab ein Mahagonibett mit Rosenholzintarsien, Satinvorhänge und einen Spiegel an der Decke. Marmor-Badezimmer. Der Kaiser schien erst Ende zwanzig zu sein, aber sein Zimmer machte den Eindruck, als gehörte es einem viel älteren Menschen.

Es war noch jemand im Raum. Auf dem dicken Teppich lagen Dessous verstreut. Ich wusste sofort, dass das nichts Gutes bedeuten konnte, dass diese Männer nicht gut waren. Der andere war der, den ich durch den Glasfußboden gesehen hatte; ich erkannte seinen Oberkörper, die breiten, nackten Schultern. Stanley. Der Regisseur, den mein Ehemann so unbedingt beeindrucken wollte. Er saß auf einem Samthocker, ein Handtuch um die Hüften gewickelt, und balancierte ein Whiskyglas auf dem Knie.

Als ich zwischen den beiden hin und her sah, bemerkte ich, dass sie einander diskret zunickten. *O Gott. O nein.* Schlagartig fühlte ich mich nüchtern.

»Darf ich vorstellen, Stanley, das ist Mrs. Goddard. Du darfst sie beglückwünschen, sie hat heute geheiratet.«

»Freut mich für Sie«, sagte Stanley gelangweilt. Er nahm einen ausgiebigen Schluck und musterte mich dann. Dem Stirnrunzeln nach zu urteilen, war er nicht übermäßig begeistert.

»Schön, äh, schönes Zimmer.« Ich sah mich bemüht interessiert um.

Ohne Vorwarnung legte mir der Kaiser eine Hand auf den Rücken und schob mich zu seinem Freund hinüber.

Als Stanley aufstand, fiel sein Handtuch zu Boden, und ich musste mir Mühe geben, einen Aufschrei zu unterdrücken.

Die Hand auf meinem Rücken strahlte eine unangenehme Hitze ab.

»Wir sollten feiern«, sagte Stanley.

Mein Blick huschte durch den Raum, ob es irgendwo eine weitere Tür gab, ein Fenster zum Hinausklettern. Aber wir befanden uns im zweiten Stock.

»Entspann dich«, befahl der Kaiser. Als könnte sich irgendjemand in seiner Gegenwart entspannen.

Ich roch den holzigen Duft seines Rasierwassers.

»Eine hübsche Braut, findest du nicht, Stanley?«

Seine Stimme klang kalt und berechnend. Das war nicht gespielt; die Bedrohung war sehr ernst. Plötzlich wurden von hinten meine Handgelenke gepackt und so fest verdreht, dass ich Angst hatte, sie würden ausgekugelt.

»Hey!« Ich versuchte zu lachen, ihn abzuschütteln. Erfolglos.

Stanley beobachtete uns mit loderndem Blick. Er kam näher, drückte mir grob das Whiskyglas an die Lippen und zwang etwas von der brennenden Flüssigkeit in meine Kehle.

Daraufhin bekam ich einen Hustenanfall und krümmte mich. Der Kaiser musste notgedrungen seinen Griff lockern, was mir gerade genug Zeit gab, mich seinen Fingern zu entwinden. Ich rannte zum Fenster und suchte in der Menge unten im Garten nach einem bekannten Gesicht.

Niemand. Nichts. Kein einziger Mensch sah zu uns rauf, und meine Schreie wurden von der Band übertönt.

»Na, wenn du es so willst.« Der Kaiser stellte sich hinter mich, drückte mich gegen die Fensterbank und zwang mit einer Hand meinen Kopf zur Seite.

Ich starrte nach draußen, während eine Hand unter meinen Rock geschoben wurde.

Komm schon. Ich dachte fieberhaft nach. Bisher hatte ich es immer geschafft, auf mich selbst aufzupassen. *Komm schon. Du kannst dich wehren.*

Ich drehte mich um und legte die Hände auf seine warme Brust, worauf sich seine Miene erhellte. »Aber, aber, Jungs.« Ich warf Stanley einen verzweifelten Blick zu in der Hoffnung, er würde eingreifen, doch er stand einfach nur da.

»Auf die Knie.«

Ich bekam kein Wort heraus.

»Auf die Knie«, befahl der Kaiser noch einmal mit verächtlicher Miene. »Auf die Knie, du Schlampe.«

Neben mir auf der Fensterbank stand ein schweres Whiskyglas.

»Scheiß auf dich!« Ich ergriff es und schleuderte es nach meinem Gastgeber, aber ich hatte nicht gut gezielt, und es prallte nur an seiner Brust ab.

Einen Moment lang starrten wir alle wortlos das Glas an. Stanley musterte mich, als hätte ich gerade einen schrecklichen Fehler begangen.

»Ganz schön feurig, was, Stanley?«

Der Regisseur schwieg.

Da zerrte mich der Kaiser plötzlich ins Badezimmer.

Überall auf mir waren Hände. Ich sah einen Manschettenknopf aufblitzen; eine Hand drückte so fest auf meinen Mund, dass meine Lippe aufplatzte. Niemand hätte meinen unterdrückten Schrei hören können.

Bald schon konnte ich nicht mehr zwischen ihnen und mir unterscheiden. Hände bewegten sich fieberhaft. Strümpfe wurden von Haltern gelöst. Ein Mieder über Hüften geschoben. Blusenknöpfe abgerissen.

Verfluchter Mist, Margaret. Was hast du dir jetzt wieder eingebrockt?

Nicht meine Schuld, wollte ich zu Enid sagen. Dieses Mal eindeutig nicht meine Schuld.

Dann wehr dich, du dumme Kuh!

Ich begann zu zappeln, versuchte erneut zu schreien.

»Halt still!«

Aber ich hielt nicht still. Ich hielt nicht still, denn ich hörte meine Schwester in meinem Kopf. Mit aller Kraft biss ich in die Hand. Der Eisengeschmack von Blut erfüllte meinen Mund. Sie wurde weggerissen und ohrfeigte mich dann so fest, dass mein Kopf zurückschnellte. Doch jetzt konnte ich schreien, und das tat ich, aus vollem Hals. Ich trat und schlug um mich, zielte auf alles, wo es wirklich wehtun würde.

Aber sie waren zu zweit, und ich war allein. Bald schon – viel zu bald – wurde ich über den Rand der vergoldeten Badewanne gebeugt. Nägel krallten sich in meine Haut, als mein Rock bis zur Taille hochgeschoben wurde. Ich starrte auf mein verschwommenes Spiegelbild in der goldenen Oberfläche. Der Kampf war vorbei, und ich hatte verloren. Ich schien über mir selbst zu schweben. Durch die offene Badezimmertür hörte man den Jazz lauter werden. Zu dem Trio war eine Sängerin mit einer rauchigen, tiefen Stimme gestoßen. Sie sang ein lustiges Lied, aber auf eine eigenartig langsame und traurige Art, seltsam für eine Party wie diese.

Oh, cherished love of mine

Mein Slip wurde heruntergezerrt.

Your face is so divine

Finger schlangen sich um meine Haare und rissen so fest daran, dass ich vor Schmerz Sterne sah.

When you talk, you take my heart

Einer streckte den Arm in die Wanne und quetschte meine Brüste so brutal, dass ich aufschrie.

I can't be apart

Füße traten meine Beine auseinander, dann das Ratschen eines Reißverschlusses, begleitet von Wörtern, die hässlich und gewalttätig waren.

When you're so smart.

Ab da wurde alles unscharf. Aber nicht unscharf genug. Ich war immer noch da, irgendwo.

Im nächsten Moment gab es einen lauten Knall, und alle hielten inne. Hände erstarrten. Drei Augenpaare sahen einander an, die Blicke der Männer kalt, meiner verzweifelt, aufgerissen über einer auf meinen Mund gepressten Hand.

Es war noch jemand im Zimmer.

15

Ich sackte auf den Rand der Badewanne. Ein Grunzen, dann wieder dieser Reißverschluss und sich entfernende Schritte.

Stanley riss mich an den Haaren hoch. »Wie siehst du denn aus, zieh dich an«, flüsterte er. Möglicherweise irrte ich mich, aber eine Sekunde lang klang es, als täte ich ihm leid.

Ich gehorchte. An den zerrissenen Seidenstrümpfen konnte ich nichts ändern. Im Spiegel sah ich, dass meine linke Wange von der Ohrfeige leuchtete und meine Lippen geschwollen waren. Dagegen konnte ich ebenfalls nichts unternehmen, aber ich konnte mein Make-up ausbessern. Mit zitternden Fingern wischte ich den verschmierten Lippenstift ab, tupfte mir die mit meinen Tränen vermischte Wimperntusche ab. Ich strich mir über die Frisur und zupfte mir einzelne ausgerissene Härchen von der Schulter. Als ich schließlich die Hand senkte, hatte das Zittern ein wenig nachgelassen.

Na also. Schon besser.

Dennoch hatte ich weiche Knie, als ich nach nebenan ging, und ich stützte mich vorsichtshalber auf ein Beistelltischchen.

Eliot stand neben dem ordentlich gemachten Bett; er bedeutete mir mit einem warnenden Blick, nicht zu sprechen. Hinter ihm tänzelte Raphael herum und beäugte die Wunde an der Hand des Kaisers.

Unserem Gastgeber traten die Augen vor kindischer Wut

aus dem Kopf. »Was macht ihr in meinem Schlafzimmer?«, bellte er.

Raphael sah ihn flehend an. »Verzeihung, ich …« Mein Ehemann wirkte, als drohte er gleich vor Angst in Ohnmacht zu fallen. Der Mann, dem ich mein Leben anvertraut hatte.

Eliot schnitt ihm das Wort ab. »Wir waren auf der Suche nach Loretta. Offenbar haben wir sie gefunden.«

»Offenbar.« Der Kaiser musterte Eliot von Kopf bis Fuß. »Sie sind dieser Schreiberling, richtig?«

Eliot nickte.

»Dann schreiben Sie sich mal hier raus!« Mit gefährlich lauter Stimme zeigte er auf die offene Tür. »Und schaffen Sie mir diese Schlampe aus den Augen.«

»L-Liebling«, stotterte Raphael und streckte mir die Hand entgegen.

Es bedurfte meiner gesamten Selbstdisziplin, zu ihm zu gehen, statt zu rennen.

»Na gut, danke, dass Sie sich um Loretta gekümmert haben«, sagte Eliot schließlich und drehte sich zu mir und Raphael um. »Sollen wir dann mal? War ein langer Abend.«

Stanley hatte sich schon wieder auf seinen Hocker gesetzt.

Raphael nickte hastig.

»Also.« Allmählich fing sich unser Gastgeber wieder. »War mir ein Vergnügen, die Braut kennenzulernen.« Unsere Blicke begegneten sich, und in mir wallte eine Wut auf, die ich nicht zu zeigen wagte. »Sie hat echt Temperament, was?«

Raphael lachte etwas kieksig. »Das kann man wohl sagen.«

Doch als ich mich zum Gehen wandte, hielt er mich am Arm fest. »Schatz, hast du nicht was vergessen? Du musst dich noch bei unserem Gastgeber bedanken.«

Die endgültige Erniedrigung.

Widerstrebend drehte ich mich noch einmal um. Meine Wange brannte nach wie vor von seiner Ohrfeige. »Danke.«

Er grinste. »Gern geschehen.«

Raphael wandte sich an Stanley. »Wir sprechen uns demnächst?« Das einfältige Grinsen meines Ehemannes verriet, dass er immer noch hoffte, Stanley würde ihm den großen Durchbruch verschaffen.

»Klar«, brummte Stanley. Jeder konnte ihm ansehen, dass er das nicht ernst meinte. Jeder außer Raphael.

Da es nichts mehr zu sagen gab, gingen wir zur Tür, wo wir mit unbeholfener Höflichkeit einander den Vortritt lassen wollten. Als ich am Kleiderschrank vorbeikam, dessen Türen offen standen, fiel mir die umfangreiche Sammlung von Anzügen auf – mindestens dreißig Stück, alle in knalligen Farben. Dies hier war der Mann, der alles hatte, ein Gott unter uns Normalsterblichen, aber mich hatte er nicht bekommen. Heute nicht.

Nachdem wir in den Flur hinausgetreten waren, hörten wir die beiden hinter der geschlossenen Tür sofort anfangen zu flüstern. Ich hatte selbst einige drängende Fragen und baute mich vor meinem Mann auf. »Was zum Henker sollte das?«

Er riss die Augen auf. »Was sollte was?«

Ich deutete auf die Tür. »Hast du eine Ahnung, was die da gerade mit mir machen wollten?«

»Ich hab dich nicht gezwungen, mit denen da reinzugehen!«

Was wollte er denn damit sagen?

»Ach nein?«

»Bitte, sei nicht so theatralisch.« Unterstützung heischend wandte er sich an Eliot, doch der hielt den Blick starr zu Boden gerichtet.

»Ich lasse euch mal …«

»Nein, bleiben Sie bitte.« Dann bohrte ich Raphael den Zeigefinger in die Brust. »Du hast mich verschachert, eingesetzt. Wie einen Poker-Chip. Das hatten wir nicht abgemacht.«

Raphael machte ein geknicktes Gesicht. »Ehrlich, das war nicht, was …«

»Nicht, was Sie wollten?«, fragte Eliot gedämpft.

»Wie bitte?« Raphael drehte sich zu ihm um. »Wer zum Teufel gibt Ihnen das Recht …«

»Ihre Frau zu retten?« Eliot deutete mit dem Daumen über die Schulter. »Sie wäre immer noch da drin, wenn ich sie nicht gesucht hätte. Wenn ich Sie nicht dazu *gebracht* hätte, sie zu suchen!«

Entgeistert starrte ich meinen Ehemann an, der die Hände in die Taschen seines angeberischen rosa Anzugs gesteckt hatte. Er konnte mir nicht in die Augen sehen.

»Du bist erbärmlich«, teilte ich ihm mit.

»Und du bist eine undankbare kleine Schlampe«, fauchte er zurück.

Ich schüttelte langsam den Kopf. »Ich hätte dir nie vertrauen dürfen. Ich meine, ich wusste ja, dass ich das nicht durfte, nicht so richtig und nicht lange …«

»Nur lange genug, um deine Aufenthaltserlaubnis zu kriegen, was?«

»Aber das hier. An unserem Hochzeitstag.« Meine Stimme brach, und auf einmal hasste ich mich selbst fast so sehr wie Raphael. Fast.

Raphael holte tief Luft, er musste sich sichtlich beherrschen, keine weitere Beleidigung auszustoßen. »Ich warte im Auto. Hol deine Sachen.« Er drängte sich an Eliot vorbei und flüchtete die Treppe hinunter.

Eliot und ich blieben allein zurück und ließen das Vorgefallene kurz sacken.

Er ergriff zuerst das Wort. »Geht es Ihnen gut?«

Ich lachte verlegen und strich mir die Haare aus den Augen. »Sicher doch.«

Er zog die Augenbrauen zusammen. »Sicher sicher?«

Daraufhin schluckte ich nur stumm.

Er holte eine Zigarette aus seiner Schachtel, zündete sie an und reichte sie mir. Dann zündete er eine zweite für sich selbst an.

Wir rauchten schweigend. Nach einer Weile inhalierte ich ein letztes Mal tief und trat die Kippe genüsslich auf dem teuren Parkett aus. »Sagen Sie mal, wie können Sie sich erlauben, so mit dem Kaiser zu sprechen? Ich kann nicht fassen, dass er Sie nicht auf der Stelle k. o. geschlagen hat.«

»Ich bin Autor.« Eliot lächelte etwas traurig. »Ich schreibe Drehbücher. Ohne mich können sogar die Kaiser einpacken, und das weiß er auch. Außerdem bin ich ein Schwächling.« Er hob einen Arm und tat, als spannte er einen mickrigen Muskel an. »Nur Feiglinge schlagen Männer wie mich.«

»Tja, ich finde Sie ziemlich großartig«, sagte ich. »Danke für …« Ich machte eine Geste Richtung Schlafzimmer. »Alles.«

Eliot zuckte die Schultern. »Entschuldigen Sie wegen vorhin. Ich wollte Ihre Gefühle nicht verletzen.«

Unten ertönte Johlen und Lachen.

Ich deutete mit dem Kinn zur Treppe. »Gehen Sie ruhig. Zurück zu Ihren Freunden.«

»Ich lasse Sie hier nicht allein.«

Zu meiner eigenen Überraschung schob ich meine Hand in seine. Seine Finger waren lang und elegant, die Haut kühl, obwohl es so hoch herging. Gemeinsam machten wir uns auf den Weg nach unten.

»Wir sollten das mal wiederholen.« Ich zögerte. »Freunde, stimmt's?«

»Unbedingt.«

Auf der untersten Treppenstufe drückte er meine Hand. Als wir uns nach einigen Sekunden voneinander lösten, strichen seine Fingerspitzen zart über meine. Seine Miene war undurchdringlich.

»Passen Sie auf sich auf, Loretta.« Damit verschwand er in der Menge.

Es brach mir fast das Herz, ihn gehen zu lassen. Einem Mann wie Scott Eliot war ich noch nie begegnet. Bald darauf allerdings drängte sich jemand an mir vorbei und legte mir dabei die Hand aufs Gesäß. Es war eindeutig Zeit zu gehen.

Ich fand meine Jacke unter einem Haufen abgelegter Kleidung. Daneben lag Primrose auf dem Sofa. »Komm, Süße.« Ich schob ihr die Hände unter die Achseln und hievte sie hoch. Ihr Kopf fiel kraftlos in den Nacken. »Ab nach Hause.«

Niemand kam mir zu Hilfe, aber ich schaffte es irgendwie, sie zum Auto zu bringen.

Raphael saß am Steuer, sichtlich schmollend.

Ich kippte Primrose auf den Rücksitz wie eine betrunkene, überhaupt nicht für ihre Nahaufnahme bereite Norma Desmond.

»Pass auf die Polster auf«, murmelte Raphael mit einem Blick in den Rückspiegel.

Ohne ihn anzusehen, stieg ich auf den Beifahrersitz. »Fahr los.«

Erst als der Wagen anrollte und die Scheinwerfer sich in die Nachtschwärze bohrten, wandte ich mich meinem Mann zu.

»Was denn?« Er blinkte links, ein gelbes Flackern in der Dunkelheit.

Statt zu antworten, bohrte ich mir die Fingernägel in die Handflächen.

Er drehte das Radio auf. Ich schaltete es wieder aus.

»Es war nicht meine Schuld«, sagte er schließlich und ach-so-unweigerlich.

»Was?«, fragte ich knapp und kalt.

»Was auch immer da vorhin passiert ist … Ich weiß es ja nicht.«

Aber klar. Er wusste ja nicht.

»Hmmm … Du wusstest nicht, dass es Kokain geben würde oder Sex oder … was? Dass eine Braut vielleicht mal ganz was anderes Aufregendes wäre?«

»Das würde ich niemals tun! Stell mich hier nicht als den Bösen hin. Ich wollte nur, dass du dich amüsierst. Wie versprochen!«

Sollte das ein Scherz sein?

Vor uns machte die Küstenstraße eine Kurve, und das Scheinwerferlicht fiel auf eine Parkbucht auf der Meerseite.

»Halt an.« Ich zeigte auf die Parkbucht.

»Was?«

»Anhalten, hab ich gesagt.«

Er lenkte nach rechts und schlingerte dabei gefährlich nah an die Klippe heran. »Mein Gott, du kannst noch nicht mal vernünftig parken«, schimpfte ich, während ich hektisch ausstieg.

In der plötzlichen Stille hörte ich die Grillen im hohen Gras auf der anderen Straßenseite zirpen. Ich marschierte um die Motorhaube herum, das Hochzeitskostüm kurz von den Scheinwerfern beleuchtet, dann beugte ich mich auf Raphaels Seite durch das Fenster und zog den Schlüssel aus dem Zündschloss.

»Hey, was machst du denn da?«, schimpfte er.

Ich trat zurück. »Steig aus.«

»Was? Loretta!« Er wurde bleich, als er begriff. »Du willst mich doch nicht hier stehen lassen, oder? Das ist nicht dein Ernst. Du kannst ja noch nicht mal Auto fahren!«

»So schwer wird es wohl nicht sein. Immerhin kriegst du es hin.« Ich trat noch einen Schritt weiter zurück, den Schlüssel hoch in die Luft gereckt. »Ich warte.«

Auf einmal riss er die Tür auf, sprang heraus und versuchte, mir den Schlüssel aus der Hand zu reißen, aber ich hielt ihn über die Felskante. »Noch einen Schritt, und du fällst runter«, warnte ich ihn. »Spätestens nach dem Wochenende bist du ausgezogen«, verkündete ich dann und marschierte zum Auto.

»Hör mal, wir sind …«

»Nicht mehr.« Ich riss mir unsanft den Ehering vom Finger und warf ihn nach Raphael. Der fing ihn nicht auf, weswegen er in den Staub fiel.

Primrose wurde endlich wach, drehte benommen den Kopf herum und setzte sich auf. »Was ist hier los?«

Raphael und ich starrten einander an.

»Wir trennen uns«, erklärte ich.

Sie runzelte die Stirn wie ein Kind, das eine besonders schwierige Rechenaufgabe lösen soll. »Jetzt schon?«

»Aber das muss doch nicht sein«, flehte Raphael.

»Es hatte gerade erst angefangen«, sagte ich erstickt. »Wir hätten uns gemeinsam was aufbauen können, was Gutes, aber jetzt nicht mehr.«

Ich setzte mich auf den noch warmen Fahrersitz und steckte mit zitternden Händen den Schlüssel in die Zündung. Der Motor sprang an, ich löste die Handbremse und trat aufs Gas. Mit quietschenden Reifen machte der Wagen einen Satz nach vorn, ich wurde in den Sitz gedrückt, und Primrose hinter mir kreischte vor Schreck. Im Rückspiegel sah ich, wie Raphael uns nachblickte. Bald schon war er nur noch ein winziger Stecknadelkopf von einem Mann, und genau das – genau das! – hatte er auch verdient.

16

Hedda Hoppers Hollywood

Gestern Abend wurde Hollywood zur Spielwiese für alles, was Rang und Namen hat! An einem Ort, den wir nicht zu nennen wagen, zeigten sich die Stars in Scharen. Mit dem Pomp einer Oscar-Verleihung war beste Unterhaltung geboten. Neben Modellen und Schauspielerinnen war auch ein mysteriöses Aschenputtel an der Seite des berüchtigten Gastgebers zu sehen. Der Kaiser bewies damit, dass er das System nicht braucht, um die Filmgrößen bei Laune zu halten. Aber wer IST der Kaiser? Das müssen Sie selbst erraten!
Wir können nur sagen, dass die Cocktails köstlich waren. Vorsicht, verehrte Leser – Martinis machen frivol!

Ich legte die Zeitung weg. Hedda Hopper hatte die Story vor allen anderen Filmkolumnisten gebracht. Jemand mit Insiderwissen, eindeutig.

Ich stand auf und pinkelte erst einmal ausgiebig und befriedigend – und zwar auf Raphaels grelle Anzüge. Bisher gab es noch kein Lebenszeichen von ihm, und ich hoffte, dass er immer noch zu Fuß auf dem Weg in die Stadt war. Aber wahrscheinlich hatte ihn jemand mitgenommen. Einen nach dem anderen schleuderte ich die Anzüge aus dem Fenster in den Hof, wo sie in einer Wolke aus Rosa, Weiß und Orange in und um die Mülltonnen landeten. Wer um alles in der Welt trug denn orangefarbene Anzüge? Raphael Goddard, wer sonst.

Ich ließ mich auf die Fensterbank sinken und wartete darauf, dass im Hacienda Arms jemand wach wurde. Primrose würde vermutlich lange schlafen, sehr lange. Tränen brannten in meinen Augen, aber ich hielt sie zurück. Die Überreste der Party im Zimmer wirkten so traurig, Aschenbecher, in denen sich die Kippen türmten, leere Flaschen auf dem Fußboden.

»Komm schon«, schalt ich mich und krempelte die Pyjamaärmel hoch. »Sei nicht so blöd.«

Zügig machte ich mich ans Werk. Ich räumte die Bierflaschen aus der Badewanne. Der Kuchen kam in den Müll. Die Platten wurden in ihre Hüllen gesteckt und neben dem Spieler auf dem Boden aufgereiht. Fenster wurden aufgerissen und unzählige Tüten mit klirrenden Flaschen in den Müllschlucker geworfen.

Als ich fertig war, ließ ich mir ein Bad ein. Dort lag ich, bis meine Haut rot und fleckig wurde, und … wartete. Ich wartete auf Musik. Irgendein Anzeichen, dass gegenüber Prostituierte aufwachten. Mann, brauchte ich jetzt eine wache Prostituierte. Genauer gesagt Primrose.

Ungefähr eine halbe Stunde später rührte sich dort immer noch niemand. Also gab ich auf, zog mit den Zehen den Stöpsel heraus und sah zu, wie das Wasser langsam absank. Die uralten Rohre gurgelten. Tropfend und lustlos stieg ich aus der Wanne und trocknete mich mit einem fadenscheinigen Handtuch ab, bevor ich mich vor den Spiegel stellte.

Was für ein Clown.

Wimperntusche lief mir über die Wangen. Auf meinen Lippen lag immer noch ein schwacher Hauch von Lippenstift, und meine Haare hingen strähnig um mein Gesicht herum. Ich war wieder das dumme, leichtsinnige Mädchen von früher, vor dem Spiegel in einem dunklen, feuchten Badezimmer. Ich hatte mich abgerackert, um nach Amerika zu kommen und mir meinen Traum zu erfüllen, Maskenbildnerin zu werden, und jetzt stand ich hier wie ein Häufchen Elend. *Dafür* hatte ich das alles getan?

Ehe ich mich weiter selbst bemitleiden konnte, zog ich die künstlichen Wimpern ab und legte sie sorgsam in das rote Schächtelchen neben die Miniflasche Kleber. Dann befeuchtete ich ein Handtuch unter dem Wasserhahn, ließ den Kopf in den Nacken sinken und legte es mir auf die Poren. Nach einer Weile rieb ich mit kleinen Kreisbewegungen über mein Gesicht, ließ das Handtuch sinken und betrachtete mich: komplett nackt, dunkles Haar auf meiner intimsten Stelle.

Die Schminke war ab, ganz und gar.

Hallo, Margaret. Lange nicht gesehen …

Ich schmierte mich dick mit Cold Cream ein, bis Gesicht und Hals glänzten. Beim Abwischen der Creme sah ich erneut in den Spiegel. Das war ich, Margaret. Ohne Make-up. Ohne Lack. Ich war wieder nichts.

Am Ende zog ich mich an und klingelte einfach im Hacienda Arms.

Primrose öffnete die Tür und musterte mich, mit meinen nassen Haaren und hastig übergeworfenen Kleidern. »Ich hab mich schon gefragt, wie lange es dauern wird.« Sie gähnte herzhaft. »Komm rein.«

Sie ließ mich vorbei, und ich trat in den Eingangsbereich, wo in einem silbernen Kübel russischer Kaviar auf Eis lag. Die Geschäfte mussten gut laufen.

Ich setzte mich auf den nächstbesten Sessel, ein Bein unter den Po gezogen.

Primrose drehte die Opernmusik leiser. »Also. Ganz schön

heftiger Abend gestern, was?« Sie sah mich über den Rand ihrer Sonnenbrille an.

Ich ließ den Kopf an die Lehne sinken und atmete schwer aus. »An was erinnerst du dich?«

»Tja, ich erinnere mich daran, dass du und Raphael euch …«

»Getrennt habt«, beendete ich den Satz für sie.

»Willst du darüber reden?« Aus einem Schränkchen neben sich holte sie eine Flasche Tequila, goss zwei Gläser ein und reichte mir eines.

Ich kippte den Schnaps in einem Zug hinunter, verzog bei dem Geschmack angesichts der frühen Stunde das Gesicht, und dann begann ich zu erzählen.

»Das Schwein!«, rief sie, als ich am Ende der Geschichte angelangt war. Sie schüttelte den Kopf. »Ich hab ja schon einiges erlebt, aber dass jemand seine Frau für eine Filmrolle verhökert. Großer Gott!«

Ich schnaubte. »Ich möchte stark bezweifeln, dass er überhaupt eine kriegt. Komparse vielleicht, wenn er Glück hat. Mit dem bin ich fertig. Der ist raus.« Ich beugte mich vor, die Ellbogen auf den Rand des Sessels gestützt. »Sind so die Männer in Hollywood?«

Sie zupfte eine Fluse von ihrem Morgenmantel. »Na ja, es ist nicht … ungewöhnlich.«

Ohne mein Zutun begann mein Fuß zu wippen. »Und alle akzeptieren das einfach?«

Primrose goss sich noch einen Schnaps ein, aber da klopfte es auf einmal ungeduldig an der Tür. Sie fluchte halblaut. »Der ist zu früh.« Hastig trank sie das Glas aus, verzog das Gesicht und stellte schnell die Flasche in den Schrank zurück. Dann steckte sie sich ein Pfefferminzbonbon aus einer ganzen Glasschale davon in den Mund. »Könntest du vielleicht bleiben?«, flüsterte sie. »Die anderen

Mädels schlafen noch, aber den Freiern ist es lieber, wenn was los ist.«

»Klar.«

Primrose ging zu der schweren Eichentür mit den schmiedeeisernen Beschlägen. »Peter!«

Ein Mann trat ein und sah sich um, als gehörte ihm hier alles. Er musterte mich von Kopf bis Fuß und schien wenig überzeugt, dass ich ebenfalls eine Liebesdienerin war. Beim Anblick meines ungeschminkten Gesichts und der Hose konnte ich ihm das nicht verdenken. Wie zog Primrose das nur durch? Es musste unglaublich anstrengend sein.

Sie versuchte, ihm einen Kuss zu geben, aber er schob sie weg, setzte sich auf einen Sessel am Kamin und drehte den Hut in den Händen.

Mir wurde beklommen zumute; er wirkte irgendwie wütend. Fragend sah ich Primrose an, aber sie schüttelte kaum merklich den Kopf.

»Möchten Sie vielleicht etwas trinken?«, fragte ich, als sich Primrose auf sein Knie setzte.

Er nickte knapp, und ich ging zu dem Tischchen mit Getränken, das in einer Ecke aufgebaut war. Ich war froh, dass ich den beiden den Rücken zukehrte, sodass Peter mein Gesicht nicht sehen konnte.

Vor mir funkelten Flaschen in allen Regenbogenfarben auf einem Silbertablett. Daneben stand eine Schale mit Zitronen und ein kleines Glas voller knallroter Kirschen.

»Wie wär's mit einem Cocktail, Peter?«, rief ich über die Schulter.

»Von mir aus.«

Ich griff nach der Flasche mit der leuchtend grünen Flüssigkeit und goss etwas in eine Cocktailschale. Mit einem Messer, das scharf genug war, um einen Mann zu häuten, schnitt ich etwas Zitronenschale ab. Dann fügte ich trockenen Wermut hinzu und öffnete eine Sektflasche, die in einem Eiskübel wartete.

Sorgsam, um nur nichts zu verschütten, stellte ich das Glas auf das Tischchen neben ihm.

Ohne sich zu bedanken, beugte er sich vor und trank einen Schluck.

»Danke, Loretta«, sagte Primrose. »Du kannst uns jetzt allein lassen.«

17

Den ganzen Vormittag behielt ich das Hacienda Arms im Blick, die Fenster weit geöffnet, um zu horchen, ob es Ärger gab.

Es dauerte nicht lange. Ungefähr eine Stunde später wurde die Tür aufgerissen, und ich entdeckte Primrose, die mühsam etwas auf der Schulter schleppte. Nicht etwas – jemanden! Es war Peter, sternhagelvoll.

Hastig zog ich mir Schuhe an und schlitterte die Treppe im Hausflur hinunter, aber nicht schnell genug. Ein Mann mit Bauchansatz war schon da und half Primrose, Peter den Bürgersteig entlangzusteuern. Er trug einen Stetson und eine von diesen Lederketten, dazu spitze Cowboystiefel mit klobigem Absatz und ein kariertes Hemd mit roter Paspel an der Schulterpasse. Er sah aus, als wollte er jeden Augenblick sein Lasso schwingen.

»Alles okay?«, keuchte ich, als ich zu ihr rannte.

»Achtung, Fräuleinchen, kommen Sie nicht zu nah!« Der Fremde streckte warnend eine Hand aus. »Dieser Kerl hier … also ich sag's ja nur ungern, aber der wirkt ziemlich benebelt.«

Primrose sah mich aus schmalen Augen an. *Das ist deine Schuld, Loretta.* Vielleicht hatte ich mich beim Mixen des Cocktails ein bisschen ungeschickt angestellt.

Da ich weder Primrose noch mich verraten wollte, gehorchte ich dem Mann und hielt etwas Abstand. Die beiden schleppten ihre Last zu der Bank an einer Bushaltestelle.

Der Fremde klopfte sich die Hände ab und schüttelte entrüstet den Kopf. »Da fahre ich ganz friedlich zur Tankstelle, und auf einmal sehe ich den da.« Jetzt erst bemerkte ich den schräg auf dem Bürgersteig geparkten Pick-up, an dem sich die Fußgänger vorbeiquetschen mussten. »Pöbelt und beschimpft diese junge Frau mit Ausdrücken, die … also, die ich nicht wiederholen möchte.«

Junge Frau?

Erneut warf Primrose mir einen warnenden Blick zu.

»Geht's dir gut, Primrose?«, fragte ich. Peter saß zusammengesunken auf der Bank, die Arme über die Lehne gebreitet, bereits laut schnarchend.

»Jetzt ja, dank diesem netten Herrn.« Sie lächelte ihn schüchtern an. Ein Ausdruck, mit dem sie sogar Lauren Bacall in den Schatten hätte stellen können.

Er schob sich den Stetson in den Nacken. »Arthur ist mein Name.« Er schüttelte uns beiden die Hand, hatte aber nur Augen für Primrose. »Was hat der denn bei Ihnen zu Hause gemacht?«

»Genau, Primrose, was hat er da gemacht?«, hakte ich ein.

»Onkel!«, platzte sie heraus. »Das ist mein Onkel Peter. Verzeihung, er kann manchmal ein bisschen … über die Stränge schlagen.«

Arthur machte eine missbilligende Miene. »Das kann man wohl sagen. Es ist noch nicht mal Mittag!«

Eine Weile lang betrachteten wir alle drei den armen alten Onkel Peter. Mittlerweile war er auf der Bank noch etwas tiefer gerutscht.

»Also, Fräulein, kommen Sie jetzt zurecht?«

»Ach, sicher doch!« Sie wedelte mit der Hand. »Ich schließe die Tür ab, und morgen erinnert er sich an nichts mehr. Eigentlich ist er harmlos.«

Arthur legte den Kopf schief. »Passen Sie auf sich auf.« Er holte eine Visitenkarte aus einer Brieftasche und gab sie ihr. »Wenn irgendwas ist, geben Sie mir Bescheid.« Dann wandte er sich an mich. »Und Sie passen auch auf sich auf. Manche Männer … also, ich weiß einfach nicht, was mit denen los ist.«

»Ich auch nicht«, stimmte ich ihm zu. »Keine Sorge, ich bin eine Freundin. Ich sorge dafür, dass Primrose nichts passiert.«

»Primrose«, hauchte er und holte tief Atem, als wollte er den Duft der versmogten kalifornischen Luft einsaugen. »Der perfekte Name für eine hübsche Frau.«

Ich lächelte. »Schon, oder?«

»Na gut, ich bin dann mal weg. War mir ein Vergnügen, die Damen kennenzulernen.«

»Mir auch.« Primrose klang plötzlich wie Zelda Fitzgerald oder eine dieser Südstaaten-Schönheiten in weißen Rüschenkleidern.

Gemeinsam sahen wir Arthur nach, bis er in seinen Pickup gestiegen und mit einem Winken losgefahren war, begleitet von einem Hupkonzert, als er sich in den Verkehr einfädelte.

»Bist du jetzt eine Jungfrau?«, fragte ich, als der Wagen außer Sicht war.

»Kennst mich ja, die Ballkönigin.«

»Glaubst du, der ist Texaner?« Allmählich konnte ich die Akzente auseinanderhalten.

»Unter Garantie.« Primrose nickte.

»Sieht gut aus für dich.«

»Tja, was hast du erwartet?« Sie wandte sich mir zu. »Und was ist gut für dich?«

»Ein Neuanfang«, antwortete ich, ohne zu zögern.

»Mit dem Neuanfang hast du schon begonnen, würde ich

mal sagen.« Demonstrativ sah sie auf meinen nackten Ringfinger. »Aber was hast du jetzt vor?«

»Ach, du weißt schon. Mir eine Karriere in einem Filmstudio aufbauen.«

Sie lachte. »Als wäre das so einfach.«

»Also bitte.« Ich grinste ebenfalls. »Du unterschätzt mich.«

»Schon gut, ich hab's kapiert. Und wie willst du dich jetzt nennen? Loretta Goddard geht nicht mehr.«

Ich dachte daran, wie alle Leute mich genannt hatten. Darling dies und Darling das. War das hier nicht die Stadt des sich neu Erfindens?

»Loretta Darling!«

»Das ist toll!«, rief Primrose. »Du klingst jetzt schon wie ein Filmstar.«

Das wollte ich nicht werden, aber es hatte auf jeden Fall etwas Romantisches.

Loretta Darling. Wer wollte sich mit der anlegen?

Am Montag darauf kündigte ich bei der Blue Book Modellagentur. Als ich mit meinem Kündigungsschreiben durch die Tür kam, war Raphael natürlich ärgerlicherweise schon da, die nächste frisch-fröhliche Kandidatin im Schlepptau. Aus seinem offen stehenden Hemdkragen lugten Haarbüschel. Er war so blond und schön wie eh und je, als könnte ihm nichts etwas anhaben. Mir fiel auf, dass er seinen Ehering ebenfalls nicht trug, und ich verfluchte mich für den Schmerz, der bei dieser Erkenntnis in meiner Brust aufflammte.

Als er mich entdeckte, ließ er das Möchtegern-Sternchen am Empfang stehen und zog mich die Treppe hinunter in den Garten, offenbar der Ansicht, dass wir uns unterhalten mussten. Ich rechnete damit, dass er bettelte oder mich beschwor oder was auch immer. Aber nein.

»Ich wohne übergangsweise bei Mick«, sagte er steif und mied dabei meinen Blick. »Kannst mir meine Sachen vorbeibringen lassen?«

Darum ging es also.

Ich verschränkte die Arme. »Offen gestanden ist das nicht möglich. Ich hab nämlich alles weggeworfen.«

Erschrockenes Schweigen. »Alles?«

Ich nickte. »Alle Hemden, alle Anzüge.« Er wurde sichtlich blasser. »Und von mir aus kannst du auch gleich erfahren, dass ich hier gekündigt habe.«

»Aber wie willst du an Geld kommen?«

Ich zuckte die Schultern, als wäre mir das gleichgültig. »Mehr Schichten im Van de Kamp's.«

»Im Ernst?«

»So muss ich dich nie wiedersehen.« Mein Tonfall drückte aus, dass dieser Grund doch auf der Hand liegen musste.

Darauf erwiderte er nichts. Seine Miene wurde emotionslos. Jetzt gab es kein Zurück mehr.

Er fing sich recht schnell und streckte mir die Hand hin. »Dann wünsche ich dir ein schönes Leben, wer auch immer du bist. Denn ohne mich bist du nichts.«

»Ach, weißt du das noch gar nicht? Ich bin jetzt Miss Darling.«

Darauf lachte er. Allen Ernstes, er lachte. »Viel Glück damit.«

Tränen brannten in meinen Augen, aber die Befriedigung, mich weinen zu sehen, gönnte ich ihm verdammt noch mal nicht.

Schließlich drehte er sich um, und ich sah ihm nach, bis er verschwunden war. Raphael hatte versprochen, durch dick und dünn mit mir zu gehen, und dieses Versprechen hatte ungefähr so viel Bestand gehabt wie ein Lippenstift mit zu viel Bienenwachs.

Ich stand allein im Garten, sammelte mich kurz und schwor mir, dass dies das letzte Mal gewesen war, dass ich mir von ihm oder irgendeinem anderen Mann wehtun lassen würde. Dann verließ ich Miss Snivelys Agentur und das Leben meines Ehemannes. Ich hatte schon zu viel Zeit vergeudet. Ab jetzt baute ich mir den Rest meines Lebens auf. Und Loretta Darling? Sie war so was von bereit dazu.

TEIL ZWEI

18

Liebe Enid,

kannst Du das glauben? Miss Snively hat gesagt, ich wäre zu gut, und hat mir ein Monatsgehalt extra gegeben, damit ich gehe und mein Glück anderswo mache. Der Witz des Jahrhunderts. Ich werde es bei einem gewissen Alecs Petraś versuchen. Er ist ein absolutes Genie und ein echter Prinz! Drück mir die Daumen, dass ich ihn davon überzeugen kann, dass Miss Snively recht hat. Ha, ha!
Aber im Ernst: Wie geht es Dir und dem Baby? Ich wünschte, ich könnte Euch wiedersehen.
Alles Liebe,
Margaret

Ich drehte die Postkarte um und betrachtete das Bild. »Grüße aus Hollywood, Kalifornien«. So fröhlich, spektakulär. Seit gut neun Monaten war ich nun bereits in Amerika. Genug Zeit, um ein Baby zu bekommen oder sich eine Karriere aufzubauen. Und wie viel von meinem tollen Plan hatte ich bisher umgesetzt? Nahezu gar nichts.

Aber ich hatte Petraś, meinen polnischen Prinzen, nicht vergessen und mich ein bisschen schlaugemacht. Angeblich hatte Marlene Dietrich ihm zwei – zwei! – Paar Diamant-Manschettenknöpfe geschenkt, nachdem er für sie gearbeitet hatte. Ida May hatte ihm zu Weihnachten einen Elefanten in den Garten liefern lassen, mit einer Schleife um den Hals des armen Tiers. Aber es waren nicht nur Gerüchte und Legenden. Es war etwas Wahres daran. Jeder liebte ihn, den Mann, der durch einen weißen Tupfen in einem Augenwinkel die Augen einer Schauspielerin schlagartig größer wirken ließ; der den künstlichen Schatten langer Wimpern auf Wangen malte; dessen bahnbrechende Kosmetik Schauspieler davor bewahrte, unter dem grellen, neuen Schein von Technicolor abgezehrt und verschwitzt auszusehen. Der Mann war nicht nur von königlichem Geblüt, sondern auch ein Genie.

Mittlerweile war es mir gelungen, mich mit den Studios und ihrer Lage vertraut zu machen. Das war nicht sonderlich schwierig gewesen; an jeder zweiten Ecke gab es eins. Egal, in welche Straße man bog, man fand sich vor einem Studiogelände hinter hohen weißen Pseudo-Steinsäulen wieder. Statt Palmen standen dort geparkte Müllwagen. Manchmal fragte ich mich, ob ich einmal dem Mann von der Party über den Weg laufen würde, hoffte es sogar. Scott Eliot.

Olive Avenue, Tor drei, war der Ort, an dem alles richtig begann. Es war der Hintereingang zu einem Filmgelände. Ich hatte die Tageszeitungen durchkämmt und herausgefunden, dass dort Petras' Reich lag. Mein Arbeitsweg änderte sich plötzlich. Jeden Morgen, wenn ich zum Van de Kamp's lief, kundschaftete ich die Lage aus. Bald wurde klar, dass nur zwei uniformierte Männer dort Wache hielten. Einer von ihnen war jung und süß, aber immun gegen meinen Charme. Der andere war älter und freundlicher. Ich gewöhnte mir an, ihm einen dampfenden schwarzen Kaffee vorbeizubringen, und erfuhr seinen Namen. Biff.

Also stand ich von da an extra früh auf und trieb mich um Biffs Wachhäuschen herum. Um die Uhrzeit kümmerte das niemanden; selbst Biff schlief immer noch halb und gähnte in seinen Kaffee. Nach und nach trafen von Chauffeuren gesteuerte Wagen ein. Gelegentlich erhaschte ich einen Blick ins Innere, wenn eine getönte Scheibe heruntergekurbelt wurde: ein seidenbestrumpftes Bein, ein aufgeklapptes Puderdöschen, in dessen Spiegel Lippenstift aufgetragen wurde. Höflich hielt ich Abstand, wenn die Autos auf das Gelände fuhren, danach ging ich wieder zu Biff und stellte ihm Fragen – vorsichtig zunächst. Wer verhielt sich am nettesten am Set? Konnte man sich vielleicht einmal umsehen? Wie bekam man wohl eine Stelle als Maskenbildnerin?

»Hören Sie mal«, sagte Biff eines Morgens. »Ich lasse Sie nicht rein, egal, wie viele Kaffees Sie mir bringen.« Doch als er meine Miene sah, wurde er weich. »Na gut, warten Sie mal.« Er winkte zwei jungen Frauen, die gerade fröhlich dem anderen Wachmann ihre heiß begehrten Zugangsausweise zeigten. »Hey, ihr zwei! Kommt doch mal kurz rüber!«

Sie sahen einander fragend an und schlängelten sich dann zwischen den Autos zu uns durch.

Hastig sprang ich vom Zaun, auf dem ich gesessen hatte, und strich mir mit wild klopfendem Herzen über die Haare. Ein Einstieg!

»Das hier ist Loretta«, sagte Biff zu den beiden. »Sie würde gern wissen, wie man Maskenbildnerin wird. Könnt ihr da einen Rat geben?«

Das Gesicht der Kleineren über dem Kragen ihrer adretten Schluppenbluse rötete sich erfreut. »Ach du liebe Güte! Sie fragen mich nach Tipps?«

»Alice, sei nicht so albern«, schalt die andere. Ich konnte sie auf Anhieb nicht leiden. Dennoch, Biff machte eine aufmunternde Geste, und ich schluckte meinen Stolz hinunter.

»Wenn es Ihnen nichts ausmachen würde.« Ich hatte fast das Gefühl, ich sollte einen Knicks machen oder so. »Es wäre einfach so toll, wenn Sie mir helfen könnten. Ich würde wirklich wahnsinnig gern mit Mr. Petraś sprechen.«

»Also dann!« Alice' blonde Löckchen wippten, als sie bekräftigend mit dem Kopf dazu nickte. »Sie sollten …«

»Sie sollten sich nicht hier rumdrücken wie eine Touristin«, sagte die andere in beißendem Tonfall und musterte mich abfällig. »Das kommt nicht gut an.«

»Debra!«, protestierte ihre Begleiterin. »Sei nicht so gemein.«

»Bin ich nicht, ich sage nur die Wahrheit.« Debra ließ eine Kaugummiblase platzen, bevor sie an mich gewandt hinzufügte: »Wenn Sie wirklich jenseits dieses Zauns arbeiten wollen, empfehle ich Ihnen, sich mit den *wichtigen* Leuten abzugeben.« Obwohl sie Biff dabei nicht einmal ansah, fing er plötzlich an, sein silbernes Abzeichen an der Uniformjacke zu polieren. »Man muss jemanden kennen, der jemanden kennt, der jemanden kennt.« Sie sah mich an, immer noch kauend. »Und? Kennen Sie jemanden?«

Ich klappte den Mund auf und wieder zu. Wut flammte in mir auf. So heftig, dass ich ihr am liebsten Bescheid gesagt hätte, wie sie mit ihrem ewigen Wiederkäuen aussah, nämlich wie eine Kuh in einem Kleid. Aber so dumm, mir Feinde zu machen, war ich nicht. Noch nicht. »Ich meine … Nein, eigentlich nicht.«

Diese Debra prustete los. »Hör dir den Akzent an! Natürlich kennt sie als Engländerin niemanden.« Mit wogendem Petticoat drehte sie sich um und rauschte ab wie eine Art bösartige Doris Day.

Sichtlich verlegen blieb Alice noch stehen. »Entschuldigen Sie bitte. Meine Freundin ist manchmal ein bisschen schnippisch.«

»Das kann man wohl sagen.« Ich sah Debra nach, die an der nächsten Ecke anhielt und ihre Freundin verärgert zur Eile antrieb.

»Hören Sie«, sagte Biff matt. »Sie sind eine Nette, Alice,

und Loretta hier bemüht sich schon ein ganzes Weilchen. Sie wissen ja, wie das ist. Jeder in dieser Stadt hat einen Traum!« Er strengte sich an, einen fröhlichen Tonfall anzuschlagen, klang jedoch unglaublich deprimierend. Was es ja auch war.

Alice rang kurz mit sich, und dann …

»Haben Sie denn überhaupt schon Erfahrung mit Maske?«, fragte sie hoffnungsvoll.

»Ich habe bei Miss Snively gearbeitet.«

»Na, das ist doch schon mal was! Bleiben Sie dran, Loretta.« Sie winkte und rannte dann hastig hinter Debra her, deren Miene bedrohlich finster war. Alice warf im Laufen die Beine hoch wie ein Schulmädchen und entschuldigte sich dann hastig bei Debra, die den Eindruck machte, als stieße sie diverse Kraftausdrücke aus.

Einen Moment lang schwiegen Biff und ich düster.

»Danke«, sagte ich schließlich. »Das war wirklich nett von Ihnen.«

»Keine Ursache.«

Wir konnten einander nicht in die Augen sehen. Er kehrte in sein Wachhäuschen zurück, und ich hockte mich wieder auf den Zaun und beobachtete die vorbeifahrenden Autos, als wäre ich unsichtbar, genau, wie ich es seit Wochen tat. Von wegen Frauensolidarität. Das hatte schon mal nicht geklappt. Wahrscheinlich brauchte ich … einen Mann?

19

Nachdem er mitbekommen hatte, wie diese hochnäsige Debra mich abgekanzelt hatte, gab Biff nach. Er begann, meine endlosen Fragen zu beantworten. Er erklärte mir die Hierarchie und das Rangeln um Positionen. Ganz oben rangierten die Männer, die Gott spielten: die Studiobosse. Wenn sie durchs Tor fuhren, scheuchte Biff mich schnell außer Sicht. Als Nächstes kamen die Produzenten, die einen Film möglich machen oder einfach das Drehbuch zerreißen konnten. Darüber hinaus gab es Regisseure, Autoren, Stars – zu meiner Überraschung erfuhr ich, dass sogar die Stars in der Hackordnung etwas weiter unten standen –, Schauspieler, Bühnenbildner, reihenweise Leute, die sich abmühten, in diesem Haifischbecken zu überleben. Man hätte glauben können, dass mich das abschreckte, aber ich war fester entschlossen als je zuvor. Ich wollte dabei sein. Ich wollte allen zeigen, was ich konnte. Wenn sogar ein paar von Miss Snivelys Kundinnen Stars werden konnten, warum ich dann nicht professionelle Maskenbildnerin? Ich brauchte nur eine Chance, und war Hollywood nicht angeblich voll davon?

Biff ließ mich weiterhin auf dem Metallzaun neben seinem Häuschen sitzen, und ich schaukelte mit den Beinen und beobachtete die ankommenden Autos, die ihre geheimnisvollen Passagiere ablieferten. Ein Wagen fiel aus der Reihe. Es war nicht die übliche Corvette oder Limousine. Er war wuchtig, mit einem zerbeulten Kotflügel und einem Motor, der keuchte wie eine asthmatische Pensionsbetreiberin in einem englischen Seebad.

Eines Tages ignorierte der Fahrer des Wagens Biffs Winken und hielt neben uns an. Ich bekam eine Gänsehaut, als das Fenster quietschend heruntergekurbelt wurde. Ein Gesicht tauchte auf, die Augen hinter der Ray-Ban nicht zu erkennen.

»Sieh mal einer an. Das englische Fräulein.«

Mein Herz machte einen Satz.

»Guten Morgen, Mr. Eliot!« Biff lächelte breit.

Begeistert schüttelten die beiden einander durch das Fenster die Hand. Eine Sonnenbrille wurde hochgeschoben, worauf lachende Augen mit grünen Sprenkeln darin zum Vorschein kamen. Es war der Mann, der mich gerettet hatte. Scott Eliot.

»Hallo, Loretta. So trifft man sich wieder«

»Ach, hallo!« Ich winkte unsicher. »Lange nicht gesehen.« Erinnerungen blitzten vor meinen Augen auf. Diese Party schien mir ewig her, und es war seltsam, Eliot bei Tageslicht zu sehen.

»Allerdings.« Mit einem silbernen Feuerzeug zündete er sich eine Zigarette an und winkte mich zu sich, einen Ellbogen aus dem Fenster gehängt. Neben ihm auf dem Beifahrersitz lag ein Drehbuch.

Ich strich mir hastig das Kleid glatt und zupfte meine Haare zurecht. *Nimm mich nur mit rein,* flehte ich insgeheim. *Noch ein letzter Gefallen.*

Eliot zog die Augenbrauen hoch. »Biff, das ist eine Freundin von mir.«

Biff schob sich die Kappe in den Nacken und betrachtete stirnrunzelnd die Autoschlange, die sich hinter Eliot gebildet hatte. »Ich muss Sie leider bitten …«

»Los, steigen Sie ein«, sagte Eliot mit einem trägen Grinsen, bei dem mir das Herz zerfloss, und griff nach der Beifahrertür.

Schneller, als ich je zuvor in meinem Leben gerannt war, flitzte ich um den Wagen herum. In den Ledersitz war deutlich der Umriss eines Körpers eingedrückt. Flüchtig überlegte ich, ob Eliot eine Freundin hatte.

»Mr. Eliot, bitte! Das geht doch ni…«

Eliot streckte ein paar Dollarscheine durch das Fenster, und Biffs Mund klappte zu. Er beugte sich in sein Häuschen, drückte den grünen Knopf zum Öffnen der Schranke und sah sich dabei verstohlen um, ob jemand den Eindringling bemerkt hatte. Mich.

Als der Wagen anfuhr, presste ich den Rücken an die Lehne und versuchte, mich unsichtbar zu machen.

»Es wird Sie schon niemand verhaften. Wollen Sie sich mal ein bisschen umsehen?«

»Ach, ich glaube nicht …«

Zu spät. Er riss das Lenkrad herum, und der Wagen bog in eine der Gassen, die zwischen den Studios mit ihren Kuppeldächern verliefen. Direkt mussten wir einem Golfwägelchen ausweichen, in dem eine Schauspielerin saß. Sie trug einen beigen Trenchcoat und einen Regenhut und hatte einen schwarzen Regenschirm dabei, was nicht zu der sengenden kalifornischen Sonne passte.

»Morgen!«, rief Eliot.

Die Schauspielerin winkte ihm charmant, ihr Fahrer machte ein böses Gesicht.

»War das etwa Debbie Reynolds?« Ich hatte sie mit meiner Schwester Enid in *Drei kleine Worte* gesehen. Fred Astaires Rolle war viel größer gewesen, aber Debbie in ihrem Matrosenkleidchen dafür unvergesslich süß.

»Genau die«, bestätigte Eliot. »Sie dreht gerade mit Gene Kelly.« Er beugte sich vor und flüsterte: »Angeblich findet

Gene es furchtbar, dass sie dabei ist.« So frisch und natürlich, wie sie wirkte, konnte ich mir gar nicht vorstellen, dass jemand sie furchtbar fand.

Wir fuhren um eine Ecke, und ich riss erschrocken den Mund auf. Da war eine ganze Cowboystadt aufgebaut, komplett mit staubiger Straße und lebendigen, an einem Pfosten festgebundenen Pferden. Gegenüber der Kirche lag ein Saloon, es gab einen Gemischtwarenladen und ein Kurzwarengeschäft, und auf ein Transparent, das an einer Lagerhalle hing, war sogar ein Berg gemalt.

»Das ist ja verrückt!« Ich legte entzückt die Hände an die Wangen.

»Das ist Hollywood«, versetzte Eliot. »Und ja, es ist verrückt.«

»Ach, kommen Sie schon. Sie haben Spaß daran.«

Seine Mundwinkel zuckten. »Na ja, ich habe Spaß daran, dass *Sie* Spaß daran haben.« Er kehrte um, und wir fanden einen Parkplatz. Nachdem er den Motor abgestellt hatte, nahm er die Sonnenbrille ab und wandte sich mir zu. »Sollen wir uns nicht vielleicht duzen? Immerhin haben wir ja schon einiges zusammen erlebt.«

»Da haben Sie, äh, da hast du recht.« Ich streckte ihm die Hand entgegen, und er schüttelte sie.

»Also, Loretta, man verliert seine Hollywood-Jungfräulichkeit ja nur einmal, freut mich, dass ich dabei sein konnte.«

Meine Wangen wurden heiß. »Findest du es naiv von mir, beeindruckt zu sein?«

»Denk dran, dass das alles nur Attrappen sind. Hinter der Fassade ist nichts.«

»Wow, jetzt hast du gerade eine Cowboystadt in einen Vortrag über Architektur verwandelt.«

Er hob die Augenbrauen. »So, so, du hast es also mit gebildeten Ausdrücken.«

»Davon kenne ich noch ein paar mehr, zum Beispiel blasiert und Snob.«

Er hielt die Hände hoch, als gäbe er sich geschlagen. »Du hast recht, entschuldige. Das war blöd von mir. Ich war die ganze Nacht auf und bin müde.«

Er griff in meinen Fußraum, weil das Drehbuch hinuntergefallen war, und ich bückte mich schnell, um es für ihn aufzuheben. Als ich es ihm gab, bemerkte ich, dass seine Hände mit Schreibmaschinentinte verschmiert waren. Hinter seinem rechten Ohr klemmte ein Bleistiftstummel, das Hemd war zerknittert. Er sah wirklich aus, als hätte er nicht geschlafen.

»Hast du die ganze Nacht geschrieben?«, fragte ich.

Er lachte freudlos. »Das ist die gerechte Strafe für meine Sünden.«

»Woran arbeitest du gerade?«

»An einem Flop.«

»Ach, bestimmt nicht!« Meine gute Laune war durch nichts zu verderben.

»Doch, bestimmt.« Er stieg aus dem Wagen, kam auf meine Seite und öffnete mir die Tür.

Ich nahm seine Hand und kletterte hinaus.

»Bis später dann.« Abrupt ließ er meine Hand los und stapfte davon.

Erschrocken rannte ich ihm nach. Noch wollte ich ihn nicht gehen lassen. »Danke noch mal.«

Eliot blieb stehen und blätterte abwesend durch sein Drehbuch.

Auf Zehenspitzen spähte ich ihm über die Schulter. Die Seiten waren von Bleistiftnotizen übersät.

»Läuft es nicht rund?«, fragte ich.

Er stieß ein tiefes Knurren aus. »Die siebte Fassung, und die Bosse sind immer noch nicht zufrieden. Wenn ich eine weitere Drehbuchsitzung über mich ergehen lassen muss, sterbe ich.«

»Vielleicht brauchst du eine neue Schreibmaschine?« Ich deutete auf die ganzen fehlenden S.

»Vielleicht brauche ich ein neues Gehirn.«

»Ich wollte mal fragen … also ganz unverbindlich … du kennst nicht zufällig einen Alecs Petraś?«

Er lachte ungläubig auf. »Ob ich einen Alecs Petraś kenne? Ich kenne die Geschichten über ihn.« Er verschränkte die Arme und klemmte sich das Drehbuch unter die Achsel. »Der ist eine lebende Legende. Das weißt du, oder?« Er beugte sich vor, hielt sich die Hand neben den Mund und flüsterte laut: »Ziemlich dicker Fisch.«

»Ich wollte nur …« Ich schluckte. »Ich müsste mit ihm reden.«

Eliot setzte sich wieder in Bewegung. »Viel Glück! Grüß Biff von mir, wenn sie dich rauswerfen.«

Ich hielt ihn am Arm fest. »Bitte, sag mir doch nur, wo ich ihn finden kann. Dann lasse ich dich in Ruhe, versprochen.«

»Ganz sicher?«

»Nein.« Ich grinste.

Mittlerweile standen wir vor einer Tür, die Eliot aufzog. In dem langen Flur dahinter lehnte ein Mann an der Wand und flirtete mit einer jungen Frau, die sich ein Klemmbrett an die Brust drückte. Als er uns entdeckte, schickte er sie mit einem Klaps auf den Po weg.

»Hallo, Eliot! Komm rein. Farrow hat uns noch mal neue Anmerkungen geschickt.«

»Scheißanmerkungen. Wann lernen diese scheiß Regisseure endlich, dass sie keine Scheißdrehbuchautoren sind?«

Ehe die Tür zufallen konnte, hielt ich sie fest. »Bitte«, sagte ich jetzt flehentlich. »Wo finde ich Petraś?«

Mit den Fäusten in den Taschen und dem Drehbuch unter der Achsel drehte Eliot sich zu mir um. Er schien kurz zu überlegen.

»Letzter Gefallen, okay?«

»Okay.«

»Und du lässt meinen Namen aus dem Spiel.«

»Wer sind Sie noch mal?«

Seine Mundwinkel verzogen sich zu einem Grinsen. »Also gut, von mir aus.« Er schob mich vor die Tür und zeigte über meine Schulter. »Gebäude neununddreißig. Frag nach seiner Assistentin, Arvella Hoffman.«

Sein Kollege rief ungeduldig nach ihm. Offenbar war es Zeit, mit der achten Fassung anzufangen.

Wieder schluckte ich. »Muss ich an irgendwelchen Löwen oder Tigern vorbei?«

»Nee. Nur an Arvella. Sie hat einen gewissen Ruf.«

»Danke«, sagte ich. »Du hast was gut bei mir. Ach, und ich hoffe, dein Flop wird ein Riesenerfolg!«

Sein Mund zuckte. »Na, dann geh schon. Schnapp ihn dir.«

»Ich werd's versuchen.« Ich salutierte knapp, dann trat ich in die sengende Hitze.

Im Vorbeigehen betrachtete ich die Parzellen rechts und links. Auf einer befand sich mehr oder weniger nur ein Chaos von Drähten, Rohren, Leitern und Lampen, ein paar Kulissen lehnten an einer nackten Mauer. Auf einer anderen stand eine Art Stadthaus im Stil des 19. Jahrhunderts, und auf einer dritten wurde offenbar gerade das Innere eines Schlosses aufgebaut. Männer in Latzhosen wuselten durch das Set wie Ameisen, Gehämmer hallte über das Gelände.

Sechsunddreißig, siebenunddreißig, achtunddreißig …

Und da war es. Nummer neununddreißig. Ich blieb vor

einer Alutreppe stehen, die zu einer unauffälligen Tür hinaufführte, daneben ein Schild mit verschnörkelter Goldschrift:

Alecs Petraś
Maske

20

Ich hab doch gesagt, ich will die dunklen Haare! Wollen wir sie unbedingt wie eine Leiche aussehen lassen?«

Eine junge Frau, vielleicht zwanzig, rannte an einer Reihe von Perücken auf Leinwandköpfen vorbei. Als ich eintrat, sah sie mich mit gedemütigter Miene an, die Wimpern nass vor Tränen.

Die Tür fiel geräuschvoll hinter mir zu.

Ein Mann mit akkuratem schmalen Schnurrbart wirbelte herum und sah mich an. Über seinem offenen weißen Mantelkragen trug er eine absurd breite orangefarbene Seidenfliege.

»Wer zum Teufel sind Sie?«, fragte er verärgert.

Mit ausgestreckter Hand trat ich auf ihn zu. »Ich bin Loretta, Mr. Petraś, Loretta Darling.«

Er stutzte, dann lachte er lauthals. »Mr. Petraś!« Er sah seine Kollegen an. »Habt ihr das gehört?«

Die anderen kicherten nervös.

Er zeigte auf ein großes gerahmtes Foto an der Wand hinter einem Schreibtisch. »Das da ist Mr. Petraś. Ich bin Mr. Klein. Ich bin für die Perücken zuständig.«

»Die … Perücken?« Plötzlich fiel es mir extrem schwer, nicht Kleins Kopf anzustarren, der glatt und glänzend wie ein Ei war.

»Wer hat die denn durchgelassen?«, blaffte eine strenge Stimme.

In einer Tür stand eine Frau, ein Klemmbrett an die knochige Brust gedrückt, die Brille an einer Goldkette über einem dunkelroten Kostüm baumelnd. Ihre Haare waren fast totfrisiert und ihr Gesicht so stark geschminkt, dass es starr wirkte, als könnte es Risse bekommen, wenn sie lächelte. Wobei sie mich auf jeden Fall nicht anlächelte. Sondern nur ansah. Durchdringend.

»Miss Hoffman? Die … Die Agentur schickt mich.« Mein Herz klopfte so laut, dass ich sicher war, sie konnte es hören.

Die Frau reagierte nicht. Sie starrte mich nur weiter an, die Lippen vorgeschoben. Nach einer kleinen Ewigkeit schaute sie mit gerunzelter Stirn auf ihr Klemmbrett. »Wir haben niemanden angefordert.«

Ehe ich etwas erwidern konnte, kam die junge Frau zurück und hielt Mr. Klein eine flache Aluschale hin.

Er riss sie ihr aus der Hand. »Was soll das sein?«

Die Frau wurde bleich.

»Was soll DAS bitte sein?«

Er warf die Schale nach ihr, und sie fing sie unbeholfen auf.

Die ältere Frau streckte mir die Hand entgegen. »Tagespass.«

Tagespass? Umständlich suchte ich meine Taschen ab. »Ach du meine Güte! Den muss ich verloren haben.«

Sie seufzte, als hätte sie das schon zu oft erlebt. »Kommen Sie mit.« Sie machte auf dem Absatz kehrt und marschierte mit schnellen Schritten davon, sodass ich Mühe hatte mitzuhalten.

Wir betraten einen anderen Raum, in dem eine blonde Schauspielerin vor einem Spiegel saß. Die Tür fiel hinter uns zu, und Mr. Kleins Gebrüll verhallte.

Die Schauspielerin sah von ihrem Liebesroman auf. »Hat er wieder schlechte Laune, Arvella?«

Neben ihr stand ein Mann, der sie konzentriert betrachtete.

Es war der Mann von dem Foto.

Das Genie.

Petraś.

Sein Gesicht war weich und rundlich, es machte einen jüngeren Eindruck, als seine grauen Haare mit dem exakt gezogenen Scheitel vermuten ließen. Er wirkte weniger imposant als auf dem Bild und strahlte dennoch eine ruhige Autorität aus, angesichts derer ich am liebsten auf die Knie gefallen wäre.

»Sandra weint schon wieder«, sagte Arvella mit einem Seufzen.

Ich wagte nicht, mich vom Fleck zu rühren, während wir drei Frauen abwarteten, was Petraś' als Nächstes tun würde. Immer noch betrachtete er das Gesicht der Schauspielerin und tippte sich dabei mit dem Zeigefinger an die Lippe. Am kleinen Finger trug er einen goldenen Siegelring mit einer Gravierung. Wahrscheinlich ein königliches Wappen.

Endlich sprach er, ohne dabei aufzusehen. »Wen haben Sie mir mitgebracht?«

Erneut seufzte Arvella übertrieben. »Angeblich hat die Agentur sie geschickt, aber sie hat einen komischen Akzent und ...«

Er krümmte den Zeigefinger. »Kommen Sie mal her.«

Arvella bedeutete mir hektisch zu gehorchen.

Ich stellte mich auf die andere Seite des Schminkstuhls, sodass die Schauspielerin zwischen mir und Petraś saß.

Eine weitere junge blonde Frau mit einem Tablett voller Paletten und Pinsel kam herein. Es war Alice!

Arvella kniff die Augen zusammen.

»Dann sagen Sie mal«, meinte Petraś und sah mich endlich kurz an. »Für dieses Gesicht. Was würden Sie benutzen?«

Die warnende Miene der Schauspielerin vermittelte mir: *Wenn du das vermasselst, bist du erledigt, Baby.*

»Mr. Petraś, ich glaube nicht, dass sie …«, setzte Arvella an.

Doch ihr Arbeitgeber hielt eine Hand hoch.

Ich konnte nur hoffen, dass sich mein ganzes Üben jetzt bezahlt machte. Mit der flachen Hand hob ich sanft das Kinn der Schauspielerin an und drehte ihr Gesicht von einer Seite zur anderen, bis das Licht auf einen Wangenknochen fiel. Interessant. Augen von der Farbe geschmolzener Schokolade. Honigfarbener Teint. Als ich das Gesicht in die andere Richtung hielt, bemerkte ich den feinen, dunklen Flaum auf ihrer Oberlippe. Die blonden Haare trogen.

Ich überlegte. Miss Snively kaufte ihre Schminkutensilien im renommierten Pantages Theater, wo die Firma von Alecs Petraś ihren Sitz hatte. Mit etwas Glück sprachen wir die gleiche Sprache.

»Ich würde Amber Rose nehmen«, sagte ich. »Das bringt ihren warmen Hautton zur Geltung, ohne sich mit dem Blond zu beißen.« Ich wollte nicht ansprechen, dass sie gefärbt waren.

»Noch was?«

Hastig dachte ich nach. »Einen weißen Strich über die Nasenmitte, damit sie auf dem Bildschirm nicht zu flach wirkt.« Den Trick hatte ich bei den Porträtaufnahmen bei Blue Book gelernt. »Über dem Lid heller, dann graduell dunkler Richtung Augenbraue. So bekommt sie lange, elegante Lider, wie die Garbo.«

Die Schauspielerin errötete erfreut.

Petraś war weniger leicht zu beeindrucken. »Pinsel?«

Ohne jedes Zögern antwortete ich: »Abgeschrägtes kanadisches Eichhörnchen.« Ich überlegte kurz. »Zobel für die helleren Farben, das greift besser.« Die einzigen Pinsel, die ich je benutzt hatte, waren aus Pferdehaar. Sie waren billig; einfach ein Mix von Mähne und Schweif. Weil meine Hände vor Nervosität feucht wurden, ließ ich das Gesicht der Schauspielerin los. Alice sah mich von der Seite aufmunternd an.

»Auf Rouge sind Sie noch gar nicht eingegangen«, sagte Petraś ernst.

»Tja, es ist riskant, aber das würde ich mir bis ganz zum Schluss aufheben. Mir die Finger befeuchten, dann die Kuppen in das Rouge tauchen und überall auf dem Gesicht verteilen, wo es natürlich rosig wirken soll.«

»Ein nasses Rouge? Das ist wirklich riskant.«

»Anders geht es nicht.« Bei dem Satz blähte er die Nasenflügel. »Zumindest meiner Meinung nach nicht.« Ich verschränkte die Arme hinter dem Rücken.

Alle vier warteten wir auf Petraś' Reaktion. Die Stille zog sich so in die Länge, dass ich dachte, ich müsste platzen.

Endlich, endlich sprach er. »Wer hat Sie ausgebildet?«

Lügen oder die Wahrheit sagen? Mir blieben nur Sekunden für die Entscheidung. Ich beschloss, die Wahrheit zu wagen. »Das, äh, hab ich mir selbst beigebracht.«

Arvella schnappte hörbar nach Luft, die Schauspielerin zog eine Augenbraue hoch. Alice' Tablett geriet ins Schwanken. Petraś hingegen schwieg erst einmal wieder. Ich fühlte mich wie eine Seiltänzerin, die jeden Moment den Halt verlieren und abstürzen konnte.

Arvella machte einen Schritt nach vorn und tippte auf ihr Klemmbrett. »Mr. Petraś, ich weiß wirklich nicht, wie sie an dem Wachmann vorbeigekommen ist. Was für eine Verschwendung Ihrer …«

»Sie kann was. Wie heißen Sie noch mal?«

»Loretta. Loretta Darling.«

Er schnippte mit den Fingern vor Arvella herum. »Na dann, Miss Darling, besorgen wir Ihnen eine Uniform.«

Arvella plusterte sich auf. »Sie können doch nicht jede dahergelaufene Frau von der Straße einstellen!«

»Und wie ich das kann.«

Resigniert riss Arvella die Hände hoch und verließ das Zimmer.

»Wie lange geht das jetzt schon?«, fragte er unvermittelt.

»Wie lange geht was?«

»Wie lange treiben Sie sich schon bei Biff herum? Sechs Wochen? Acht?«

Er hatte es von Anfang an gewusst. Ich errötete. »Das weiß ich nicht mehr genau.«

Alice entfernte sich unauffällig, und mit einem Schlag wirbelten andere Leute um mich herum. Ein weißer Kittel wurde mir in die Hand gedrückt. Von irgendwoher wurde ein Hocker herangerollt, und jemand hielt mir ein Formular unter die Nase. Ich unterschrieb, ohne einen Blick darauf zu werfen.

Die Schauspielerin zwinkerte mir im Spiegel zu. »Willkommen im Team.« Sie streckte die Hand über die Schulter nach hinten, und ich schüttelte sie. »Grace Riley.«

»Hallo, Miss Riley. Ich bin Loretta.«

»Nenn mich doch einfach Grace.«

Ein Starlet bot mir das Du an!

Petraś strich den Umhang um Grace' Schultern glatt. »Miss Riley hat einen neuen Vertrag über fünf Filme, stimmt's?«

»Meine Wenigkeit«, bestätigte sie.

Er klemmte ihr eine Strähne hinter das Ohr, und sie lächelte ihn an, als hielte sie ihn für Gott und ihren Vater in einem. »Wir werden Sie zu einem Star machen.«

Sie küsste ihm die Hand. »Sie sind zu freundlich.«

In dem Moment steckte Arvella den Kopf durch die Tür, einen Telefonhörer an die Brust gedrückt. »Petraś, es ist Sally.«

Er ging hin und nahm ihr den Hörer ab. Wir drei blieben allein, und Arvella durchbohrte mich mit einem Blick.

»Miss Hoffman«, setzte ich an.

Grace sprang schnell von ihrem Schminkstuhl auf. »Ich bin nur kurz auf der Toilette.«

Arvella verschränkte die Arme und ließ mich einen Moment schmoren. »Sie kommen also tatsächlich von keiner Agentur.«

»Nein.«

Ihr Seufzen verriet, dass sie das alles unglaublich vorhersehbar fand. »Und sind Sie zumindest in der Gewerkschaft?«

Ich schüttelte den Kopf.

Sie ließ sich auf einen Stuhl sinken. »Wie alt sind Sie denn überhaupt?«

»Einundzwanzig.«

»Wenigstens sind Sie volljährig. Beim geringsten Fehlverhalten rufe ich den Wachdienst und lasse Sie vom Gelände werfen. Verstanden?«

»Ja. Danke.« Ich stockte kurz. »Falls ich Sie zu irgendeinem Zeitpunkt gekränkt habe, tut es mir leid.«

Sie hob eine Augenbraue. »Mich gekränkt? Bilden Sie sich bloß nichts ein, Miss Darling.«

Schweigend starrten wir einander weiter an, bis Grace den Kopf durch die Tür steckte.

»Fertig?«, fragte sie fröhlich.

Ohne den Blick von mir zu lösen, sagte Arvella: »Fertig.«

21

Arvella konnte mich mal gernhaben. Letzten Endes lernte ich von Alecs Petraś an einem Tag mehr als in sechs Monaten bei Miss Emmeline Snively.

Drei Stunden arbeiteten wir ohne Pause. Mir wurde beigebracht, dass man eine dünne Schicht Vaseline unter dem Grundierungspuder auftrug, so schimmerte Grace' Haut im Kameralicht wie Glas. Dunklere Schattierung zu den Schläfen hin. Dann zogen wir ihre Augenbrauen nach – ohne Augenbrauen hatte ein Gesicht keine Struktur. Ein Tupfer weißen Lidschatten in die inneren Augenwinkel, damit sie »knallten«, wie Petraś erklärte. Ich durfte sogar meinen weißen Strich auf ihren Nasenrücken setzen. Danach kamen der Lippenkonturenstift, ein ritueller Strich mit dem Lippenstift und schließlich ein sorgsam platzierter Schönheitsfleck an die Reihe. Die Stelle für Letzteren ließ Petraś mich auswählen. Ich malte ihn zwei Zentimeter unter dem linken Mundwinkel auf, um die vollen, geschwungenen Lippen zu betonen. Grace hatte tolle Lippen, man konnte sich ausmalen, wie sie köstlichste Schlüpfrigkeiten murmelten. In Hollywood ging es immer um Schlüpfrigkeiten. Zum Schluss wurde die Perücke aufgesetzt.

»Gut.«

Ich hatte das Gefühl, ich müsste bersten vor Stolz.

Während der gesamten Zeit durfte Grace nicht auf die Toilette gehen. Ihr Roman lag zugeklappt auf ihrem Schoß. Sie sah fasziniert zu. Es entging mir nicht, dass sie sich konzentrierte, um sich jeden Trick zu merken. Aus genau diesem Grund schrieb Petraś nie etwas auf.

Nach einer geraumen Weile kam ein Laufbursche herein. Er fing Grace' Blick auf und pfiff leise und anerkennend.

Petraś sah ihn scharf an. »Hier wird nicht gepfiffen, junger Mann.«

Er wurde rot. »Mr. Wyler wäre so weit.«

Grace rutschte vom Stuhl und gab Petraś einen exaltierten Kuss auf beide Wangen.

»Mein Lieber, Sie haben mich schön gemacht, wie versprochen.« Mit ihrem Aussehen war auch ihre Persönlichkeit übertriebener geworden. Sie wandte sich mir zu und streckte die Hand aus. »Danke, Loretta.« Während sie einen letzten Blick in den Spiegel warf, nahm Arvella ihr den Umhang ab, und sie strich sich das Kleid glatt.

Wir sahen zu, wie Grace den Laufburschen bei der Hand nahm, und folgten den beiden dann nach draußen. Sie traten in das grelle Sonnenlicht und gingen nach links.

»Ich hoffe, sie bleibt im Schatten«, sagte ich. All die harte Arbeit sollte nicht in der Wärme schmelzen.

»Wenn sie schlau ist …«, knurrte Arvella.

Lachend und mit dem Laufburschen flirtend lief Grace über den Asphalt.

»Dann wird sie also mal ein Star?«, fragte ich.

Petraś grinste. »Na ja, immerhin steckt sie schon knietief in einer Affäre mit einem anderen Schauspieler des Studios.«

Ich traute mich kaum nachzufragen. »Das ist was Gutes, oder?«

Arvella schnaubte. »Na, wenn sie sich Ärger einhandelt, organisiert das Studio wenigstens die Abtreibung.«

»Arvella«, tadelte Petraś mit einem Seitenblick auf mich. »Bitte kein Klatsch und Tratsch.«

Grace verschwand mit wippenden Petticoat-Rüschen durch eine Tür in Flugzeughallengröße.

Petraś wandte sich zum Gehen. »Seien Sie morgen früh um sieben wieder hier.«

Fragend sah ich Arvella an.

»Na, mich meint er nicht.«

Ich ging wieder hinein und fand Petraś an einem Schreibtisch sitzend. Er gab mir einen Zettel. »Ihr Lohn beträgt zwölf Dollar fünfzig die Woche. Geben Sie das an der Kasse ab. Am Ende Ihrer ersten Woche können Sie sich das Geld abholen.«

Ich überschlug schnell im Kopf: So viel hatte ich noch nie verdient.

»Die erste Woche im Voraus?«

Er sah mich durchdringend an.

»Haben Sie Verwandte hier?«, fragte er.

Ich straffte die Schultern. »Nein.«

»Dachte ich mir schon. Also gut, im Voraus.« Er zählte ein paar Scheine von einem dicken Bündel ab, das er aus der Hosentasche gezogen hatte. »Chuzpe haben Sie, das muss man Ihnen lassen.«

»Was ist das denn jetzt schon wieder?«

Lächelnd streckte er mir die Dollarscheine hin. »Das erfahren Sie noch. Und jetzt raus hier, ehe ich es mir anders überlege.«

Draußen hüpfte ich direkt zu Biffs Wachhäuschen, hinter dem bereits die Sonne unterzugehen begann.

»Dann hat es also geklappt?«, rief Biff mir zu.

»Ja, es hat echt geklappt!«, antwortete ich atemlos.

Er strahlte. »Wusste ich doch, dass Sie das Zeug dazu haben.«

»Diese Alice war auch dort!«

Biff riss die Augen auf. »Hat sie was gesagt?«

»Um sie muss ich mir keine Gedanken machen. Kennen Sie Arvella Hoffman?«

Biff rieb sich die Stoppeln am Kinn. »Lästert gern und sieht ein bisschen eingebildet aus? So als hätte sie einen Stock im Allerwertesten?«

»Genau die. Sie hasst mich jetzt schon.«

»Was gibt es an Ihnen zu hassen?«

Der ein oder andere hätte ihm vermutlich eine Liste erstellen können. »Ich lasse mir das von ihr nicht verderben. Ich bin drin, Biff, ich bin wirklich drin!«, sprudelte es aus mir heraus.

Das war es. Ich hatte es geschafft. Ich hatte meinen Traum verwirklicht, genau wie ich es mir vorgenommen hatte. Lohn, Chef, Dollars in der Tasche. Ich schwebte geradezu in meine Wohnung zurück, wo ich mich vor den Badezimmerspiegel stellte und mein Röhrchen *Rascal Red* herausholte. Der Lippenstift war fast leer, aber dieses bescheidene kleine Röhrchen hatte mich von Morecambe bis hierher begleitet, wie ein Talisman. Ich zog mir die Lippen nach und bestaunte wieder einmal das tiefe Rot im Spiegel. Ich würde nie wieder für einen Lippenstift bezahlen müssen, so viel war mir klar. Aber ich war noch nicht fertig. Noch lange nicht.

22

Liebe Enid,

ich hab's geschafft! Kannst Du es fassen? Ich arbeite bei diesem Prinzen, Alecs Petraś. Ich bekomme Geld dafür, dass ich ihm über die Schulter sehen darf! Es geht aufwärts. Ich würde mich so freuen, wenn Du mich hier besuchen kommst. Erzähl mir doch mal, was bei Dir los ist.
Alles Liebe, Margaret

An meinem ersten Tag erhielt ich zwei makellos weiße Kittel; Petraś war der einzige Mensch in Hollywood, der seine Mitarbeiter in Uniformen steckte. Wir trugen sie mit Freuden, stolz darauf, auf den ersten Blick als eine von Petraś' Perlen erkannt zu werden: ein alberner Spitzname, den wir von unseren dankbaren Schauspielerinnen erhalten hatten und dem wir uns einfach nicht verweigern konnten. Wir waren Perlen, die in der Muschel heranwuchsen, die Petraś uns sorgsam zur Verfügung stellte. Eigentlich hätten wir uns den Namen auf die Einstecktücher sticken lassen sollen wie im Van de Kamp's.

Petraś kümmerte sich um uns. Aber ich entdeckte rasch, dass ich, als die neueste Perle, dafür zuständig war, sämtliche Kittel zu waschen und fleckenlos zu halten. Nicht die einfachste Aufgabe, wenn alle ununterbrochen starke Farbpigmente verwendeten. Jeden Morgen inspizierte Petraś unsere Krägen und Ärmelsäume, also machte ich mich schnellstens mit jedem Waschmittel vertraut *(OMO gibt die sauberste Wäsche!)* und kochte die Kittel auf dem Herd aus, statt Abendessen darauf zuzubereiten. Es war mir egal, ich war glücklicher als je zuvor.

Nur dass ich, trotz aller Arbeit, Raphael Goddard nicht aus dem Kopf bekam. Zwar hatte ich mir geschworen, nie wieder einen Gedanken an ihn zu verschwenden, aber das Gegenteil war der Fall. Immer wieder lief ich durch die Wohnung und suchte nach letzten Spuren von ihm – eine zerknüllte Zigarettenschachtel hinter einem Bücherstapel, ein vergessenes Rasierwasser im Badezimmerschränkchen. Es lag nicht daran, dass ich immer noch in ihn verliebt war; ich bin nicht sicher, ob ich das überhaupt jemals wirklich war. Sondern eher daran, dass ich ihm einfach nicht verzeihen konnte. Mich so zu verschachern. War ich ihm dermaßen wenig wert gewesen? Außerdem wollte ich, dass er von meinem Erfolg erfuhr.

Zum Glück gab es Alice. Sie liebte es, in Bars zu gehen, und das machte sie zu einer großartigen Ablenkung. Die halbe Zeit rannte ich die Treppe zum Telefon in der Eingangshalle hinunter, weil sie mich zu dieser oder jener Sause einlud. Es war also nur eine Frage der Zeit, dass sie Primrose kennenlernte.

»Du musst mit ins Ciro's kommen!«, verkündete Alice eines Abends atemlos. Ciro's war ein Nachtklub mit tiefrot gestrichenen Wänden, der Farbe von Leidenschaft und Temperament. Das Licht war dadurch in den diskreten Nischen schmeichelnd, und niemand konnte aus der Distanz erkennen, was sich dort abspielte. Die Farbwahl funktionierte. Auf der Tanzfläche mochte es Prügeleien geben, aber in diesen Nischen fanden die Reichen und Berühmten etwas Privatsphäre. Perfekt für Hollywood. Alles, was Rang und Namen hatte, ging dorthin, sogar John F. Kennedy. »Ella Fitzgerald gibt dort heute ein geheimes Konzert! Ich kenne den Türsteher, der lässt uns rein.«

»Ella.« Ich schluckte. Sie war eine meiner Lieblingssängerinnen, die Königin des Jazz, entdeckt auf den Straßen von Harlem. Nicht, dass ich im engeren Sinne gewusst hätte, was Harlem genau war. »Das ist ja unglaublich, Alice. Wie hast du das erfahren?«

»Ach, ich habe mich mit Mr. Wallichs im Music City unterhalten.«

»Mit *dem* Mr. Wallichs?«

»Er und mein Vater waren zusammen auf der Highschool.« Alice war in Hollywood aufgewachsen, und die Hälfte von dem, was ich als außergewöhnlich empfand, war für sie selbstverständlich. »Also, treffen wir uns um sieben vor der Tür?«

Ich hatte nur ein Problem. Primrose war aufgetaucht, und ich wusste, dass es sie verletzen würde, von mir sitzen gelassen zu werden.

»Darf ich eine Freundin mitbringen?«, fragte ich deshalb.

»Wenn sie selbst zahlen kann, klar«, sagte Alice.

Ich grinste. »Mach dir darüber mal keine Gedanken.«

Ich erschien in einem süßen Zweiteiler in Dunkelblau und Weiß, bestehend aus einem kurzen Oberteil und einem weiten Rock, eine Schärpe mit einer Schleife um die Taille gebunden, vor dem Ciro's.

»Ahoi, Matrose.« Alice salutierte zur Begrüßung etwas steif. Sie trug einen violetten Bolero aus Straußenfedern zu einem bodenlangen Kleid und silbernen, hochhackigen Schuhen.

Da trat Primrose aus dem Laden nebenan, wo sie sich Kaugummi gekauft hatte. »Hallöchen. Ich bin Primrose.«

Sie war selbst sehr imposant angezogen: ein Kleid aus chinesischer Seide, dazu ein Schildpattkamm in den Haaren.

Als sie und Alice einander die Hände schüttelten, schoss mir durch den Kopf, dass diese beiden Frauen mehr Kleider besaßen, als ich in drei Leben hätte tragen können.

Alice und Primrose plauderten bereits, als wären sie alte Freundinnen.

»Du wohnst in Silver Lake? Die Gegend kenne ich.«

»Ach ja, woher denn?«

»Entschuldigung, die Damen«, unterbrach ich. »Gehen wir lieber rein, bevor wir noch verjagt werden.«

Es bildete sich bereits eine Schlange, angeregt plaudernde Paare, die hofften, eingelassen zu werden. Der Name des Nachtklubs prangte in riesigen verschnörkelten Neonlettern auf dem Dach, und vor dem Eingang stand ein Türsteher. Er hatte die für seinen Berufsstand typische Statur – Achtung gebietend – und erinnerte mich an den Kerl im Winter Gardens in Morecambe. Mit einem großen Unterschied: Dieser Mann hier trug den tadellosesten Smoking, den ich je gesehen hatte. Handgenähte Knopflöcher und maßgeschneidert.

»Bleibt dicht bei mir«, flüsterte Alice.

Primrose sah mich verstohlen von der Seite an. »Ist sie bei der Mafia?«

»Nein, sie geht nur gern aus.«

»Braves Mädchen. Ich mag sie jetzt schon.«

Wir stellten uns zu Alice an die Spitze der Schlange.

»Aber Sie müssen sich doch an mich erinnern, ich war letzten Monat mit ein paar Freundinnen hier«, bettelte Alice. In der naiven Hoffnung, es würde seinem Gedächtnis auf die Sprünge helfen, streckte sie die Brust heraus. Die Gute.

»Das gilt doch für alle.« Der Türsteher sah gelangweilt an ihr vorbei.

»Und Sie haben gesagt, Sie könnten mich jederzeit reinlassen. Wissen Sie nicht mehr?«

»Das sage ich zu niemandem«, knurrte er.

»Bist du sicher, dass es derselbe Türsteher ist, Alice?«, raunte ich. Doch ehe sie antworten konnte, ertönte eine Stimme.

»Tommie!«

Dem Mann fielen fast die Augen aus dem Kopf. »Wie ich leibe und lebe.« Er drängte sich an Alice vorbei, um Primrose in den Arm zu nehmen. »Wie geht's dir?«

»Gut, ganz gut.« Sie tätschelte ihm die Brust und schnippte ein nicht vorhandenes Staubkörnchen weg. »Schneidig siehst du aus, Tommie.«

Er wurde rot! Der riesige Kerl wurde doch tatsächlich rot. »Ach, du weißt ja, ich hab eine Schwäche für feinen Zwirn.« Er zog seine Ärmel glatt. »Was meinst du?«

Primrose nickte anerkennend. »Deine Mama wäre stolz auf dich.«

Tommies Gesicht färbte sich noch eine Nuance dunkler. »Bitte, Primrose, nicht doch.«

»Ich weiß, ich weiß. Sie war eine liebe Frau.«

Mittlerweile hörten alle Umstehenden zu. Wer brauchte bei der Show noch Kinos?

»Also, was gibt es bei dir Neues?«, fragte Tommie. »Irgendwelche Verehrer?«

Jetzt war es Primrose, die errötete. Sie tippte ihm an die Brust. »Du Schlimmer! Hör bloß auf.« Dann deutete sie mit dem Kopf Richtung Eingang. »Lässt du meine Freundinnen und mich rein?«

»Aber sicher!« Er trat zur Seite, und Primrose winkte Alice und mich zu sich.

»Kommt ihr jetzt endlich?«

Tommie strahlte Primrose hinterher, als sie in die geheiligten Hallen verschwand. »Was für eine Frau«, flüsterte er.

Alice hielt sich dicht neben mir. »Primrose hat ganz schön gute Beziehungen. Was für ein Glück!«

Alice' unschuldig strahlende Miene brachte mich zum Grinsen. »O ja, und wie.«

Bald saßen wir auf Barhockern und umklammerten unsere Martinis. Neben der Theke hauchte Ella mit ihrer Honigstimme ins Mikrofon. Gäste drängten sich um die Tische, Frauen saßen auf dem Knie ihres Kavaliers. Normalerweise hätte in so einem Laden wildes Stimmengewirr geherrscht, aber an diesem Abend hätte man eine Stecknadel auf den Boden fallen hören, weil wir alle an Ellas Lippen hingen.

Na ja, außer dem Spaßvogel neben uns. Immer wieder bestellte er lautstark Nachschub beim Barkeeper und rempelte uns an, wenn er zum x-ten Mal von seinem Hocker rutschte.

Ich stieß Primrose mit dem Ellbogen an. »Hast du zufällig Schlaftabletten dabei?«, raunte ich ihr zu. »Wir könnten ihm eine ins Glas werfen.«

»Du kannst nicht ständig an den Getränken von Leuten rumpfuschen, Loretta«, flüsterte Primrose streng zurück.

»War doch nur ein Witz!«

Genau in dem Moment kam ein Angestellter, um leise ein Wörtchen mit dem Mann zu reden, und er wurde zwischen zwei Songs aus dem Klub eskortiert.

Wir sahen ihm nach. »Und genau deshalb«, sagte Primrose, »brauchen wir Gentlemen in unserem Leben.«

Alice nickte mit dem tiefsinnigen Gesichtsausdruck, den einem nur mehrere Martinis verleihen.

Ich hob mein Glas. »Auf die wahren Gentlemen!« Nicht, dass ich viele kannte, und ich war auch nicht sicher, wie es in der Hinsicht bei Primrose aussah.

Unbeholfen stießen wir an und drehten uns dann um, interessiert zu sehen, was sonst noch los war.

Primrose zeigte mit einer Zigarette in die Menge. »Sieh dir das an. Dean Martin.«

Alice kreischte, als sie den tief gebräunten großen Mann

mit einem Whiskyglas in der Hand entdeckte. »Ach du liebes bisschen! Wusstet ihr, dass er sich gerade mit Jerry Lewis zusammengetan hat? Ist Jerry hier? Ist er hier?«

»Ganz ruhig, Alice.« Ich legte ihr eine Hand auf den Arm. »Immer schön lässig bleiben, schon vergessen?«

Und da passierte es. Eine Gestalt trat in mein Blickfeld, auf der anderen Seite des Raums. Stanley. Der Mann mit dem Muttermal. Der Mann, der zugesehen, der dem selbst ernannten Kaiser geholfen hatte, mich in ein Marmorbadezimmer zu zerren.

Mein Glas landete mit einem Klirren auf der Theke. »Wir müssen hier weg.« Ich tastete nach meiner Jacke, bis mir wieder einfiel, dass ich sie an der Garderobe abgegeben hatte.

»Was ist denn los, Loretta?«

Mein Blick huschte an Primrose' besorgtem Gesicht vorbei; im selben Moment wurde Stanley auf mich aufmerksam. »Ich gehe. Ihr könnt ja bleiben, wenn ihr wollt.«

»Nein!« Alice sprang auf und reckte leicht schwankend ihr Glas in die Höhe. »Wir sind doch die drei *amigas!*«

Wir drängten uns zum Ausgang durch, Alice voran, aber sie führte uns, ohne es zu ahnen, immer näher an Stanleys Tisch heran. Da Primrose das Schlusslicht bildete, saß ich in der Falle.

Als wir an Stanley vorbeikamen, streckte er eine kräftige Hand aus, um mich aufzuhalten. »Schön, Sie wiederzusehen, Mrs. Goddard.« Er zwang mich, den Blick auf sein Gesicht zu richten. Dieses aufgedunsene, lüsterne Gesicht. Und doch entdeckte ich darin noch etwas anderes. Etwas Flehentliches.

»Ich heiße jetzt Miss Darling«, stieß ich hervor und schüttelte seine Hand ab.

Er sah an mir vorbei. »Hallo, Primrose.«

»Ach, hallo, Stanley.« Natürlich kannte Primrose jeden in Hollywood, selbst wenn sie zu betrunken gewesen war, um seinen Übergriff mitzubekommen. Das konnte ich ihr nicht zum Vorwurf machen. Sie schenkte ihm eines ihrer freundlichsten Lächeln, und wir taumelten auf den Bürgersteig hinaus. Ich konnte ihn gar nicht schnell genug hinter mir lassen. Dieser Mann verdiente nicht, meinen Namen zu kennen. Ganz egal welchen.

23

»Wer steht an?« Am nächsten Morgen traf ich früh mit meinem Stapel perfekt gestärkter weißer Kittel im Studio ein. Ich hatte die ganze Nacht nicht geschlafen, geplagt von den Geistern meiner Vergangenheit. Sie hielten sich für meinen Geschmack viel zu hartnäckig.

»Sally Dee«, sagte Petraś. »Wir verwenden Blattgold, sechzig Dollar die Unze.«

»Sally Dee! Die mag meine Mum so gern.«

»Dann darf ich Ihnen einen Rat geben.« Petraś sah mich über den Rand seiner Brille hinweg an. »Erzählen Sie Sally nicht, wie toll Ihre *Mutter* sie findet. Sie kommt sich nicht gern alt vor.«

»Äh, selbstverständlich.«

Arvella steckte den Kopf durch die Tür. »Sie ist da.«

»Laune?«

Arvella verzog das Gesicht. »Brüllt jetzt schon rum.« Sie trat ins Zimmer und senkte die Stimme. »Sallys Vertrag wird nicht verlängert.«

Petraś hielt in der Bewegung inne. »Weiß sie es schon?«

Arvella schüttelte den Kopf. »Ich glaube, noch nicht.«

»Dann belassen wir es dabei.« Er drehte sich wieder zu seinen Fläschchen und Tiegeln um.

Ich hatte bereits gelernt, dass das System der Studioverträge ein auf Ritualen und Hierarchie beruhender goldener Käfig war. Produzenten, Autoren, Regisseure, Schauspieler, sie alle waren so lange an ein Studio gekettet, bis sie plötzlich entlassen wurden. Und ganz unten in dieser Hierarchie rangierten die Schauspieler. Sie waren Schachfiguren, die willkürlich von einem Filmset zum anderen verschoben wurden. Ohne jedes Mitspracherecht. Die Agenten waren ihre Manipulanten, die Geschäftsführer ihre Babysitter. Jeder strich seinen Anteil ein, bis nichts mehr übrig war. Je nach Erfolg oder Misserfolg konnten sich die Leute um einen Schauspieler herum einer nach dem anderen davonstehlen, bis sich dieser verwirrt blinzelnd fragte, warum sein Name nirgendwo mehr in Leuchtschrift zu lesen war.

»Also, meine Lieben.« Petraś sah Arvella und mich an. »Wollen wir mal?«

Arvella ging Sally holen, während Petraś in einen Nebenraum verschwand. Ich blieb allein zurück, wischte mir die feuchten Hände an der Uniform ab und betete, dass ich mich nicht blamieren würde. Ich sollte gleich dieselbe Luft atmen wie Sally Dee!

Die Tür wurde aufgestoßen, und da stand sie, in einem adretten dunkelblauen Kostüm und weißen Handschuhen, so gepflegt wie die Frau eines Präsidenten. Von Kopf bis Fuß der oscarnominierte Star. Das heißt, dreimal nominiert, aber nie siegreich.

Mit ausgestreckter Hand trat ich vor.

Sie machte ein böses Gesicht. »Wer zum Henker ist das denn?«

Arvella seufzte. »Irgendeine junge Frau, die sich in Petraś' Mannschaft gemogelt hat.«

Sally legte den Kopf schief. »Beeindruckend. Er lässt sich nicht so leicht manipulieren.« Sie holte ein Zigarettenetui aus ihrer Handtasche und gab es mir. Es war aus schwarzem Leder mit Goldeinfassung und so schwer, dass das Gold echt sein musste.

»Miss Dee möchte eine Zigarette«, zischte Arvella.

»Ach so!«

Hastig klappte ich das Etui auf und zog eine Zigarette unter dem Gummiband hervor. Sollte ich sie ihr zwischen die Lippen stecken? Zögerlich hob ich die Zigarette auf Höhe ihres Gesichts, das Blickfeld plötzlich nur auf ihre Lippen beschränkt, aber sie riss sie mir mit einem Kraftausdruck, der einem Matrosen zur Ehre gereicht hätte, aus der Hand.

»Wo hat Petraś denn die gefunden?«, fragte sie.

Hinter Sallys Rücken bedachte mich Arvella mit einem vernichtenden Blick. Garantiert hatte jede Maskenbildnerin in diesem Studio Angst vor ihr.

Als Sally ein Feuerzeug zückte, wollte ich mich erneut nützlich machen.

»Lassen Sie schon«, sagte sie und ließ es selbst aufflammen. Sie inhalierte tief. Der Tabak rasselte in ihrer Lunge, während sie zwei Qualmwölkchen aus den Nasenlöchern ausstieß.

»Sally, meine Liebe«, sagte Petraś, der in diesem Augenblick aus dem Nebenzimmer zurückkam. »Wie wunderbar, dich zu sehen.« Er küsste ihr die Hand. »Das hier ist Loretta, mein neuer Lehrling. Sie wird heute mit uns zusammenarbeiten.«

»Ich weiß schon. Arvella sagt, sie wäre ein wenig seltsam.«

»Das hab ich gar ni…«, wollte Arvella protestieren, doch Petraś schnitt ihr mit einem warnenden Blick das Wort ab.

»Könnten Sie bitte Miss Dee ihren Martini zubereiten?«

Schmollend trollte Arvella sich. Es war noch nicht einmal zehn Uhr, aber was ging mich das an?

Als Arvella zurückkehrte, zog Sally ihre Handschuhe aus und nahm das Glas fachmännisch entgegen, ohne einen kostbaren Tropfen zu verschütten. Wir anderen drei warteten gebannt, während sie einen Schluck trank, kurz zögerte und dann sagte: »Passabel.«

Erleichterung machte sich im Raum breit.

Sanft schob Petraś Sally zum Schminkstuhl, und als er ihr den Umhang über die Schultern legte, wechselten die beiden einen verstohlenen Blick. Ich schielte nach Arvella, weil ich wissen wollte, ob sie die zwei genauso genau beobachtete wie ich, aber ihre Lippen waren auf eine Art und Weise verzogen, die ich nicht deuten konnte.

Petraś strich Sally die feinen Strähnchen aus dem Gesicht, um ihr die Haube aufsetzen zu können. »Deine Stimmung hat sich gebessert, wie ich sehe.«

Mit einem ironischen Grinsen erhob sie ihr Glas. »Leck mich.«

Sally Dee kannte ich von Kindesbeinen an. Mum vergötterte sie, wir hatten jeden ihrer Filme im Kino angeschaut. Aber sie in Wirklichkeit, von Nahem zu sehen, war etwas völlig anderes. Während mein Mentor mit seiner Arbeit begann, legte sie sich ein Messingröhrchen auf den Schoß. Es hatte einen Deckel zum Aufklappen, unter dem kleine Löcher zum Vorschein kamen, durch die sich Sally ein weißes Pulver auf den Handrücken schüttete. Hin und wieder nahm sie eine Nase voll.

Nachdem Petraś ihr normales Make-up entfernt und das Klebeband angebracht hatte (ein sofortiges Facelifting, auf das die meisten Schauspielerinnen großen Wert legten), war er bereit. Er wartete, bis ihr Glas noch einmal aufgefüllt worden war, bevor er fragte: »Sollen wir das Gold auftragen?«

»Mach das volle Programm.« Sally lehnte den Kopf zurück und schloss die Augen.

Vorsichtig schob ich mich näher heran. Am Abend vorher hatte ich in einem Rutsch das Drehbuch durchgelesen. Sally spielte die abgedrehte Betreiberin eines heruntergekommenen Gasthofs in der Wüste, hatte aber auf einem bizarren Kleopatra-Stil bestanden.

Sorgsam trug Arvella ein Tablett herein, auf dem zwischen Seidenpapier das Blattgold lag.

Petraś hatte bereits Talkumpuder auf sämtliche freien Stellen seiner Arme aufgetragen, damit die Blättchen nicht daran hängen blieben, und weiße Baumwollhandschuhe übergestreift. Er nahm das oberste Seidenpapier herunter und zupfte mit einer Pinzette einen kleinen Streifen Gold ab. Vorher hatte er Vaseline auf Sallys Lidern verteilt, was das zarte Blau ihres Lidstrichs noch stärker hervorhob.

Das Blattgold bewegte sich in einem kühlen Luftzug.

»Klimaanlage aus!«, befahl er.

Eilig führte Arvella seine Anweisung aus. Das Gold zitterte noch kurz, dann hing es ruhig von der Pinzette herab.

»Mach schon«, brummte Sally.

Was als Nächstes geschah, war einfach nur köstlich. Arvella verdrehte hinter Sallys Rücken die Augen, und genau in dem Moment öffnete die legendäre Schauspielerin ihre Augen einen Spaltbreit.

Sofort brummte sie: »Ich kann dich sehen.«

Arvella wurde bleich, und Petraś' Gesichtsausdruck nach zu urteilen hatte seine Assistentin gerade ihren Jahresbonus eingebüßt.

»Tut mir leid, ich …«, brabbelte Arvella.

»Ach, halt den Mund!« Sally sah Petraś an. »Schmeiß sie bitte raus.«

»Sie gehen besser«, meinte Petraś.

Arvellas Wangen röteten sich. »Ich bitte um Entschuldigung.«

Aus Sallys Kehle drang ein Grollen. »Deine Entschuldigung interessiert mich einen Scheiß.«

Jetzt stand Arvella der Hass ins Gesicht geschrieben. »Ich denke wirklich nicht, dass …«

»Fürs Denken wirst du nicht bezahlt«, unterbrach Sally sie. »Hau ab!«

Als die Tür knarzend hinter Arvella ins Schloss fiel, drehte sich Sally mit ihrem leeren Glas zu mir um. »Hol mir einen neuen Drink.«

Nun, da die Ablenkung vorbei war, legte Petraś mit der Pinzette vorsichtig den ersten Streifen Gold auf ein Augenlid. Das Stück war winzig, wie eine Schneeflocke, und wurde mit einem festen Pinsel im Knick der Augenhöhle angetupft. Stückchen für Stückchen wurde aufgetragen. Unwillkürlich hielt ich den Atem an. Es war, als sähe man zu, wie ein menschliches Gesicht in ein Kunstwerk verwandelt wird; dennoch bereitete mich nichts auf den Moment vor, in dem Sally endlich die Augen aufschlug.

Unsere Königin. Hollywoods goldener Star. Sie verdiente das Kompliment. Wie eine Aristokratin saß sie dort auf dem Stuhl. Sie wusste um ihre Wirkung. Elegant, die Schultern gestrafft, die Gesichtshaut durch das Haarband zurückgezogen, sodass sie mit einem Schlag zehn Jahre jünger wirkte. Es war magisch.

Nachdem sie sich ein Weilchen aus allen Winkeln betrachtet hatte, nickte sie zustimmend, stand auf und zog den Umhang aus. Aus dem Nichts war eine Assistentin mit ihrem Kostüm aufgetaucht, einem grässlichen Polyester-Hauskittel. Sie zog ihn sich über, und die beklemmende Metamorphose war komplett.

»Liebling.« Petraś küsste ihr den Handrücken. Sie hielt sich, als wäre sie die schönste Frau der Welt, und das war sie. Dann führte er sie Richtung Set. »Zeig es ihnen«, sagte er.

Sally reagierte gar nicht darauf, was er auch nicht zu erwarten schien. Wir beide sahen ihr nach, als sie davonschwebte. Schon rannte ihr der Regieassistent entgegen.

»Du kannst dem Mistkerl ausrichten, dass mein Text wieder eingebaut wird«, war ihre berühmte Stimme zu vernehmen. »Wenn der glaubt, dass er mir am Abend vorher die Rolle kürzen kann, dann ist er ein verdammter Trottel.«

Petraś musste das Erstaunen in meiner Miene bemerkt haben. »Einen Star darf man nie unterschätzen«, raunte er ehrfürchtig. »Niemand kann die Leinwand so zum Leuchten bringen wie Sally.«

24

Ein Monat verflog. Ich arbeitete fleißig und freute mich, dass mir meine neue Stelle dabei half, mich zu verstecken. In das System hineinzuwachsen, brachte etwas Merkwürdiges mit sich: Man wurde unsichtbar. Alles war so groß! Jede Woche wurde eine Statistik an ein grünes Filzbrett gehängt. *Diese Woche sechzig Millionen Besucher im Kino!* Es hätte mich einschüchtern müssen, aber mir waren diese Zahlen ganz egal. Für mich war nur eine einzige interessant: die Nummer eins. Loretta Darling. Ich würde es schaffen! Bis dahin brauchte ich nur bescheiden zu sein, pünktlich zu erscheinen und den Mund zu halten.

Schade nur, dass mir Letzteres nicht gelang; ich konnte mir nie verkneifen, den anderen Petraś-Perlen Tipps zu geben. Trotz ihrer Ausbildung schienen sie nicht das gleiche Verständnis für Kosmetik zu haben wie ich. Das war keine Arroganz, ich war einfach besser. Und sie hätten sich bei mir bedanken sollen. Ich übte mit ihnen, eine Augenbraue zu begutachten oder ein Kinn zu beurteilen. Ganz im Ernst, es gibt alle möglichen Kinnformen: kantig, spitz, schmal oder, die schlimmste, fliehend. Es lag an uns, einem Gesicht eine Struktur zu verleihen, und zwar dem *gesamten* Gesicht. Wenn sich die anderen Perlen nur mit den Wangen befassen wollten, dann taugten sie nichts. Doch natürlich wussten sie meine Ratschläge nicht zu schätzen.

Alle anderen Menschen auf dem Studiogelände mied ich. Nach meiner unseligen Begegnung mit dem furchtbaren

Stanley Hughes musste ich auf der Hut bleiben. Ich tröstete mich damit, Enid Klatsch zu berichten. Es war fabelhaft, wer hier draußen einfach so herumspazierte! Für diese Leute war ich unsichtbar, aber ich konnte einen Star aus zehn Kilometern Entfernung ausmachen.

Liebe Enid,

Du glaubst nicht, was heute passiert ist. Da laufe ich die Straße entlang, als Dreimal-darfst-du-raten-wer aus einem Laden kommt und mich fast umrennt … Lauren Bacall! Erinnerst Du Dich an sie aus Gangster in Key Largo? Wir beide wollten so gern Miss Bacall sein, die Schutz vor einem Hurrikan sucht. Als hätten wir gewusst, was ein Hurrikan ist!
Deine Dich liebende Schwester,
Margaret

Ich genoss dieses ruhigere Leben, zu beobachten, ohne selbst beobachtet zu werden. Um Punkt halb neun ging ich ins Bett, mit Augenmaske und Ohrstöpseln mit kleinen Seidenquasten daran. Alice war entsetzt über meinen Mangel an Freizeitvergnügen, nur gelegentlich ließ ich mich am Wochenende von ihr mitschleifen. Ansonsten lebte ich wie eine Nonne, und das Tür an Tür mit einem Bordell! Primrose ging zu dieser Zeit abends häufig aus, kam aber hin und wieder vorbei, um sich nach Alice und Sally zu erkundigen. Hauptsächlich nach Sally.

»Wie ist das so, für einen waschechten Star zu arbeiten?«

»Das darf ich nicht sagen, weißt du doch.«

Primrose sah mich durchdringend an. »Wie meinen?«

Daraufhin lachten wir beide.

»Okay. Willst du es wirklich wissen?«

»Ja, will ich.« Sie richtete einen langen, lackierten Fingernagel auf mich. »Und komm mir bloß nicht mit diesem Studio-Mist.«

Also ließ ich mich darauf ein. »Natürlich ist sie Alkoholikerin.«

»Natürlich.«

»Schön, auf eine zerknitterte Art.«

»Operiert?«

Ich rief mir die unnatürlich katzenhaften Augen und die Narben hinter den Ohren ins Gedächtnis. »Kann schon sein.«

Primrose nickte und schlang die Arme um sich. »Also mindestens ein Facelifting?«

Doch ich wollte Sally wirklich schützen. Natürlich hatte sie sich operieren lassen. Das hatten doch alle, oder? War nicht jede Frau in dieser Stadt gezwungen, sich die empfindliche Gesichtshaut zerschneiden, den Haaransatz per Elektrolyse höher verlegen, die Nase chirurgisch verschmälern zu lassen?

»Von mir aus.« Primrose beugte sich gespannt vor. »Dann erzähl mir von ihrem Privatleben.«

»Davon habe ich keine Ahnung«, sagte ich ehrlich. »Sie erscheint am Set, wir drücken ihr vor dem Frühstück einen Martini in die Hand. Für sie ist der Tag verschwommen, bis die Kamera läuft.«

Primrose lehnte sich wieder auf dem Stuhl zurück, der aus einem Trödelladen stammte. »Also, das ist enttäuschend.«

Nein, war es nicht. An Sally gab es nichts, was ich als enttäuschend betrachtet hätte. Das lag nicht nur an ihrer Berühmtheit. Obwohl wir beide nichts gemeinsam hatten, kam es mir vor, als verstünden wir einander. Die alte Dame und das unerfahrene Mädchen. Beide wollten wir die Kamera nicht auf uns gerichtet haben, bevor wir bereit waren.

Leider gab es jemanden, dem keine von uns beiden entkommen konnte, wie sehr wir uns auch bemühten. Seit ich in Gebäude neununddreißig aufgetaucht war, beobachtete mich Arvella mit Argusaugen. Die meisten Menschen ließen einen kleinen Fehler oder eine winzige Notlüge hier und da durchgehen, aber nicht so Arvella. Oh, nein. Sie machte den Eindruck, absolut alles wissen zu wollen. Ich rackerte mich für sie ab, kam früh und ging spät, verhielt mich unauffällig, aber selbst das reichte nicht.

Eines Tages nahm sie mich beiseite. »Wissen Sie, Loretta, Sie müssen nicht ständig so ehrgeizig sein.«

»Das bin ich doch gar nicht«, protestierte ich. »Ich will gar nichts sein.«

»Doch, Sie leisten mehr als Ihre eigentlichen Stunden ab, und ehrlich gesagt fühlen sich die anderen dadurch unwohl.«

Ich warf einen Blick über die Schulter, worauf alle hastig den Blick wieder auf ihre Kundschaft senkten; alle außer Alice, die mich mitfühlend ansah. Liebe, nette Alice.

»Es ist nun mal so, dass jeder sein Stundenkontingent hat«, fuhr Arvella übertrieben professionell, wenn auch mit eisiger Stimme fort. »Und wenn jemand gegen die Regeln verstößt, funktioniert es nicht mehr. Die Gewerkschaft, Sie wissen schon.«

Ich wurde tatsächlich angewiesen, weniger hart zu arbeiten?

»Na«, sagte Arvella, »die gute Nachricht ist, dass Sie Ihren Kittel-Dienst abgeleistet haben. Debra übernimmt ab sofort.« Sie winkte ihr zu. Eine Geste, die Debra wenig begeistert erwiderte. »Loretta, könnten Sie Debra einweisen?« Sie schnippte mit den Fingern, und Debra kam angerannt.

Sobald uns Arvella den Rücken zugedreht hatte, erstarb Debras künstliches Lächeln. »Dann wurdest du also nicht gefeuert?«

»Warum sollte ich denn gefeuert werden?«

»Du hast einen gewissen Ruf, weißt du.«

»Komm mit«, sagte ich, ohne mich um ihren Tonfall zu scheren. In der Garderobe hingen Mäntel und Strickjacken an Haken an der Wand. In einer Ecke stand ein großer Wäschewagen, in den wir alle abends unsere Kittel warfen. »Du nimmst sie mit nach Hause, kochst sie aus und bringst sie trocken und gebügelt wieder mit.«

Debra riss die Augen auf. »Das kann ich nicht! Ich weiß doch noch nicht mal, wo unsere Waschküche ist.«

»Ihr habt eine Waschküche?«

Debra zuckte mit den Schultern. »Ich glaube schon. Darum kümmert sich unsere Haushälterin.« Plötzlich leuchteten ihre Augen auf. »Hey, genau, die Haushälterin kann das machen.«

»Ihr habt eine Waschküche und eine Haushälterin?« Mein Magen verkrampfte sich vor Neid.

Als ich Debra zeigte, wo die Wäschesäcke lagen und wie man einen Kittel am besten faltete, kam alles heraus. Ihr Vater war Medienanwalt, und ein dezentes Wort ins richtige Ohr hatte ihr diese Stelle beschafft. Und mich hatte sie schon als Hochstaplerin bezeichnet!

»Ich meine, warum nicht?«, sagte sie. »Bis ich heirate, hab ich ja sonst nichts zu tun.« Einen Freund hatte sie zwar keinen, dennoch ging sie ganz selbstverständlich davon aus, dass sie eines Tages in den Hafen der Ehe einlaufen würde. Sie wusste sogar schon, wie sie ihre Kinder nennen wollte (zwei, ein Junge und ein Mädchen). Bis dahin kam sie zu spät zur Arbeit und schalt uns – ihre Kolleginnen – dafür, beruflich vorankommen zu wollen. Was für ein Quatsch! Solange ich sie über andere reden ließ, war sie glücklich, Hauptsache, sie kannte den neuesten Klatsch und Tratsch aus dem Studio.

Als wir fertig waren, holte Debra einen Stapel Karten aus der Kitteltasche. »Davon kriege ich ständig welche. Ich meine, manchmal ist es öde, so viele Einladungen zu Partys, aber du weißt ja, wie diese verwöhnten Stars sind.«

Wusste ich nicht, aber ich erkannte Goldstaub, wenn ich ihn vor der Nase hatte. »Woher hast du …«

Sie blätterte durch die Karten und warf sie tatsächlich weg. Einfach so auf den Boden!

»Gregory Peck, Schnee von gestern. Rita Hayworth, geht so. Mein Gott, wie langweilig!«

Wie gern wäre ich Hollywood so überdrüssig gewesen wie Debra. Obwohl, nein. Für wen zum Henker hielt sie sich?

»Woher hast du denn diese Einladungen überhaupt?«, fragte ich.

»Von Daddy. Das sind die, die sie nicht loswerden.« Sie steckte die letzte Karte wieder ein und genoss sichtlich meine neidische Miene. »Letztes Jahr war ich auf einer grässlichen Party. Neuer Schauspieler, du meine Güte, hatte der es nötig. Nennt sich Kaiser. Schon mal von ihm gehört?«

Meine Haut kribbelte. »Da warst du?«

»Natürlich! Du etwa auch? Ach, du Arme.« Zweifelnd musterte sie mich, als wäre die gesamte Party ein Reinfall gewesen. Dann ging sie, ohne meine Reaktion abzuwarten.

In dem Moment wurde ein Schalter in meinem Kopf umgelegt. Schluss mit Verstecken! Schluss damit, unsichtbar zu sein und mich von unten hochzuarbeiten. Ich musste wieder vor die Tür. Aber wie?

Fast unmittelbar fiel mir ein Name ein. Der Name des Menschen, den ich seit Wochen nicht gesehen hatte, der selbst gern unsichtbar blieb, aber irgendwie – irgendwie! – die ganze Stadt in der Tasche zu haben schien. Der Mann, der einen Niemand auf einer Party entdeckt und sich vorgestellt hatte. Er musste Leute kennen. Immerhin hatte er mich im Studio untergebracht. Der gute alte Scott Eliot. Ich musste ihn finden.

25

Es fiel mir nicht schwer, Biff Eliots Telefonnummer abzuluchsen; mittlerweile vergötterte der Mann mich.

Ich rief ihn von dem Telefon in meinem Haus an und lud mich selbst auf ein Date ein. Falls er überrascht war, ließ er es sich nicht anmerken. Kurz darauf holte Eliot mich in meiner Wohnung ab – ohne ein Wort über die Nägel in der Wand zu verlieren, an denen meine Kleider hingen, oder den tropfenden Wasserhahn im Bad mit dem braunen Wasser aus den rostigen Rohren. Primrose und Alice waren vorher gekommen, um mir beim Umziehen zu helfen, und es machte Spaß, dabei zuzusehen, wie sie und Eliot einander zum ersten Mal – bewusst – gegenüberstanden.

»Sie sind der Schriftsteller«, sagte Primrose, als sie ihm die Hand schüttelte.

»Und Sie die …«

»Prostituierte«, beendete sie den Satz für ihn. »Wir sind uns beim Kaiser begegnet, obwohl ich glaube, dass ich da schon ohnmächtig war.«

Ich war beeindruckt, wie elegant Eliot das Gespräch fortsetzte. »Tja, der heutige Abend wird komplett anders verlaufen.«

»Romantischer?«, warf Alice ein, woraufhin ich rot wurde.

»Das ist der Garden of Allah unbedingt«, erwiderte Eliot. Er reichte mir den Arm. »Sind Sie bereit, Miss Darling?«

»Die ist allzeit bereit«, warf Primrose ein.

Ich bedachte sie hinter Eliots Rücken mit einem bösen

Blick, und sie tat, als verschlösse sie sich den Mund mit einem Reißverschluss. Sie und Alice amüsierten sich eindeutig ein wenig zu gut. Warum hatte ich sie bloß in meine Wohnung gelassen?

Eliot geleitete mich zu seinem Wagen. »Du hast tolle Freundinnen«, sagte er, als er die Beifahrertür öffnete.

»Können wir einfach losfahren, bitte? Ich will sehen, wie *romantisch* aussieht.«

Er setzte sich ans Steuer. »Oh, das wirst du.«

Und verflixt noch mal, er hatte recht. Der Garden of Allah war ein Komplex aus fünfundzwanzig Häuschen im spanischen Stil. Starlets spazierten um den Pool herum, der von Unterwasserlampen beleuchtet wurde. Ein Bandleader spielte unter den tropischen Bäumen Klavier.

»Früher ist F. Scott Fitzgerald gern hier abgestiegen.« Mit einem Seitenblick auf mich fragte er: »Du weißt schon, wer das war, oder?«

Ich zuckte die Schultern. »Hat ein Buch über Partys geschrieben?«

Eliot lachte leise. »So könnte man es sagen.«

Kaum dass Eliot aus dem Auto gestiegen war, kam eine Frau auf uns zugerannt.

»Hallo, Christine. Das ist Loretta.«

»Na, du bist ja süß.«

Christine musterte mich. Gleichzeitig amüsiert und warnend. Ihre Augen blitzten. »Kommt schon, ich stelle euch allen vor.«

Ihr Akzent war englisch, aber nicht wie meiner. Sie erinnerte mich an Princess Margaret, dieselbe königliche Lippenfarbe, derselbe dicke Kajalstrich. Ihr Kleid war aus rotem Reyon mit eingewebten schwarzen Blümchen, tailliert und mit einem so engen Saum, dass das Futter auf ihren Oberschenkeln raschelte, als sie uns mit wiegendem Schritt vorausging. Sobald sie im Haus war, schleuderte sie ihre hochhackigen Schuhe von sich und tapste auf Strümpfen durch den Flur.

»Dorothy Parker war hier, ihr habt sie knapp verpasst.«

Eliot nahm meine Hand, und mir schoss ein Funken durch den Arm. Aus dem Zimmer vor uns wehte uns der Klang eines Plattenspielers entgegen, Zigarettendunst empfing uns.

»Alle aufgepasst«, rief Christine. »Scott ist hier, und er hat eine junge Dame dabei!«

Wie Schafe drehten sich alle Männer um. Die Hälfte trug Brille. Einer rauchte sogar tatsächlich Pfeife.

»Warum starren die uns an?«, flüsterte ich.

»Mach dir keine Gedanken.« Eliot strich mir mit dem Daumen über den Handrücken. »Die sind nur neidisch, weil ich mit der hübschesten Frau hier bin.«

»Hübscher als Grace Riley?«

»Nie von ihr gehört«, witzelte er. »Komm. Holen wir uns was zu trinken.«

Wir quetschten uns zwischen den Gästen durch, und die Gespräche wurden wieder aufgenommen. In der Küche stand eine riesige Schüssel mit Bowle auf der Resopaloberfläche. Die Flüssigkeit sah toxisch aus.

Mit der Kelle füllte Eliot einen Becher und reichte ihn mir. Zögerlich trank ich einen Schluck. Sie war so süß von Ananassaft und Kokosnuss, dass ich das Gesicht verzog.

»Ach du Schande!«

»Christines Lieblingsrezept«, erklärte er.

»Kein Geschmack also?«

»Genug Geschmack, um uns einzuladen.«

Eliot nahm sich ein Glas und goss etwas Whisky aus einem Flachmann hinein, den er aus seiner Gesäßtasche zog.

»Hey, das gilt nicht«, protestierte ich. »Wir trinken doch Bowle, dachte ich.«

Er stieß mit mir an und trank.

»Also?«

»Ich kenne Christines Bowle schon. Ich wollte nur sehen, wie du sie findest.«

Plötzlich wurde mir klar, warum die Schüssel trotz der vielen Gäste nach wie vor so voll war.

»Nimmst du mich etwa auf den Arm, Mr. Eliot?«

Er griff nach meinem Becher und goss den Inhalt in die Spüle, bevor er sich dem Eiskübel mit Weinflaschen zuwandte. »Ich schenke dir was anderes ein. Dann stelle ich dir die ganze Truppe vor.«

26

Auf dem Weg zum Pool hörte ich eine Stimme laut sagen: »Und angeblich ist Jean Muir eine Sympathisantin.«

»Die? Eine Rote?«

»Man sieht es den Leuten nicht an. Immer wachsam bleiben, Leute.«

Das Gespräch der Gruppe brach abrupt ab, als wir in Sicht kamen.

»Hört mal her, das ist Loretta Darling, aus dem fernen England«, verkündete Eliot. Er zog mich ins Licht. »Loretta, das sind Paul, James, Otto …«

Ich schüttelte allen die Hand. »Hallo, freut mich sehr, wie schön.« Nie würde ich mir die Namen merken können.

Christine kniff die Augen zusammen. »Du arbeitest bei Petraś, stimmt's?«

»Stimmt«, gab ich zurück. »Aber dich habe ich noch nicht gesehen, glaube ich.«

Otto kicherte. »Die schleicht überall rum.«

Christine trat ihm gegen das Schienbein. »Ach, sei still. Ich schleiche nicht rum.« Sie warf Eliot einen flüchtigen Blick zu und wandte sich dann wieder mir zu. »Ich hab eben nur schon von dir gehört.«

An einem Glastisch waren einige Männer damit beschäftigt, ein Kartenhaus zu bauen.

»Da ist ja Charlie, mein Co-Autor. Hallo, Charlie!« Eliot nahm mich am Arm. »Komm mit.«

Christine ließ Eliot nicht aus den Augen, während er Charlie begrüßte, der als Erwiderung lediglich grunzte, höchst konzentriert, weil er gerade weitere Karten auf das gefährlich wackelnde Haus stellte.

»… und er meint, die ganze Sequenz ist totaler Mist. Hat sie mir einfach vor die Füße geworfen«, sagte jemand, während er eine Karte quer auf die Spitze legte.

»Saftsack!«

»Der würde doch einen guten Dialog nicht mal erkennen, wenn er von Shakespeare wäre.«

»Ach, komm. Wer versteht schon Shakespeare?«

Sie lachten und gingen zum nächsten Thema über.

»Hat jemand von dieser neuen Schauspielerin gehört, Grace Riley?«

Grace. Die erste Frau, die ich geschminkt hatte, an dem Tag, als Eliot mich ins Studio geschmuggelt hatte.

»Die Blonde? Irgendjemand aus der Maske hat Gerüchte über sie verbreitet. Spielt die nicht in *Die Hexe* mit, neben der Hexe?«

»Genau die«, fuhr der andere fort. »Sie hat was mit James Luke.«

Jemand pfiff leise. »Das ist mutig.«

»Mutig oder dumm«, kommentierte Charlie.

Christine drückte ihre Zigarette aus und gesellte sich zu uns. »Und, wie läuft es mit *Die Irrgläubigen?*«

Eliots eines Auge zuckte. »Gut, gut.«

»Steht die Finanzierung?«

»Hoffe ich.« Er warf einen Blick auf die anderen Drehbuchautoren.

Christines Augen funkelten vergnügt und bedeuteten ihm, dass sie schweigen konnte.

Plötzlich gab es einen Aufschrei, als das Kartenhaus in sich zusammenfiel. »McLellan, du Blödmann!«

McLellan zuckte entschuldigend mit den Schultern, während Charlie resigniert lachte und aufstand, um endlich Eliot vernünftig zu begrüßen.

»Hallo, schön, dich zu sehen.«

»Dich auch.«

Die Männer am Tisch lästerten weiter. »… und außerdem kann der Kaiser machen, was er will.«

Instinktiv schob ich mich näher an Eliot heran.

Charlie verdrehte die Augen. »Mannomann, die hören einfach nie auf«, murmelte er.

»Gerüchten zufolge hat er eine junge Frau auf eine Spritztour mitgenommen.« McLellan sah sich in der Runde um. »In die Berge hoch.«

Alle stöhnten.

»Und?«, fuhr Christine in scharfem Tonfall dazwischen.

»Als er zurückkam, hatte er das ganze Gesicht zerkratzt. Die Frau war neu in der Stadt. Sie kannte die Regeln nicht. Am nächsten Tag saß sie im Zug. Wurde sogar zum Bahnhof eskortiert.«

Die Männer lachten.

»Ich finde das nicht sehr lustig«, hörte ich mich sagen.

Alle blickten überrascht auf.

McLellans Grinsen blieb genauso breit. »Wer sagt, dass ich lustig sein wollte?« Er blies blauen Rauch in die Luft. »Ich erzähle nur, wie es war.«

Zorn brodelte in meinen Augen.

»Komm, Loretta«, sagte Christine da. »Holen wir uns was zu trinken.« Mit einem bösen Blick in die Männerrunde zog sie mich mit sich.

»Danke«, flüsterte ich.

Sie drückte meinen Arm. »Kein Problem. Kleine Pimmel, die ganze Bande.«

Im Haus war der Jazz von Rock 'n' Roll abgelöst worden,

und die Leute tanzten. Na ja, sie versuchten es. Schriftsteller eben. Christine drängte sich zwischen ihren Gästen durch, schnappte sich eine beschlagene Flasche aus dem Kühlschrank, spülte zwei Gläser aus und goss Wein hinein.

Sie reichte mir einen der Drinks, »Prost!«, und trank einen großen Schluck. »Manchmal macht mich McLellan so wahnsinnig, dass ich ihn umbringen könnte.« Sie sah mich über den Glasrand hinweg an. »Wie lange kennt ihr euch schon, du und Eliot?«

»Ein paar Monate.«

»Also nicht so lang?«

»Und du?«

»Ach, ewig. Wir sind füreinander da, weißt du? Durch dick und dünn.«

Schön für sie.

Sie stupste mich mit der Schulter an. »Du bist also das Lip Girl?«

Das war der Spitzname, den mir die anderen aus der Maske verpasst hatten, da ich besonders viel Wert auf das Lippen-Make-up legte.

»Freut mich, dass sich mein Ruf rumspricht«, sagte ich grinsend. »Was hat es denn mit Grace und James auf sich?«

Sie zündete sich eine neue Zigarette an und berichtete. James war entdeckt worden, als er als Gärtner einen dieser aufwendigen Hollywood-Rasen gepflegt hatte. »Er hat im Schuppen geschlafen«, sagte Christine. »Arm wie eine Kirchenmaus.« Obwohl seine japanischstämmige Familie seit drei Generationen in Amerika lebte, waren sie während des Krieges in einem Lager auf einem Flugplatz interniert worden. »Stell dir das vor.« Christine schüttelte den Kopf. Nach der Entlassung der Familie aus dem Lager sei er direkt nach Hollywood gezogen. James habe Glück, sein Aussehen sei schwer zu deuten. Und noch einen Vorteil habe er: leuchtend blaue Augen. Sein Agent habe seinen Namen geändert und ihn als Weißen gehandelt. »Das Problem ist«, endete Christine, »das Studio verkauft ihn zwar als Weißen, aber sie wollen nicht, dass er sich an ihre Frauen ranmacht. Wenn die erfahren würden, dass er mit Grace zusammen ist, würden sie sie direkt aus der Stadt jagen. Ihn auch.«

»Aber wenn die Leute hier es wissen, dann doch sicher auch die Bosse, oder?«, fragte ich.

»Nicht unbedingt. Je höher man aufsteigt, desto weniger weiß man. Grace könnte damit durchkommen, wenn sie Glück hat. Und wenn sie noch mehr Glück hat, entliebt sie sich und vergisst ihn.«

Ich schüttelte den Kopf. »Diese Stadt ist wirklich komisch.« Aber ich fragte mich unwillkürlich: Hatte Grace Glück oder Grips? Vielleicht hatte ich sie unterschätzt. Vielleicht.

»Komm schon.« Christine leerte ihr Glas. »Gehen wir nachsehen, was die Jungs so treiben. Wahrscheinlich erzählen sie sich gerade unanständige Witze.«

»Geht's dir gut?«, fragte Eliot, als wir wieder draußen waren.

Ich nickte.

»Willst du los?«

Wieder nickte ich.

Er legte eine Hand an meinen Ellbogen. »Wir sind dann mal weg«, verkündete er.

»Jetzt schon?« Christine zog einen Schmollmund und warf mir einen weiteren warnenden Blick zu, wie bereits bei der Begrüßung.

»Wir müssen noch auf eine andere Party«, erklärte Eliot. »Ihr wisst ja, wie das ist. Komm, Loretta.«

Christine rief uns einen Abschiedsgruß nach.

»Müssen wir wirklich noch auf eine andere Party?«, fragte ich, als Eliot mir die Autotür aufhielt.

Seine Augen funkelten in der Dunkelheit. »Was glaubst du?«

»Ich glaube, Sie sind ein ganz Schlimmer, Mr. Eliot.«

»Sag das noch mal«, meinte er grinsend. »Das gefällt mir.«

Damit startete er den Motor. Es brauchte nur drei Versuche.

27

Die Wohnung war nicht ganz, wie ich es erwartet hatte. Ich hatte mir wackelige Bücherstapel vorgestellt und überquellende Aschenbecher. Doch Eliots Apartment war hell und offen und ach so ordentlich: auf Hochglanz polierte Eichendielen, hübsche Vorhänge an den Fenstern und Türen, die ins Nichts zu führen schienen. War er in seiner Freizeit Haushälter?

Er lief herum und schaltete kugelförmige Lampen ein, die weiches Licht verströmten. Ein Fenster stand offen, um die kühle Abendluft einzulassen, und die Musselingardinen bauschten sich wie Gespenster. Wortlos legte er eine Platte auf und holte eiskalte Martinis aus dem Kühlschrank, die Gläser perfekt beschlagen.

»Du hast gar keine Bücher.«

Er zündete sich eine Zigarette an. »Bücher sammelt man nur, um ein Bild von sich zu vermitteln.«

»Aber du bist Schriftsteller.«

Er ließ sich auf einen Sessel sinken und erhob sein Glas zum Anstoßen. »Es gibt zwei Typen von Autoren. Den Typ, der unsterblich werden will, und … den anderen.«

»Den anderen?« Ich setzte mich ihm gegenüber und schlug die Beine unter.

»Den Typ, dem klar ist, dass das alles Nonsens ist.«

»Und der bist du?«

»Genau.«

»Das kaufe ich dir nicht ab.« Ich beugte mich vor, die Ellbogen auf den Knien. »Ich glaube dir nicht, dass dir alles egal ist.«

Er sah mich ruhig an. »Hörst du nie auf?«

»Womit denn?«

»Lässt du nie locker? Sprechen wir doch lieber von dir.«

»Bitte, nur zu.«

Er dachte kurz nach. »War nett, deine Bude zu sehen.«

»Diese *Bude* – wie du sie nennst – sollte angeblich fließend Wasser und einen schalldichten Fußboden haben.«

»Und, hat sie?«

»Na ja, Wasser schon.«

»Und was hat es mit den ganzen Farbmustern auf sich?«

Verdammt, er hatte die Lippenstiftproben in meiner Küche gesehen. »So Zeug.«

»Zeug?«

»Was soll ich denn sagen? Ich bin ehrgeizig, okay?«

»Weiß dein Boss davon?«

»Wen kümmert das? Dem bin ich keine Rechenschaft schuldig.«

»Wie gesagt, dein *Boss*.« Das letzte Wort betonte er viel zu stark.

»Ist doch egal. Hast du dich davon abhalten lassen, deine erste Geschichte zu schreiben?«

Er legte den Kopf schief. »Nein.«

»Na also.« Ich sah mich um. »Hast du was zu knabbern da?«

»Schon gut, schon gut.« Er hielt die Hände hoch. »Ich meine ja nur, gelegentlich kann es hilfreich sein, eine Erlaubnis einzuholen.«

»Erlaubnis wozu? Ich selbst zu sein, einen Traum zu haben? Großer Gott!« Ich trank einen Schluck. »Ich dachte, du glaubst an das Ganze.« Mit aufgerissenen Augen sah ich ihn an, wartete auf eine Antwort. Für wen hielt er sich, die Kosmetik-Polizei?

»Wie du meinst. Vergiss einfach, was ich gesagt habe.« Er kippte seinen Martini runter und hielt das Glas hoch. »Noch einen?«

Genau in dem Moment endete die Platte mit einem Zischen, und ich schüttelte den Kopf. Ein Martini war mehr als genug.

»Willst du dich ein bisschen umsehen?«, fragte er.

»Ich dachte schon, du fragst nie.« In anderer Leute Wohnung herumzuschnüffeln, war eines meiner liebsten Hobbys.

Als wir aufstanden, war es ganz still, abgesehen von den Grillen, die vor den flatternden Vorhängen sangen. Eliot nahm mich bei der Hand und zog mich hinter sich her. Es gefiel mir.

»Da ist die Küche, davon geht noch ein Balkon ab, und hier ist das Esszimmer. Gästezimmer ist da drüben, und hier ist mein Schlafzimmer. Ach ja, ich muss dir noch einen Pyjama raussuchen, warte mal kurz.«

Ich blinzelte. »Bleibe ich über Nacht?«

»Natürlich. Nach dem Martini fahre ich dich nicht mehr nach Hause. Stört dich doch nicht, oder?«

»Sicher nicht.«

»Dann ist das ja geklärt.«

Er ging wieder in den Flur, öffnete einen Wandschrank und wühlte in Kleiderstapeln.

Allein an der Schwelle zu seinem Schlafzimmer konnte ich mir nicht verkneifen hineinzugehen. Eine kleine Lampe verströmte warmes Licht über das tadellos gemachte Bett und die schnurgerade hängenden Gardinen. Mir fiel ein gerahmtes Foto von einer Frau auf dem Nachttisch ins Auge. Sie sah direkt in die Kamera, von ihrem Platz in der Welt überzeugt, beinahe herausfordernd. Mein Mund wurde trocken. Hinter dem Bild stand ein kleines Bücherregal aus Mahagoni, und mein Blick wanderte über die rissigen Rücken in unterschiedlichen Rosa- und Cremetönen. Die Titel waren entweder sentimental oder feurig, die Art von Romanen, die Enid geliebt hätte. *Du hast dich entschieden. Anders als die anderen. Darling, ich hasse dich.*

Ich hörte ein Geräusch hinter mir. Eliot betrat den Raum.

»Du hast also doch Bücher«, sagte ich.

Seine Miene war düster. »Ein paar.« Steif streckte er mir einen Pyjama hin. »Hier.«

»Entschuldige, ich wollte nicht aufdringlich sein.«

»Das Bad ist da hinten.« Er deutete mit dem Kopf in den Flur. »Das Bett im Gästezimmer ist bezogen.«

Ich wollte sein Gesicht umfassen, das Stirnrunzeln glätten. Doch stattdessen sagte ich nur leise Gute Nacht. Das erschien mir unverfänglicher.

»Danke.« Ich ging in den Flur hinaus.

»Deine Zahnbürste ist rosa. Im Spiegelschränkchen.«

»Dann bis morgen?«

Aber da hatte Eliot bereits die Schlafzimmertür geschlossen.

28

Am nächsten Tag half ich Debra, die Kittel aus ihrem funkelnagelneuen roten Chevy zu holen. »Geburtstagsgeschenk«, verriet sie angeberisch. »Daddy weiß, wie hart ich arbeite.« Der Wagen war irrsinnig knallig und passte perfekt zu Debra.

Jede von uns trug einen so großen Wäschesack, dass wir kaum daran vorbeisehen konnten. Als wir ächzend damit über den Parkplatz liefen, wich ich einem Golfwägelchen aus und prallte frontal mit jemandem zusammen, woraufhin mir die Kittel aus dem Sack vor die Füße fielen.

»Ach du Schande!« Ich bückte mich danach, während Debra maulte, was für ein Trampel ich doch sei und dass ihre Haushälterin die ganze Nacht durchgearbeitet habe und ob ich nicht besser aufpassen könne?

»Lassen Sie mich helfen«, bot jemand mit tiefer, rauer Stimme an und kniete sich neben mich. Nicht die Art von Stimme, die sich um die weißen Kittel von Maskenbildnerinnen kümmerte.

Es war der Kaiser.

Zu Stein erstarrt sah ich ihn die Kittel aufheben. Der überwältigende holzige Duft seines Rasierwassers drang mir in die Nase.

»Loretta, was ist denn los mit dir? Entschuldigen Sie bitte, meine Freundin ist als Baby vom Wickeltisch gefallen und hat sich nie davon erholt.«

Debras Stimme riss mich aus meiner Benommenheit.

Diensteifrig nahm sie ihm die Kittel ab und drückte sie mir unsanft an die Brust.

Augenblicklich wurde ich von einem Gefühl der Erleichterung durchströmt, weil mein Gesicht dadurch halb verdeckt wurde. Trotzdem zitterte ich am ganzen Körper und war nicht sicher, ob ich überhaupt laufen konnte.

Debra plapperte immer noch. »... und vielleicht kennen Sie meinen Vater, er ist der Topjurist hier. Würden Sie mir ein Autogramm auf die Hand geben? Meine Mutter ist Ihr größter Fan. Also, ich arbeite bei Alecs Petraś, kennen Sie den? Sie sollten unbedingt fragen, ob Sie sich mal von mir schminken lassen können ...«

»Nein!« Von jetzt auf gleich hatte ich meine Stimme wiedergefunden.

Debras Kopf schnellte zu mir herum, und der Kaiser sah mir fragend in die Augen. Da war die verblasste Narbe. Da war das Grübchen in seinem Kinn. Die breiten Schultern, der massige Oberkörper, die Hände, die eine Frau festhalten konnten.

Doch sein Gesicht hatte nicht mehr die wütende, dunkle Röte eines schwer Angetrunkenen. Dies war ein Mann, der auf sich achtgab, sein jugendliches Aussehen war wiederhergestellt.

»Ich meine, der Herr hat sicherlich viel zu tun«, fuhr ich verzweifelt fort. »Wir sollten ihm nicht länger die Zeit stehlen.«

Debra funkelte mich an, als hätte ich den Verstand verloren, aber ich war fest entschlossen, weder sie noch sonst eine Frau in die Nähe dieses Mannes zu lassen.

»Komm schon, Debra. Die suchen uns bestimmt schon.«

»War nett, die Damen kennenzulernen. Hier.« Er gab mir die restlichen Kittel.

»Danke.«

»War mir ein Vergnügen.« Er sah aus wie ein Gentleman. Er klang wie ein Gentleman. Er war aber keiner.

Debra und ich sahen ihm nach. Als er um die Ecke gebogen war, wandte sie sich mir zu und stampfte mit dem Fuß auf. »Was sollte das denn? Ich hatte ihn fast!«

»Ach, sei nicht albern.«

Debra wirkte kurz verschnupft, aber ihre Miene hellte sich sofort wieder auf. »Wir haben Oscar Romero kennengelernt! Warte, bis wir das den Mädels erzählen! Komm schon.«

»Oscar Romero«, wiederholte ich langsam, als Debra bereits vorauslief. Kein Kaiser. Einfach nur irgendein Mann mit irgendeinem Namen, der zufälligerweise versucht hatte, mich zu vergewaltigen. Aber jetzt wusste ich, wer er war.

29

Während der langen Schminksitzungen unterhielten mich Petraś und Sally mit Geschichten über die Stars, mit denen beide gearbeitet hatten. Natürlich musste ich Stillschweigen geloben. Josephine und ihr sagenhafter Hautton. Clara und die gezupften und dann in einem verwegenen Bogen neu gezogenen Augenbrauen. Thedas vampirhafte, mit Kajal umrandete Augen. Und dann waren da die Skandale. Die Minderjährigen und all die Filmgrößen mit schmutzigen Geheimnissen. Sie erzählten mir von dem Star, der für sowjetische Politiker Cancan getanzt hatte, von dem vom Studio berühmt gemachten Glamour-Modell, das als Erektor bekannt war, und dem Stummfilmschauspieler, der am Ende mit Dynamit – auch bekannt als Heroin – gedealt hatte. Man hätte blass werden können bei der Vorstellung. Wenn man nicht ich war. Ich war begeistert!

Eines Morgens, nach einer besonders pikanten Story, richtete Petraś einen Pinsel auf mich. »Loretta, hören Sie auf mich. Halten Sie sich von den Partys fern.«

Zu spät.

»So, sollen wir mit dem Blattgold anfangen?«

Ich holte eilig das Tablett. Während Petraś und ich unsere Baumwollhandschuhe anzogen, nahm Sally einen tiefen Zug von ihrer Zigarette. Eine Sekunde später hatte sie einen Hustenanfall. Petraś und ich warteten, bis sie sich wieder gefangen hatte, wobei sie mein Chef mit besorgter Miene musterte. Er sah mich über ihren Kopf hinweg eindringlich an, und ich erriet, was er dachte. *Und fangen Sie bloß nicht mit dem Rauchen an.*

Da platzte ich heraus: »Erzählen Sie mir von Oscar Romero.«

»Dem Cowboy?« Sallys Blick schnellte zu Petraś, aber der schwieg. Sally holte tief Luft. »Ein Windhund, neu im Geschäft. Schrecklicher Ruf. Wenn man's glaubt, ein Kriegsheld, aber das hat ihn, wie soll ich sagen, zu keinem guten Menschen gemacht.«

Gab es die hier überhaupt?

Wenig später rauschte Sally ab zum Set, und wir räumten auf. Petraś bestand auf Ordnung und Sauberkeit, und ich rechnete ihm hoch an, dass er immer mithalf.

»Also, noch mal wegen Oscar«, setzte ich an.

»Kümmern Sie sich nicht um den.« Petraś' Ton war scharf. Zeit, das Thema zu wechseln.

»Wie war es denn früher in Polen?«, fragte ich.

Sofort wurde seine Miene weicher. »Schwer, aber es gab auch gute Zeiten. Meine *Matka* – meine Mutter – ging früher mit mir Pflanzen sammeln.«

»Meine Mum mit mir auch«, sagte ich überrascht.

Seine Augen glänzten. »Interessant. Was haben Sie so gesucht?«

Die englischen Hecken meiner Kindheit erschienen vor meinem geistigen Auge. »Es gab Hagebutten und Kamille, Rosen natürlich, Eichenmoos …«

»Eichenmoos?«, unterbrach er mich.

»Oh, ja.« Das hatte meine Mutter gedünstet, bis der kräftige, moosige Duft unsere Küche erfüllte. »Daraus haben wir Rasierwasser für meinen Vater gemacht.«

Er nickte zustimmend. »Wir sind uns sehr ähnlich.«

Ich wagte, ihm zu widersprechen. »Überhaupt nicht. Sie sind adlig, und meine Mutter ist unter fahrendem Volk aufgewachsen.« Ich schielte nach dem Siegelring an seinem kleinen Finger. »Ist das nicht Ihr königliches Wappen?«

Petras' Mundwinkel zuckten. »Soll ich Ihnen ein Geheimnis verraten?«

Ich spürte ein fasziniertes Prickeln im Nacken, und in dem Moment erriet ich es. »Sie sind gar kein Adliger, oder?«

Mit vor Lachen zuckenden Schultern schüttelte er den Kopf. »Dieser Ring, den alle immer so bewundern? Den hab ich in St. Louis bei einem Pfandleiher gekauft. Ich bin, wie sagt man noch? Stinknormal.«

Vor Schock und Entzücken riss ich die Augen auf. »Sie kleiner …« Ich durfte auf keinen Fall laut aussprechen, was ich dachte. »Das haben Sie alles erfunden. Sie haben ganz Hollywood verschaukelt!«

»Marketing, Loretta. Nennen Sie es bitte Marketing.«

Ein neuer Gedanke schoss mir durch den Kopf. »Weiß Sally Bescheid?«

»Es war ihre Idee. Ich war neu in meinem Beruf, aber sie verstand das Studiosystem so viel besser als ich. Wir haben uns auf einer Party kennengelernt. Ich weiß noch, dass sie einen Fuchspelz und ein durchsichtiges Seidenkleid trug. Sie sah aus wie eine Göttin und ich wie ein Niemand – was sie mir innerhalb von fünf Minuten mitteilte. Sie meinte, ich müsste mir ein Image schaffen.«

»Wie war Sally damals?«

Er stieß ein tiefes, genießerisches Seufzen aus. »Wunderschön. Wenn sie einen Raum betrat, wurde es augenblicklich mucksmäuschenstill. Die Leute trauten sich kaum, sie anzusprechen, so viel Ehrfurcht hatten sie.«

»Und sie hat sich Sie als Freund ausgesucht?«

»Genau, und … na ja, den Rest kennt man ja. Sie wurde zum Filmstar und ich zu dem geheimnisvollen europäischen Prinzen, der amerikanische Frauen wie Königinnen aussehen lassen kann.« Er wischte sich die Hände an einem Gesichtstuch ab. »Also gut, machen Sie das hier jetzt bitte fertig. Und denken Sie daran: Es handelt sich um ein großes Geheimnis, also nichts davon ausplaudern. Ich muss mal kurz einen Blick in meinen Terminkalender werfen.«

Petraś' Terminkalender war sagenumwoben, voller Namen von Stars und glamouröser Dienstreisen. Jeder wollte von Petraś geschminkt werden. Der Mann war eine lebende Legende, ein Genie … eine Illusion.

Und doch hatte er wieder einmal recht gehabt. Wir beide waren uns ähnlicher, als ich mir je hätte träumen lassen. Ich fühlte mich von Neuem und mehr als je zuvor inspiriert. Ehrgeiz und Begierde durchfluteten mich. Wir kamen beide aus Europa, aus kleinsten Verhältnissen. Wir hatten uns beide aus der Freiheit heraus, dass uns hier niemand kannte, neu erschaffen. Und wenn er ein ganzes Unternehmen darauf aufbauen konnte, früher einmal mit seiner Mutter durch den Wald gestreift zu sein, dann leuchtete doch absolut ein, dass das Mädchen, das einmal gelangweilt und lustlos bei Woolworth gestanden hatte, das Gleiche tun konnte. Manche Dinge sollten eben einfach sein. Manche Menschen sollten einfach sein.

Loretta Darling? Sie sollte einfach sein!

30

Liebe Enid,

großer Gott! Erinnerst Du Dich noch an Sally Dee? Früher haben wir uns doch mit Mum als sie verkleidet, uns mit abgebrannten Streichhölzern Kajalstriche gezogen. Mit der arbeite ich jetzt zusammen! Sally (ich soll sie sogar duzen, stell Dir vor!) ist immer noch im Geschäft (gerade so eben), und ich bin absolut hin und weg. Morgens ist sie nicht besonders fröhlich, wenn Du verstehst, was ich meine. Erinnert mich manchmal an Dad. Fang bloß nie mit dem Zeug an! Wobei ich zugeben muss, dass ich gestern Abend einen Daiquiri getrunken habe und mich an Rum gewöhnen könnte.
Liebe Grüße,
Margaret

Sally Dees nächster Film, *Die Hexe,* war düster genug, um das Studio bei Laune zu halten. Horror war die neue Mode, und alle wollten dabei sein. Alle außer Alice. Sie fand es zu gruselig. Selbst schuld, denn sie verpasste die beste darstellerische Leistung aller Zeiten.

Sally war fantastisch. Sie spielte eine niederträchtige kindhafte Frau, und sie ließ ihre gesamte Hollywood-Bitterkeit in die Rolle einfließen. Dazu kam, dass der Kameramann ebenfalls ein echter Zauberer war, der mit der Dunkelheit unglaubliche Szenen erschuf. Selbst Sally verstummte, wenn wir uns erste Probeschnitte ansahen.

Da ich bei Sallys vorherigem Film gute Arbeit geleistet hatte, vertraute Petraś mir den letzten Schliff ihrer Maske an; den Puder, das Nachtuschen der Wimpern und den korrekten Sitz der Perücke. Ich wusste, wie privilegiert ich war, diese Momente mit ihr allein zu haben. Die Geschichten flossen nur so aus ihr heraus. Es war eine regelrechte Hollywood-Fortbildung.

Einmal, nachdem sie mir im Detail von ihrer Affäre mit einem bekanntermaßen glücklich verheirateten Schauspieler erzählt hatte, wurden ihre Augen feucht. »Weißt du, Loretta, ich habe seit zehn Jahren mit keinem Mann geschlafen.«

Aber auch Frauen über vierzig hatten doch sicherlich noch Sex?

»Männer sind nur für eins gut: Geld.«

Daraufhin schilderte sie mir jede einzelne ihrer Scheidungsvereinbarungen. Sie hatte einige gute Investitionen getätigt, im Gegensatz zu ihrer Schauspieler-Freundin, die für vierzigtausend Dollar ein Haus von jemandem gekauft hatte, der gar nicht der Eigentümer war. »So ein Schaf!«

Aber meine Lieblingsgeschichten waren die über ihre Hochzeiten. Dabei klang sie weniger bissig. Sie trug immer noch einen Klunker an ihrem linken Ringfinger, einen grotesk großen Smaragd, eingebettet in diverse Diamanten. Behauptete, sie bekäme ihn kaum mehr über den Knöchel. Eines Tages bemerkte sie, dass ich verstohlen das Funkeln des Edelsteins betrachtete.

Sie stupste den Ring mit dem Daumen an. »Den hat mir Nikolai geschenkt«, sagte sie mit einer Spur von Wehmut.

Nikolai war ihr zweiter – oder dritter? – Ehemann gewesen. Eigentlich hatte der russische Fürst natürlich Nick Baxter geheißen und war am falschen Ende der Massachusetts Avenue in Boston aufgewachsen.

Sie lehnte sich auf dem Schminkstuhl zurück. »Ich musste

vier Mistkerle heiraten, um mein Vermögen zu machen.« Sie zeigte mit dem Finger auf mich. »Aber du, du hast Talent.«

»Danke.« Insgeheim stimmte ich ihr zu.

»Du hast Petraś gefunden und dir von ihm auf die Beine helfen lassen. Genau das musste ich für meine erste große Chance in Hollywood machen. Wobei in diesem Fall meine Beine um einen Rücken geschlungen waren.« Sie gackerte. »Hat mir mehr gebracht als meine Eltern.« Als ich zurücktrat, schlug sie die Augen auf. »Sag mal, wo leben eigentlich deine Eltern?«

»Im Norden von England, in einem Städtchen namens Morecambe. Kennst du England?«

»Na ja, so ungefähr.« Unbeholfen wiederholte sie den Namen meiner Heimatstadt. Akzente waren nicht ihre Stärke.

»Das liegt an der Küste.« Ich dachte an die regennassen Straßen, den Stand der Wahrsagerin und die Muschelfischer mit ihren Pferdekarren. Es war nicht schön gewesen, dort aufzuwachsen, aber ich liebte es immer noch, trotz des miserablen Wetters und der vielen Hundehaufen. Es war meine Stadt, mit Pommesbuden und Fahrgeschäften, Tanzlokalen und Kinos. Das alles hatte mich geprägt. So wird man, wenn man irgendwo wegzieht. Sentimental. Und dann war da natürlich noch Enid.

»Wie Venice Beach?«

Ich lächelte. »Nein, überhaupt nicht wie Venice Beach.«

»Vermisst du sie?«

»Mein Vater ist tot.«

»Pech.«

»Ja, schon.«

»Und deine Mutter?«

»Sie verkauft selbst gemachte Sachen.« Ich dachte an all die Cremes und Tinkturen, die sie neben geschnitzten Wäscheklammern an der Haustür feilbot. So ein kleines Leben, von der Hand in den Mund. Erstaunlich, dass wir überlebt hatten.

»Geschwister?«

»Eine Schwester. Enid. Hast du eigentlich Kinder?«

»Ja, eins. Einen kleinen Jungen. Hab es geschafft, die Schwangerschaft monatelang vor dem Studio geheim zu halten, aber dann hatte ich eine Fehlgeburt. Das war während meiner ersten Scheidung.«

Ich versuchte, mir Sally mit einem kleinen, prallen Bauch vorzustellen. »Tut mir leid. Das muss ja schrecklich gewesen sein.«

»Ach was! Das sagt jeder.« Aber ich sah dabei die Traurigkeit ihre Miene trüben, ihren Blick hastig nach dem Martiniglas suchen.

Ich dachte an all die Gerüchte über die Mittelsleute, von denen Primrose mir erzählt hatte. Dass sie alles Mögliche für Marlon Brandos Freundin und so weiter organisiert hatten. So viele Babys, verloren oder am Leben.

»Weiß Petraś davon?«

Sie senkte das Kinn auf die Brust. »Warum sollte er?«

»Weiß nicht. Ihr beide scheint ein enges Verhältnis zu haben.«

»Enger als mit den meisten anderen, was aber nicht viel heißt. Wir kommen allein auf diese Welt und verlassen sie allein wieder. Was wir in der Zwischenzeit machen, liegt an uns. Also, halt an deinen Plänen fest, was auch immer du für welche hast. Setz sie um, und lass dich von niemandem ablenken, besonders nicht von den Männern. Deine Ambitionen sind das einzige Glück, das du jemals empfinden wirst.«

Ich begriff nicht, warum wir auf einmal über meine Pläne sprachen. Ich hatte ihr nichts davon erzählt. Aber sie durchschaute mich. Darin war sie gut.

»Sag mal, hast du Lust, nachher zu mir zu kommen? Wir könnten uns weiter unterhalten.«

Das Haus eines Filmstars von innen sehen? »Ja, bitte!«

Sie verzog den Mund zu einem nikotinfleckigen Lächeln. »Schön. Mein Chauffeur holt uns um sechs ab.«

Wir hielten vor einem spanisch wirkenden Bungalow in Beverly Hills. Ein Hausmädchen empfing uns und fragte Sally höflich, wie ihr Tag gewesen war.

»Ach, hör schon auf, Romina.«

Sally drängte sich an ihr vorbei in den riesigen gefliesten Eingangsbereich. Auf einer Seite stand ein Tisch mit Marmorplatte, auf dem bereits zwei schimmernde Martinis auf einem Silbertablett warteten.

»Na, dann komm mal mit.« Sally beschrieb eine ausladende Geste. »Tu dir keinen Zwang an.«

Auf ihren wackeligen hohen Absätzen und in verrutschten Seidenstrümpfen führte mich Sally in ein Wohnzimmer mit um den Kamin herum abgesenktem Fußboden, wo drei – drei! – Sofas standen. Der Teppich war flauschig, und überall waren Vasen mit frischen Blumen verteilt. Sallys Hunde lagen herum und wedelten träge mit dem Schwanz, als wir eintraten. Mehrere goldene Trophäen waren auf dem Kaminsims aufgereiht, aber mit der Inschrift zur Wand gedreht. Zwischen den üppigen Gardinen hingen gold gerahmte Ölgemälde. Auf Beistelltischchen standen bauchige Lampen, deren Seidenschirme warme Lichtflecke in den Raum warfen. Es gab sogar einen kleinen Flügel, der von einem dreiarmigen Leuchter geziert wurde. Insgeheim bezweifelte ich, dass Sally überhaupt Klavier spielen konnte. Aber je weiter wir in den Bungalow vordrangen, desto klarer wurde mir, wie wenig ich meine Gastgeberin eigentlich kannte. Ich prägte mir alles gut ein.

»Du solltest dir den Schmuck anschauen, wenn du schon hier bist. Komm mit.«

Wir gingen in ein kleines Vorzimmer mit Seidentapete und schweren Samtvorhängen.

»Hedda Hopper fragt immer wieder, ob sie mal hier rein darf«, bemerkte Sally. »Ich liebe es, ihr den Wunsch abzuschlagen.«

Der ganze Raum war mit Schubladenschränken ausgestattet, jede mit eigenem Schlüssel. Sally zog eine auf. Etliche Ketten lagen auf länglichen, dicken Kissen. Eine davon bestand aus zwei Reihen von Perlen, in ihrem Silberverschluss saß ein kleiner Edelstein. In einer anderen Schublade lagen haufenweise Aquamarine, Rubine und Diamanten.

Während ich von Schublade zu Schublade ging, beobachtete sie mich. »Sechzig Karat«, kommentierte sie zum Beispiel, als ich einen Ring inspizierte. »Geschenk von meinem ersten Mann.« Oder, als ich eine Armbanduhr in die Hand nahm: »Massives Gold. Hab ich bei meiner dritten Scheidung behalten dürfen.«

Plötzlich wechselte ihre Stimmung, und sie fing an, die Schubladen eine nach der anderen wieder zuzuknallen. Dann verließ sie das Zimmer, aber ich blieb noch. Leise drehte ich jeden einzelnen Schlüssel herum und sperrte alle ab.

Als ich Sally nachging, fand ich sie schwerfällig an einer Terrassentür lehnend. Mauersegler sausten im bernsteinfarbenen Licht über einem Gärtner herum, der träge Laub aus einem von einem echten Wasserfall gespeisten Pool fischte.

Sie schob den Leinenvorhang zur Seite, sodass uns die kühle Abendluft einhüllte, und deutete mit dem Kopf auf den Gärtner. »Mit dem hatte ich mal eine Affäre, das war … 1940, glaube ich.« Sie seufzte wehmütig. »Dickster Schwanz, den ich jemals gesehen habe. Mein wunderbarer Federico.«

»Warst du verliebt?« Er wirkte jetzt so gebeugt und schief, dass ich mir das kaum vorstellen konnte.

»Weiß ich nicht mehr genau. Kann sein.«

Ich glaubte ihr nicht.

»Seine Männlichkeit war nach einer Seite gekrümmt. Schmerzhaft, weißt du.« Sie atmete tief durch. »Trotzdem, ich möchte ihn in Lohn und Brot halten. So hab ich ein besseres Gewissen.«

Sally Dee hatte ein *Gewissen?* Wegen eines riesigen Penis?

»Schön für dich«, sagte ich matt.

»Also!« Sie drehte sich wieder zum Zimmer um und klatschte in die Hände. »Gehen wir ans Eingemachte?«

31

Wir saßen auf dem champagnerfarbenen Teppich in Sallys Ankleidezimmer. Ich hatte ihr beim Hinsetzen helfen müssen, und sie hatte mich angeblafft, als dabei ihr Martini überschwappte. Und wenn ich Ankleidezimmer sage, meine ich einen Raum, der größer als meine gesamte Wohnung war. An sämtlichen Wänden standen Schränke, aus denen Kleider in allen Regenbogenfarben quollen. Es war, wie in einem großen Fabergé-Ei zu sitzen, nur mit mehr Gold.

Jetzt strich Sally über das staubige Album, das zwischen uns lag. Sie hatte es ganz hinten aus einem der hohen Schränke gewühlt.

»Das hebe ich mir für meine Memoiren auf«, meinte sie. »Falls ich jemals dazu komme, sie zu schreiben. Die Fans mögen Fotos, weißt du.« Das Album knarzte beim Öffnen, und ihre Miene wurde weicher. »Das bin ich als Baby.« Ich sah einen Säugling mit blondem Flaum in einem blütenweißen Taufkleid, eindeutig in einem Fotostudio aufgenommen. »Mein Vater war Varieté-Schauspieler und meine Mutter Schneiderin. Schausteller, Nomaden, die von Stadt zu Stadt zogen. Wir übernachteten in Kellerräumen und schliefen auf Sofas.« Sie blätterte weiter, um mir das Foto eines steif wirkenden Paars zu zeigen, das direkt in die Kamera blickte. »Als Kind haben sie mich auf den Tisch gestellt und steppttanzen lassen.«

»Hast du das gern gemacht?«

»Natürlich! Mit vier Jahren hatte ich meine ersten Vorsprechen.«

Mit vier. Garantiert konnte sie damals noch nicht einmal lesen, erst recht keinen Vertrag.

Wir blätterten weiter durch das Album und schlürften dabei unsere Martinis. Zeitungsausschnitte, Theaterkarten, Fotos über Fotos von Sally in einer Mädchen-Stepp-Truppe und mit ihrer Großmutter in einem Zug, Tanztasche auf dem Schoß. Mrs. Dee hatte sämtliche Kostüme genäht und ihr Mann die Verträge ausgehandelt. Alles so unschuldig, alles so mustergültig. Ein hingebungsvolles Elternpaar. Sally, der Glückspilz.

»Und dann kamen wir nach Hollywood.« Sie schlug die nächste Seite auf, um mir ihr erstes Pressefoto zu zeigen, auf dem ihre Haare heller und geglättet waren.

»Wie fandest du es hier?« Ich dachte an meine eigenen ersten Tage zurück, an das Gefühl, aus dem Zug zu steigen, Jimmie zum Abschied zu winken.

»Schlangengrube. Alles veränderte sich. Die Studios verlangten, dass ich abnahm, drängten meine Eltern an den Rand, gaben mir Filmrollen und eine Wohnung. Hat alles nichts geholfen. Sie sagten, ich wäre wie ein Fisch auf dem Trockenen, meine Bühnenerfahrung hätte mich ruiniert. Ich würde zu stark *spielen*. Ha! Nach sechs Monaten wurde mein Vertrag gekündigt. Die haben mich nicht mal an ein anderes Studio verleihen wollen.«

»Und was ist dann passiert?«

»Ich hab ihnen die Hölle heißgemacht. Was haben die denn von mir erwartet? Dass ich zurück nach Wisconsin ziehe? Oh, nein, ich hab mich zurückgekämpft; und sobald ich genug Macht hatte, habe ich dafür gesorgt, dass derjenige, der damals meinen Vertrag gekündigt hatte, nie wieder in Hollywood arbeitet.«

»Sally, warum zeigst du mir das alles?«

»Begreifst du denn nicht?« Sie zeigte auf die Fotos ihres jüngeren Ichs. »Du läufst Gefahr, dir alles durch die Finger gleiten zu lassen.«

Bevor ich Einspruch erheben konnte, sprach sie weiter. »Petras dies und Petras das«, trällerte sie in spöttischem Tonfall. »Du steckst ihm so tief im Allerwertesten, dass ich nur noch deine Zehen wackeln sehe.«

Ich war völlig perplex. »Ich dachte, du magst ihn?«

Sie legte eine Hand auf meine. »Schätzchen, man darf einen Mann mögen. Das heißt nicht, dass man ihm gehören muss. Du hast nur ein Leben, Loretta. Mach was draus.«

»Arvella hat genau das Gegenteil gesagt: Ich solle mich nicht so bemühen.«

»Ach, Arvella. Die Frau hat nach der Geburt einen ganzen Sack Zitronen ausgelutscht. Außerdem kann sie den Mund nicht halten. Was hast du vor? Etwa dein ganzes Leben lang Petras' Helferlein bleiben, so wie sie?«

»Er behandelt mich gut.«

Sie rieb sich die Augen. »Schluchz! Reich mir doch mal ein Taschentuch.« Sie wurde wieder ernst. »All diese Männer, diese Ehen, diese Affären, die bedeuten nur Ablenkung. Lass das nicht zu, Loretta. Dir läuft die Zeit davon.«

»Mir läuft die Zeit davon? Ich bin einundzwanzig, Sally.«

»Und ich war vier«, konterte sie. »Hinter dir steht eine ganze Schlange von Mädels, die alle nur auf ihre Chance warten. Und ich kann dir versprechen, dass die sich nicht von den Männern dieser Stadt ablenken lassen. Hier.« Sie blätterte zurück zu dem Foto eines winzigen stepptanzenden Mädchens. Mit dem Fingernagel löste sie eine Ecke und zog das Bild heraus; der Kleber war so spröde geworden, dass er kaum Widerstand leistete. »Für dich.«

Ich wich zurück. »Nein, das kann ich nicht annehmen.«

»Nimm schon!«, knurrte sie.

Zögerlich ergriff ich es und drehte es um. Auf der Rückseite befand sich ein kleiner Stempel des Fotoateliers. »Meinst du das wirklich ernst?«

»Ja. Es soll dich daran erinnern, an deinem Ehrgeiz festzuhalten. Lass dich von niemandem aufhalten.« Sie stockte. »Und wenn du bereit bist, dich auf eigene Füße zu stellen, kannst du es verkaufen. Sollte ein paar Dollar wert sein, meinst du nicht?« Sie bekam einen weiteren Hustenanfall.

»Es ist unbezahlbar«, sagte ich, als sie sich wieder erholt hatte. »Das werde ich nie verkaufen.«

Sally kniff die Augen zusammen. »Oh, doch, das wirst du. Eines Tages. Eines Tages verkaufst du es. Also gut, hilf mir auf.« Ich stützte sie. »Jetzt das Schlafzimmer?«

Auf wackeligen Beinen führte sie mich durch den langen Flur zu einem anderen Zimmer. Es war groß und durch die Klimaanlage eisig kalt. Ich war immer der Ansicht gewesen, ein Schlafzimmer sollte klein und gemütlich sein, so wie das, in dem Enid und ich uns früher in unserem schmalen Bett zusammengekuschelt hatten. Wie wollte man in einem Raum dieser Größe mit dem goldenen Stuck und den steifen Vorhängen jemals schlafen?

Sally ließ sich vorsichtig auf die Matratze sinken, wo sie erst einmal wieder husten musste.

»Also, was meinst du?«

»Na ja, es ist …« Ich nahm meinen Mut zusammen und war ehrlich. »Ich würde mir das so nicht aussuchen.«

Sie lachte. »Ich auch nicht. Aber die Studios mögen eben Glamour.« Sie klopfte aufs Bett. »Komm her.«

Verkrampft setzte ich mich neben sie. Ich ahnte, dass ein weiteres unangenehmes Gespräch anstand.

»Hast du schon mal so ein Schlafzimmer gesehen?« Sie musterte mich eingehend.

Ich stockte. »Was meinst du damit?«

»Das weißt du genau, Loretta. Ich beobachte dich. Du bist immer so auf der Hut. Ich kenne die Anzeichen. Was ist passiert? Und versuch nicht, mir was vorzumachen, weil ich es auch anders rausfinden kann.«

»Da war was«, setzte ich an. Es war fast, als fehlte mir die passende Sprache. Für Oscar und seinen Kumpan, die kalten Fliesen des Badezimmers, den Jazz – und dafür, wie Eliot mich gerettet hatte.

»Du bist nicht die Erste, und du wirst nicht die Letzte sein. Welcher Dreckskerl war es?«

»Oscar Romero.« Ich starrte auf meine Hände. »Auf einer seiner Partys.«

»Ach du großer Gott, da bist du hingegangen? Warum hat dich niemand gewarnt? Deshalb hast du also nach ihm gefragt.«

»Die anderen dachten wohl, dass ich Bescheid weiß.« Ich konnte mich nicht überwinden, meine kurze Ehe zu erwähnen, wollte ihre Miene nicht sehen, wenn sie begriff, was ich mit mir hatte machen lassen.

»Ach, Schätzchen.« Sie legte mir einen knochigen Arm um die Schultern und zog mich an sich.

Ich versuchte, den Gestank nach Gin und Zigaretten zu ignorieren.

Sie zog den Kopf zurück und betrachtete mein Gesicht, während sie mir mit einem nikotingelben Finger über die Stirn streichelte.

Ich empfand eine alberne Dankbarkeit und drehte das Gesicht in ihre Handfläche, schloss die Augen und dachte an meine Mutter. Ihre Steifheit im Umgang mit Enid und mir, dass sie nicht hatte ertragen können, wenn wir zu ihr und Dad ins Bett gekrochen kamen, und uns geschimpft hatte, wenn wir uns die Knie aufschlugen. Ihre Liebe war kalt gewesen.

Nach einer Weile löste ich mich von Sally. »Ist ja auch egal. So was passiert eben.« Ich glaubte mir selbst nicht; im Hinterkopf spürte ich die Flammen der Wut wieder aufflackern.

»So ist es«, sagte sie. »Pass nur auf, dass es nicht noch mal passiert.«

»Wie denn?«, fragte ich. »Ich kann mich ja schlecht zu Hause einsperren.«

»Ach, das musst du ja auch nicht. Außerdem, warum solltest du dich von denen ausbremsen lassen?« Sie schüttelte den Kopf. »Ich weiß noch, als ich rausgefunden habe, dass mich mein dritter Mann betrügt, habe ich ihm eine Woche lang morgens Amphetamine in den Kaffee geschüttet. Er mochte ihn gern stark. Am Freitag hat ihn sein Büro aufgefordert, sich eine Auszeit zu nehmen, um wieder normal zu werden. Kurz darauf hat ihn seine Geliebte abserviert. Und nicht lange danach hat er mich abserviert.«

»Du warst früh genug auf, um ihm Frühstück zu machen?« Offen gestanden war das ein größerer Schock als die Amphetamine.

»Ja, lächerlich, ich weiß. Eine Weile habe ich mich als Hausfrau versucht. Hat nicht gut geklappt.«

»Das kann ich mir lebhaft vorstellen.«

»Aber darum geht es nicht, Loretta. Sondern darum, dass ich mich von Männern habe ausnutzen lassen und Fehler gemacht habe. Und die kamen mich teuer zu stehen, sehr teuer.« Ihre Wimperntusche war abgebröselt. »Versuch nicht, dich zu rächen. Das funktioniert nicht.«

Jetzt gähnte sie, als wäre sie plötzlich gelangweilt, und ich erkannte, dass meine Besuchszeit abgelaufen war. Beim Aufstehen fiel mein Blick auf ihr Nachttischchen, auf dem ein Sortiment von Döschen in allen Formen und Größen stand.

»Schläfst du nicht gut?«, fragte ich.

»Seit 1945 nicht mehr«, antwortete sie sachlich.

Ich dachte an Mum und was sie früher so zusammengebraut hatte. Oft hatte ich sie vom Küchenfenster aus beobachtet, wenn sie mit dem Korb, den sie selbst aus Weidenruten geflochten hatte, durch unser Gärtchen lief. Nichts, was sie anpflanzte, war ohne Nutzen.

»Probier doch mal ein Lavendelkissen.«

»Wird gemacht, Schwester Loretta«, sagte sie und legte sich auf das Federbett, den Kopf auf ein gigantisches Kissen gebettet. Sie hatte bereits die Augen geschlossen.

Meine Audienz war vorüber, aber ich blieb noch einen Moment und betrachtete sie. Ihr Körper war winzig, durch Jahrzehnte des Hungerns traten ihre Knie, ihre Schlüsselbeine, selbst die Fingerknöchel hervor. Ihre Brüste waren fast nicht vorhanden. Eine ihrer Hände zuckte, als wäre es eine Qual für sie, reglos zu sein. Garantiert hatte sie in ihrem ganzen Leben nie Urlaub gemacht. Ihre geschlossenen Augen lagen tief in den Höhlen, und ihre Wangenknochen waren scharfkantig wie Rasierklingen. Trotz der schiefen Perücke war sie immer noch schön, auf eine morbide Art. In mir wallte Zuneigung zu ihr auf.

»Willst du ewig da rumstehen?«

»Nein, Sally.« Ich gab ihr einen Kuss auf die Stirn. Halb rechnete ich damit, dass sie fluchen und mich zum Teufel schicken würde, aber sie sagte kein Wort. »Bis bald.«

Ich wandte mich zur offen stehenden Tür und bemerkte einen Schatten. Eine Gestalt bewegte sich lautlos über den dicken Teppich. Ich streckte den Kopf aus dem Zimmer, aber da war niemand. Leise zog ich die Tür hinter mir zu und lief, vorbei an all den Kunstgegenständen im Flur, zurück ins Wohnzimmer.

Romina wartete auf mich. »Der Chauffeur wird Sie nach Hause fahren.«

Bald darauf, als ich auf dem Rücksitz des Wagens saß und der Bungalow hinter mir immer kleiner wurde, dachte ich noch einmal über den Abend nach. *Du hast nur ein Leben, Loretta.* Sally hatte recht. Es lag nur an mir, und ich musste etwas aus mir machen.

32

Am nächsten Morgen ging ich extra früh ins Studio. Bei der Gelegenheit sah ich Scott Eliot mit Christine, die ihn am Tor absetzte. Hatten die beiden etwa was miteinander?

»Was machen Sie hier?«, fragte Arvella von ihrem Schreibtisch aus, nachdem ich eingetreten war.

»Guten Morgen.« Ich reichte ihr die fettige Tüte Donuts, die ich unterwegs als Frühstücksmitbringsel gekauft hatte.

Sie nahm sie zwischen Zeigefinger und Daumen, hielt sie möglichst weit von ihrem Seidenkleid weg und versenkte sie im Mülleimer. »Zucker am Morgen ist ungesund.«

Ich biss nicht an. »Ist Petraś schon da?«

Schon öffnete sie den Mund, als hinter der Glastür mit seinem in Gold geschriebenen Namen seine Stimme ertönte. »Wer ist da?«

Ich hob eine Augenbraue.

Mit einem bösen Blick auf mich rief sie: »Es ist Loretta.«

»Na, dann schicken Sie sie doch rein.«

Ich betrat das Büro und ließ die Tür hinter mir zufallen, sodass Arvella nur noch ein gespenstischer Schemen hinter dem Riffelglas war. Ich konnte mir gerade noch verkneifen, ihr die Zunge rauszustrecken.

Petraś beobachtete mich, eine dampfende Tasse Kaffee vor sich. Auf einem Teller lag ein halb aufgegessener Donut.

Ich setzte ein Lächeln auf. »Guten Morgen, Mr. Petraś.«

Er bedeutete mir, mich hinzusetzen, lehnte sich zurück

und drehte den Stuhl hin und her, während er mich musterte. »Was machen Sie denn so früh hier?«

»Tja, also, ich wollte mit Ihnen über etwas reden und keine Arbeitszeit damit verschwenden, ich bin ja sehr pflichtbewusst, und …«

»Kommen Sie auf den Punkt«, unterbrach er.

»Ich möchte meine eigene Schauspielerin und meinen eigenen Film.«

Er verharrte. »Meine Lehrlinge bekommen nicht vor Ablauf eines Jahres ihre eigenen Aufträge.«

»Dann machen Sie eine Ausnahme.«

Seine Lippen zuckten amüsiert. »Warum sollte ich?«

»Das wissen Sie genau. Ich arbeite hervorragend, ich bin schnell und schlau.«

Er musterte mich eingehend. »Das müssen Sie mir nicht sagen, Loretta. Wissen Sie, warum ich Sie überhaupt eingestellt habe?«

»Weil Sie meinten, ich hätte Chuzpe?«

Er zog ein Buch zu sich heran und blätterte darin, bis er offensichtlich fand, was er gesucht hatte. Mit dem Finger fuhr er an einer Spalte mit Namen entlang und räusperte sich schließlich. »Wir hätten da ein neues Starlet am Set.«

»Starlet? Ich hatte mehr an eine Schauspielerin gedacht.« Es gab hier Hostessen, Zeitschriftenmodelle, Statisten, Komparsen, Starlets, Charakterdarsteller, Nebendarsteller … Stars. Ich wollte eine Hauptdarstellerin, oder zumindest eine Nebendarstellerin.

»Kommen Sie schon«, bettelte ich. »Ich wünsche mir eine Herausforderung.«

Er sah mich durchdringend an. »Sie sind ganz schön frech, Loretta.« Nach einer kurzen Pause fuhr der Finger in der Namensspalte wieder etwas höher.

»Na gut, Sie können Grace Riley haben.« Die Nachwuchsschauspielerin mit dem nicht ganz so geheimen Liebhaber. Petraś schlug das Buch zu und beugte sich vor. »Sehr fleißig. Hatte bisher hauptsächlich Statistenrollen, *Die Hexe* ist ihre erste große Chance, zumindest theoretisch. Sie ist süß. Spielt nicht so affektiert. Ein bisschen farblos, wenn Sie mich fragen, aber da kommen Sie ins Spiel.« Er zeigte mit einem Stift auf mich. »Das dürfen Sie nicht vermasseln, Loretta.«

Ich salutierte fröhlich. »Werde ich nicht.«

»Sie werden sich die Maske mit Sally und mir teilen«, warnte er. »Wir behalten Sie beide im Auge.«

33

Ich hatte Grace Riley unterschätzt. Besser gesagt hatte die gesamte Stadt sie unterschätzt. Die Presseabteilung des Studios verbreitete die Story, sie sei ein braves Bauernmädchen aus Hudson Valley, mit einem netten Lächeln und üppiger Oberweite. Die Wahrheit lautete etwas anders. Sie war in einer Mietskaserne in Brooklyn aufgewachsen, an ihrer Nasenspitze war etwas herumgeschnippelt und ihr Haaransatz in einer Reihe von schmerzhaften Elektrolyse-Sitzungen nach oben verschoben worden.

An jenem ersten Morgen beobachtete Sally Grace im Spiegel, während die jüngere Schauspielerin mit einer anderen Maskenbildnerin plauderte und dabei lachend den Kopf in den Nacken warf.

»Zu hübsch«, schnaubte Sally.

Ich faltete gerade Handtücher. »Wie meinst du das?«

»Sie ist komplett symmetrisch. Funktioniert vor der Kamera nicht.«

Bevor Sally noch mehr sagen konnte, wurde Grace von der Kollegin zu uns gebracht. »Loretta, deine Schauspielerin ist hier.«

Sobald sie Sally bemerkte, ging Grace zu ihr. »Ach du meine Güte! Sally Dee.« Sie presste sich die Hände an die Brust. »Ich hatte keine Ahnung, dass wir zusammen in der Maske sind. Es ist mir eine Ehre, wirklich.«

Sally lächelte sie eisig an. »Sie haben aber Glück.«

Ich wartete ab, bis die beiden sich die Hände geschüttelt

hatten, und setzte Grace dann auf ihren Stuhl. »Es freut mich so, dass wir zusammenarbeiten.«

»Ich erinnere mich an dich, Loretta.« Ich konnte nicht fassen, dass sie sich tatsächlich gemerkt hatte, wer ich war. »Du bist das Lip Girl! Lässt dir nichts gefallen, machst die schönsten Lippen. Das weiß jeder!«

Höflich ignorierte ich Sallys Kichern hinter ihrer Zeitschrift.

Grace hatte ein mit einer karierten Serviette abgedecktes Körbchen auf dem Schoß. »Das ist übrigens für dich.«

Ich nahm es entgegen und spähte hinein. Kaltes Hühnchen mit golden knuspriger Haut. Ein dickes Stück Tortilla mit leuchtend weißer Kartoffel und Zwiebel darin. Ein Fläschchen mit offenbar selbst gemachter Limonade und ein Stück Früchtekuchen. Es lag sogar Besteck dabei.

»Stell das doch schnell in den Kühlschrank, dann können wir anfangen.«

Ich sah sie an. »Das hast du alles für mich gemacht?«

»Ich koche für mein Leben gern.« Sie legte eine Hand auf meine und drückte sie. »Wir werden bestimmt die besten Freundinnen. Außerdem …« Sie beugte sich vor und flüsterte: »Wenn ich dich bei Laune halte, dann hältst du mich bei gutem Aussehen!«

Das war typisch Grace. Sie ging völlig offen mit ihrer Strategie um. Sie hatte nichts zu verbergen – also, mal abgesehen von dem Geheimnis in Männerform. Das gefiel mir an ihr; sie trug ihren Ehrgeiz auf der Zunge.

Von da an brachte mir Grace jeden Tag etwas Leckeres mit; Hühnerpastete, Hackbraten, gefüllte Eier … Nach einer Weile bat ich sie, damit aufzuhören.

»Ich gehe noch auf wie ein Hefekuchen!«, sagte ich. »Und außerdem brauchst du mich nicht zu bestechen. Ich gebe auch so mein Bestes für dich.«

Ihr Plan war bereits aufgegangen; für Grace Riley hätte ich alles getan.

»Ach, Loretta, du bist wirklich eine Nummer. Absolut unvergleichlich. Hey, du bist die unvergleichliche Loretta Darling!« Sie fuhr mit einer Hand durch die Luft, als sähe sie meinen Namen in Neonschrift vor sich.

Sally scheiterte neben uns wieder einmal daran, ihr Lachen zu verbergen, aber Grace und ich waren mittlerweile an ihren Spott gewöhnt.

»Sehr witzig«, kommentierte ich.

»Nicht witzig, perfekt!«, widersprach Grace. »Eines Tages kann ich sagen, dass ich Loretta Darling kannte, bevor sie berühmt war.«

»Berühmt?« Ich verschluckte mich beinahe. Auf Bekanntheit kam es mir nicht an; ich wollte Kosmetik verkaufen. In großen Mengen. Doch dann fiel mir wieder Petraś und seine Masche mit dem polnischen Prinzen ein. Das hatte funktioniert, und wie. Vielleicht musste ich doch ins Licht der Öffentlichkeit treten?

Allein der Gedanke jagte mir einen Schauer über den Rücken. Ich war hierhergekommen, um zu entfliehen, und jetzt musste ich möglicherweise mein Gesicht in aller Welt plakatieren. Im Ernst? Konnte das sein? Mein Bauchgefühl sagte mir, dass Grace recht hatte. Sie hatte für jeden große Träume, nicht nur für sich selbst. Das hatte mir gleich von Beginn an ihr gefallen. Sie war nicht wie diese Männer, die sich nur ihr eigenes Konterfei auf meterhohen Plakaten vorstellten. Sie wollte, dass wir beide Erfolg hatten. Stand es mir überhaupt zu, sie zu enttäuschen? Außerdem mochte Grace Riley mich. Das war so ungefähr das schönste Kompliment, das eine Frau bekommen konnte.

34

Wir entwickelten einen angenehmen Rhythmus. Grace redete, ich arbeitete. Ich hatte aufgehört, nach Eliot und Christine Ausschau zu halten, weil … ach, egal.

Ich stellte Grace Fragen zu ihrer Kindheit, ihren Ambitionen (ein Star zu werden selbstverständlich) und ihrem Hund Betsy. Die meisten Schauspielerinnen hatten einen Hund; sie eigneten sich gut für Werbefotos und machten einen nahbarer. Betsy war allerdings anders als die meisten anderen Hunde in Hollywood. Grace hatte sie in einem Tierheim gefunden, und ihr fehlte ein Auge. Was noch die geringste ihrer Sorgen war.

»Ich hab das Gefühl, dass niemand sie mag«, jammerte Grace gern. »Dabei bellt sie nur den Postboten an. Fahrradfahrer. Jeden mit Hut. Manchmal Leute mit Stock. Ist das so schlimm?«

Sie zeigte mir Fotos.

Oh, ja, es war so schlimm. Ein einäugiger Hund von undefinierbarem Alter mit struppigem Fell und fehlenden Zähnen? Heiliger Strohsack, so einen hätte ich ihr im nächstbesten Hinterhof fangen können, und ich hätte ihn nicht mit Steak gefüttert.

Mehr als für Betsy interessierte ich mich für James Luke. Grace' angeblichen Kavalier, von dem ich auf der Party der Drehbuchautoren gehört hatte. Aber wann immer ich sie auf ihr Liebesleben ansprach, wechselte sie sofort das Thema.

Um sie aus der Reserve zu locken, erzählte ich ihr von zu

Hause. Vom Winter Gardens, wo ich gern tanzen gegangen war, von der Promenade und dem Pier, der Bucht von Morecambe, Mrs. Atkinson aus dem Fish-and-Chips-Imbiss.

»Du bist so süß!«, sagte Grace daraufhin. Aber ich wusste, dass sie mir etwas verschwieg. Hatten wir nicht alle Geheimnisse?

Grace war der Traum einer jeden Maskenbildnerin: eine leere Leinwand. Ich band ihr die Haare zurück, säuberte ihr Gesicht und ließ dann die Hände auf ihrem Schlüsselbein ruhen. Wir sahen einander im Spiegel an, und dann erhellte sich ihre Miene, wenn sie merkte, dass es losgehen sollte.

»Bist du bereit?«, fragte ich, wie es uns beigebracht worden war. Aber Grace war bereit auf die Welt gekommen.

Meine Hände, angewärmt vom Verstreichen der Cremes, wanderten über ihr Gesicht. Darf ich sagen, dass es beinahe erotisch war? Denn das stimmt. Frauen sollen so etwas eigentlich nicht sagen, oder? Aber bei Grace war es jedenfalls so. Sie lehnte sich auf dem Stuhl zurück und ergab sich mir. Ihre Augen waren geschlossen, was mir gestattete, sie eindringlicher zu betrachten, als ich es je bei einer Frau getan hatte.

Die Leute stellen sich vor, dass Stars schön geboren werden, aber Grace und ich wussten es besser. Sie war nicht unbedingt eine Betsy, aber auch nicht makellos. Der eine Augenwinkel war etwas schief, an der Unterlippe saß eine Narbe von einem Unfall in ihrer Kindheit. Sally hatte unrecht. Grace war nicht zu hübsch. Sie war perfekt unperfekt. Genau, wie ein Star sein sollte.

An jenem ersten Tag führte ich sie zum Set, wo bereits alle Lampen aufgebaut und die Kameras in Position gebracht waren. Genau aufs Stichwort begann sie von innen zu leuchten, Augen wie Edelsteine. Jedes Wort kam ihr wie ein Geschenk über die Lippen, und wir alle waren gebannt, selbst ihr Schauspielkollege, der beinahe seinen Einsatz verpasste.

»Glaubst du, das lief einigermaßen, Loretta?«, fragte sie mich hinterher.

Ich legte ihr eine Hand auf die Schulter. »Du bist gerade zum Star geworden.«

»Meinst du wirklich?« Aber ihre Augen funkelten, als wüsste sie es.

O ja, sie wusste es.

Es sprach sich herum. Der Regisseur erlaubte den Mitarbeitern, beim Dreh zuzusehen. Der Kameramann, Norman, war praktisch in sie verliebt und legte sich mit einer komplexen Anordnung von Lampions für die Nahaufnahmen ins Zeug, schmierte sogar Vaseline auf einen Filter vor dem Objektiv, um ihr einen zusätzlichen Schimmer zu verleihen.

Doch genau das war der Haken. Clark Stuart, der männliche Hauptdarsteller, wollte nicht, dass sie glänzte, ganz und gar nicht. Anfangs begriff ich nicht, was los war; aber da meine Aufgabe darin bestand, ständig die Gesichter der Schauspieler im Blick zu behalten, ob sie auch tadellos geschminkt waren, wurde mir bald klar, was vor sich ging. Er verriet sich.

Augenzucken – er reagierte zu spät.

Augenzucken – er sprach zu früh.

Augenzucken – er änderte einen Satz.

Irgendwann kam auch Grace dahinter. Sie legte ihre übliche fröhlich lockere Art ab und rauschte regelmäßig mit finsterer Miene in die Maske ab.

»Kannst du das fassen?«

Und nachdem er zu früh eingesetzt hatte: »Was für ein Spatzenhirn.«

Dann: »Das kann er doch nicht mit mir machen!«

Als Reaktion auf diese letzte Beschwerde rief eine Stimme vom anderen Kosmetikstuhl: »Klar kann er.«

In dem Moment hasste sogar ich Sally. Grace ballte die

Hände zu Fäusten und drehte sich zu mir um, damit sie Sally nicht ansehen musste. »Ich gebe mir solche Mühe, aber wenn einer von den beiden mich noch mal provoziert …«

»Dann was?«, fragte Sally. Ihr Gehör funktionierte hervorragend. »Rufst du dann die Filmpolizei?«

Grace riss genervt die Augen auf.

Billy Trapido, der Regisseur, kam herein und sah sich um. »Machen wir jetzt weiter, oder was?«

»Tut mir leid«, sagte Grace. »Ich stehe heute wohl irgendwie neben mir.« Sie machte komplett auf unschuldig.

Clark Stuart war hinter Billy aufgetaucht und seufzte übertrieben. »Sollen wir es noch mal probieren, Grace? Du brauchst dich nicht zu schämen, dass du es vermasselt hast.« Er kam näher. »Aber Norman dreht gerade durch. Du musst unbedingt genau deine richtige Position treffen. Sonst verschwindest du.« Das Licht war so düster gesetzt, dass für die Schauspieler ganz spezifische Stellen vorgesehen waren, an denen sie stehen mussten. Ein Schritt in die falsche Richtung und die Aufnahme war ruiniert.

Grace nickte steif. Ich war die Einzige, die die Tränen bemerkte, als Billy ging.

»Wag es nicht«, flüsterte ich. »Die Genugtuung darfst du Clark nicht geben.«

Sie lächelte zittrig und fuhr sich mit dem Handrücken über die Augen. »Ich möchte ja die Schminke nicht verschmieren.«

»So ist es brav.«

»Er ist ein Mistkerl.«

»Stimmt. Und die anderen bemerken es nicht, weil sie auch alle Mistkerle sind.« Ich folgte ihr zurück nach draußen, nicht sicher, ob das der normale Umgangston zwischen Maskenbildnerinnen und Schauspielerinnen war.

Grace nahm wieder ihre Position ein. Die Klappe wurde

geschlagen, und Clark begann … tja, rein theoretisch musste man es wohl immer noch spielen nennen.

»Ich verstehe dich überhaupt nicht mehr!« Beim letzten Mal hatte es geheißen: »Ich kenne dich gar nicht mehr!«, was Grace' Stichwort gewesen wäre. So aber sah sie nur verwirrt Billy an.

»Schnitt.« Billy lehnte sich mit herabgesunkenem Megafon auf seinem Stuhl zurück.

»Das … das war nicht der richtige Satz«, protestierte Grace zaghaft.

»Das nennt man Improvisation«, erklärte Clark, als wäre Grace begriffsstutzig. »Schon mal vom Actors Studio gehört? Ist total gut.«

»Aber …«

»Ach, vergiss es.« Übertrieben müde nickte Clark Billy zu. »Probieren wir es noch mal.«

In mir brodelte die Wut. Für wen zum Teufel hielt der sich?

Grace schirmte sich die Augen gegen das Licht ab und blinzelte. Ich winkte ihr, und ihre Miene verzog sich zu einem Lächeln, als sie mich entdeckte. *Ich bin für dich da, Grace.* Warum mich die Situation so betroffen machte, hätte ich gar nicht sagen können, aber ich war wild entschlossen, nicht einfach nur in der Dunkelheit zu stehen und hilflos dabei zuzusehen, wie ein dahergelaufener Mann sie erniedrigte.

Sobald die Dreharbeiten weiterliefen, schlich ich mich in die Maske davon, gerade rechtzeitig, um Sally dabei zu erwischen, wie sie verstohlen einen silbernen Flachmann aus der Tasche ihres über dem Stuhl hängenden Pelzmantels holte. Sie erschrak, aber als sie bemerkte, dass nur ich es war, hob sie den Flachmann an die Lippen und trank ein Schlückchen, bevor sie mich begrüßte.

»Ach, hallo, kleine Schnüfflerin.«

Hätte man sie erwischt, wäre sie sofort vom Gelände eskortiert worden. Offiziell hatte das Studio Sally untersagt, während der Arbeitszeit zu trinken.

Ich zog mir einen Hocker heran. »Sally.«

»Was willst du?«, fragte sie misstrauisch.

»Wer sagt, dass ich was will?«

Sie musterte mich von oben bis unten. »Mich juckt es schon, wenn du nur in der Nähe bist.«

Ich musste lachen. Mittlerweile konnten mir Sallys Beleidigungen überhaupt nichts mehr anhaben. Ich empfand sie vielmehr als Nettigkeiten. »Ich dachte nur gerade … Sagen wir mal, du drehst einen Film. Und sagen wir mal, der männliche Hauptdarsteller benimmt sich ekelhaft. Und sagen wir mal, du wolltest das unterbinden. Was würdest du machen?«

Sie sah mich durchdringend an. »Willst du das noch mal verständlich ausdrücken?«

Ich seufzte. »Du hast Grace vorhin gehört. Was kann sie dagegen unternehmen?«

Sally strich den Kosmetikumhang auf ihrem Schoß glatt. »Nichts.«

»Was? Warum denn nicht?«

»Wenn sie Clark zur Rede stellt, wird er alles abstreiten. Ihm zahlen sie garantiert mehr, wenn es also Spannungen zwischen den beiden gibt, wen werden sie wohl vor die Tür setzen?«

»Grace?«, vermutete ich deprimiert.

Sie nickte.

»Aber es muss doch was geben, was wir tun können. Er lässt sie wie eine Idiotin dastehen!«

»Warum interessiert dich das überhaupt?«, fragte Sally. »Du wirst doch trotzdem bezahlt.«

Da ich ihre destruktive Art satthatte, stand ich auf. »Tja, trotzdem danke.«

In dem Moment kam Petraś mit einem Sortiment von Haarnetzen in unterschiedlichen Braun- und Blondtönen herein. Er stockte und sah zwischen uns beiden hin und her. »Alles in Ordnung, die Damen?«

»Alles wunderbar.« Ich schob mich vor Sally, damit sie Zeit hatte, den Flachmann zurückzustecken. »Ich wollte gerade …«

»Wir belästigen unsere Schauspieler nicht«, sagte Petraś. »Das wissen Sie doch, Loretta.«

»Nein, nein, sie hat mich nicht belästigt.« Sally fing im Spiegel meinen Blick auf. »Loretta wollte gerade gehen.«

35

An jenem Abend kam Primrose zu Besuch. Wir saßen einander auf der Fensterbank gegenüber und tranken Bier aus der Flasche. Sie trug ein dunkelorangefarbenes Seidenkleid mit aufgedruckten Hortensien. Das Kleid hatte einen Volant an der Seite, der über die Fensterbank auf den Boden fiel. Wie immer sah sie fabelhaft aus. Neben ihr fühlte ich mich schmuddelig.

»Du bist heute so still.« Sie stupste mich mit dem Zeh an. »Belastet dich was?«

»Sally hat heute mal wieder im Studio getrunken. Während der Arbeitszeit.«

»Autsch! Wissen die anderen davon?«

»Alle kriegen es mit. Ihr nächster Vertrag wurde sowieso schon aufgelöst, sie weiß es nur noch nicht.« Meine Hände zuckten verärgert.

Primrose legte den Kopf schief. »Warum magst du sie so?«

»Sie ist nett zu mir.«

Primrose rutschte ein ungläubiges Lachen heraus.

»Auf ihre spezielle Art.« Ich lachte ebenfalls, dann schwieg ich kurz. »Primrose, glaubst du, dass alle Männer schlecht sind?«

»Das fragst du eine Prostituierte? Nein, glaube ich nicht.«

»Warum nicht? Oscar ist es. Raphael ist es.«

»Dein Schreiberling nicht. Petraś nicht.« Sie wollte noch jemanden aufzählen, machte den Mund aber wieder zu.

»Mein Schreiberling spricht immer noch nicht wieder mit

mir. Und wen wolltest du sonst noch nennen?«, hakte ich nach.

»Ach, den Typen, der mich damals vor Peter gerettet hat.«

»Der Cowboy mit dem Pick-up? Aber was machst du, wenn ein Mann dir blöd kommt?«

»Na ja, ich habe ein paar Grundregeln. Niemals kritisieren, nur zuhören, und wenn einer weint, ihm nicht das Gefühl geben, lächerlich zu sein.«

»Aber was, wenn du einem nicht helfen willst?«

»Dann gebe ich ihm eben doch das Gefühl, lächerlich zu sein. Ganz einfach.«

Ich nickte, bevor ich den Blick aus dem Fenster richtete.

»Was geht dir im Kopf rum?«, fragte Primrose. »Ich sehe, dass es da drin rumort.«

»Ach nichts. Ich bin nur müde.« Ich holte noch zwei Flaschen Bier und reichte ihr eine. Wir schlugen die Kronkorken an der Fensterbank ab, lehnten uns an den Fensterrahmen und tranken einen Schluck.

»War es schwierig, dich selbstständig zu machen?«, fragte ich. Primrose' Bordell gehörte zu den berühmtesten in Kalifornien.

»Ich hatte vorher jahrelang gespart. Hab die Dollarscheine unter der Matratze gesammelt. Im Gegensatz zu den meisten anderen Mädels, die Drogen genommen oder Kinder allein aufgezogen haben. Ich hatte Glück.« Streng zeigte sie mit ihrer Flasche auf mich. »Nimm keine Drogen und lass dich nicht schwängern.«

»Muss ich sonst noch was wissen?«

Sie machte eine überraschte Miene. »Überlegst du, dich selbstständig zu machen?«

»Vielleicht.«

»Aha, das höre ich gern.« Sie ließ sich im Schneidersitz auf dem Boden nieder (schwierig in einem Kleid wie ihrem) und sah, die Unterarme auf den Knien, die Augen groß, zu mir hoch. »Erzähl.«

Ihre Begeisterung war ansteckend, und ich musste unwillkürlich lächeln. »Ist nur so eine Idee.«

»Ach, Quitsch-Quatsch.« Sie wedelte mit der Hand. »Ich wette, das hattest du schon geplant, bevor du überhaupt in Hollywood angekommen bist.«

Offen gestanden war dem nicht so. Für ein Mädchen aus Morecambe bedeutete es schon den größten Traum, überhaupt aus dem Kaff rauszukommen. Aber das Arbeiten bei Petraś hatte in mir die Hoffnung auf mehr geweckt. Geld. Und das nicht nur, weil er die Stars schminkte. Er hatte Gönner, er hatte Privatkunden und lud zu öffentlichen Veranstaltungen, er hatte seine eigene Kosmetiklinie. In der Branche gab es mehr zu holen, als mir bewusst gewesen war, und ich wollte mitmischen. Ich wollte mehr als nur überleben. Ich wollte unantastbar werden.

Ohne es zu bemerken, hatte ich angefangen, in der Wohnung auf und ab zu tigern, während ich meinen Plan schilderte. »Also, die anderen nennen mich Lip Girl.« Ich erreichte die Wand und machte kehrt. »Das ist irgendwie süß und einprägsam …« Kehrt, marsch. »Ich könnte Lip Girl als Markennamen eintragen lassen für meine eigenen …«

»Lippenstifte! Loretta Darlings Lippenstifte. Oder nein, Lip Girls Lippenstifte! Oder Lippenstifte für Darlings. So viele Möglichkeiten!«

Vielleicht zu viele.

Primrose sprang auf und wirbelte mich herum, sodass ich beinahe umkippte. Dann riss sie das Fenster auf und lehnte sich gefährlich weit hinaus.

»Meine Freundin wird reich!«, brüllte sie. »Sie wird tonnenweise Lippenstifte herstellen, und ihr alle werdet sie benutzen!«

»Ich bestimmt nicht«, rief eine schroffe männliche Stimme vom Bürgersteig hoch.

Primrose rannte zu mir zurück, und wir fielen zusammen aufs Bett.

»Immer mit der Ruhe«, sagte ich lachend. »Vielleicht wird ja gar nichts draus. Ich muss erst noch Farbtöne aussuchen.«

Sie stützte sich auf die Ellbogen. »Oh, doch, da wird was draus. Wenn ich dich auch nur ein bisschen kenne, dann wird was draus.«

Doch erst einmal musste ich mich um etwas anderes kümmern, etwas Dringenderes. Clark Stuart. Primrose ahnte nichts davon, aber sie hatte mich auf eine Idee gebracht. Ich musste an ihm arbeiten, und zwar buchstäblich. Es gab nur ein kleines Problem: Die doofe Debra war seine Maskenbildnerin.

36

»Ich bin Loretta. Ihre Maskenbildnerin für heute.«

Clark sah sich um. »Wo ist die andere?«

»Debra? Sie kümmert sich um Grace.«

»Grace?«, wiederholte er argwöhnisch. »Warum?«

»Petras hält es für besser, wenn ich Sie für die große Szene schminke. Debra wird dafür an Grace arbeiten, nur heute. Ich bin gut bei Einzel- und Nahaufnahmen …«

Grunzend wandte er sich wieder seinem Groschenroman zu. Er verdiente wirklich nicht, die gleiche Luft wie Grace zu atmen, ganz zu schweigen davon, mit ihr die Leinwand zu teilen, aber meine List hatte funktioniert. Ich war extra früh gekommen, um Debra alles zu erklären, und sie hatte mit Freuden eingewilligt, als sie begriff, dass sie Grace schminken durfte.

Es hat etwas sehr Intimes, jemandes Gesicht zu berühren, einem anderen Menschen so nah zu sein, dass man merkt, ob er an dem Morgen geduscht hat oder welches Rasierwasser er verwendet. Manchmal stellte ich mir die Aufgabe, herauszufinden, was der jeweilige Schauspieler am Abend zuvor gegessen hatte. Haut lebt und atmet. Sie erzählt ihre eigene Geschichte. Und die von Clark stank. Er badete scheinbar in Old Spice und schmierte sich so viel Pomade ins Haar, dass er Flecke auf dem Hemdkragen hatte. Ich musste erst seine eigene Grundierung entfernen, bevor ich die richtige für die Kameras auftragen konnte. Zudem war er außergewöhnlich unhöflich.

»Sind Sie bald mal fertig?«, maulte er oder schlug meine Hand weg, wenn er einen Schluck Kaffee trinken wollte.

Ich ließ mich jedoch nicht beirren. *Du verdienst alles, was da auf dich zukommt.*

Als ich mit ihm fertig war, sah er fantastisch aus. Das sagte jeder. Der Dreh verlief reibungslos, die große Szene war allerdings erst für den späten Nachmittag angesetzt. Es war nicht ideal, aber ich konnte den Ablauf natürlich nicht umstellen. Zu dem Zeitpunkt waren wir alle bereits vollkommen kaputt und ich daher ziemlich zuversichtlich, dass niemand allzu gut aufpassen würde.

»Tässchen Tee?«, fragte ich, als Clark und ich zum wiederholten Male geduldig herumsitzen und auf seinen Einsatz warten mussten.

»Tässchen Tee?«, äffte er meinen englischen Akzent nach und hielt mit gespreiztem kleinen Finger eine imaginäre Tasse hoch. Bisher seine beste Schauspielleistung.

»Milch und Zucker?«

»Beides.«

Ich nickte einer der Assistentinnen zu, und sie ging in die Küche. Kurz darauf kehrte sie zurück, den Tee, von dem bereits etwas auf die Untertasse geschwappt war, in den zittrigen Händen.

»Lassen Sie mich nur machen.« Ich trug die Tasse zu einem Tisch, auf dem mein Kosmetikköfferchen stand, wischte sie ab und brachte sie Clark.

Er nippte daran und verzog das Gesicht. »Zu viel Zucker.«

Die Assistentin kam diensteifrig herbeigeeilt. »Soll ich Ihnen einen neuen kochen?«

»Nicht nötig«, sagte Clark und warf mir einen bösen Blick zu.

Ich hielt ihm zwei Abdeckstifte vor die Nase. »Also, was meinen Sie? Zweiunddreißig oder sechsundfünfzig?«

37

Clark überstand die Szene einigermaßen gut. Hinterher zog er sich, ohne mich eines Blickes zu würdigen, seine Jacke an und verließ leicht schwankend den Raum.

»Auf Wiedersehen, Mr. Stuart«, rief ich ihm nach.

Er winkte mir über die Schulter zu und verschwand.

Nach und nach tröpfelten andere herein, und ich spazierte in den Nebenraum, wo sich Grace gerade abschminken ließ.

»Wie lief es?«, fragte ich sie.

»Ganz gut, glaube ich«, sagte sie. »Wir haben mehrere Anläufe gebraucht, weil Clark ein paar Sätze vergessen hatte, aber es war ja auch ein langer Tag.« Sie gähnte ausgiebig und lehnte sich zurück, während Debra anfing, sie einzucremen. Grace wirkte ruhiger, und das machte mich froh. Im nächsten Moment setzte ein prasselndes Geräusch ein. »Wow, richtiger Regen«, murmelte Grace und schloss die Augen. »Es geschehen noch Zeichen und Wunder.«

Ein Kopf wurde durch die Tür gesteckt.

»Eliot«, rief ich. »Was machst du denn hier?«

»Hallo, Loretta. Tolle Begrüßung.«

Er trat ein. Debra gaffte dümmlich, und Grace drehte sich auf dem Stuhl um, beide sichtlich angetan.

»Ich dachte mir, ich führe Loretta zum Essen aus, wenn sie hier fertig ist.« Er setzte sich auf einen Kosmetikstuhl und schlug die Beine übereinander. »Beachtet mich gar nicht. Ich warte, bis ihr fertig seid.«

Sowohl Debras als auch Grace' Kopf schnellte mit fragendem Blick zu mir herum, und ich spürte, dass ich rot wurde.

»Loretta?«, fragte Grace. »Willst du uns nicht vorstellen?«

»Sicher doch. Das ist Scott Eliot. Er ist Drehbuchautor. Begabt.« Er warf mir einen Blick zu, den ich sehr genoss. »Scott, das sind Grace Riley, ein angehender Star, und meine Kollegin Debra.«

»Sehr angenehm.« Grace streckte ihm die Hand entgegen.

Er griff danach, aber statt sie zu schütteln, küsste er sie! Scott Eliot ... flirtete er etwa? Vor meinem geistigen Auge blitzte Christine auf, der Blick, mit dem sie Eliot auf der Party angesehen hatte, als wäre er ihre Beute. Als wollte sie mich abschrecken.

»Ich habe schon viel von Ihnen gehört.« Er richtete sich wieder auf.

»Nur Gutes, hoffe ich.« Grace lachte befangen. »Und, wohin wollt ihr beiden Turteltäubchen?«

»Oh, wir sind nicht ...«

»Das habe ich mir noch nicht überlegt«, sagte Eliot. »Loretta darf entscheiden.«

Alle drei sahen mich an.

»Also, ich weiß nicht genau, ob ich ...«

»Ach was«, sagte Grace. »Wir sind hier fast fertig, und Clark ist schon weg. Wenn jemand fragt, sage ich einfach, du hattest für heute alles erledigt.«

»Also gut.« Ich steckte mir mein Sweet-Sixteen-Puderdöschen in die Rocktasche. Das konnte ich später wieder in meinen Kosmetikkoffer packen. »Fertig«, verkündete ich dann mit einem nervösen Lächeln.

»Viel Spaß«, sagte Debra verkniffen. So, wie ich sie kannte, würde innerhalb von vierundzwanzig Stunden jeder in der Maske Bescheid wissen.

Eliot schüttelte ihr zum Abschied die Hand.

»War mir ein Vergnügen«, sagte er anschließend mit aufrichtiger Herzlichkeit zu Grace. Er mochte sie, das merkte ich ihm an.

»Mir ebenfalls. Seien Sie nett zu Loretta.«

»Wir sollten wirklich los.« Auf einmal fiel es mir schwer, die Armlöcher in meiner Strickjacke zu finden. All diese Aufmerksamkeit!

»Darf ich?« Eliot half mir hinein. »Dann hoffentlich auf bald«, sagte er zu Debra und Grace.

Debra sah aus, als fiele sie gleich in Ohnmacht.

Ich winkte matt, und wir traten in den Flur hinaus.

»Also, ihr habt euch ja vor Liebenswürdigkeit regelrecht überschlagen«, merkte ich an.

»Das nennt man Höflichkeit, Loretta. Solltest du auch mal probieren.«

»Für mich sah es eher nach Flirten aus.«

Sein Grinsen wurde breiter. »Eifersüchtig?«

»Niemals!«

Er zog die Tür auf, und Licht strömte herein. Das Gewitter hatte sich so schnell verzogen, wie es gekommen war, und nun dampften Regenpfützen in der Sonne. Meine Laune besserte sich schlagartig.

»Wie lief es denn heute eigentlich?«, fragte er.

»Einigermaßen. Hätte besser sein können.« Ich folgte ihm zu seinem Wagen. »Angeblich hat Stuart seinen Text vergessen.«

»Aha«, meinte Eliot nur. »So was passiert ja ständig.«

Beim Einsteigen fiel mir meine Puderdose in den Fußraum. Eliot und ich bückten uns beide danach, aber ich war schneller und schob sie energisch in meine Tasche zurück.

Er drehte den Schlüssel im Zündschloss. »Also, Cocoanut Grove oder Miceli's?«

Wir entschieden uns für das Cocoanut Grove. Die Stühle und Tischdecken waren rot, die Zimmerdecke so tiefblau, dass sie aussah wie der Nachthimmel, mit Lampen als Sterne.

Ich war immer noch ziemlich aufgewühlt und nahm mir ein paar der kostenlosen Tacos, um mich zu beruhigen.

»Ist alles in Ordnung, Loretta?«, fragte Eliot, als unser Essen kam.

Ich schleuderte die Serviette auf den Tisch. »Was läuft da wirklich zwischen euch?«

Eliot runzelte die Stirn. »Ich fürchte, ich brauche ein paar mehr Informationen.«

»Zwischen dir und Christine.«

Er riss die Augen auf. »Zwischen mir und der Christine, auf deren Party wir waren?«

»Wie viele kennst du denn?«

Er wollte noch einen Witz reißen, aber ich ließ ihn nicht zu Wort kommen. »Nein, sag nichts.« Ich reckte das Kinn. »Es ist klar wie Wodka, dass ihr was miteinander habt.«

Er lehnte sich zurück. »Oh, das wird interessant. Echt interessant.«

Mir gefiel sein Tonfall nicht.

»Na ja, sie ist ganz eindeutig deine Geliebte!«

»Ganz eindeutig.« Er nickte ironisch.

»Und du hast mir nichts gesagt, kein Wort vor der Party und nicht mal, als wir zu dir nach Hause gefahren sind, und ganz ehrlich, ich finde …«

»Was findest du, Loretta?«

Ich schlug mit der Hand auf den Tisch, mein Gesicht wurde heiß vor selbstgerechter Empörung. »Ich finde, dass du ein furchtbarer Lügner bist, und du hättest mich warnen können!«

»Wovor denn?«

»Vor dir! Du schläfst mit Christine, flirtest mit Grace, hast dieses Foto auf deinem Nachttisch, wo ich es unmöglich übersehen kann. Wie viele Frauen hast du denn? Wartest du nur auf den richtigen Moment, um mich auch zu verführen? Oder bin ich nicht gut genug für dich?« Aus unerfindlichen Gründen brachte mich dieser letzte Gedanke dazu, in heiße Tränen auszubrechen.

Neben uns war ein leises Geräusch zu hören, und als ich zur Seite schielte, stand dort ein Kellner und hielt mir mit diskret abgewandtem Gesicht ein Taschentuch hin. Ich putzte mir geräuschvoll die Nase. Als ich wieder aufsah, war Eliots Grinsen verschwunden.

»Das glaubst du?«, fragte er.

»Na, die Beweislage ist doch eindeutig.« Meine Stimme klang wie eine zu straff gespannte Geigensaite.

»Ach, Loretta. Das Foto ist von meiner Frau.«

Ha! Ein Ehebrecher war er also auch noch!

»Sie ist gestorben, Loretta.«

Die Hitze wich aus meinem tränenüberströmten Gesicht. »Das wusste ich nicht«, sagte ich steif.

»Genau. Das weißt du nicht. Du hast einfach irgendwelche Dinge angenommen.« Er stand auf. »Ich glaube, was du eigentlich sagen wolltest, war, mein herzliches Beileid oder das ist ja tragisch.«

Alle starrten uns an, eine Kellnerin flüsterte einer anderen etwas zu.

»Mein herzliches Beileid«, murmelte ich.

»Zu spät.« Mit zitternden Händen und verletzter Miene holte er seine Brieftasche heraus und warf eine Handvoll Scheine auf den Tisch. »Schönes Leben noch, Loretta Darling.«

38

Mannomann, fühlte ich mich elend. Am nächsten Morgen wälzte ich mich aus dem Bett und suchte sofort nach der Puderdose – der, die das Pülverchen enthielt, das ich Clark heimlich in den Tee geschüttet hatte. Aber es hatte nicht einmal funktioniert. Mein ganzer Plan war reine Zeitverschwendung gewesen.

Um mich von meiner Bedrücktheit abzulenken, breitete ich die kostenlosen Zeitungen des gestrigen Abends auf der Arbeitsfläche in der Küche aus. Mir fehlten noch ein paar aufregende Farben für meine Lippenstifte. Die meisten Inhaltsstoffe konnte man für wenige Dollar in einer Apotheke erwerben. Bienenwachs für die Konsistenz, Öl – zum Beispiel Lanolin oder Jojoba –, damit er sich gut verstreichen ließ. Das Einzige, was mir fehlte, waren Gießformen, aber vorerst konnte ich mir mit kleinen Tiegelchen behelfen.

Ich stellte mein leeres Sweet-Sixteen-Puderdöschen zur Seite, das ich gut ausgespült hatte. Es erinnerte mich an meine Mutter, und ich wurde von einem beklommenen Gefühl ergriffen. Meine Liebe zur Kosmetik hatte ich, noch vor Enids Geburt, von meiner Mutter übernommen. Es war eine komische Vorstellung, dass wir nicht mehr miteinander reden konnten. Damals aber war Mum der Mittelpunkt meines Lebens gewesen. Ich hatte mir alles von ihr abgeschaut: Gurkenwasser gegen fettige Haut, versengter Kork, um die Augenbrauen nachzuzeichnen, Kohle für die Wimpern. Ich sammelte mit ihr Geranienblüten aus dem Garten als Farbe für die Wangen, und sie nahm mich mit, wenn sie in den Hecken zwischen den Feldern Wurzeln für Lippensalbe ausgrub. All die Tricks, die sie sich während des Krieges angeeignet hatte. Manchmal schminkte sie sogar mich, um mir eine Freude zu machen. Bevor Dad nach Hause kam, rubbelten wir immer alles wieder ab.

Erst einmal wollte ich mit der Basis herumexperimentieren, die richtigen Mengenverhältnisse herausfinden, die Konsistenz. Doch als ich mich an die Arbeit machte, fiel mein Blick auf die Schlagzeile auf meiner Zeitungsunterlage.

Nachwuchsstar in Kokos-Kollision!

Tja, liebe Leser, ein Unglück kommt selten allein. Nach den jüngsten Gerüchten über Ingrid Bergmans skandalöse Affäre ist in Hollywood nun der nächste Zug entgleist. Das Cabriolet des Nachwuchsstars und ehemaligen Leistungssportlers Clark Stuart ist frontal gegen eine Kokospalme geknallt, als er nach einem Dreh durch ein Gewitter nach Hause fuhr.

Stuart dreht derzeit mit Grace Riley den Film Die Hexe. *Grace sagte zu dem Unfall: »Clark nimmt die Schauspielerei sehr ernst, und ich bin sicher, dass er schnellstmöglich seine Arbeit fortsetzen wird.«*

Clark hatte sich ans Steuer eines gebrauchten Ford Cabrios mit defekten Bremsen gesetzt. So hatte ich das eigentlich nicht geplant gehabt, und ich las immer schneller in der Hoffnung, dass nichts Ernstes passiert war. Möglicherweise hatte ich mich bei der Verabreichung des Pulvers etwas verrechnet.

Am Endes des Artikels gestattete ich mir aufzuatmen. Zum Glück hatte Clark keine schlimmeren Verletzungen davongetragen. Dennoch brachte mich der Vorfall zum Nachdenken. Ich musste vorsichtiger sein, sorgfältiger arbeiten.

Vielleicht lässt du aber auch einfach in Zukunft die Hände von Streichen dieser Art, Loretta.

Ja, es war besser, ab jetzt auf Sally zu hören. Sie war der weiseste Mensch, den ich kannte.

So ist es, ertönte erneut ihre Stimme in meinem Ohr. *Und vergiss das bloß nicht.*

Wenn Sally Dee wollte, dass ich brav war, dann war ich eben brav. Der Vorfall mit Clark war für meinen Geschmack etwas zu knapp gewesen.

Eine Woche später begegnete ich Sally in der Studiokantine. Sie saß an einem Tisch mit zwei Studiobossen, die sich gegenseitig Honig um den Bart schmierten, und stocherte in ihrem Salat.

Als sie mich mit meinem Tablett entdeckte, stand sie auf und folgte mir zu einem Tisch. »Läuft es in der Maske gut?«

Ich lächelte fröhlich. »Könnte nicht besser laufen.«

»Wundert mich nicht. Benimmt sich Clark Stuart euch Mädchen gegenüber? Ich hab gehört, er hatte einen Autounfall.« Ich stellte fest, dass sie mich eingehend musterte. »Schrecklich. Wirklich schrecklich.«

»Ja, schrecklich.« Ich bekam eine Gänsehaut. Sie konnte doch wohl nicht Bescheid wissen, oder? Zeit für einen Themenwechsel. »Also, dein Film ist bald im Kasten, oder?« Ich deutete mit dem Kopf auf die Studiobosse. »Gutes Gespräch?«

»Ja, der Film ist so gut wie fertig, und ich bin es ebenfalls.« Sie schielte zu den beiden Anzugträgern. »Wenn es schlechte Neuigkeiten zu überbringen gibt, wollen sich die Leute immer nur in der Öffentlichkeit treffen. Weniger Geheule.«

Ehe ich noch etwas erwidern konnte, rief eine männliche Stimme quer durch die Kantine ihren Namen.

»Ah, hör mal.« Sie legte sich eine Hand ans Ohr. »Gott spricht.«

»Geht es dir wirklich gut, Sally?« Von Nahem wirkte sie müde, trotz Schminke.

Sie verdrehte die Augen. »Ich schlafe immer noch schlecht.«

Ich spürte, dass uns die anderen im Raum verwundert beobachteten. Der Filmstar und die kleine Maskenbildnerin. Was konnten die denn miteinander zu tun haben?

Ich sah ihr nach, als sie mit wiegenden Hüften zwischen den Tischen hindurch zu den Bossen zurückging, die ihr gleich das Messer in den Rücken rammen würden.

Ich wollte ihr hinterherlaufen und erklären, dass ich nicht vorgehabt hatte, Clark Stuart zu verletzen. Ein Geständnis, zu dem es niemals kommen sollte – denn am nächsten Morgen war Sally Dee tot.

39

Ein Hämmern an meiner Tür weckte mich. Nachbarn konnten es nicht sein; Primrose war die Einzige, die je vorbeikam, und sie hatte einen Schlüssel. Kurz hoffte ich, es wäre Eliot, aber als ich öffnete, stand da der letzte Mensch, mit dem ich gerechnet hatte. Petraś.

Ihn vor meiner schäbigen Wohnung zu sehen, war ein Schock, besonders wegen der ganzen Lippenstiftproben in meiner Küche.

»Was machen Sie denn hier?«, platzte ich heraus und strich mir mit der Hand durch die Haare. »Ich meine, Entschuldigung, das war unhöflich. Ich dachte, Sie wären in New York?«

»Darf ich reinkommen?« Nicht einmal ein Hallo. Sein Hemd hatte eine Falte, daher wusste ich sofort, dass irgendetwas ganz und gar nicht in Ordnung war.

Ich trat beiseite, um ihn hereinzulassen, in dem Bewusstsein, dass mein Gesicht fleckig und rot vom Schlaf sein musste. Dann ging ich hastig voraus und schloss die Küchentür. Kleider auf dem Fußboden, Kerzenstumpen auf der Fensterbank, Essensverpackungen auf dem Nachttischchen. Die langen Arbeitszeiten im Studio hatten meine häusliche Seite nicht gerade gefördert.

Mit dem Zeigefinger hob Petraś einen Badeanzug am Träger hoch, den ich Tage vorher einfach auf den Boden geworfen hatte, und hängte ihn über eine Stuhllehne. »Ihre Mutter wäre vermutlich nicht besonders begeistert.«

Immer noch hatte ich nichts gesagt, konnte ich nichts sagen. Ich hatte zu viel Angst vor dem, was wohl als Nächstes kommen würde.

Er deutete auf einen Stuhl. »Würden Sie sich gern setzen?«

»Nein.«

»Also gut.« Seufzend rieb er sich die Stirn. »Es geht um Sally. Sie ist letzte Nacht gestorben.«

Jetzt fiel ich doch wie ein Stein auf den Stuhl. »O mein Gott. Was ist passiert?«

»Ihr Gärtner hat mich angerufen. Das Hausmädchen war zu aufgewühlt.«

Federico und Romina. Was geschah jetzt mit ihnen? Mit den Hunden? Die Erkenntnis schob sich wie ein Felsbrocken auf meine Brust, schnürte mir die Kehle zu.

»Es wurde ein Brief gefunden. In dem explizit Sie erwähnt werden.«

»Weiß sonst noch jemand, was passiert ist?«

»Nur Arvella. Zumindest hoffe ich, dass es nicht schon durchgesickert ist. In dem Brief bittet Sally darum, ein letztes Mal von Ihnen geschminkt zu werden. Der Bestatter hat sie bereits vorbereitet.«

»Das ging schnell.«

»Die arbeiten rund um die Uhr. Bei den Stars muss das so sein. Holen Sie Ihren Kosmetikkoffer.« Er wandte sich zur Tür. »Ich warte unten auf Sie.«

Ich rannte herum und zog mir das Erstbeste an, was ich finden konnte. Was auch immer ich für Spielchen mit Grace Riley und Clark Stuart gespielt hatte, das war jetzt alles vergessen. Ich stellte mich vor den kleinen Spiegel im Bad, bürstete mir die Haare, starrte mich an, versuchte, nicht allzu viel nachzudenken. Gestern war Sally am Set gewesen, und nun lag sie in einem Beerdigungsinstitut. Ich ließ die Hand sinken, konnte aber nicht aufhören, mich im Spiegel anzusehen.

»Bleib einfach ruhig, Loretta«, redete ich mir gut zu.

Dann holte ich meinen Kosmetikkoffer und rannte durch die offene Wohnungstür zur Treppe.

Ich stellte schnell fest, dass Autofahren nicht Petras' Stärke war. Begleitet von einem Hupkonzert schlingerten wir durch den Verkehr. Es stand mir natürlich nicht zu, ihn aufzufordern, gefälligst langsamer zu fahren. Also klammerte ich mich am Griff des Handschuhfachs fest und hörte ihm aufmerksam zu, während er mir die Details berichtete.

»Federico hat diverse Tabletten bei ihr gefunden.« Wir schossen in Schlangenlinien über eine Kreuzung.

Ich schluckte. »Was für Tabletten?«

Er umschloss das Lenkrad fester, bis seine Knöchel weiß wurden. »Irgendein Kräuterquatsch«, murmelte er ausweichend. »Tut mir leid, falls ich Sie so früh am Morgen erschreckt habe«, schob er nach. Eindeutig ein Versuch, das Thema zu wechseln. Aber ich ließ mich nicht darauf ein.

»Was ist passiert, nachdem sie gefunden wurde?«, fragte ich.

»Wollen Sie das wirklich wissen?«

»Ja, will ich.«

»Ist gut, aber wenn Ihnen nicht gefällt, was Sie hören werden, kann ich jederzeit umkehren und Sie wieder nach Hause fahren. Sie müssen nicht mitmachen.« Er klang resigniert.

»Ich mache mit«, sagte ich knapp.

Er räusperte sich. »Das Studio … Ich habe aus Sallys Schlafzimmer einen der Bosse angerufen. Der war nicht sehr erfreut, geweckt zu werden.«

»Warum haben Sie das getan?«

»Ich sollte hinzufügen, dass ich zuerst einen Krankenwagen gerufen habe.«

Ich sah meinen Chef an. Es tat mir in der Seele weh, dass er glaubte, sich erklären zu müssen.

»Natürlich, das weiß ich doch«, sagte ich sanft. »Aber warum haben Sie überhaupt einen der Bosse angerufen? Und welchen?«

Er seufzte. »Den kennen Sie bestimmt nicht.«

»Vielleicht ja doch.« Normalerweise traute ich mich nicht, so mit ihm zu reden, aber es kam mir wichtig vor.

»Einen Talent-Manager.« Seine Hände zuckten auf dem Lenkrad. »Das Studio wollte den Film unbedingt mit Sally durchziehen. Sie hat am Set getrunken. Also haben sie ihr ein paar, ähm, Pillen gegeben.«

»Ach du Schande.« Ich wandte mich ab.

Petraś lachte bitter auf. »Sie hat sie mit Whisky runtergespült.«

Ich wusste nichts zu sagen. Absolut gar nichts. Wir waren beteiligt, Petraś und ich. Komplizen, allein schon, weil wir zusammen zum Beerdigungsinstitut fuhren.

»Sie haben ja gefragt«, sagte Petraś.

Der Motorenlärm schreckte einen Starenschwarm auf; eine schwarze Wolke erhob sich flatternd aus einem Baum vor dem tiefblauen Himmel.

Petraś bremste kurz ab, um einem einzelnen Vogel nachzusehen, der höher als alle anderen hinaufflog. Vielleicht war das Sally, endlich frei von all ihrem Schmerz.

Was redest du denn da?, hätte sie meinen Gedanken vermutlich kommentiert. *Ich würde, wenn überhaupt, zu einem Adler.*

Ich musste mir auf die Lippe beißen, um nicht aufzulachen. Oder loszuheulen.

Petraś schoss an einem Holzschild vorbei – FOREST LAWN MEMORIAL PARK – und verlangsamte zu einem respektvollen Schritttempo.

Er fluchte halblaut. »Sie sind schon da.«

»Wer?«

Er deutete mit dem Kopf auf ein Grüppchen von Leuten in

billigen Anzügen, die Kameras um den Hals trugen. »Die Journaille.«

Er parkte an der Seite. Ich schnappte mir mein Kosmetikköfferchen und stieg aus. Wir sahen uns über den Wagen hinweg an und wappneten uns für das, was jetzt kam.

»Beachten Sie die gar nicht«, riet er. »Und sprechen Sie auf keinen Fall mit ihnen. Also, sind Sie bereit?«

Eines musste ich noch fragen. »Warum ich? Warum nicht Sie?«

Petraś lächelte mit einer Art Stolz im Blick. »Mir ist bewusst, dass das vielleicht schwer zu glauben ist, Loretta, aber Sally hat Sie nicht nur gemocht, sondern auch respektiert. Und ich empfinde genauso. Ich würde niemand anderem anvertrauen, was ich Ihnen gerade erzählt habe.«

»Nicht mal Arvella?«

»Zu verkrampft. Geheimnisse treiben sie in den Wahnsinn.« Dann nahm er mich am Ellbogen und führte mich zum Eingang.

Am liebsten wäre ich geflüchtet, doch es war zu spät; aus dem Gebäude hörte ich leise Orgelmusik schallen, die beinahe sofort vom Geräusch trampelnder Schritte übertönt wurde, als uns die Pressefritzen umringten.

»Mr. Petraś? Mr. Petraś! Werden Sie Sally zum letzten Mal schminken?«

»Woran ist sie gestorben, Mr. Petraś? War es eine Überdosis?«

»Oder eine Rasierklinge in der Badewanne?«

Dem letzten Fragesteller warf Petraś einen bösen Blick zu, doch der lachte nur.

»Ach, kommen Sie schon. Meistens ist es eins von beidem. Keine Angst, Sie können eine anonyme Quelle bleiben.«

Ein Blitzlicht flammte vor meinem Gesicht auf. »Und wer ist das Fräulein hier?«

»Alles zu seiner Zeit, meine *Herren.*«

Drinnen wartete bereits der Bestatter auf uns.

»Einbalsamiert ist sie schon. Damit haben wir sofort angefangen«, sagte er statt einer Begrüßung und sah mich an. »Ist das die, um die sie gebeten hat?«

Petraś nickte und drehte sich zu mir um. »Versuchen Sie nicht, sie besonders lebendig aussehen zu lassen, einfach nur, hm, weniger tot. Hellere Grundierung als normal. Rosa Unterton. Ihre Haut wird trocken sein, also erst eine Schicht Vaseline. Sonst können Sie die Grundierung nicht einarbeiten. Sie haben doch Vaseline dabei, oder?«

Ich nickte.

»Ihre Lippen werden vermutlich dünner aussehen, deshalb sollten Sie ein blasses Rosa …«

»Was, wenn ich das nicht kann?«, unterbrach ich und zog meine Strickjacke fest um mich. Vor Angst raste mein Puls.

»Wenn Sie dann mal so weit wären, bringe ich Sie rein«, sagte der Bestatter merklich ungeduldig.

Petraś legte mir eine Hand auf den Arm. »Ich glaube an Sie.«

Ich konnte nur hoffen, dass das auch für Sally galt.

»Vergessen Sie die Augenbrauen nicht«, rief Petraś mir noch nach.

Darling, die Augenbrauen vergaß ich *nie.*

40

Die Orgelmusik plätscherte aus versteckten Lautsprechern. Mit einem tiefen Atemzug stellte ich mein Kosmetikköfferchen auf einen Schrank. Dann drehte ich mich endlich zu dem offenen Sarg um. Er war aus Mahagoni, hatte goldene Griffe und war mit zartrosa Satin ausgekleidet. Zu beiden Enden standen unangezündete Kerzen in Leuchtern, dazwischen ein kitschiger Strauß aus pinken Rosen.

Sofort hatte ich ihre Stimme im Ohr. *Rosa? Sehe ich etwa aus wie ein toter Pudel?*

Ich trat näher und wagte endlich, sie anzusehen. Was mich erwartete, wusste ich bereits. Es war nicht meine erste Leiche. Der vertraute Duft von Formaldehyd stieg auf, den einige Maskenbildner als Konservierungsmittel verwendeten, wenn auch Petraś es aus seinen Kosmetika verbannt hatte. Jemand hatte Sally die Augen geschlossen, abgesehen davon sah sie allerdings furchtbar aus. Ihr Kleid war zerknittert, die Perücke saß schief. Es brach mir das Herz; sie war eine so stolze Frau gewesen.

»Ist schon gut, Sally«, flüsterte ich. »Jetzt bin ich ja hier.«

Versau es nicht.

»Mach ich nicht, Sally.«

Zuerst rückte ich die Perücke gerade und steckte sie mit Haarklemmen fest. Was gar nicht so einfach war. Da sie mit dem Hinterkopf auf dem Kissen lag, schob sich das Haarteil ständig wieder in die Stirn, aber mit etwas Klebeband und noch mehr Nadeln schaffte ich es letztendlich. Damit war ein Punkt schon mal erledigt.

Anschließend war das Löchlein an der Reihe, durch das vermutlich mittels einer Kanüle das Formaldehyd in ihren Körper gepumpt worden war. Ich deckte die Wunde mit einem Stückchen Klebeband ab und übermalte es mit Abdeckstift. Niemand würde es sehen.

Jetzt konnte ich mich nicht länger drücken. Ich musste mit ihrem Gesicht anfangen.

Man hatte mich darüber informiert, dass die Augen zugeklebt worden waren. Abgesehen davon wirkte sie irgendwie merkwürdig. Ihre legendären Wangenknochen waren verschwunden. Als ich sie abtastete, stellte ich fest, dass ihre Wangen mit Wattebäuschen ausgepolstert worden waren. Die warf ich direkt in den Müll.

Vaseline auf ihrer Haut zu verteilen war, wie einen Truthahn mit Butter einzureiben. Ich musste mich abwenden, den Blick starr auf ein auf dem Seitenschrank stehendes blaues Fläschchen richten. Das Formaldehyd.

Ab da wurde es etwas erträglicher. Ich redete mir ein, dass Sally noch da, dass es ein ganz normaler Arbeitstag in Petras' Studio war, dass sie nur noch einen Schluck Wodka brauchte, um ans Set zu gehen und es allen so richtig zu zeigen. Mir fielen all unsere Gespräche wieder ein, und erneut fragte ich mich unwillkürlich: Warum hatte sie mich ausgewählt? Wollte sie mir eine Botschaft senden? Sie hatte mich vor den Männern in Hollywood gewarnt, mich ermutigt, mir nichts gefallen zu lassen. Doch dann hatte sie diese Andeutungen über Clark gemacht, als hätte sie gewusst, was ich getan hatte. Und nun in dieses Geheimnis eingeweiht zu werden, hatte mich noch enger mit Petras' zusammengeführt, dabei hatte sie mich doch gedrängt, auf eigenen Füßen zu stehen.

»Was machst du mit mir, Sally?«, fragte ich halblaut.

Wahrscheinlich hätte sie geantwortet, ich solle nicht alles auf mich beziehen.

Ich würde ihre Ratschläge und Weisheit vermissen. Ich dachte an das Kind auf dem Foto, das mir Sally geschenkt hatte. Ich wollte sie ehren, ihr helfen, diese Welt so imposant zu verlassen, wie sie immer gewesen war.

Mit meiner Pinzette in der Hand suchte ich ihr Gesicht nach unerwünschten Härchen ab. Dann folgte die Grundierung mit dem rosa Unterton, um die Haut nur ein klein wenig aufzuhellen, wie Petraś geraten hatte. Anschließend trug ich eine sehr feine Puderschicht auf. Etwas Rouge verlieh ihrem Gesicht einen Hauch von Weichheit, aber wegen der mangelnden Körperwärme verband es sich nicht gut. Dann ein Tupfer Weiß in jeden Augenwinkel, um einen frischeren Eindruck zu vermitteln. Dezente Schattierung um das Kinn herum.

Für ihre Lippen hatte mir Petraś ein blasses Rosa empfohlen, doch das kam nicht infrage. In meinem Kosmetikköfferchen lag eins meiner Pröbchen. Ein tiefes Rot, das ich aus Rosenblütenblättern hergestellt und eigentlich für Primrose vorgesehen hatte. Vielleicht …

Ich stellte mich damit neben Sally. »Mein Geschenk an dich.«

Ich strich mir etwas von dem Lippenstift auf die Fingerkuppe und tupfte ihn ihr auf die Lippen. Der Glanz des zusätzlichen Öls funktionierte perfekt. Ich trat zurück und bewunderte mein Werk. Wenn ich eine Leiche so gut aussehen lassen konnte, hatte ich den Jackpot geknackt.

Die falschen Wimpern waren vertrackt, weil ihre Lider keine Elastizität mehr besaßen. Und schließlich die spektakulären Augenbrauen, ihre echten waren nicht mehr vorhanden. Sie hatte öfter einmal gescherzt, dass sie ihrer mit zweiundzwanzig verlustig gegangen war, als eine unbesonnene Maskenbildnerin sie probehalber mit Streichhölzern abgeflammt hatte. »Und ich hab sie auch noch gelassen!«, hatte sie gejohlt.

Ich konnte zusehen, wie vor meinen Augen Sallys einstiges Gesicht von Neuem entstand. Die Lippen, die schmal und hart geworden waren, blühten mithilfe eines Konturenstifts wieder auf. Theaterschminke ließ das Kränkliche von ihren Zügen verschwinden.

Schließlich streckte ich den Rücken durch. Ihr Gesicht war fertig.

Ich überprüfte noch ihr restliches Aussehen, zupfte den Kragen zurecht, die Schleife um die Taille und die Seidenknöpfe. Sie fühlte sich winzig und zerbrechlich an, ein Mensch, der auf Geheiß des Studios sein halbes Leben lang hatte hungern müssen.

»Viel Glück, Sally«, sagte ich ernst. »Wo auch immer du jetzt hingehst.«

Ich begann, meine Sachen in den Koffer zu packen. Kurz darauf waren Schritte und ein Klopfen an der Tür zu hören.

Der Bestatter steckte den Kopf herein. »Kommen Sie voran?«

»Ich bin fertig.«

Er inspizierte meine Arbeit. »Nicht übel. Die Rechnung begleiche ich mit Petraś.«

Sobald die Tür wieder hinter ihm ins Schloss gefallen war, ging ich noch einmal zu Sally zurück, um mich zu verabschieden – und vielleicht ein letztes Mal bei ihr zu bedanken. Aber als ich an den Sarg trat, war Sally nicht mehr da. Was auch immer mit geschminkten Augenlidern und aufgezeichneten Brauen darin lag, war nicht meine Freundin. Sie war endgültig fort.

Man kann ja schlecht ungeschminkt durch die Himmelstür treten, Loretta.

Ich lächelte vor mich hin. »Zeig's ihnen, Sally.«

Als Petraś und ich wieder nach draußen kamen, sah ich ihn an. »Was ich noch fragen wollte, wann genau haben Sie das Bestattungsinstitut gerufen?«

»Unmittelbar bevor die Reporter es herausgefunden haben.« Darauf konnte er stolz sein, und ich war stolz auf ihn.

41

Die Beerdigung fand an einem sonnigen Tag statt. Schwer zu glauben, aber allmählich fehlten mir die englischen Jahreszeiten.

Petraś konnte nicht teilnehmen, da ihn eine Schauspielerin in New York für eine Preisverleihung brauchte, und egal, was er für Sally empfand, er lehnte nie einen Auftrag ab. Trotzdem suchte ich die Gesichter der Anwesenden nach einem bekannten ab. Besser gesagt nach einem schlanken Mann, dem ich meine Rettung zu verdanken hatte.

Dem Drehbuchautor.

Es kam mir vor, als hätte ich noch nie so lange nicht mit Eliot gesprochen, obwohl das natürlich nicht stimmen konnte.

Die Trauergemeinde stand im Schatten der Zypressen. Ich entdeckte Federico, der seine Mütze abgenommen hatte. Dann fiel mein Blick auf einen anderen Mann, der mit den Händen in den Taschen vorbeischlenderte. Der Kaiser. Oscar Romero. Er stellte sich zu einem Bekannten. Ich riskierte einen weiteren verstohlenen Blick und begann unwillkürlich zu zittern. Als er den Kopf hob und sich umsah, wich ich hastig zurück, um mich hinter einer Gruppe schwarz gekleideter Personen zu verstecken, die ich nicht kannte. Zum Glück hatte mittlerweile die Trauerfeier angefangen, und als der Sarg in die Grube abgesenkt wurde, atmete ich tief durch.

Hinterher tauchte eine Gestalt mit teilnahmsvollem Gesichtsausdruck neben mir auf. »Wie geht es Ihnen?«

Tiefe Sonnenbräune, Ray-Ban, offener Hemdkragen und unkonventionelle Budapester aus Wildleder an den Füßen. Billy Trapido, der Regisseur des Films *Die Hexe*.

»Ach, danke, einigermaßen.«

Wir liefen hinter den anderen Trauernden her zurück zu den Autos.

»Beerdigungen. Alle gleich. Sie sind das Lip Girl, stimmt's?« Er hakte sich bei mir ein. »Das ist nicht unbedingt der richtige Ort und Zeitpunkt, ich weiß, aber … *Die Hexe* ist im Kasten, und nächste Woche fangen die Dreharbeiten für *Karambolage* an. Vielleicht haben Sie schon davon gehört? Das wird ein krasser Film.«

Natürlich hatte ich davon gehört, Debra redete von nichts anderem, aber ich wollte Billys Ego nicht streicheln, indem ich das zugab.

»Wir brauchen eine richtig gute Maskenbildnerin. Und ein Vögelchen hat mir geflüstert, dass das Lip Girl die beste ist.« Er schob sich die Sonnenbrille auf der Nase herunter und bedachte mich mit einem langen vielsagenden Blick.

Verstand ich das richtig? Billy Trapido bot mir einen Auftrag an? Auf einer Beerdigung?

Inzwischen waren wir bei Trapidos Wagen angelangt. Sein Fahrer, der eine lächerlich übertriebene Uniform trug, öffnete ihm die Tür. Er sah aus, wie man sich in einem Filmstudio eben einen Chauffeur vorstellte. Ach was, wahrscheinlich stammte die ganze Montur sogar aus der Kostümabteilung.

»Kann ich Sie vielleicht ein Stück mitnehmen?«, fragte Billy.

Ich musterte seinen Chrysler – schnittig, dunkles Metallicgrün, mit einer dieser geflügelten Kühlerfiguren. Sally hätte ihn gutgeheißen.

»Klar«, sagte ich. »Warum nicht?«

Auf der Fahrt schilderte mir Billy die Handlung seines

neuen Films. Der Billardprofi, der absichtlich verlor. Die Liebe seines Lebens, die ihn verpfiff. Der Pistolenschuss, der vom Knall aufeinandertreffender Billardkugeln übertönt wurde.

»Für die Hauptrolle haben wir einen relativ neuen Schauspieler. Typ Schönling. Und einen Spitzen-Drehbuchautor!« Er beugte sich vor und holte ein Manuskript aus dem Handschuhfach, das er mir reichte.

Ich blätterte es durch. Sämtliche S fehlten.

»Lassen Sie mich raten«, sagte ich. »Handelt es sich bei dem fraglichen Drehbuchautor zufällig um Scott Eliot?«

»Genau!« Er schnippte mit den Fingern. »Sie kennen aber auch jeden.«

Meine Haut kribbelte. Und wie ich jeden kannte.

Nach einem ausgiebigen Bad setzte ich mich auf die Fensterbank. Kurz darauf kam Primrose mit einer Neuen namens Cora vorbei, damit ich ihr zeigte, wie man sich vernünftig schminkte. Sie hatte angeblich das Eleven Whispers verlassen, weil darüber hinter vorgehaltener Hand geredet wurde. Geschlechtskrankheiten.

»Schläfst du mit Billy?«, fragte Primrose, das Kinn aufs Knie gestützt, in der Hand eine Bierflasche, während ich bei Cora Lippenstift auftrug. Mir war egal, was sie sich eingefangen hatte; es ging mich nichts an.

Ich schnaubte. »Natürlich nicht. Ich habe auf jemand anderen ein Auge geworfen, und das weißt du auch.«

Primrose verzog das Gesicht, nahm den Zigarettenstummel aus der Spitze und schnippte ihn aus dem offenen Fenster. »Also, erzähl uns von diesem neuen Film.«

Ich deutete mit dem Kopf auf den dicken braunen Umschlag. »Lies doch selbst mal rein.«

Primrose nahm den Umschlag und knotete die Schnur

auf, die darum gebunden war. Gemächlich blätterte sie durch das Drehbuch, dann sah sie zu mir auf. »Hast du dir das angesehen?«

»Nein, warum?«

Cora stellte sich hinter Primrose und sah ihr über die Schulter. »Ach, hey, den kenne ich! Raphael Goddard, eins fünfundachtzig, Schuhgröße …« Sie las weiter laut vor.

Primrose und ich starrten einander an. Mein Ex-Mann. Der Idiot war zurück.

»Ich glaube, ich kann das nicht.« Ich ließ mich auf einen Stuhl sinken.

»Warum nicht?«

»Na, erstens mal wegen meinem Ex-Mann!«

»Und das ist warum genau ein Problem?«

»Weil ich ihn nicht sehen will!« Im selben Moment wusste ich, dass das gelogen war, oder zumindest halb.

Primrose' Miene nach zu urteilen, war ihr das ebenso klar. »Ja, das kann ich nachvollziehen. Der Mann, der dich gefickt hat, und zwar von vorne, hinten und von der Seite. Wir konnten die Schreie bis ins Hacienda Arms hören!« Sie schüttelte scheinbar verständnislos den Kopf. »Warum sollte eine Frau eine solche Sexbombe wiedersehen wollen?«

»Ich dachte, du hältst nichts von ihm? Er hat mich hintergangen, Primrose!«

»Und du willst nicht wenigstens wissen, was er so treibt? Ihm die Möpse ins Gesicht drücken, während du ihn schminkst?«

»Würdest du das wollen?«, fragte ich herausfordernd.

»Wer zuletzt lacht«, verkündete sie mit einem Blick ins Leere wie ein Professor, der etwas Verdächtiges geraucht hat, »lacht am besten.« Sie sah mich wieder an. »So heißt es doch, oder?«

»Hast du wieder die dicken Bücher gelesen?«

Sie zuckte mit den Schultern, immun gegen meine Sticheleien. »Selbst Huren nutzen die Bibliothek. Wir bringen nur die Bücher nicht zurück.«

In dem Moment hasste ich sie! Ich meine ehrlich, ich hasste sie. Und trotzdem hatte sie schon wieder recht.

Ich riss das Drehbuch an mich. »Ich nehme den Job an, oder?«

»Ach, Darling. Das war doch von Anfang an klar.«

»Bin ich so berechenbar?«

»Ganz im Gegenteil«, erwiderte sie und legte mir versöhnlich die Hand aufs Knie. »Hättest du jemals damit gerechnet, dass du irgendwann an einem Film mit einem hervorragenden Regisseur arbeitest?«

»Nein«, sagte ich schmollend, den Blick auf meinen Schoß gerichtet.

»Na also.« Sie lachte. »So ein Angebot kriegt man nicht alle Tage! Der Regisseur hat dich extra bei Sally Dees Beerdigung aufgespürt. Weißt du, was das bedeutet?«

»Nein.«

»Es bedeutet, dass du es weit bringen wirst.« Ein letztes Mal zuckte sie die Schultern und griff nach einer weiteren Zigarette. »Darum bist du natürlich *überhaupt* nicht zu beneiden.«

42

Danach ging alles ganz schnell. Ich sagte den Job zu, wie Primrose vorausgesehen hatte, und Raphael und ich wurden einander bei einer Maskenprobe neu vorgestellt. Es war ein Sonntag und das Studio relativ leer, nur wir, der Kameramann und ein paar Kulissenarbeiter, die etwas zusammenbauten, waren anwesend. Und Arvella, obwohl ich nicht begriff, warum sie sich so chic gemacht hatte. Sie trug ein zweiteiliges Kostüm mit einem Jäckchen, das nach Kaschmir aussah.

Arvella musste das Hämmern übertönen. »Mr. Goddard, das hier wird Ihre Maskenbildnerin sein.« Sie runzelte die Stirn, als bereitete es ihr körperliche Schmerzen, meine Existenz anzuerkennen. »Wenn sie irgendetwas tut – und sei es auch nur die kleinste Kleinigkeit –, das Anstoß bei Ihnen erregt, zögern Sie nicht, mich zu benachrichtigen.«

Raphael wirkte verändert und doch unangenehm vertraut. Dasselbe attraktive Gesicht, der gleiche Haarschnitt, nur alles eine Spur kultivierter.

Er schluckte heftig und hielt mir die Hand hin. »Hallo, Miss …?«

»Miss Darling«, sagte Arvella. Sie tippte auf ihr Klemmbrett. »Aber bei uns läuft sie unter Maske dreizehn.«

»Also, wie geht es Ihnen so, Mr. Goddard?« Ich schlug einen Umhang aus, sodass er sich um ihn herum bauschte.

»Äh, ganz gut?« Es klang wie eine Frage; er war sichtlich eingeschüchtert von meinem Elan.

»Das ist schön.« Ich legte ihm eine Hand auf die Schulter. »Wir fangen damit an, dass wir Grundierungsfarben auf Ihrer Haut ausprobieren und kurze Probeaufnahmen davon machen. Ich notiere mir, was vor der Kamera am besten funktioniert, und das wird dann die Vorlage für die Dreharbeiten.« Ich drückte ihm die Schulter. »Wir wollen doch, dass Sie so gut wie möglich aussehen, und das bedeutet genau auf Sie zugeschnittene Kosmetik. Wir rühren sie selbst an.«

»Sie klingen ja sehr professionell.«

»Ach, lassen Sie sich nicht einwickeln, Mr. Goddard«, blaffte Arvella und wandte sich zum Gehen.

Sobald sie weg war, hörte er mit der Verstellung auf.

»Na, die ist ja eine lustige Gesellin«, witzelte er. Ich reagierte nicht. »Hör mal, Loretta, das ist doch furchtbar unangenehm. Kann nicht jemand anderes für dich übernehmen, Maske zwölf oder, was weiß ich, vierzehn?«

»Raphael, das hier ist eine kleine Stadt. Früher oder später mussten wir einander wieder über den Weg laufen.« Ich tätschelte ihm die Schulter. »Wir können uns doch benehmen wie zivilisierte Menschen, oder?«

Er rutschte auf seinem Stuhl herum. »Das ist sehr nett von dir, Loretta.«

»Und jetzt mach die Augen zu.«

Während ich Feuchtigkeitscreme in seine Haut einmassierte, spielte ich weiter die Unbefangene. Erklärte, dass wir beide nach vorn blicken, an unsere Karriere denken müssten und dass wir uns daran gewöhnen sollten, miteinander zu arbeiten. Dass er mich brauche, weil ich genau wisse, was gut für ihn sei. Dass Petras' besonderer Kosmetikansatz Schauspielern den Vorteil verschaffe, den man brauche, um groß herauszukommen.

Sein anfängliches Misstrauen ließ nach, und bald erzählten wir einander Geschichten. Seine waren nicht annähernd so unterhaltsam wie die von Eliot; wenig überraschend ging es darin nur um ihn, ihn, ihn. Dass er eine neue Freundin habe, die Lucinda heiße und in einem Hotel arbeite, von dem ich noch nie gehört hatte. Dass Oscar Romero ihm die Rolle in diesem Film verschafft habe.

Mit einem aufgesetzten Grinsen streckte ich die Hand aus. »Und wo ist mein Anteil?«

»Das ist doch alles lange her, Loretta«, sagte er steif.

Da ich ja *so* professionell war, nahm ich die Unterhaltung wieder auf. Ich berichtete ihm von Petras' und meiner Arbeit, erzählte den neuesten Klatsch und Tratsch aus dem Hacienda Arms.

Als wir schließlich um Schlag zwölf fertig waren, glaubte mein Ex-Mann wirklich und wahrhaftig, wir wären wieder Freunde. Der Trottel.

»Weißt du, ich bin echt froh, dass wir das alles hinter uns lassen können.« Er stand auf. »Nur eins noch. Du wirst doch … Ich meine, es wäre gut, wenn wir … Also, die Party bei Oscar. Es wäre gut, wenn das unter uns bleiben könnte.«

Zorn wallte in mir auf wie Lava in einem Vulkan, aber ich behielt meine neutrale Miene bei.

»Wie du sagst, es ist ja lange her.«

Erleichtert ließ er die Schultern sinken. »Das weiß ich wirklich zu schätzen, Loretta.« Er schluckte. »Du bist eine von den Netten.«

»Das hoffe ich doch.« Ich wedelte mit den Händen. »So, und jetzt los. Du hast eine Probeaufnahme. Zeig's ihnen!«

Er grinste mich an und salutierte auf die Art, wie wir es früher immer untereinander getan hatten. Steif erwiderte ich die Geste, bis er durch die Tür verschwunden war. Im selben Moment ließ ich die Hand sinken, und mein Lächeln erstarb.

Raphael hatte viele schlechte Eigenschaften; er war eitel.

Egozentrisch. Komplett ohne Moral. Aber bisher hatte ich ihn nie für dumm gehalten. Wenn er allerdings glaubte, ich würde auch nur einen Finger rühren, um ihm beruflich weiterzuhelfen, dann war er einfältiger, als ich gedacht hatte. Kannte er mich denn überhaupt nicht?

Ich starrte die Stelle an, an der er gerade noch gestanden hatte.

Raphael Goddard?

Ich wollte ihn zerstören.

43

Auf unserer Wanderung – mein Vorschlag – trug ich einen süßen karierten Zweiteiler mit dazu passendem Kopftuch. Eliot hatte eine kurze Hose an, in der er aussah wie ein österreichischer Jodler. Mit seinem ächzenden, altersschwachen Wagen fuhren wir in die Berge und parkten am Lake Hollywood Drive nahe einem Wanderweg namens Wisdom Tree.

»Willst du sportlich gehen oder entspannt?«, fragte Eliot, als wir vor den staubig roten Stufen standen.

»Entspannt.«

Wir nahmen einen Trampelpfad zwischen Felsbrocken, während die Sonne erbarmungslos vom Himmel brannte. Nach einer Weile wurde das Gelände ebener, und endlich bekam ich wieder genug Luft, um ein Gespräch zu führen.

»Also, wie läuft es so?«

»Super.«

»Eliot, ich wollte sagen …«

»Du musst gar nichts sagen.«

»Ach, komm schon.« Ich versuchte, mich bei ihm unterzuhaken, aber er ließ es sich nicht gefallen. »Eliot!«

Schließlich hielt er an und seufzte tief. »Was denn, Loretta?«

Wir starrten einander an. »Willst du wirklich so sein? Es tut mir leid, okay? Es tut mir leid, dass ich das mit deiner Frau völlig in den falschen Hals gekriegt habe. Es tut mir leid, dass ich mich so bescheuert benommen habe. Es tut mir leid, dass ich Wochen gebraucht habe, um mich zu entschuldigen.« Jetzt sprach ich etwas sanfter. »Es tut mir ehrlich leid. Weißt du, was es mich gekostet hat, dich anzurufen?«

»Fünf Cent?«

Was für ein mieser Witz.

»Ich hab dich vermisst!«

Daraufhin stieß er hörbar die Luft aus und streckte eine Hand aus. »Ich hab dich auch vermisst. Und können wir sie bitte nicht mehr meine Frau nennen? Sie hieß Agatha.«

»Schöner Name. Klingt so heilig.«

Eliot lächelte traurig. »Glaub mir, eine Heilige war sie nicht.«

Ob das positiv oder negativ gemeint war, konnte ich nicht einschätzen, und ich traute mich auch nicht nachzufragen, weil ich nicht schon wieder ins Fettnäpfchen treten wollte.

»Ich habe fünf Jahre lang getrauert, Loretta. Als wir beide uns kennengelernt haben, hatte ich gerade wieder angefangen, unter Menschen zu gehen, und überraschenderweise wollte ich nicht, dass sich meine Gespräche mit einer neuen Freundin – womit übrigens du gemeint bist – nur um Agatha drehen. Vielleicht wollte ich mich einfach zur Abwechslung mal amüsieren.«

»Möchtest du jetzt über sie, ich meine über Agatha, reden?«, fragte ich.

»Möchtest du denn über sie reden?«

»Ich hätte schon ein paar Fragen«, räumte ich ein.

Er bohrte die Fäuste in die Taschen. »Also los.«

Ich begann mit dem Ersten, was mir durch den Kopf schoss. »Woran ist sie gestorben?«

»Autounfall.«

Ich nickte. »Vermisst du sie?«

»Jeden Tag.«

Das versetzte mir einen wohlbekannten Stich, oder vielleicht auch etwas anderes. »Geht mir anders.«

Er senkte das Kinn auf die Brust. »Wie bitte?«

Mein Schritt wurde unwillkürlich schneller, die Füße trafen schwer auf dem Boden auf. »Ich vermisse meinen Vater nicht, kein bisschen. Auf Nimmerwiedersehen und so.«

»Dein Vater ist tot?«

»Er ist gestürzt.«

Eliot hielt mich am Arm fest und sah mich an. »Loretta, das tut mir leid. Warum hast du mir das nicht früher erzählt?«

»Tja, jetzt weißt du es ja.« Meine Stimme zitterte, aber ich redete zwanghaft weiter. »Er war ein gemeiner Dreckskerl und hat uns alle rumkommandiert. Er hat es nicht anders verdient.«

Ich bemerkte den Schock und die Verwirrung in Eliots Miene.

Zu viel, Loretta.

Eine Hummel flog an uns vorbei. Ich sah ihr nach und nahm den atemberaubenden Blick über die Canyons und Berge wahr. Wir waren jetzt höher, näher am Himmel, und es hatte etwas Befreiendes. Möglicherweise zu befreiend.

Eliot machte Anstalten, etwas zu sagen, aber ich kam ihm zuvor. »Komm. Lass uns weitergehen.«

Beim Gehen lauschte ich dem Geräusch unserer Schritte, dem Surren der Grillen und den Glockenschlägen, die schwach aus einer Kirche weit unterhalb von uns heraufdrangen. Eliot ging voraus, und ich folgte ihm vorbei an hohen Gräsern, dornigen Büschen, Geißblatt.

»Warum interessiert dich überhaupt, mit wem ich schlafe?«, fragte er auf einmal ganz beiläufig, den Kopf halb über die Schulter gedreht.

Ich ging einen Schritt schneller, um neben ihm herzulaufen. »Was genau läuft denn zwischen dir und Christine?«

»Nichts.«

»Nichts? Aber wie sie dich angesehen hat, wie du sie angesehen hast …«

»Sie war Agathas beste Freundin, Loretta.« Seine Stimme klang schroff.

»Ach so.«

»Genau, ach so.«

»Also«, setzte ich an, um uns aus dieser vertrackten Situation zu manövrieren.

»Also.« Er seufzte.

»Ich habe einen neuen Auftrag.«

»Das ist ja toll!« Er blieb abrupt stehen und grinste übertrieben fröhlich. »Für was denn?«

»Für einen Film von dir. *Karambolage.*«

Er runzelte die Stirn. »Ach, gut.«

»Gut? Das ist großartig.«

»Ja, freut mich für dich.« So klang er aber nicht.

Ich ging weiter, den Blick auf den Boden gerichtet. Alles, was ich sagte, war irgendwie falsch, und wenn nicht, dann antwortete er falsch. Warum konnte es nicht wieder sein wie vorher?

Auf einmal waren überall um mich herum wolkige weiße Blumen, rosa Blüten. Erinnerungen an zu Hause.

»Wir sollten zusammenbleiben«, rief mir Eliot hinterher. »Hier gibt es gefährliche Tiere. Bären und so.«

»Aber natürlich. Die Tiere, was? All diese unberechenbaren Wölfe.«

»In Hollywood gibt es keine Wölfe.«

»Bist du dir da sicher?« Ich pflückte eine Handvoll Blumen.

»Nicht so richtig.«

Als ich mich wieder aufrichtete, sackte der Rucksack zurück auf meinen Rücken.

Eliot schnaubte. »Du hast gesagt, komm mit zum Wandern, das wird lustig. Großer Gott, Loretta, ich dachte, wir vertragen uns wieder.«

»Tun wir ja auch. Nur … könntest du bitte aufhören, so gönnerhaft zu sein? *Ach, wie schön für dich, Loretta. Freut mich wirklich für dich, Loretta. Glaubst du, es wird vielleicht zu anstrengend für dich, Loretta?*«

Wir sahen einander böse an.

»Ist das dein Ernst? Ich dachte nur, dass …«

»Du dachtest was?«

Er schüttelte den Kopf. »Ist ja jetzt auch egal.«

»Mir aber nicht!« Mittlerweile wusste ich gar nicht mehr, worüber wir eigentlich stritten – Eliots tote Frau, seinen neuen Film, meinen Auftrag? Aber ihm ging etwas im Kopf herum, das merkte ich ihm an.

»Hör mal«, sagte er nach einer kleinen Pause etwas versöhnlicher. »Ich freue mich ehrlich und aufrichtig, dass du angerufen hast. Und ich freue mich, dass du diese Chance bekommst.«

Meine eigene Wut ließ etwas nach. »Wirklich?«

»Natürlich. Weißt du, wie schwer es war, niemanden zum Ärgern zu haben?«

»Du brauchst dir das nicht so deutlich anmerken zu lassen. Ich meine, dass du mich gern ärgerst.«

»Als würdest du mich nicht auch ständig ärgern.«

»Nur manchmal.«

»Nur manchmal!« Er reckte flehend die Hände in die Höhe, als riefe er Gott um Hilfe an. »Nur manchmal treibt diese Frau mich in den Wahnsinn!«

Ich zog meinen Rucksack nach vorn und schob die Blumen unter die Klappe. Dann sah ich mich um. »Können wir jetzt mal weiter? Die Wölfe kommen bald, und ich möchte nicht gefressen werden.«

»Dich frisst kein Wolf, Loretta.« Er musterte mich. »Du würdest ihn nämlich von innen aufschlitzen.«

»Schön, dass wir uns wenigstens darauf einigen können«, sagte ich und verschränkte meine Finger mit seinen.

Grinsend drückte er mir die Hand, und wir gingen weiter. »Finde ich auch.«

44

Als Raphael und ich einander das nächste Mal im Studio begegneten, wirkte er irrsinnig nervös.

»Du musst mir helfen, Loretta!« Er streckte seine zitternden Hände aus. Gott weiß, was durch seinen Körper rauschte.

Ich setzte ihn auf den Schminkstuhl.

»Kannst du mir was zu trinken besorgen?« Er zog einen Kleinjungen-Schmollmund.

»Warte mal kurz. Ich weiß, was du brauchst.«

Als ich zurück in die Maske kam, nahm er den Milchshake entgegen. »Das weißt du noch? Du hast dich immer gut um mich gekümmert.«

Ein Würgen stieg in meiner Kehle auf, aber es gelang mir, ihm ruhig den Umhang umzulegen.

Er holte sein zerfleddertes Drehbuch heraus, las darin und bewegte dabei die Lippen.

Ich sprühte Hagebuttenwasser auf ein Tuch und wischte damit Raphaels Gesicht ab; er hatte eher fettige Haut. Dann kam die Feuchtigkeitscreme.

Im Anschluss holte ich ein Döschen aus meinem Kosmetikkoffer. »Ich hab mir die Probeaufnahmen genau angesehen und habe jetzt die richtige Grundierung für dich.«

»Du hast am Wochenende gearbeitet, extra für mich?«, fragte er.

»Aber sicher doch.«

Scheiß auf dich, Raphael.

Er lehnte sich zurück, und ich machte mich sorgsam mit

einem Schwämmchen an die Arbeit. Danach folgten Abdeckstift, Rouge, Puder und Vaseline auf die Augenbrauen, bevor ich mich seinen Wimpern widmete. In die Augenwinkel setzte ich einen Tupfer Weiß und auf die Lippen den zartesten Rosaton, gerade genug, um sie frisch wirken zu lassen. Er sah aus wie ein vom Himmel herabgesandter Engel. Ich hasste mich fast dafür, ihn so gut aussehen zu lassen.

»Fertig.«

Er streckte zaghaft die Hand aus. Das Zittern hatte aufgehört; zumindest fast.

»Niemand wird was merken.«

»Dafür hast du was bei mir gut.«

Seine Co-Darstellerin Vivien kam zu uns. »Sieh dir diesen Adonis an.« Sie drohte mir mit dem Finger. »Sie sind viel zu gut, Fräulein.«

Wir alle lachten gekünstelt.

Dann krümmte sie den Finger und sagte zu Raphael: »Kommst du?«

Er grinste anzüglich. »Für dich doch immer.«

Vivien wirkte leicht abgestoßen von der Anspielung, und ich musste mich abwenden, um mein Lachen zu verbergen. Im Spiegel sah ich den beiden nach. Raphael ließ ihr, ganz Gentleman, den Vortritt.

Erst als ich mich umdrehte, entdeckte ich Arvella im Türrahmen. »Alles in Ordnung?«, fragte ich.

»Das würde ich Sie gern fragen.« Mit vor der Brust verschränkten Armen musterte sie mich prüfend, wie sie es ständig tat.

»Aber sicher doch«, sagte ich freundlich. »Alles prima.«

Der Hays Code schrieb strenge Richtlinien vor, zum Beispiel durften keine unverblümten Obszönitäten, keine übermäßig lustvollen Küsse und auf gar keinen Fall Paare zusammen in einem Bett gezeigt werden. Also war Eliot raffiniert gewesen. Um nicht gegen das lästige Bett-Verbot zu verstoßen, hatte er seine Verführungsszene auf einen Billardtisch verlegt. Clever, was?

Vivien und Raphael lehnten bereits am Tisch. Die Kostümbildnerin zupfte gerade Viviens Bluse so zurecht, dass sie aussah, als wäre sie aufgerissen worden. Ihre Haare waren zerzaust. Arvella war ebenfalls aus der Maske gekommen und überwachte alles mit Argusaugen. Neben ihr stand Hedda Hopper, was nie ein gutes Zeichen war. Wer hatte die denn eingeladen? Arvella?

»Alle bereit? Ruhe bitte«, rief Billy.

»Und … Action.« Die Klappe wurde geschlagen.

BRETT
Du glaubst, du weißt genau Bescheid, was? Du und deine Mutter!

JULES
Nein, Brett, nicht …

BRETT
Ich bin dein Mann, verflucht! Du tust, was ich dir sage.

Jules entwindet ihren Kopf seiner Hand.
Brett hebt sie grob an den Oberschenkeln hoch und schiebt sie auf den Billardtisch.

BRETT
Du hörst mir gefälligst zu …

JULES
Brett, nicht. Nicht!

BRETT
Halt den Mund!

Brett gibt Jules eine Ohrfeige.
Jules ohrfeigt ihn zurück.
Sie küssen sich leidenschaftlich.

Das war Eliots Werk? Ich meine, klar, wenn man etwas für als Romantik verbrämte Vergewaltigung übrighatte.

Eliot hatte sich neben mich gestellt. »Der nächste Teil ist besser«, flüsterte er nervös.

»Aha.«

»Großer Gott, was ist denn mit dem los?«

Ich folgte seinem Blick. Unser Hauptdarsteller wirkte etwas rot.

»Schnitt!«, brüllte Billy. Dann gab er Vivien die Anweisung, ihren Rock noch höher zu ziehen.

Unterdessen kam Raphael zu mir gerannt. Von Nahem sah ich, dass seine Augen gerötet und aufgequollen waren.

»Ich fühle mich komisch«, krächzte er. »Wie sehe ich aus?« Ich zögerte gerade lange genug, um ihn in Panik zu versetzen. »Glaubst du, es war der Milchshake? Vielleicht bin ich allergisch gegen Milch.«

Unsere Blicke trafen sich, als er an seinem Krawattenknoten zerrte. »Ich … kriege keine …« Er riss die Augen auf. »O Gott, ich sterbe!«

»Nein, du stirbst nicht.« Zumindest hoffte ich das. »Dir geht es nur nicht so gut.« Mein Blick huschte über sein Gesicht.

»Zeig mal«, sagte er.

»Bist du sicher?«

»Zeig schon!«

Ich wühlte in meinen Taschen nach einem Spiegel und hielt ihn ihm vor die Nase.

Raphael jaulte auf. Gesicht und Hals waren mit knallroten Flecken übersät.

Billy ließ Vivien ihre Strumpfhalter zurechtrücken und kam dann zu uns. »Sie sehen aus wie ein Clown!«, fuhr er Raphael wütend an, bevor er sich an mich wandte. »Machen Sie um Himmels willen was mit ihm.« Dann lief er Richtung Garderoben. »Kurze Pause! Zehn Minuten.«

Alles stürmte auf den Tisch mit den Erfrischungen zu.

»Komm mit in die Maske«, raunte ich Raphael zu. »Sofort.«

45

Raphael warf sich auf den Schminkstuhl und starrte sein Spiegelbild an. »Was ist denn nur mit mir los?« Er beugte sich vor und drehte hektisch den Kopf hin und her, während er sich das Hemd aufknöpfte.

»Oje. Oje«, murmelte ich mit leicht gesenkter Stimme, da ich Alice hinter uns in den Raum kommen hörte. Sie tat, als räumte sie ein paar Handtücher auf, aber ich wusste, dass sie eigentlich nach mir sehen wollte.

»Was meinst du mit oje?«

»Das ist gar nicht gut.« Ich trat zurück.

Er wirkte, als könnte er jeden Moment in Tränen ausbrechen. »Loretta, du musst es mir sagen. Was geht hier vor?«

»Was hast du denn am Wochenende getrieben?«

Seine Atmung wurde noch schwerer. »Warum?«

»Nur, weil …« Ich kniff die Augen zusammen. »Dieser Ausschlag. Der erinnert mich an …«

»O Gott«, heulte er, schob mich weg und vergrub den Kopf in den Händen.

»Alles in Ordnung bei euch?«, fragte Alice und kam näher.

»Ja, ja.« Ich scheuchte sie weg. Sie sollte nicht in die Sache hineingezogen werden.

Nachdem sie gegangen war, sah mich Raphael zwischen seinen Fingern hindurch an.

»Das Wochenende«, sagte ich ruhig. »Erzähl schon.«

»Könnte sein, dass wir eine, äh, eine Party hatten.«

»Das ist doch wunderbar! Entspannung unter Freunden hilft Schauspielern immer.«

»Du verstehst nicht.«

Oh, doch, das tue ich.

»Dann erklär es mir.«

Er sah sich verstohlen um und winkte mich dann näher zu sich.

Ich beugte mich vor.

»Möglicherweise waren ein paar Prostituierte dabei.«

»Na, na, Raphael.« Ich bemühte mich, wie eine Sonntagsschullehrerin zu klingen. »Und …«

Er nickte. »Und es könnte sein, dass ich mit einer von ihnen geschlafen habe.«

»Wo kamen die denn her?«

»Aus dem Eleven Whispers.« Bingo! »Kennst du dort irgendwelche Frauen?«

Ich gab mich betroffen. »Von da kommt die Neue bei Primrose. Ich sage das nur ungern, aber sie hatte Syphilis. Und ihr Ausschlag …« Ich gestattete meinem Blick, auf Raphaels Unterleib zu sinken.

»Großer Gott«, flüsterte er. »Was hab ich nur getan?«

Billys Laufbursche steckte den Kopf zur Tür herein.

»Seid ihr so weit? Er verliert die Geduld.«

Als der Junge Raphael sah, machte er große Augen und ergriff hastig die Flucht. Es war ihm offensichtlich nicht entgangen, dass Ärger bevorstand.

Kurz darauf waren stampfende Schritte zu hören, dann tauchte Billy persönlich im Türrahmen auf, Arvella im Schlepptau. »Was zum Henker treibt ihr …« Die Worte erstarben auf seinen Lippen, als sein Blick auf Raphael fiel, der sich inzwischen regelrecht auf dem Stuhl zusammenkauerte, als wollte er sich unsichtbar machen. Billy baute sich vor ihm auf. »Was ist denn zum Teufel noch mal los?«

Falls Raphael Mitgefühl erwartet hatte, wurde er bitter enttäuscht.

»Sie haben mir im Alleingang den gesamten Zeitplan versaut, Sie verdammter Vollidiot!« Der Regisseur schnippte mit den Fingern, und Arvella erschien neben ihm. »Holen Sie mir den Studio-Arzt. Aber dalli!«

»Wird gemacht.« Sie rannte los, wobei sie sich sichtlich ein Grinsen verkneifen musste. Alice, die inzwischen auch hinzugekommen war, und ich verdrehten zeitgleich die Augen. Warum musste Arvella immer in der Nähe sein?

Billy zeigte auf Raphaels Gesicht. »Wenn wir heute nicht weiterdrehen können, sind Sie schuld.« Dann drohte er mir mit demselben Finger. »Regeln Sie das gefälligst.«

Vivien kam ebenfalls in die Maske und verzog angewidert die Lippen. »Der hat mich überall angefasst.«

Schon sah ich einen Mann mit wehendem Kittel herbeieilen, Arvella auf den Fersen.

Das gehörte nicht zu meinem Plan.

»Ich muss los«, sagte ich und warf mir hastig meine Jacke über die Schultern.

»Nein!« Raphael klammerte sich an meinen Arm. »Bleib.«

»Sie bleiben«, befahl Billy, bevor er abrauschte.

Ich ließ die Jacke wieder sinken.

Der Arzt drückte sich ein Klemmbrett an die Brust. Um seinen Hals hing ein Stethoskop. Sein Haar glänzte vor Pomade. Doch das alles änderte nichts daran, dass er aussah, als wäre er gerade mal zwölf.

»Das ist unser Studio-Arzt«, verkündete Arvella. »Einer der allerbesten.«

Jetzt steckte Debra hinter ihr den Kopf herein.

Na großartig, sämtliche Klatschmäuler versammelt.

»Mr. Goddard, hallo, ich bin Dr. Altman.« Der Arzt strich sich über die Haare. »Was kann ich für Sie tun?«

Raphael riss an seinem Hemdkragen. »Sehen Sie das denn nicht? Die ist schuld! Sie hat mir Milch gegeben!«

Arvella sah mich mit stummem Vorwurf an, der sagte: *Sie schon wieder.*

Der Arzt trat vorsichtig einen Schritt näher. »Ach ja, natürlich.« Er schob sich die Brille auf der Nase hoch. »Ziemlich unschön, muss ich sagen.«

»Das weiß ich selbst. Was ich wissen will, ist, wie ich es wieder loswerde.«

Dr. Altman zog sein Klemmbrett zurate und blätterte planlos in den Formularen darauf.

Ich trat vor. »Dr. Altman, mein Name ist Loretta Darling. Ich glaube nicht, dass es eine Allergie ist.«

Überrascht sah er mich an. »Und in welcher Beziehung stehen Sie zu dem, ähm, Patienten?«

»Sie ist meine Ex-Frau«, keuchte Raphael. Aus dem Augenwinkel sah ich Arvellas Augenbrauen nach oben schnellen.

»Ich bin seine Maskenbildnerin«, korrigierte ich. »Die Sache ist die, Herr Doktor, Raphael war am Wochenende auf einer Party.« Ich senkte die Stimme. »Mit Prostituierten.«

Arvellas wechselnde Gesichtsfarbe war einigermaßen befriedigend für mich.

Daraufhin erhellte sich Dr. Altmans Gesicht. »Aha! Eine Geschlechtskrankheit«, sagte er laut genug, um Tote aufzuwecken. »Damit kenne ich mich aus.«

»Genau«, sagte ich. »Eine der Prostituierten hatte Syphilis.«

»Sie haben mit ihr geschlafen?«, erkundigte sich der Arzt.

Raphael nickte düster. Arvella wirkte empört.

»Hervorragend.« Dr. Altman schrieb etwas auf. »Penizillin. In vierundzwanzig Stunden sind Sie wieder auf dem Damm. Sie brauchen nur eine Spritze.«

Raphaels Gesichtszüge entgleisten. »Eine Spritze?«

Altman nickte. »Ins Gesäß. Verlassen Sie sich drauf, das ist die schnellste Methode, aber bitte im Anschluss sieben Tage lang keinen Geschlechtsverkehr. Also, dann kommen Sie mal mit, das Krankenzimmer ist hier entlang.«

Raphael sah mich flehend an.

»Das ist sicherlich das Beste.« Ich tätschelte ihm die Schulter. Dann begleitete ich die beiden zur Tür und bat Arvella höflich, verdammt noch mal aus dem Weg zu gehen. »Haben Sie Ihre Zulassung schon lange?«, fragte ich, während ich Altman die Hand schüttelte.

»Ach nein, ich bin noch gar nicht zugelassen.« Er klang überrascht. »Ich muss noch drei Jahre studieren, aber Papa kennt jemanden, der jemanden kennt. Ferienjob.« Er lächelte. »Sie wissen ja, wie das ist. Man muss möglichst viele Erfahrungen sammeln.«

Nachdem er mit Raphael gegangen war, stellte sich Arvella vor mich und reckte drohend den Zeigefinger. »Ich behalte Sie im Auge, Miss Darling.«

Mein Grinsen wurde noch breiter. »Ja, ich weiß, ich bin einfach faszinierend.«

Ihre Kinnlade klappte herunter. »Faszinierend? Das hätten Sie wohl gern. Sie haben Glück, dass ich …« Ihre Lippen zitterten.

»Auf Wiedersehen, Arvella.« Ich deutete auf die Tür. »Nicht so viel herumschnüffeln, ja? Und versuchen Sie, sich nicht mit Hedda Hopper zu unterhalten.«

Mit roten Wangen machte sie auf dem Absatz kehrt und marschierte aus dem Raum.

Ich wartete, bis die Tür hinter ihr zugefallen war, bevor ich in ein unterdrücktes Lachen ausbrach. Ich hatte gerade die perfekte Rache an einem Mann geübt, der es absolut verdient hatte. Und was wollte Arvella jetzt tun? Mich aufhalten?

46

Neuer Trapido-Streifen beinahe versenkt!

Bei den Dreharbeiten zu Karambolage *wäre die Partie um ein Haar vorzeitig beendet worden, da Nachwuchsschauspieler Raphael Goddard am Set plötzlich unter heftigen Beschwerden litt. Unsere jungen Quellen berichten, dass ein Studio-Arzt vor Ort war, der rasch eine Allergie gegen Molkereiprodukte diagnostizierte. Ein sehr rotgesichtiger Goddard vertraute uns an: »Es war ein Schock, das kann ich Ihnen sagen!« Zu unserer großen Freude können die Dreharbeiten mittlerweile planmäßig weitergeführt werden, und Goddard ist wohlauf – solange er die Finger von der Milch lässt.*

Ist er zu empfindlich für dieses Drehbuch? Wir sagen Nein, liebe Leser! Bald schon können Sie diese dramatische Geschichte über Leidenschaft in einem Billardsalon in einem Kino in Ihrer Nähe bestaunen. Mit Sicherheit ein Kuh, pardon, Coup!

Eine interessante Information über Schleierkraut, die ich von meiner Mutter habe. Es wächst gern auf steinigem Gelände, ganz ähnlich dem Wanderweg, auf dem Eliot und ich vor nur wenigen Tagen unterwegs waren. Ebenfalls interessant ist, dass der Pflanzensaft einen Stoff enthält, der Durchfall und Erbrechen auslöst. Aber das ist nicht alles, was diese unglaubliche kleine Blume kann. Wenn, sagen wir mal, jemand den Saft entnähme, indem er die dünnen Stängel aufschnitte, und sorgsam in ein Schraubgläschen schabte, und wenn, sagen wir mal, dieses Schraubgläschen mit einem anderen Schraubgläschen verwechselt würde, dann könnte jemand davon einen bösen Ausschlag bekommen.

Ich legte die Zeitung auf Petras' Schreibtisch zurück.

Raphael war, mit eingezogenem Schwanz, sofort nach Hause geschickt worden und hatte sich auf Order des Studios ein paar Tage lang nicht in der Öffentlichkeit gezeigt. Vivien weigerte sich, weiterhin mit ihm zu arbeiten, weshalb ein anderer Schauspieler einspringen musste.

Dann erfuhr ich noch etwas, das mein Herz erfreute.

»Habt ihr schon gehört?«, flüsterte eine meiner Kolleginnen skandalverzückt. »Angeblich hat sein Agent ihn fallen lassen!«

»Wie schade«, meinte Debra.

Eine andere pfiff leise. Ohne Agent konnte ein Schauspieler einpacken.

Ich möchte ja nicht sagen, dass ich das Ganze genossen habe, aber ich werde es auch nicht *nicht* sagen. Raphael würde auf die Füße fallen, da war ich mir sicher. Raphael Goddard fiel *immer* auf die Füße.

»Achtung! Arvella kommt!« Ein Raunen ging durch den Raum, und wir zupften hastig unsere Kittel zurecht. Ich stellte mich zu Debra, die etwas zur Seite rutschte, damit ich neben ihr an der Wand Platz hatte.

Es wurde still, als Arvella, einen Ordner an die Brust gedrückt, eintrat. Zwanzig Augenpaare richteten sich begehrlich auf ihr Kleid – so viel ich an Arvella hassen mochte, die Frau wusste, wie man sich kleidete. An diesem Tag trug sie ein ärmelloses dunkelblaues Seidenkleid mit weißen Punkten. Ihr Schritt war federnd. Was auch immer los war, es konnte nichts Gutes sein.

Mit einem nachsichtigen Lächeln musterte sie uns und wartete auf absolute Ruhe. Schließlich räusperte sie sich, woraufhin auch die Letzten ihr Tuscheln einstellten.

»Petraś ist heute nicht da, deshalb bin ich für die Arbeitseinteilung zuständig.« Sie tätschelte den Ordner, als handelte es sich dabei um den Schlüssel zum Weißen Haus.

Für wen hielt sie sich? Bei jeder Mitarbeiterbesprechung tauschten wir uns über die Projekte aus. Manchmal wechselten wir zwischen den Filmen hin und her, wenn es ein spezielles Problem gab, zum Beispiel einen Schauspieler, der seine Finger nicht bei sich behalten konnte, oder kreative Differenzen. Petraś kümmerte sich immer gut um uns.

Arvella zog den Schreibtischstuhl heraus und ließ sich mit überheblicher Miene darauf nieder; vorübergehend gehörte Petraś' Reich ihr.

Ein paar von uns wechselten verstohlene Blicke, als sie sich über den Ordner beugte.

Kurz darauf schraubte sie sehr, sehr langsam den Deckel von einem Füllfederhalter auf. Dann las sie wie in der Schule nacheinander unsere Namen vor. Natürlich kam mein Name zuerst.

»Darling, Loretta.« Sie lächelte verkniffen, als sie mir eine Mappe aus dem Ordner hinstreckte. »Gute Arbeit an *Karambolage*. Obwohl es natürlich ein paar Probleme gab.«

Ich drückte mich von der Wand ab und trat vor den Schreibtisch. Mit einem knappen »Danke« nahm ich die Mappe entgegen, bevor ich auf den Platz zwischen meinen Kolleginnen zurückkehrte und sie aufschlug. Ein Film namens *Witwe in der Stadt*. Ich blätterte zur Besetzungsliste. Niemand, Niemand und noch ein Niemand. Keinen einzigen dieser Namen hatte ich schon einmal gehört. Ich sah Arvella an. Wir wussten beide, was sie getan hatte. Doch sie fuhr ungerührt fort, bis sie zu Debra kam.

»Packen Sie Ihren Koffer, Debra. Sie fahren auf Außendreh.«

Alle schnappten hörbar nach Luft. Ausgerechnet Debra?

Mir blieb der Mund offen stehen, während sich Debra wieder neben mich stellte. Neidisch spähte ich über ihre Schulter in die Mappe. Unfassbar. Ihr neuer Film war *Die Irrgläubigen*.

Die Kollegin auf Debras anderer Seite hatte ebenfalls mitgelesen. »Nein! Du Glückspilz!« Sie stieß ihre Nachbarin an. »Sieh dir das an, in den Alabama Hills. Und sie ist sogar für den Star eingeteilt.«

Die Fakten sprachen sich in Windeseile herum.

»Das Dow Hotel!«

»Besser geht's gar nicht.«

»Willst du mit mir tauschen?«

Debra sah aus, als wollte sie vor Freude platzen, sie grinste schamlos. Alice dagegen warf mir einen traurigen Blick zu.

»Schon gut, schon gut. Ruhe bitte.« Arvella hatte noch eine letzte Mappe auszugeben. »Alice?«

Meine Freundin rannte zu ihr.

»Sie begleiten Debra.« Alice wirkte der Ohnmacht nah, aber ehe sie sich bedanken konnte, knallte Arvella ihren Ordner zu. »Meine Entscheidungen sind endgültig.« Ihr zufriedener Blick fiel auf mich. »Und jetzt zurück an die Arbeit.«

Sobald wir draußen waren, schloss ich zu Debra auf.

»Hör mal«, begann ich. »Ich wollte fragen …«

»Nein.« Sie lief einfach weiter. »Kommt nicht infrage.«

»Du weißt doch noch gar nicht, was ich will.«

Sie blieb stehen. »Doch, das weiß ich ganz genau, Loretta Darling, und wenn du glaubst, dass ich mich dazu bereit erkläre, spinnst du. Mir ist schon klar, dass du und dieser Drehbuchschreiber verknallt seid und alles, aber bei mir vergammeln zwei nagelneue Badeanzüge in der Schublade. Das ist meine Chance, sie endlich zu tragen.«

»Und es gibt nichts, was dich dazu bewegen könnte, mit mir zu tauschen?«

»Nichts.«

Ich überlegte fieberhaft. »Ich hab zwei Karten für die Hollywood Bowl, die kannst du haben, wenn du willst.«

Sie biss nicht an. »Lüg doch nicht, Loretta. Das ist unschön.«

Es stimmte; in diesem Moment hatte ich *noch* keine Karten, aber ich konnte welche besorgen. Vielleicht mithilfe von Raphaels altem Kumpel Mickey.

Debras Augen wurden schmal. »Loretta, ich finde dich gar nicht mal so übel. Und ich freue mich für dich, dass du solchen Erfolg bei Petraś hast.« Mit ihrem verkniffenen Mund wirkte sie überhaupt nicht erfreut. »Aber alle anderen sind mit mir einer Meinung, dass du ganz schön eingebildet geworden bist.« Sie musterte mich von oben bis unten. »So toll bist du auch wieder nicht. Wenn jemand verdient hat, bei *Die Irrgläubigen* zu arbeiten, dann bin ich das, nicht du.« Und damit ließ sie mich stehen.

Ich schäumte vor Wut. »Das hat dein Vater für dich eingefädelt, stimmt's?«, rief ich ihr hinterher.

Debra machte auf dem Absatz kehrt und hielt mir einen manikürten Zeigefinger vors Gesicht. »Hat er nicht!« Sie sah mich angewidert an. »Du findest dich ja so cool, aber du bist nichts als ein vorlauter, egoistischer, talentloser, angeberischer Möchtegern, der in der Hölle schmoren sollte!« Meine Güte, so viele schwierige Wörter hatte ich Debra gar nicht zugetraut, aber sie war noch nicht fertig. »*Lip Girl?* Das ist gar nicht so verkehrt, was? Du musst nämlich immer eine dicke Lippe riskieren. Für wen hältst du dich eigentlich?« Ihr Gesicht war so rot, dass sie aussah, als würde sie gleich explodieren.

»Hab ich etwa einen wunden Punkt getroffen?« Mein Plan, sie zu überreden oder gar zu bestechen, funktionierte offensichtlich nicht, deswegen war es mir vollkommen egal, ob ich sie noch mehr verärgerte.

»Du …«, begann sie, doch wie durch ein Wunder gelang es ihr, sich zu beherrschen und einfach zu gehen.

Während ich zusah, wie sie um die nächste Ecke verschwand, überlegte ich, welche Möglichkeiten ich hatte. Sicher, ich konnte Alice beschwatzen, mit mir zu tauschen, aber ich mochte sie zu gern; sie hatte sich diese Chance verdient. Und Debra nicht.

Ich war wild entschlossen, Debra von Eliots Film abzuziehen. Nur wie? Ich brauchte Hilfe von jemandem mit Einfluss, den alle unterschätzten. Jemandem, der gut Geheimnisse bewahren konnte. Jemandem, der mehr Macht als Debra oder sogar ihr mieser Vater hatte. Jemandem wie Grace Riley.

47

Wo ist Grace?«, keuchte ich atemlos und kam schlitternd zum Stehen.

Hastig sah Biff in sein Buch. »Studio siebenundzwanzig, Gelände vierzehn!«

Ich rannte weiter. Debra sollte mich nicht ausstechen, das kam nicht infrage! Ich stürmte durch die Tür und sah mich um.

»Ich muss mit Grace sprechen. Sofort!«

»Na, da haben Sie Glück«, meinte ein Runner. »Die hat gerade Teepause.«

»Grace!«, rief ich.

»Du lieber Gott, Loretta, was machst du denn hier?«

»Du musst mir helfen!«

Sie nickte ihrer Maskenbildnerin zu, die sich daraufhin taktvoll entfernte. »Natürlich. Wie denn?«

»Es gibt da einen Film, bei dem ich unbedingt mitarbeiten will. *Die Irrgläubigen*. Nur hat Arvella leider Debra dafür eingesetzt. Und der ist es eigentlich völlig egal, sie macht es nur aus Spaß. Ich hab ihr alles Mögliche angeboten, damit sie mit mir tauscht, aber sie will einfach nicht und hat mich übel beschimpft und … bitte.«

»Jetzt hol erst mal Luft.« Grace legte eine kühle Hand auf meine.

Ich begann noch einmal von vorne. »Könntest du Debra für deine Maske anfordern? Bitte? Es würde mir irrsinnig viel bedeuten.«

Ein wissendes Grinsen breitete sich auf Grace' Gesicht aus. »Verstehe. *Die Irrgläubigen*. Ist der nicht von Scott Eliot?« Sie zog eine Augenbraue hoch. »Klar helfe ich dir. Aber könntest du mir dafür auch einen Gefallen tun?«

»Alles, was du willst!«

»Würdest du arrangieren, dass James und ich einen Abend ausgehen können? Also, richtig in der Öffentlichkeit? Ich hab es so satt, mich nur an meinem Küchentisch zu treffen.« Sie drehte sich eine Locke um den Finger. »Weißt du, ich fand schon immer, dass mir rote Haare super stehen würden.«

Ich riss die Augen auf.

»Bittest du mich darum, dem irren Mr. Klein eine Perücke zu klauen?«

Sie drückte mir die Hände. »Eine Hand wäscht die andere. So läuft das in dieser Stadt, oder?«

Lachend erwiderte ich ihren Händedruck. »Du bist unmöglich.«

Ihre Augen funkelten. »Ist das nicht super?«

Nicht gerade frisch nach achtundvierzig Stunden in New York setzte sich Petraś neben seine halb ausgepackte Lederreisetasche, nahm seine Brille ab und putzte sie mit der Krawattenspitze. Er wirkte müde und hohläugig.

»Heute Morgen habe ich einen Telefonanruf bekommen«, sagte er nach einer Weile. »Grace Riley möchte offenbar von Debra geschminkt werden.« Er setzte sich die Brille wieder auf die Nase. »Können Sie sich vorstellen, warum?«

Ich zuckte die Schultern. »Debra ist eine sehr … kompetente … Maskenbildnerin.«

Petraś legte den Kopf schief. »Tja, dadurch ist jetzt ein Platz bei *Die Irrgläubigen* frei. Interessanter Zufall, finden Sie nicht?«

Noch einmal zuckte ich die Schultern.

»Von Arvella höre ich, dass sie den Dienstplan schon komplett ausgearbeitet hatte. Daher muss jetzt einiges umorganisiert werden. Sie ist enttäuscht, Loretta.«

Schluchz.

Er stieß ein Seufzen aus. »Leider können wir Miss Riley ihre Bitte kaum verwehren.«

Ich sprang auf und klatschte begeistert in die Hände, ehe ich mich besann und strammstand.

»Das wird Grace bestimmt sehr freuen«, sagte ich übertrieben ernst.

Petraś musterte mich lange über seine Brille hinweg – zu lange. »Setzen Sie sich wieder.«

Ich gehorchte so schnell, dass beinahe der Stuhl unter mir umkippte.

Er wartete ab, während ich mir den Rock glatt strich. »Wie geht es Ihnen denn? Mit Sally und allem?«

»Gut.«

Seit dem Tag im Beerdigungsinstitut hatten wir nicht mehr darüber geredet. Er hatte mir einen Blumenstrauß geschickt, aber abgesehen davon hatten wir uns stillschweigend darauf geeinigt, unser Gespräch auf dem Weg zum Bestatter nie wieder zu erwähnen. Irgendwie war es aufregend, ein Geheimnis mit einer Legende wie Petraś zu haben, als würde man Zutritt zu Hollywoods Allerheiligstem erhalten.

»Wirklich? Sie mussten ganz allein damit umgehen. Das ist viel für eine junge Frau.«

»Ach, Beerdigungen sind doch alle gleich«, sagte ich matt, ein Lächeln auf dem Gesicht festgetackert.

Petraś blinzelte. »Das glaube ich Ihnen nicht.«

Ich spürte Panik in mir aufsteigen. »Wie meinen Sie das?«

»Ich glaube nicht, dass Sie so hart im Nehmen sind, wie Sie immer tun, Loretta Darling.« Er lehnte sich zurück und polierte erneut seine Brille. »Sie müssen bitte auf sich aufpassen. Sie arbeiten zu viel, und Sie treiben es zu wild. Ich weiß über Ihre Faxen Bescheid.«

Mein Auge begann nervös zu zucken.

Er zeigte mit einem Brillenbügel auf mich. »Nutzen Sie die Zeit auf Dreh, um sich ein bisschen zu erholen.« Dann deutete er auf die Tür. »Und jetzt gehen Sie. Arvella kommt gleich, und ich vermute, dass Sie ihr nur ungern in die Arme laufen möchten. Viel Spaß in den Alabama Hills.«

Ich stand auf und wollte gehen.

»Ach, Loretta?« Seine Augen funkelten belustigt. »Sie haben meine Erlaubnis, sich da draußen zu amüsieren.«

Ich lächelte. »Das habe ich auch vor«, gelobte ich. »Unbedingt.«

Liebste Enid,

ich habe ganz fantastische Neuigkeiten!

Ich fahre zu richtigen Dreharbeiten an einen anderen Drehort! In der Wüste! Ich wusste gar nicht, dass es so was in Amerika gibt, Du? Ach, ich wünschte wirklich, Du wärest hier. Oder vielleicht auch nicht. Du hast die Hitze schon immer gehasst.

Soll ich Dir ein Andenken mitbringen?

Deine Dich liebende Schwester,

Margaret

TEIL DREI

48

Pünktlich um zwei Uhr morgens hielt Eliot vor meiner Wohnung. Alice und ich warteten schon; wir waren zu aufgeregt gewesen, um ins Bett zu gehen. Als wir den Wagen vorfahren hörten, rannten wir sofort hinaus und winkten überschwänglich. Ich trug eine süße Caprihose mit passendem Oberteil in einem auffälligen Scharlachrot, dazu Ballerinas und einen Schal um den Hals. Alice hatte sich für einen bauschigen Petticoat unter einem mit Zitronen bedruckten Kleid mit Tellerrock entschieden. Nicht gerade die praktischste Reisekleidung.

»Ihr wisst schon, wie staubig es da draußen ist?«, fragte Eliot mit süffisant hochgezogener Augenbraue.

»Ach, sei schon still.« Ich schob seine Koffer beiseite, um Platz für unsere Habseligkeiten zu machen.

Mit etwas Mühe und einigem Umräumen gelang es uns, den Kofferraumdeckel zu schließen. Alice setzte sich auf die Rückbank; ihr zartgelber Petticoat lugte unter dem Rocksaum hervor. Ich stieg neben Eliot ein.

Er sah von einer zur anderen. »Habt ihr überhaupt geschlafen?«

»Nein!« Alice hopste auf und ab.

Kopfschüttelnd startete Eliot den Motor. »Ich fahre mit zwei der überdrehtesten Frauen von ganz Hollywood in die Wüste.«

»So ist es, du alter Glückspilz«, bestätigte ich.

Alice lachte, und als der Wagen anfuhr, winkte sie wie verrückt zum Hacienda Arms hinüber. »Auf Wiedersehen, Primrose! Verrückt, bei ihr brennt um die Uhrzeit noch Licht. Wie kann sie denn jetzt noch wach sein?«

Ach, liebe, unschuldige Alice!

Ich wagte nicht, Eliot anzusehen, als ich antwortete: »Sie schläft nicht so gut.«

Nach einer Weile beruhigten Alice und ich uns ein wenig. Als wir auf den Highway fuhren, veränderte sich die Landschaft schnell, wurde flacher. Noch nie hatte ich so viel offenes Gelände gesehen. Im Scheinwerferlicht sah man rechts und links Felsbrocken aus der Dunkelheit ragen. Es sah aus, als befänden wir uns auf dem Mond. Ich lockerte meinen Schal und kuschelte mich in den Sitz. Alice schnarchte bereits leise.

Unwillkürlich fragte ich mich, was wohl vor uns lag, wohin unsere Zukunft führte. Ich sah mich zu Alice um, die unter einer Decke die Knie ans Kinn gezogen hatte.

»Sieh mal«, sagte Eliot nach Stunden leise.

Ein winziges dunkelgelbes Pünktchen am Ende der Straße.

Der Morgen graute.

Eliot schaltete die Scheinwerfer aus, und wir fuhren über den schnurgeraden Highway in die Dämmerung. Es hatte beinahe etwas Religiöses.

»Sollen wir Alice wecken?«, flüsterte Eliot.

»Nein, lass sie schlafen.« Ich wollte diesen Moment mit ihm allein erleben.

Wortlos legte ich die Hand auf seinen Oberschenkel, während um uns herum die Wüste im goldenen Licht zum Leben erwachte. Sie war wunderschön, auf eine sehr öde Art und Weise. Ich konnte nicht glauben, dass wir nur wenige Stunden von Hollywood entfernt waren, der Stadt der Träume und der Illusionen. Hier war es so karg und schroff.

»Und hier sind Leute freiwillig hergezogen?«, fragte ich.

»In den Bergen gab es Gold.«

»Die wollten wohl unbedingt reich werden.«

»Oder einfach nicht arm sein.«

Nicht arm sein. Ein guter Grund.

Im Dow Hotel angekommen, trug ich als Erstes die Kakerlaken aus Zimmer dreißig nach draußen, die ich in einem Glas gefangen hatte. Die Sache mit Kakerlaken ist die: Man darf sie nicht zertreten. Denn dann fliegen die Eier herum. Man muss listiger vorgehen. Sich anpirschen. Anders geht es nicht. Nachdem ich die letzte ins Gebüsch gekippt hatte, sah ich dem glänzenden braunen Panzer nach, während sie mit wackelnden Fühlern davonhuschte.

»Hau bloß ab.« Ich schüttelte mich vor Ekel.

Dann stellte ich mich in den Innenhof und ließ den Blick über die Zimmer und den Haupttrakt schweifen, der am Ende des Swimmingpools aufragte. Ich wusste bereits, wie es lief. Solche Hotels wurden zu Hollywood-Legenden. Touristen zahlten zwanzig Dollar die Nacht, um im selben Bett zu schlafen, in dem sich irgendein berühmter Schauspieler einmal betrunken eingepinkelt hatte. An den Wänden hingen körnige Schwarz-Weiß-Fotos, auf denen ein Regisseur den Arm um den Betreiber gelegt hatte und idiotisch mit ihm um die Wette grinste. Man durfte nichts davon glauben. Wenn man nach dem Dow Hotel gehen konnte, sah die Realität hinter der Kamera etwas anders aus. Zur Realität gehörten Kakerlaken.

49

Im Hotel war die Hölle los. Unser Filmteam hatte die gesamte Unterkunft besetzt. Türen standen weit offen, neue Freunde spazierten von Zimmer zu Zimmer, riefen einander Begrüßungen zu. Alice war im Trakt gegenüber von meinem untergebracht, und obwohl es schöner gewesen wäre, nebeneinander zu wohnen, einigten wir uns darauf, uns jeden Morgen über den Pool hinweg zuzuwinken.

Jetzt schon planschte ein Grüppchen im Becken, am Rand standen Bierflaschen. Ein Grill war angezündet worden, jemand wendete darauf Hamburger. Der Einzige, der nicht wirkte, als amüsierte er sich, war der Regisseur, Riki Castillo. Er saß in kurzer Hose unter einem Sonnenschirm und stritt sich mit Eliot, seinerseits immer noch in Hemd und Krawatte. Es hatte bereits eine kurze Besprechung mit der gesamten Mannschaft in der Hotellobby stattgefunden, bei der uns Castillo seine Pläne dargelegt hatte. Allerdings hatten wir noch ein paar Tage Zeit, uns einzurichten, bevor die Dreharbeiten begannen.

Ich packte aus, schüttelte die Falten aus meinen Kleidern und hängte sie auf Metallbügel. Meine Zahnbürste steckte ich in ein Glas im Bad, daneben drapierte ich meine Lockenwickler und die Duschhaube. Das Nachthemd kam aufs Kissen, die Pantoffeln vor das Bett. Wenn man die grellen Drucke von spärlich bekleideten Frauen an den Wänden ignorierte, war es schon fast heimelig.

Das Letzte, was ich aus dem Koffer holte, war eine Malertasche, die ich auf einem Flohmarkt gefunden hatte. Darin bewahrte ich meine Pigmente und Wachse für die Lippenstifte auf, an denen ich arbeitete, und außerdem ein Notizbuch. Von Petraś hatte ich gelernt, dass es auf die Details ankam. Wenn ich meine ganz eigenen Farbtöne kreieren wollte, musste ich mir sorgsam Aufzeichnungen dazu machen. Während das in meiner Wohnung kein Problem war, schien es unklug, sein Geheimbuch an einem Ort herumliegen zu lassen, an dem die wichtigste Währung aus Klatsch und Tratsch bestand. Also versteckte ich das Buch hinter einem Bilderrahmen, indem ich es mit der Spirale an den Nagel hängte. Anschließend klopfte ich mir zufrieden die Hände ab und lächelte vor mich hin. Niemand würde je davon erfahren.

Da hörte ich ein Rufen vom Pool. Vom Fenster aus beobachtete ich, wie eine Gestalt mit Handtuch um die Hüften aus meinem Zimmertrakt marschierte. Hinter ihm lief noch jemand, mit einem Zettelstapel unter dem Arm – Eliot. Unter der johlenden Begrüßung der anderen ließ der erste Mann das Handtuch fallen und sprang mit einem Brüllen nackt ins Wasser. Ich versteckte mich halb hinter dem Vorhang und sah zu, wie er einen anderen aus dem Filmteam mit einem fiesen Lachen untertauchte.

Ich kannte dieses Lachen. Ich kannte den Körper. Ich kannte den Mann.

Hastig zog ich den Vorhang zu, drehte mich um und lehnte mich kraftlos mit dem Rücken ans Fenster. Oscar Romero. Was zum Teufel machte er hier, und warum hatte Eliot mich nicht gewarnt?

Prompt klopfte es an der Tür. Ich machte auf.

»Jetzt steh nicht so da rum, komm schon rein«, sagte ich mit vor Sarkasmus triefender Stimme.

Bei Oscars Gebrüll verzog Eliot sichtbar das Gesicht und schloss schnell die Tür hinter sich.

»Tut mir leid«, sprudelte er heraus. »Ich wollte dir Bescheid sagen, aber …«

Ich begann, im Zimmer auf und ab zu tigern. »Du wolltest mir Bescheid sagen? Wann denn genau? Auf der Fahrt hierher oder erst, wenn er mich wieder zu vergewaltigen versucht? Verdammt noch mal, Eliot!« Ich blieb vor ihm stehen. »Bist du dumm oder nur egoistisch?«

Er wirkte empört. »Keins von beidem.«

Ich lief schon wieder weiter. Er versuchte, mich am Arm festzuhalten, aber ich riss mich los.

»Es war ganz kurzfristig«, sagte er. »Ehrlich, ich wurde selbst erst gestern Abend angerufen.«

»Na, schön für dich. Denn mich hat niemand extra angerufen.« Ich schäumte vor rechtschaffener Entrüstung. Ich hatte Eliot für meinen Freund gehalten, und jetzt so was?

Er holte tief Luft. »Hör zu, alles ist gut. Wir können dafür sorgen, dass alles gut ist.«

»Und wie, wenn ich fragen darf? Ich sitze mitten in der Wüste mit einem Mann fest, der mich vergewaltigen wollte. Bitte, erklär mir, was daran gut sein soll. Oder willst du damit andeuten, dass ich das auf seiner Party in den falschen Hals bekommen habe?«

Auf einmal wirkte er enttäuscht. Von mir und sich selbst. »So etwas würde ich niemals behaupten, Loretta. Ich weiß, was passiert ist.«

»Gut.« Ich stellte mich ganz dicht vor seine Nase. »Denn solltest du es wagen, mir einreden zu wollen, ich wäre damals hysterisch gewesen oder würde jetzt überreagieren, dann kannst du was …«

Er hob die Hände. »Ich weiß, ich weiß. Es ist furchtbar, dass er hier ist.« Er machte ein zerknirschtes Gesicht und sank aufs Bett. »Ehrlich, glaub mir, das war nicht meine Entscheidung.«

»Es ist nie irgendjemandes Entscheidung«, erwiderte ich verbittert. »Alle müssen immer einfach mitmachen.« Ich sah ihn an. »So läuft es doch, oder?«

»Loretta, bitte.« Er klopfte auf die Matratze, damit ich mich neben ihn setzte – wofür ich ihn am liebsten ins Gesicht geboxt hätte. »Bitte«, sagte er noch einmal, diesmal sanfter.

Jeden anderen hätte ich aufgefordert, sich zum Teufel zu scheren. Aber es war Eliot. Nach einigem Zögern ließ ich mich so schwer aufs Bett fallen, dass die gesamte Matratze wackelte. »Warum hast du denn nichts gesagt?« Meine Stimme klang krächzend.

»Weil wir das schon hinkriegen. Keiner von uns beiden muss deswegen durchdrehen. Es ist ein reiner Geschäftsvorgang, mehr nicht. Er darf der Star sein; er macht unseren Film. Mein Drehbuch kriegt eine Chance auf den Oscar, und dein Name bleibt im Kopf der Leute hängen.«

»Das erklärt immer noch nicht, warum du es nicht früher erwähnt hast.« So leicht kam er mir nicht davon.

»Weil du, Loretta Darling, einigermaßen bekannt für deine ausgeprägten Ansichten bist und ich befürchtet habe, dass du mir einen Vogel zeigst und den Job sausen lässt. Was ein Fehler gewesen wäre.«

Da hatte er nicht ganz unrecht. Trotzdem ließ ich mich nicht gern manipulieren. Weder von ihm noch von sonst jemandem.

Ein Laufbursche steckte den Kopf durch die offen stehende Terrassentür und sah zwischen Eliot und mir hin und her. »Ähm, Loretta? Riki sagt, du kannst jetzt in Romeros Zimmer aufbauen.«

Die Maskenprobe.

»Ich würde einen Ort mit besserem Licht vorziehen.«

»Ich weiß nicht, ob Riki …«

»Natürliches Licht ist am besten«, fiel ich ihm ins Wort.

Er schielte zu Eliot, der knapp nickte, dann verschwand er.

Ich stellte mich an die Terrassentür, um das Gespräch am Pool zu beobachten. Rikis Blick huschte zu meinem Zimmer, dann beschrieb er eine genervte Geste.

Der Laufbursche drehte sich um und rannte zu mir zurück. »Ist gut, du kannst eine Ecke des Restaurants haben.« Gebrüll und lautes Fluchen ertönte am Pool, wo unser Hauptdarsteller gerade einem anderen Mann die Hose heruntergezogen hatte. »Aber du musst dich beeilen. Um sechs gibt's Essen.«

»Danke.«

Ich schloss die Tür hinter ihm, dann schob ich mit einer Fingerspitze unauffällig den Vorhang beiseite. Oscar war aus dem Wasser gestiegen und trocknete sich ab. An einem Arm war das Blau einer alten Tätowierung zu erkennen, Zeugnis eines anderen Lebens. Ich beobachtete ihn auf dem Weg zurück in sein Zimmer, nasse Fußabdrücke hinter sich lassend. Einer nach dem anderen verdunstete in der Sonne, bis keine Spur mehr von ihm zu sehen war.

50

Da drüben.« Die Rezeptionistin zeigte auf das Restaurant. »Sie werden erwartet.«

Mit meinem Kosmetikköfferchen in der Hand lief ich über den Marmorboden in die angegebene Richtung, vorbei an einem Regal mit einer kleinen Bibliothek bebilderter Bücher über die Gegend; es machte nicht den Eindruck, als hätte je irgendein Gast sie angefasst. Im Restaurant brannten die Lampen gedämpft über einem Meer schimmernden weißen Leinens. Besteck funkelte wie ein Schatz am Meeresgrund. Oscar Romero und Riki saßen in der hintersten Ecke und hatten die Köpfe zusammengesteckt.

Ich ging auf die beiden zu.

»Wo zum Henker bleibt die denn?« Oscar drehte sich auf seinem Stuhl herum. »Bist du die Maskenbildnerin?«

»Eine davon.« Ich hielt ihm die Hand hin. »Entschuldigen Sie die Verspätung.« Dabei war ich auf die Minute pünktlich.

»Hallo.« Er furchte die Stirn, ohne meine Hand loszulassen. »Miss …?«

»Miss Darling. Aber bitte nennen Sie mich doch Loretta.«

Noch einmal drückte er meine Hand, und mir drehte sich der Magen um. Er hatte eindeutig keine Ahnung, wer ich war.

»Miss Darling«, wiederholte er. »Du arbeitest für Petraś?« Ich nickte. »Und diese Zicke Arvella?«

Noch einmal nickte ich.

Jetzt räusperte sich Riki. »Mr. Romero und ich haben etwas zu besprechen. Fangen Sie schon mal an. Tun Sie einfach, als wäre ich gar nicht da.«

»Alles klar.« Schnell holte ich ein kleines Handtuch heraus. »Wenn Sie bitte mal …« Oscar lehnte sich zurück und schloss die Augen, während ich ihm das Tuch um den Hals legte. »Danke.«

Er stank nach Chlor aus dem Pool, und plötzlich blitzte ein Bild von seiner Party vor meinen Augen auf, die nackt herumplanschenden Frauen. Es war seltsam, ihm wieder so nahe zu sein. Nicht nur seltsam, sondern schrecklich. Ich kannte dieses Gesicht, die Poren, die verblasste Narbe über der Augenbraue: das Gesicht, das sich so dicht vor meinem befunden hatte, während er mich beschimpfte.

Ich atmete mehrmals tief durch, bis meine Hände zu zittern aufhörten.

Die beiden Männer nahmen ihr Gespräch wieder auf.

»Ich hab es dir doch schon erklärt«, meinte Riki, »der Autor weigert sich, auch nur ein Wort zu ändern.«

Der Autor. Eliot. Ich bekam eine Gänsehaut. Sie sprachen von Eliot.

»Dann rede noch mal mit ihm.«

Riki stieß ein Seufzen aus und winkte dem Kellner, der sofort an den Tisch gerannt kam. »Einen Bourbon bitte.« Fragend sah er Oscar an, der bei der Erwähnung von Alkohol sofort die Augen aufgeschlagen hatte.

»Machen Sie zwei draus. Besser gesagt vier.« Oscar lachte. »Auf Vorrat.«

Riki wirkte, als würde er sich unbehaglich fühlen.

Kurz darauf kehrte der Kellner mit vier Gläsern mit bernsteinfarbener Flüssigkeit auf einem Silbertablett zurück. Ich wartete ab, während Oscar seines leerte und sofort nach dem nächsten griff. Dann ließ er den Kopf gegen die Lehne sinken. »Machen Sie weiter.«

Ich nahm meine Arbeit wieder auf.

»Ich glaube wirklich nicht, dass er sich umstimmen lässt«, sagte Riki nun. »Das wird sein großer Durchbruch.«

Oscar schlug meine Hand weg und setzte sich auf. »Hör mal, du Armleuchter. Mir ist total egal, wie du das regelst, aber der Mann muss mir noch einen Monolog schreiben.« Seine Fingerknöchel färbten sich weiß, weil er sein Glas so fest umklammerte. »Der Penner hat Glück, dass er mich für sein Drehbuch gekriegt hat. Ich habe ausdrücklich mindestens zwei Monologe verlangt. Das hat mein Agent in den Vertrag schreiben lassen, richtig?«

Rikis Miene nach zu urteilen, war ihm das neu. Wieder seufzte er schwer. »Hör mal, ich probiere es weiter.«

»Du wirst mehr tun, als es nur zu probieren, sonst kannst du dir einen neuen Hauptdarsteller suchen.« Oscars Gesicht war so verzerrt und rot vor Empörung, dass er regelrecht hässlich aussah.

»Also gut«, sagte Riki. »Ich mach dir einen Vorschlag. Wir drehen die kleineren Szenen zuerst. Das verschafft mir Zeit, um Eliot zu überreden. Er kann deinen Part umschreiben, und …« Den Rest ließ er ungesagt.

»Bist du fertig?«, blaffte Oscar, als ich mein Köfferchen packte.

»Ja, vielen Dank.«

»Sehe ich jetzt gut aus?«

Ich lächelte. »Dazu brauchen Sie mich doch gar nicht.«

Er riss sich das Handtuch vom Hals. Als ich mich danach bückte, schlug er mir so fest auf den Hintern, dass das Knallen durch das gesamte Restaurant hallte.

Mit einem Quieken schnellte ich hoch. Riki war plötzlich ganz in das Drehbuch vertieft. Feigling.

Mit hoch erhobenem Haupt humpelte ich davon. Der Kellner, der mir mit den frischen Getränken begegnete, wagte nicht, mich anzusehen – zweifellos, weil er den Zorn erahnte, der heißer als jede Wüstensonne in meinem Inneren brannte.

»Hey, Süße!«, rief Oscar mir hinterher.

Ich drehte mich um. Rikis Nase steckte noch immer im Drehbuch.

»Freu mich drauf, mit dir zusammenzuarbeiten.«

Ich winkte ihm. »Ich mich auch.«

Ich mich auch.

51

Die Dreharbeiten liefen anfangs nicht sonderlich gut. Das Filmteam war überhitzt, genau wie die Ausrüstung. Der Drehort war schwierig, aber das Hauptproblem stellte Oscar dar. Was für eine Diva. Er stand jeden Tag spät auf, mit roten Augen und von der Hitze aufgedunsen. Für Eliots Drehbuch bedeutete das nichts Gutes.

»Oscar sprengt noch den ganzen Film!«, schimpfte er eines Tages in meinem Zimmer. Mittlerweile erkannten wir das Klopfen des anderen an der Tür. Zweimal kurz und kräftig, und wir öffneten, ohne zu zögern.

»Ist es denn wirklich so schlimm?«

»Jeden Abend bringt Riki mir die neueste Fassung des Skripts. Voller Korrekturen. Es ist eine Unverschämtheit!«

»Okay, eine Unverschämtheit. Verstehe.« Ich musste ihn dringend auf andere Gedanken bringen, der Tag war zu schön, um ihn mit Drehbüchern zu verplempern. »Du musst dich mal abkühlen. Hast du eine Badehose dabei?«

Er verschränkte die Arme. »Ich bade nicht. Aus Prinzip.«

»Du badest nicht.« Ich gestattete mir, kurz die Augen zu verdrehen. »Ist das ein New-York-Ding?«

»Natürlich.«

»Das glaube ich dir nicht. Was ist mit den ganzen Sommerurlauben in den Hamptons?«

»Du kannst glauben, was du willst, aber ich habe keine Badesachen dabei.«

»Interessant.« Ich legte den Kopf schief. »Also FKK?« Wie

aufs Stichwort wurde es laut am Pool, wo bereits andere herumplanschten.

Er seufzte, aber ich merkte, dass sich seine Laune langsam besserte. »Willst du mich unbedingt demütigen?«

»Immer doch.«

Ein weiterer tiefer Seufzer. »Schon gut, schon gut, ich leihe mir eine Badehose aus. Wir treffen uns in einer Viertelstunde am Pool.«

Auf dem Weg zur Tür sah er sich um. Die Kommode war übersät von Farbproben, mit denen ich experimentiert hatte. »Du solltest vielleicht mal aufräumen.«

»Leck mich.«

»Du mich auch, Loretta Darling.«

Nachdem die Tür hinter ihm ins Schloss gefallen war, ging ich grinsend meinen Badeanzug holen.

Als ich nach draußen kam, herausgeputzt in meinem violetten Einteiler, wartete Eliot bereits in einer sehr süßen Shorts auf mich. Seine Haare waren von der Dusche zerzaust. Er sah aus wie ein Flamingo. Zugegeben, ein sehr attraktiver Flamingo.

»Schöne Sonnenbräune.« Ich deutete auf seine dünnen weißen Beine.

»Schöner Sonnenbrand«, gab er zurück.

»Ich bin Engländerin. Sonnenbrand ist unser Ding.«

Am Beckenrand zog Eliot seine Shorts aus, unter der eine Badehose zum Vorschein kam, die … na ja, die ihm nicht gerade schmeichelte.

»Wo hast du die denn her?«, kicherte ich.

»Geht dich gar nichts an.«

Ehe ich Eliot weiter befragen konnte, rief jemand aus dem Becken: »Komm schon, Loretta! Rein mit dir!« Der Typ schlug mit der Hand aufs Wasser, um mich vollzuspritzen.

Ich streckte die Arme aus, ging in die Hocke, und dann – *platsch!* – tauchte ich elegant mit dem Kopf voraus ein. Die vielen Male, in denen ich mit den Jungs in Morecambe das Springen von den Felsen geübt hatte, machten sich bezahlt.

Blau. Alles blau. Es sah hübsch aus. Im Pool war die braune Wüste vergessen, von der Stille verschluckt. Ich zog die Arme durchs Wasser, spürte meine Muskeln von der Anstrengung brennen. Einen Moment lang wollte ich gar nicht mehr auftauchen.

Eliot wartete am Rand auf mich. »Ich dachte schon, du ertrinkst! Der Pool ist doch gar nicht tief genug für einen Kopfsprung. Willst du, dass ich einen Herzinfarkt kriege?« Er hob mich hoch, bis sich unsere Brustkörbe so nahe waren, dass ich sein Herz schlagen fühlte.

Gebrüll und Pfiffe waren zu hören.

»Schnapp sie dir, Eliot!«

»Frau über Bord!«

»Publikum ist immer toll, oder?«, beschwerte ich mich.

Er hob abwehrend eine Hand. »Hier gibt es nichts zu sehen. Absolut gar nichts.«

»Oh, doch«, rief jemand.

»Du wolltest ja unbedingt baden gehen«, erinnerte mich Eliot und machte Anstalten, mich aus dem Becken zu heben.

Ich schüttelte ihn ab. »Das kann ich allein.«

Ich stemmte mich auf den Beckenrand, fiel aber mit einem Platschen zurück ins Wasser.

Eliot lachte, bevor er die Treppe nahm, um aus dem Pool zu kommen. Dabei rutschte seine geliehene Badehose etwas herunter; schnell zerrte er sie wieder hoch.

In diesem Moment sah ich ihn. Oscar Romero. Er beobachtete uns.

Hastig kletterte ich ebenfalls aus dem Pool und schlang mir ein Handtuch um. »Mir reicht's.«

Eliot machte ein langes Gesicht. »Warum denn?« Doch dann drehte er sich um, sah, wer da stand, und verstummte.

Eilig rannte ich in mein Zimmer zurück, während Wasser aus dem an mir klebenden Badeanzug über meine Beine rann. Ich versuchte, nicht an die vielen Augenpaare zu denken, die auf mich gerichtet waren, versuchte, mich nicht zu ärgern, dass ich mein letztes Geld für diesen Badeanzug ausgegeben hatte. Versuchte, mich nicht um die Pfiffe zu kümmern. Versuchte, versuchte, versuchte … alles an mir abprallen zu lassen.

52

Der Tross rollte frühmorgens an. Wie, wussten wir nicht, aber es hatte sich bis nach Hollywood herumgesprochen, dass die Dreharbeiten problematisch verliefen.

Rikis Assistent rannte durch die Flure und klopfte uns alle wach: »Die Bosse kommen.«

Türen wurden aufgerissen, und wir taumelten, schläfrig unsere Morgenmäntel zuknotend, heraus.

Riki rief mit schief sitzender Brille von seinem Balkon herunter: »In dreißig Minuten stehen alle unten.«

Kurz darauf brummten die Duschen, Radios plärrten. Wie wir es schafften, weiß ich bis heute nicht, aber pünktlich eine halbe Stunde später stellten wir uns in einer ordentlichen Empfangsreihe vor dem Hotel auf, auch wenn sich manch einer dabei noch den Schlaf aus den Augen rieb.

Rikis Laufbursche pfiff. »Sie kommen!«

Zuerst war die Kolonne nur ein schwarzes Pünktchen am Horizont, das jedoch stetig größer wurde, bis eine gelbliche Staubwolke zu erkennen und das Surren teurer Motoren zu hören war.

Es waren vier Autos. Drei Buicks und ein Rolls-Royce. In Letzterem musste der Studioboss sitzen. Und das verhieß Ärger. Da er nie ohne den Buchhalter und den Leiter der Presseabteilung irgendwo hinfuhr, erklärte das zumindest zwei der anderen Wagen.

Alle trugen Sonnenbrillen, die ihre Mienen verbargen. Eine Krawatte flatterte in einer plötzlich aufkommenden heißen Windböe; ein Kragen wurde gelockert. Sie liefen an uns entlang, ohne unsere ausgestreckten Hände zu beachten, bis sie bei Riki ankamen.

»Wir reden drinnen«, sagte der Studioboss mit einem tiefen Grollen.

Riki stieß hektisch die Tür auf und ließ den Anzugträgern den Vortritt. Als wir anderen ihnen folgen wollten, hob er eine Hand. »Macht euch für den Dreh fertig.«

Wenn er sich schon eine Standpauke halten lassen musste, wollte er dabei wenigstens keine Zeugen.

Aus dem letzten Wagen stieg eine hochgewachsene Gestalt. Die Schneekönigin persönlich.

»Hallo, Loretta.«

Ich beschirmte mir die Augen mit der Hand. »Was machen Sie denn hier?«, platzte ich heraus. War es Zufall, dass sie zeitgleich mit dem Studioboss eintraf?

»Was für ein Empfang«, bemerkte Arvella. »Ich bin vier Stunden durchgefahren, um Sie zu sehen, junge Dame.«

»Ich wusste nicht, dass Sie ein Auto besitzen.«

Sie lächelte schmal und selbstzufrieden. »Petraś hat mir seins geliehen, während er auf Reisen ist. Einer der Vorteile des Jobs. Ich würde mir zu gern ansehen, wie Sie untergebracht sind.«

In diesem Moment konnte ich mir nichts Schlimmeres vorstellen, als dass Arvella die Schwelle zu meinem Zimmer überschritt.

»Soll ich Sie nicht lieber erst dem Regisseur vorstellen?«, schlug ich vor.

»Wir kennen uns schon.«

»Dann dem Drehbuchautor?«

»Ebenfalls nicht nötig. Außerdem interessiert der mich nicht.«

So langsam wie irgend möglich ging ich voraus. An meiner Tür wühlte ich in meiner Tasche nach dem Schlüssel, während Arvella den anderen Kollegen gegenüber Freundlichkeit vortäuschte und sie mit kleinen Klatschgeschichten unterhielt. Ja, die Gerüchte stimmten, Bob Hope habe sich nach New York und zum Fernsehen abgesetzt. Nein, warum wisse sie auch nicht. (Jeder wusste, warum; seine Filmkarriere war zum Stillstand gekommen.) Währenddessen steckte ich ungeschickt den Schlüssel ins Schloss und trat mit einer Ahnung drohenden Unheils beiseite.

Arvella begutachtete den Türrahmen. »Schließen Sie nachts ab?«

»Ja, immer.«

Sie nickte. »Gut.«

Dann trat sie ein und sah sich um. Das Bett war ungemacht, Kleidung lag über Stühle verstreut. Die Luft war leicht stickig. Auf der Kommode standen die Lippenstifte, daneben Farbproben auf Pappkarton.

Arvella schlenderte herum, hob Fläschchen auf und stellte sie wieder ab, betrachtete korallenrote, weinrote, magentarote Pröbchen. Am verfänglichsten war mein Notizbuch, das geöffnet auf der Bettdecke lag, weil ich beim Entwerfen von Fantasie-Werbeplakaten für Lip-Girl-Lippenstifte eingeschlafen war. Wie hatte ich nur so blöd sein können? Arvella nahm es in die Hand und las meine Anmerkungen: *Die perfekte Farbe für eine traumhafte Verabredung.* Daneben hatte ich grob geschätzte Summen notiert.

»Tja, da werden Sie mehr Geld benötigen.« Sie warf das Büchlein aufs Bett zurück. »Verflucht viel mehr.«

Meine Wangen wurden feuerrot. Ich hatte Arvella noch nie einen Kraftausdruck verwenden hören.

»Wenn Sie sich angekündigt hätten, hätte ich die Summen ordentlich für Sie ausgerechnet.«

»Sarkasmus ist die niederste Form von Humor.« Sie bedachte mich mit einem durchdringenden Blick, bevor sie weiter mein Zimmer inspizierte. »Sie haben ja ganz schön was vor.«

Ich nahm einen tiefen Atemzug. *Lass dich von ihr nicht verunsichern. Du hast nichts Verbotenes getan.*

»Warum sind Sie denn eigentlich hier?«, fragte ich, weil Ablenkung die einzige Taktik war, die mir noch blieb.

Von draußen hörte man Stimmen, die uns alle zu den Bussen riefen, mit denen wir zum Set gefahren wurden.

»Ich trage die Verantwortung für zwei junge Maskenbildnerinnen auf einem abgelegenen Außendreh mit lauter Männern. Was glauben Sie denn?«

Wahrscheinlich sollen Sie dafür sorgen, dass Petraś keine juristischen Probleme bekommt.

Ich hätte dankbar sein sollen, aber eher fror die Hölle zu, als dass ich diese Empfindung hinsichtlich Arvella zugelassen hätte.

»Weiß Petraś davon?« Sie deutete auf meine Farbmuster.

Ich hätte mich dumm stellen können, aber wozu?

»Nein.«

»Dafür könnten Sie gefeuert werden«, sagte sie. »Wenn Sie so was während der Arbeitszeit machen.«

»Ich gehöre denen nicht Tag und Nacht.«

Sie seufzte. »Haben Sie in letzter Zeit mal einen Blick in Ihren Anstellungsvertrag geworfen, Fräuleinchen? Klausel 6a, Schutz von Petraś' Arbeit? Er erwartet umfassende Loyalität.«

Meine Hände begannen zu schwitzen; schnell verbarg ich sie hinter dem Rücken. Jedoch nicht schnell genug.

»Dachte ich mir schon.«

»Warum hassen Sie mich so?«, stieß ich hervor. Meine Unverblümtheit überraschte sogar mich selbst.

Sie sah mich erstaunt an. »Ich hasse Sie nicht, Loretta.«

»Es macht aber den starken Eindruck.« Ich begann, durchs Zimmer zu laufen und wahllos Sachen zusammenzuräumen. »Sie wollten von Anfang an nicht, dass ich für Petraś arbeite. Es ärgert Sie, dass ich sein Liebling bin; andauernd machen Sie mir das Leben schwer. Da kann ich genauso gut gleich meine Sachen packen.«

»Das lassen Sie gefälligst sein.«

Ich richtete mich auf. »Wie bitte?«

»Petraś' Angestellte verlassen niemals ihren Posten. Wenn Sie gehen, dann weil er es entscheidet.« Sie wischte sich die Hände ab, als fühlte sie sich schmutzig. Dann ging sie zur Kommode und sammelte meine letzten Farbproben und Muster ein. »Die werde ich als Beweismittel mitnehmen müssen.«

Nur über meine Leiche.

Ich warf die Sachen, die ich in den Händen hielt, in meinen Kosmetikkoffer. »Hören Sie sofort auf damit.«

Um ihr die Proben wegzunehmen, griff ich über ihren Arm hinweg. Sie wehrte sich, und innerhalb von Sekunden waren wir in eine unschöne Rangelei verwickelt. Nachdem ich ihr das letzte Döschen entrissen hatte, taumelte ich rückwärts und stopfte alles zu den anderen Sachen in meinem Köfferchen.

Kopfschüttelnd musterte sie mich. »Physische Gewalt. Dafür kann man nun wirklich gefeuert werden.«

Ich zitterte am ganzen Körper. Am liebsten hätte ich ihr an den Kopf geworfen, dass sie angefangen hatte, wusste aber, dass das kindisch geklungen hätte. Wie war die Situation so schnell eskaliert? Gerade noch hatten wir uns zivilisiert, wenn auch bissig unterhalten, und einen Moment später an den Haaren gezogen und gekratzt. Warum nur hatte sie herkommen und alles ruinieren müssen? Warum konnte sie mich nicht einfach in Ruhe lassen?

»Ihr Problem ist, dass Sie keine Hilfe annehmen können, und jetzt ist es zu spät.« Mit wenigen schnellen Schritten durchquerte sie den Raum und stellte sich so dicht vor mich, dass ich die Veilchenpastillen in ihrem Atem riechen konnte. »Es ist nicht meine Art, mich mit Petraś' Angestellten zu prügeln. Also von mir aus, dann nehme ich Ihre kostbaren Lippenstiftproben eben nicht mit, aber er wird von der Sache erfahren.« Sie wandte sich zur Tür um und setzte ihre Sonnenbrille auf. »Wo ist Alice' Zimmer?«

»Da drüben.« Ich deutete aus dem Fenster zum Zimmertrakt auf der anderen Seite des Pools.

»Sie beide sind nicht nebeneinander untergebracht?«

»Nein.«

Sie ging nicht näher darauf ein, sondern sagte nur steif: »Auf Wiedersehen, Loretta.«

Nach allem, was Petraś für mich getan hatte, was würde er jetzt von mir denken? Ich war erledigt.

»Auf Wiedersehen, Arvella.«

Ich beobachtete, wie sie gegenüber an Alice' Tür klopfte. Niemand öffnete. Arvella drehte sich um und starrte finster zu mir herüber, bevor sie zu ihrem Auto marschierte.

Wo war Alice?

Als ich meine Sachen gepackt hatte und auf dem Weg zum Bus war, bemerkte ich Oscar Romeros Wagen, der gerade losfuhr; aus dem Beifahrerfenster flatterten blonde Haarsträhnen.

Was machte Alice denn bei *dem?*

53

Der Drehtag zog sich hin – einer der jüngeren Darsteller konnte sich seinen Text nicht merken –, und ausnahmsweise war Riki zu abgelenkt, um sich mit Eliot über die Änderungen am Skript zu streiten. Ich war froh über die Ruhepause nach dem ganzen Drama am frühen Morgen. Da wir seit zwei Stunden nichts zu tun hatten, setzten Alice und ich uns auf die Trittstufe des Maskenwagens und tranken im Schatten eines Sonnenschirms mit Troddeln einen Schluck Wasser. Hinter uns schnarchte Oscar leise im Kühlen, während er auf seine nächste Szene wartete.

»Schöne Fahrt gehabt?«, fragte ich, während wir auf dem Schoß Gesichtstücher falteten.

»Ach, na ja, du weißt ja …« Alice verstummte.

»Nein.«

Sie wich meinem Blick aus. »Nicht viel zu berichten.«

»Er hat nichts gemacht?«

Sie ließ ein Tuch fallen, ihr Gesicht war knallrot. »Da läuft nichts, Loretta!«

Das glaubte ich keine Sekunde lang. »Gar nichts? Das soll keine Kritik sein. Ich will mich nur vergewissern, dass es dir gut geht.«

Arvellas Besuch hatte wenigstens ein Gutes gehabt: Mir war bewusst geworden, wie verletzlich wir waren. Wir beide, Alice und ich.

Sie begann, die blöden Gesichtstücher schneller zu falten.

Ich nahm ihr das letzte weg und warf es auf den Boden. »Raus mit der Sprache.«

Nach einer kurzen Pause seufzte sie theatralisch. »Warum machst du so ein Aufheben darum? Das langweilt mich.«

»Weil es außer mir niemand tun wird. Ich mag dich, Alice.«

Auf einmal ließ sie die Schultern hängen und vergrub das Gesicht in den Händen. »So einfach ist es nicht.«

»Doch, ist es.« Ich zog ihr die Hände vom Gesicht, und sie sah mich mit vor Tränen geröteten Augen an.

»Er hat gesagt, das geht schon in Ordnung.«

»Kann ich mir lebhaft vorstellen.«

»Er hat gesagt, das ist alles völlig normal und liegt nur am – wie hieß das noch? – Testosteron. Ein Mann hätte eben Bedürfnisse, die er nicht kontrollieren kann, und darauf sollte ich mehr Rücksicht nehmen.« Sie verzog das Gesicht. »Als wäre alles meine Schuld, nur weil ich zu ihm ins Auto gestiegen bin.«

Ehe ich darauf reagieren konnte, kam ein Kameramann angeschlendert und betrachtete Kaugummi kauend den besinnungslosen Oscar. Er schüttelte den Kopf. »Ausnüchtern. Das Schlimmste, was ein Alkoholiker in der Wüste machen kann.«

»Aber das Studio hat darauf bestanden«, sagte ich, während Alice das Gesicht abwandte.

Er warf seine Zigarettenkippe auf den Boden. »Das Studio hat doch keine Ahnung.«

Für Alice und mich gab es zwischen den Szenen kaum etwas zu tun, und reden wollte sie nicht mehr, daher war ich ziemlich erleichtert, als Eliot kam.

»Lust auf einen Spaziergang? Ich hab eine Höhle entdeckt.« Er zeigte hinter unseren Wagen. »Da drüben.«

»Eine Höhle? In der Wüste?«, fragte Alice. »Das hab ich ja noch nie gehört.«

»Ja, weil es eine geheime Höhle ist«, flüsterte Eliot melodramatisch. »Unterirdisch. Kommt mit.«

Alice wirkte skeptisch. »Wird Riki dann nicht sauer?«

Eliot sah sich zu unserem Regisseur um, der gestikulierend mit dem jungen Schauspieler sprach. »Ach, der ist zu beschäftigt. Das wird er gar nicht merken.«

Ich sprang auf. »Zeig uns den Weg, großer Pfadfinder.«

Alice schob sich die Sonnenbrille von den Haaren auf die Nase und knotete sich ein Kopftuch um.

»Kommt schon.« Eliot bedeutete uns, ihm zu folgen. »Hier entlang.«

Verstohlen schlichen wir uns hinter den Maskenwagen. Sobald wir außer Sicht waren, gingen wir normal weiter. Wir redeten nicht viel, sparten uns die Kraft für die Hitze. Sie beschwerte einen regelrecht. Bald schon wurde es schwierig, nebeneinanderzugehen. Steine lagen auf dem Wüstenboden verstreut, dazwischen wuchsen seltsame klumpige Pflanzen, die prähistorisch und Furcht einflößend wirkten. Trichterförmige weiße Blumen reckten sich nach der Sonne.

»Das ist ja nur ein blöder Felsbrocken«, meckerte Alice, als wir am Ziel angelangt waren.

»Geduld, mein Kind.« Eliot führte uns um den Felsen herum, und dort lag tatsächlich der Eingang zu einer Höhle. Er spähte hinein und rief aufgeregt über die Schulter: »Seht euch das an!«

Ich kniete mich in den Sand. Eliot hatte recht. Dort befand sich eine hufeisenförmige Höhle, vielleicht gerade hoch genug, um darin aufrecht stehen zu können. Die Wände bestanden aus weißen und karamellfarbenen Steinen, Gänge führten in alle möglichen Richtungen.

»Warum wussten wir davon noch gar nichts?« Meine Stimme warf ein Echo.

»Tja, vermutlich ist diese Höhle für einen Film über ein paar Schüler und ihren Lehrer nicht sonderlich relevant.«

Vermutlich nicht.

Eliot legte sich vor dem niedrigen Eingang auf den Rücken. »Ich glaube, ich passe gerade so durch …« Er schob sich mit den Füßen voran langsam vorwärts.

»Spinnst du?« Ich packte ihn am Arm und versuchte, ihn zurückzuziehen. »Du quetschst dich da nicht rein. Was, wenn du nicht wieder rauskommst? Riki bringt dich um.«

»Ach, sei nicht so eine Spaßbremse.« Er glitt in die Höhle und streckte mir durch das Loch die Hand hin. »Kommst du jetzt oder nicht?«

»Nicht.«

»Ich sagte, kommst du jetzt?« Seine Augen funkelten herausfordernd.

»Na gut, von mir aus, aber wenn wir stecken bleiben, bist du schuld.« Ich sah mich zu Alice um. »Was ist mit dir?«

»Nein, nein! Geht ihr nur. Ich passe auf, ob Riki kommt.«

Ich legte mich auf den Bauch und kroch hinunter, bis meine Füße in einer Staubwolke auf dem Boden auftrafen. Unter der niedrigen Höhlendecke konnte ich mich tatsächlich gerade so aufrichten. »Und jetzt?«

»Jetzt gehen wir auf Entdeckungstour.«

Überall um uns herum glitzerten Kristalle. Eliot gab mir seine Hand, die überraschend kühl war, und wir liefen mit eingezogenem Kopf auf die verschiedenen Gänge zu. Wir hätten nach links gehen können, nach rechts, in alle Richtungen, landeten aber stattdessen auf einem schmalen Felsvorsprung. Es war, wie in ein Märchen getreten zu sein – eins von denen, in denen man von einem Ungeheuer empfangen wird.

»So toll ist es hier drin nicht«, sagte ich.

»Soll das ein Witz sein? Genau an solchen Orten entstehen die besten Geschichten.« Eliot zeigte auf die diversen Gänge. »Wir könnten da reingehen oder da oder sogar da!«

»Wenn wir sterben wollten«, konterte ich.

»Wo ist dein Abenteuersinn geblieben?«

»Bei meiner Wasserflasche.«

Er stützte die Hände in die Hüften. »Weißt du, Loretta, du musst wirklich mal ein bisschen träumen. Sieh dich um!« Er breitete die Arme aus. »Eine ganze geheime Welt!«

»Ich ziehe ein Restaurant vor«, sagte ich. Aber in Wirklichkeit tat ich nur so, als fände ich die Situation unangenehm. Hier mit Eliot allein zu sein? Da störte mich noch nicht einmal die stickige Luft.

Als ich mich umdrehte, trat Eliot noch näher und nahm meine Hände. »Nur wir zwei.«

»Genau, nur wir zwei. Ist das nicht super?«

Er drückte meine Finger. »Gefällt es dir immer noch nicht?«

»Falls uns die Kojoten fressen sollten, weiß ich auf jeden Fall, wen ich dafür verantwortlich mache.«

Als er die Stirn runzelte, wusste ich, dass ich seine Gefühle verletzt hatte. Also erwiderte ich seinen Händedruck. »Es ist großartig, Eliot. Einfach großartig.«

»Seid ihr da unten bald mal fertig?« Alice' besorgtes Gesicht tauchte im Höhleneingang auf, und wir ließen einander los. »Jemand beobachtet uns. Ich glaube, es ist Oscar.«

Hastig kletterte ich hinaus. Eliot zwängte sich hinter mir durch das Loch, und ich half ihm auf die Füße.

»Alles in Ordnung?« Ich hatte ein schlechtes Gewissen, dass wir Alice zurückgelassen hatten.

»Sicher doch.« So sicher wirkte sie mit dem leichten Schweißfilm auf der Oberlippe allerdings nicht.

»Na dann.« Auf dem Rückweg hakte ich mich tröstend

bei ihr unter. »Heute Abend amüsieren wir uns. Nur du und ich.«

Immer wieder sah ich zu der Silhouette des Mannes, der halb hinter einem der Trailer stand und uns nicht aus den Augen ließ. Und in diesem Moment schwor ich mir, Alice nicht mehr alleine zu lassen.

54

Zurück im Hotel, verschwanden wir jeweils in unseren Zimmern, um uns den Staub abzuwaschen, und ich hatte noch immer nur ein Handtuch umgeschlungen, als es klopfte.

Vor der Tür stand Eliot, sehr offensichtlich darum bemüht, nicht meinen so gut wie nackten Körper anzustarren. Er streckte ein Alu-Tablett aus. »Ihr Festmahl, Madame. Ich dachte, wir könnten zusammen abendessen.«

»Warum?«

»Ich habe versprochen, nicht dabei zu sein, wenn sie mein Drehbuch vor der Sitzung noch mal lesen. Ich brauche Ablenkung.« Er stellte das Tablett auf meinem Tischchen ab und zählte auf: »Oliven, Salami, Brot. Das da ist eine Art Hackbraten, könnte sein, dass der nicht mehr ganz frisch ist …« Aus seiner ausgebeulten Jackentasche zog er eine Weinflasche und einen Korkenzieher. »Alles da!«

Mein Magen knurrte. Ich brauchte unbedingt etwas zu essen.

Ich machte mir nicht erst die Mühe, mir etwas anzuziehen. Zu zweit legten wir uns quer aufs Bett und schaufelten uns Essen in den Mund, ohne groß zu reden. Mir war egal, dass ich fettige Finger hatte oder wie ich mit dem unordentlich um die Haare gewickelten Handtuch aussah. Nach einer Weile ließen wir uns auf den Rücken sinken und stießen ein zufriedenes Seufzen aus.

Ich zog das Handtuch etwas fester um meinen Körper,

beugte mich über ihn und wischte ihm einen Krümel vom Mund. »Hattest du Gelegenheit, noch mal über das Drehbuch nachzudenken? Bist du froh, dass sie es jetzt nicht mehr ändern können?«

»Ich denke an das Drehbuch, ich träume davon, und wenn nicht, schreibe ich daran. Mag sein, dass sie es nicht mehr grundsätzlich ändern können, aber sie haben immer noch Anmerkungen. Und wir werden künftig mit riesigen Texttafeln arbeiten müssen, für Romero. Er kann sich nichts merken.«

»Natürlich nicht. Schon klar, er sieht gut aus. Aber warum halten ihn alle für so einen tollen Typen?«

Eliot drehte sich auf die Seite. »Du hast noch keine Filmausschnitte gesehen, oder?« Ich schüttelte den Kopf. »Das ist der Knackpunkt. Wenn man ihn beim Drehen sieht, wirkt er nicht so. Aber die Kamera macht irgendwas mit ihm. Auf Zelluloid ist er ... hm, wie soll ich das ausdrücken? Er ist wie verwandelt. Ich sage es nur ungern, Loretta, aber der Mann wird eine lebende Legende werden. Darauf verwette ich mein Honorar.«

Ich zog eine Grimasse. Dann schaute ich auf meinen Wecker. »Also gut, ich muss nach Alice sehen.«

»Warte noch.« Er hielt mich an der Schulter fest und drückte mich sanft auf die Matratze zurück. Forschend betrachtete er mein Gesicht. Meine Gliedmaßen verschmolzen mit der Bettdecke.

Ich machte Anstalten, ihn wegzustoßen, aber nur sehr schwach. »Du hast deine Drehbuchsitzung. Und ich muss mich um Alice kümmern.« Ich sah ihm fest in die Augen. »Dringend.«

Nach einem kurzen Zögern stöhnte er frustriert auf und drehte sich auf den Rücken. »Du hast ja recht.« Er starrte an die Decke. »Wenn das alles vorbei ist, sollten wir noch mal hierherkommen, nur wir beide. Uns mal richtig amüsieren.«

»Das soll wohl ein Scherz sein!« Ich setzte mich auf und hielt dabei das Handtuch fest. »Hast du die Kakerlaken gesehen? Auf gar keinen Fall gebe ich mein eigenes Geld für den Laden hier aus. Wenn wir zusammen wegfahren, dann musst du was Besseres im Angebot haben.« Dennoch spürte ich, wie meine Wangen bei seinem Vorschlag heiß wurden. Im Geiste spulte ich bereits vor. Getrennte Zimmer oder zwei Einzelbetten oder …?

»Schon gut, schon gut, ich sehe, was sich machen lässt.« Er stand auf und nahm das Tablett mit den Essensresten. »Das bringe ich mal in die Küche zurück.« Als sein Blick kurz auf meine Lippenstiftproben fiel, die ich an die Seite geräumt hatte, fragte er: »Wie läuft es damit?«

Ich rutschte an die Bettkante vor und stellte mich neben ihn. »Ach, ich spiele nur mit den Farben herum.«

Doch ich musste zugeben, dass die Schattierungen allmählich wirklich passten. Sie bildeten fast eine Einheit.

»Klappt es, wie du es dir vorgestellt hast?«

»Nicht so richtig«, flunkerte ich.

Eliot schnaubte. »Das verstehe ich mal als Ja.«

Plötzlich war von draußen schwach Rikis Stimme zu hören. »Eliot? Schwing die Hufe, Mann!«

Eliot verdrehte die Augen. »Man verlangt nach mir.«

»Na los.« Ich schob ihn zur Tür. Mit dem Tablett in der Hand wirkte er wie die schlechte Kopie eines Kellners. »Moment, fast vergessen.« Ich rannte zu meiner Tasche und fand einen halben Dollar. Den steckte ich ihm in die Brusttasche seines Hemds und tätschelte ihm anschließend die Schulter. »Ein kleines Trinkgeld. Gib nicht alles auf einmal aus.«

»Ha, ha.«

Ich brach in Gelächter aus und sah ihm nach, während er,

das Tablett auf Fingerspitzen neben dem Kopf balancierend, Richtung Küche ging. Als er stolperte, hätte ich beinahe aufgeschrien, weil ich kurz darauf hereingefallen war, aber er fing das Tablett – natürlich – rechtzeitig auf, wandte sich zu mir um und drehte mir eine lange Nase.

Immer noch kichernd schüttelte ich den Kopf und zog mich wieder in mein Zimmer zurück, das mir auf einmal leer vorkam. Ohne Scott Eliot fühlte es sich nach nichts an. Ohne Scott Eliot fühlte auch ich mich nach nichts.

Ist es nicht ekelhaft, wenn ein Mann solch eine Wirkung auf einen hat?

55

Nach dreimaligem – nein, viermaligem! – Klopfen ließ Alice mich herein. Offenbar war sie sehr vorsichtig.

Ihr Zimmer sah völlig anders aus als meines. Alles befand sich ordentlich aufgeräumt an seinem Platz. Ihre pastellfarbenen Kaschmirjäckchen waren sorgfältig gefaltet, ihr Schminktisch glänzte, und das Bett war so faltenfrei, dass mir vor Bewunderung regelrecht der Mund offen stehen blieb.

Wir kuschelten uns unter ihre Bettdecke, um uns *The Colgate Comedy Hour* anzusehen; sie in einem Schlafanzug aus heller Baumwolle mit aufgedruckten Kätzchen und einer zartrosa Paspel an Kragen und Ärmelsaum, ich in einem roten Satin-Pyjama, den Primrose mir aufgedrängt hatte, nachdem sie erfahren hatte, dass Eliot mit auf den Dreh fuhr. Es war sinnvoll, zusammen fernzusehen, da man den Apparat mit Münzen füttern musste. Hinter den zugezogenen Vorhängen ging die Sonne unter, sodass der Raum in orangefarbenes Licht getaucht wurde.

Trotz der Fernsehgeräusche hörten wir die anderen im Pool herumplanschen. Unterdessen wurden die unscharfen Schwarz-Weiß-Bilder von Dean Martin und Jerry Lewis von Werbespots über Palmolive-Seife unterbrochen.

»Weißt du noch, als wir ihn in diesem Nachtklub gesehen haben?« Ich stupste Alice an. Im Fernsehen sah er anders aus, weniger groß.

»Ja! Traumhaft.« Sie umschlang ihre Knie.

Plötzlich rüttelte es an der Tür.

»Ach du liebe Güte!« Alice sprang auf. »Das ist er!«

»Wer er?« Natürlich konnte ich es mir denken, aber ich hoffte, mich zu irren.

»Versteck dich.« Sie packte mich am Arm und zog mich zum Wandschrank. »Wenn er dich sieht, wird er sauer.«

»Alice, hör doch auf. Was ist denn los?«

Die Faust hämmerte erneut gegen das dünne Holz der Tür.

Alice schob mich in den Schrank und schloss die Schiebetür, allerdings nicht komplett. Durch den verbleibenden Spalt beobachtete ich, wie sie sich kurz sammelte und dann zögerlich öffnete.

Da stand Oscar Romero in seiner Badehose. Aus seinen Haaren rann Wasser, auf den Lippen trug er ein selbstbewusstes Grinsen. Was für ein Mistkerl!

»Die Jungs und ich wollten wissen, ob du auch zum Pool kommst.«

»Entschuldigung, aber ich bin schrecklich müde.«

»Okay«, sagte er widerwillig. »Kannst du mir ein Handtuch leihen?« Er hatte den Fuß in die Tür geklemmt.

Draußen verstummte das Gejohle; die anderen machten sich aus dem Staub, vermutlich weil sie keine Zeugen dessen werden wollten, was womöglich als Nächstes geschah. Der Fernseher ging aus; wir hatten vergessen, weitere Münzen einzuwerfen. Vor meinen wachsamen Augen gingen die beiden Richtung Bad und verschwanden aus meinem Sichtfeld. Verflixt!

Am liebsten wäre ich aus dem Schrank gestürmt und hätte Alice gewarnt, sie in Sicherheit gebracht und ihn aus dem Zimmer geworfen. Aber wie konnte ich das?

Bei den nächsten Sätzen grub ich die Fingernägel in meine Handflächen.

»Kannst du mir helfen, die auszuziehen?«

»Nein.« Alice' Stimme klang so leise.

Eine Pause.

»Dann gib mir das Handtuch da.«

Eine weitere Pause.

»Du musst mich nicht so ängstlich ansehen.«

»Ich weiß …«

Die Stimme wurde schmeichelnd, schmierig. »Na, dann komm doch mal her.«

Ich musste etwas unternehmen, auf der Stelle!

Zu meinen Füßen entdeckte ich ein Paar Schuhe. Ich hob einen auf. Er hatte einen festen, soliden Absatz. Behutsam schob ich den Schrank etwas weiter auf und warf den Schuh Richtung Tür. Er prallte davon ab und landete hinter einem Stuhl.

»Da ist jemand an der Tür!« Alice rannte aus dem Bad, und ich zog den Schrank wieder zu. »Hallo?«

Natürlich antwortete niemand, aber darum ging es nicht. Ich hatte ihn vorerst ausgebremst. Ihr Zeit verschafft.

In diesem Moment – Wunder oh Wunder – klingelte das Telefon.

Jetzt tauchte auch Oscar wieder auf. Er trug ein Handtuch um die Hüften, seine nasse Badehose baumelte von seinem Zeigefinger.

Alice hielt sich den Hörer ans Ohr. »Morgen … sicher doch … ich gebe Loretta Bescheid.« Dann legte sie auf. »Das war Riki. Er ruft alle an, weil er morgen extrafrüh anfangen will. Ich glaube, Sie gehen besser, Mr. Romero. Sie haben einen harten Tag vor sich. Ihre letzten Szenen stehen an.«

Schweigen, dann Schritte. Steif ging Oscar zur Tür und verließ wortlos das Zimmer.

Sofort ließ Alice mich aus dem Schrank. »Tut mir so leid!«, erklärte sie hastig. »Ich wollte dich da nicht mit reinzieh…«

Ich stürmte schnurstracks an ihr vorbei zur Tür. Ein paar

Kollegen beobachteten mich vom Pool aus, als ich mich hinauslehnte, um mich zu vergewissern, dass Oscar auch wirklich weg war. Seine Gestalt wurde golden von der untergehenden Sonne eingerahmt; er befand sich kurz vor dem Eingang zur Bar, doch dann rief ihn jemand von einem Balkon über mir, und er drehte sich um, bevor ich mich verstecken konnte. Sein Blick zuckte zu mir, und ich erstarrte zu Stein. Einen Moment lang sahen wir uns an, dann zog ich mich ins Zimmer zurück, knallte die Tür zu und sperrte sie ab.

Alice saß auf der Bettkante.

»Alice, ist so was schon mal vorgekommen? Hat er dir was getan?«

Sie ließ die Schultern hängen. »Nein.«

»Alice, sei bitte ehrlich.«

»Nein, wirklich nicht.« Sie schluckte. »Noch nicht. Nur ein bisschen Streicheln und Kitzeln, mehr war nicht. Und ich musste mich auf seinen Schoß setzen. Eigentlich war also gar nichts. Ich meine …« Sie sah mich hoffnungsvoll an. »Es könnte Schlimmeres passiert sein, oder?«

Die Wut brodelte in mir wie geschmolzene Lava. Ich hatte nicht gut genug aufgepasst. Wenn ich nicht so auf Eliot konzentriert gewesen wäre, auf meine Zukunftspläne, hätte ich nicht übersehen, was sich direkt vor meinen Augen abspielte.

»Ach, Alice.« Ich nahm sie in die Arme. »Ist schon gut. Du brauchst dir keine Sorgen zu machen. Ich passe auf dich auf.«

»Das musst du nicht.« Sie tupfte sich mit einem Taschentuch vorsichtig die Tränen ab, um ihre Wimperntusche nicht zu verschmieren. »Ehrlich nicht.« Ihre Augen waren gerötet, und das strafte ihre Beteuerungen Lügen. Verriet, dass sie mich stumm um genau das Gegenteil bat.

Genau wie Enid damals.

»Alles wird gut«, sagte ich sanft. »Alles wird gut.«

Dafür würde ich sorgen. Für Alice, für Sally, für Grace und für jede Frau, die sich gegen Männer wie ihn wehren musste, um zu überleben.

»Ich muss jetzt gehen, Alice. Hab was zu erledigen.« Und wie ich was zu erledigen hatte. Ich gab ihr einen Kuss auf die Wange. Sie war so zart, so klein, wie ein Püppchen. »Ich bin gleich da drüben. Du kannst jederzeit zu mir kommen, Tag und Nacht.«

Sie brachte mich zur Tür. »Danke, Loretta.«

Mit einem gequälten Lächeln stand ich unter dem Mond, der über uns wachte. Ich umarmte sie noch einmal, drückte sie, so fest ich konnte. Dieses Mal hatte sie gerade noch Glück gehabt, aber beim nächsten Mal konnte es ganz anders ausgehen. Es gab nur einen Weg, dafür zu sorgen, dass es in Zukunft nicht mehr so weit kam. Ich musste mich selbst darum kümmern.

56

Wir hatten noch vierundzwanzig Stunden Zeit für den Dreh, und jede Sekunde zählte. Ich marschierte zu meinem Bett, warf mich darauf und holte die kostenlosen Postkarten aus meiner Tasche, die ich aus der Hotellobby mitgenommen hatte.

Liebe Enid,

Wie sollte ich anfangen? Ich musste mich sammeln. Den Stift in der Hand biss ich mir auf die Lippe.

In der Arbeit geht es drunter und drüber. (Wenig überraschend.)
Ich muss etwas erledigen, und ich weiß, dass Du es verstehen wirst. (Wehe, wenn nicht.)
Es ist wieder passiert. Die Männer. Immer die Männer.
Du kennst mich ja. (Und wie sie mich kannte.) Freu Dich nicht zu früh, aber ich werde etwas unternehmen. Bald mehr! Und damit meine ich: Drück mir die Daumen!
Deine Dich liebende Schwester,
Margaret

Ich las den Text noch einmal durch. Nichts, was ein Fremder oder ein neugieriger Postbote hätte deuten können, aber die Sätze zittrig niederzuschreiben, hatte mir beim Denken geholfen.

Ich beugte mich unter das Bett und holte das Buch hervor, das ich ein paar Tage zuvor aus der Hotelbibliothek ausgeliehen hatte. Ich blätterte bis zu der Seite, nach der ich vielleicht von Anfang an gesucht hatte.

Da!

Datura stramonium, Gemeiner Stechapfel. Eine weiß blühende Pflanze aus der Familie der Nachtschattengewächse.

Im Anschluss wurde beschrieben, dass die Blumen jahrhundertelang zur Herstellung von Teufelsatem verwendet worden seien, einem Gift, das überaus leicht über die Haut zu verabreichen sei.

Datura stramonium. Meine Mutter hatte mich davor gewarnt, wenn wir auf den Feldern und Wiesen Pflanzen sammelten – nur dass die Wüstenvariante mit ihren trichterförmigen Blüten, die sich im Mondlicht öffneten, noch extravaganter war.

Hastig zog ich mir eine Caprihose und bequeme Schuhe an und knotete meine Bluse in der Taille. In der Nachttischschublade fand ich hinter einer Bibel eine Taschenlampe und meine Baumwollhandschuhe.

Nachdem ich durch den Vorhang hinausgespäht hatte, klemmte ich die Fußmatte in die Tür, damit sie nicht geräuschvoll ins Schloss fiel. Draußen sah ich mich um – bei Alice brannte kein Licht mehr – und lief dann geduckt an den anderen Fenstern vorbei, bis ich den schmalen Durchgang zwischen dem Zimmertrakt und dem Hotelhauptgebäude erreicht hatte. Dort schlich ich mich an der Wand entlang, begleitet vom schwachen Klang der Musik, die aus der fast leeren Bar drang.

Der Blick ins freie Gelände war wie eine Einladung. Nichts als Wüste. Der Mond stand hoch und hell am Himmel; ich brauchte nicht einmal meine Taschenlampe. Kurz horchte ich. Das Filmteam mochte bereits schlafen, die Wüste tat es ganz und gar nicht. Grillen zirpten, Sand tanzte in einer rauschenden Brise. Das dunkle Violett des Himmels vor den fernen Bergen war wunderschön, und noch dazu leuchteten die Sterne – meine stummen Begleiter und einzigen Zeugen.

Ich machte einen Schritt nach vorn. Und noch einen. Verschwand in der Wüste, ließ mich von ihr umhüllen. Mit forschendem Blick ging ich von Pflanze zu Pflanze, auf der Suche nach dem verräterischen weißen Schimmern. Ich genoss das Gefühl, jetzt gänzlich allein zu sein. Wenn ich hier draußen starb, würde man mich erst am nächsten Morgen finden. Man würde sich fragen, was ich dort getrieben hatte. Eine törichte junge Frau, die auf eigene Faust die Gegend erkunden wollte.

Ich zog mir die Baumwollhandschuhe über und suchte weiter den Boden ab. Als ich in einigen Metern Entfernung ein schwaches Leuchten wahrnahm, beschleunigte ich meinen Schritt. Eine Stechapfelpflanze, die mir winkte wie ein Freund.

Hastig kniete ich mich hin, pflückte die Blüten ab und legte sie sorgsam in ein Leinentaschentuch, das ich zu dem Zweck eingesteckt hatte. Es dauerte nicht lange. Ich machte zwei Knoten in die Enden des Tuchs, bevor ich mich zurück zum Hotel wandte.

Doch nach etwa zwanzig Schritten merkte ich, dass ich nicht allein war. Nicht mehr. Da war eine Silhouette in dem Durchgang zwischen Zimmertrakt und Hauptgebäude, ein orangefarbenes Aufleuchten von einer Zigarette, an der gezogen wurde. Ich wusste sofort, wer das war, wer es sein musste. Der Kaiser. Oscar Romero.

Ich schluckte und blieb stehen, wollte mich am liebsten unsichtbar machen. Im Geiste tastete ich meinen Körper ab, überlegte, was ich, falls nötig, als Waffe benutzen konnte. Versuchte, logisch zu denken. Der einzig andere Weg zurück hätte bedeutet, in einem großen Bogen bis zur Straße zu laufen und dann den Haupteingang zu nehmen, aber das wollte ich nicht riskieren. Zu viel leere Wüste, zu große Gefahr, sich zu verirren.

Die dunkle Gestalt warf achtlos die Zigarette weg und ging zurück Richtung Pool.

Ich stieß erleichtert den Atem aus und wartete noch etwas ab. *Eins, zwei, drei … Jetzt!* Ich rannte los.

Als ich durch den Durchgang stürmte, war das einzige Anzeichen dafür, dass vor Kurzem jemand dort gestanden hatte, die immer noch qualmende Zigarettenkippe. Ich trat sie aus und verlangsamte dann zu einem gemächlichen Schlendern, während ich mich insgeheim zu meinem gelungenen Manöver beglückwünschte. Ich hatte es geschafft.

Doch als ich mich meinem Zimmer näherte, verharrte ich wie angewurzelt. Die Tür stand weit offen, ein verräterischer Lichtschein fiel, gut sichtbar für jeden, auf die ruhige Oberfläche des Pools.

Mir wurde mulmig zumute. Beklommen schob ich mich vorwärts, obwohl mir die Angst wie ein Stein im Magen lag. Ich hatte ihn doch nicht abgeschüttelt.

57

Als ich durch den Türrahmen trat, stand da ein anderer Mann, als ich erwartet hatte. Ein Mann mit grünen Augen und blasser Haut. Der Mann aus New York.

»Eliot? Was machst du denn hier?«

»Mir ist aufgefallen, dass deine Tür offen steht«, sagte er. »Deshalb wollte ich nachsehen, ob alles in Ordnung ist.«

»Ach, ich war nur ein bisschen frische Luft schnappen.«

Ich spürte seinen Blick im Rücken, als ich mich an ihm vorbei ins Bad drängte, wo ich hastig meinen Schatz ins Waschbecken legte. Dann kam ich wieder heraus und wischte mir die Hände an der Hose ab.

»Kann ich dir was anbieten?«

»Nein, danke.« Er musterte eingehend mein verschwitztes Gesicht. »Was treibst du denn?«

»Treiben?«

»Ich meine, warum du so spät noch auf bist. Hier hätte jeder reinkommen können. Oscar …«

Unwillkürlich huschte mein Blick an seiner Schulter vorbei auf die andere Seite des Pools.

Eliot entging nicht, wo ich hinsah: Alice' Zimmer.

Er verschränkte die Arme. »Was ist los, Loretta?«

Ich spielte mit dem Gedanken zu lügen, aber Eliot würde es mir sofort anmerken. »Es geht um Alice. Ich hab es erst heute Abend herausgefunden.«

»Was denn?«

»Oscar. Er war schon mehrfach bei ihr im Zimmer.«

»Wann hast du das gesehen?«

»Heute. Ich hab mich in ihrem Schrank versteckt.«

»Wie bitte?«

Laut ausgesprochen, klang es wirklich irgendwie albern.

»Alice hat darauf bestanden!«

»Ihr habt Nerven.« Eliot begann, auf und ab zu tigern und sich die Haare zu raufen. »Das nimmt ja langsam absurde Züge an. Es ist bedrohlich. Ich … ich rufe das Studio an.«

»Das darfst du nicht.« Ich schloss die Tür und lehnte mich mit dem Rücken dagegen. »Wir haben nur noch einen Drehtag. Es geht hier um deinen Film, Eliot, dein Drehbuch, du hast so gute Chancen bei der Oscar-Verleihung. Willst du dir das kaputtmachen?«

»Kein Drehbuch ist mir so wichtig, dass ich euch beide dafür in Gefahr bringen würde. Du lieber Himmel, Loretta, begreifst du denn nicht? So ein Mann bin ich nicht. Du solltest dich nicht in Schränken verstecken müssen!«

»Ist schon gut, mach dir keine Gedanken darüber.«

»Nein, es ist nicht gut.«

Na ja, das stimmte, aber ich hatte gerade keine Lust, ihm recht zu geben.

»Die würden doch sowieso nichts unternehmen. Es würde nur uns schaden. Uns allen, auch dir. Ihm dagegen sicher nicht.« Ich konnte nicht ertragen, Oscars Namen auszusprechen. Wir wussten beide, dass es so war. Auf Eliots Schweigen hin schüttelte ich den Kopf. »Das ist alles meine Schuld. Ich habe nicht gut genug aufgepasst. Ich hätte es wissen müssen.«

»Nein, es ist nicht deine Schuld.« Eliot fasste mich an beiden Armen. »Tief durchatmen.«

»Ich habe Alice im Stich gelassen. Ich hätte Einspruch gegen die Zimmerverteilung einlegen sollen«, murmelte ich mit gesenktem Blick.

»Es ist nicht deine Schuld, Loretta.« Aber ich nahm ihn kaum wahr. Die Gedanken drehten sich immer schneller in meinem Kopf.

Ich begann, auf den Füßen vor und zurück zu schaukeln. »Ich hätte bleiben müssen.«

»Wo bleiben?«

»Ich habe Enid mit allem ganz allein gelassen.«

Der Streit auf der Treppe. Meine Schuld, alles meine Schuld. Ich schaukelte schneller, im Takt mit meinen Gedanken. Und dann, plötzlich, spürte ich Arme um mich. Jemand schaukelte mit mir zusammen, bis ich endlich verharrte. Ich blinzelte einmal, zweimal, dann blickte ich auf. Eliot.

Er sprach langsam und vorsichtig. »Wer ist Enid, Loretta?«

Ich sah ihm in die Augen. »Meine Schwester.«

Der Mensch, den ich auf der Welt am meisten liebte. Ich hatte geglaubt, vergessen zu können, aber das hatte ich nicht. Ganz und gar nicht.

Ich lächelte ihn matt an. »Die beiden sind sich so ähnlich. So wie Alice zum Beispiel einen Witz immer mit ein bisschen Verspätung versteht, weißt du?« Eliot nickte lächelnd. »Enid ist genauso.«

Eliot ließ mich los und legte seine Hand auf meine.

»Nicht jeder ist so stark wie ich«, erklärte ich ihm. »Also muss ich mich um die anderen kümmern.« Leider hatte ich das aber nicht getan. Ich hatte versagt.

»Du kannst dich nicht um jeden kümmern, Loretta.«

»Um Alice schon«, sagte ich etwas fester.

Was geschehen war, war geschehen, aber die Zukunft war eine völlig andere Sache.

Ich sah Eliot an, dass ich ihm Sorgen bereitet hatte, aber er brauchte keine Angst zu haben. Es ging mir gut, ganz wunderbar, und außerdem hatten wir nur noch einen Drehtag. Nur noch einen Tag.

»Wir sollten ein bisschen schlafen.« Ich reckte die Arme über den Kopf.

Eliot wollte mich sichtlich nicht gern allein lassen. »Kommst du wirklich klar? Ich könnte hier auf dem Boden übernachten.«

»Sei nicht albern. Morgen wird ein langer Tag, und du musst dich ausruhen.« Ich nahm ihn bei der Hand und zog ihn zur Tür.

Er stockte. »Wie ist sie so? Enid, meine ich.«

»Stell dir einfach das Gegenteil von mir vor.«

»Eines Tages würde ich sehr gern mehr über sie erfahren«, sagte er.

»Klar, ich werde dir alles über sie erzählen. Eines Tages.«

»Und ich kann dir auch mehr erzählen von … du weißt schon …«

Agatha. Seine verstorbene Frau.

Ich öffnete vorsichtig die Tür und spähte hinaus. »Die Luft ist rein«, flüsterte ich.

Eliot schlüpfte durch den Spalt und war schon fast weg, als er sich noch einmal umdrehte. »Was hast du vorhin im Bad gemacht?«

Ich grinste. »So was fragt man eine Dame nicht.«

»Du hattest was in der Hand. Als du wieder rauskamst, nicht mehr.«

Ich überlegte fieberhaft. »Ach, nur ein Taschentuch.« Was schließlich nicht gelogen war. »Das habe ich angefeuchtet, um mich nach dem Spaziergang abzukühlen. Irgendwelche Einwände?«

Sein schlechtes Gewissen stand ihm ins Gesicht geschrieben. »Entschuldige.«

Ich wedelte mit der Hand und machte einen Witz daraus. »Los jetzt! In dein Zimmer mit dir.«

Er tippte sich zum Abschied an die Stirn, und ich sah ihm

nach, bis er verschwunden war. Dann schloss ich die Tür ab und legte zur Sicherheit die Kette vor. Zu guter Letzt schob ich einen Stuhl unter den Knauf. Anschließend drehte ich mich zum Zimmer um.

Es wurde Zeit.

Ich ging ins Bad, riss den Duschvorhang herunter und breitete ihn auf dem uralten Linoleumfußboden aus. Dann zog ich mir die Handschuhe an und band mir einen Seidenschal vor Mund und Nase. Ich kniete mich auf den Boden und knotete das Taschentuch auf. Sorgsam zupfte ich die Blumen auseinander, um Blütenblätter und Staubfäden im Mörser zu vermischen. So jungfräulich, so weiß.

Mit zusammengebissenen Zähnen mahlte ich gleichmäßig mit dem Stößel und drehte dabei in regelmäßigen Abständen den Mörser. Es war eine seltsam beruhigende Tätigkeit, und zu meiner Erleichterung entstand in meinem Kopf nach dem Aufruhr der letzten Stunden endlich eine gewisse Klarheit. Mir fiel eines von Mums Kinderliedern ein, und während ich es sang, stampfte ich fester und schneller. Die schneeweißen Blüten wurden zu einem gelblichen Brei, und bei der letzten Zeile hockte ich mich auf die Fersen und betrachtete den Inhalt des Mörsers. »Schnipp, schnapp, schnipp, schnapp, der letzte Mann ist tot.«

Es wurde still im Raum.

Ich musste den Brei abseihen, was kein Problem war, da irgendwo ein altes Paar Strümpfe herumflog, das ich hatte flicken wollen. Ich trug mein Werk zum Tisch. Mir wurde bewusst, dass ich leicht schwitzte, also ging ich mir das Gesicht mit kaltem Wasser waschen. Hinterher betrachtete ich mich im Spiegel über dem Waschbecken und fühlte mich ruhiger, vernünftiger. Falls ich es mir anders überlegen wollte, war dies der Moment.

Ich machte mich wieder an die Arbeit.

Mittlerweile konnte ich Oscars Schminke auswendig anrühren, ich brauchte nicht einmal mehr auf meinen Zettel zu sehen. Die Zutaten waren simpel – Talkum, Wachs, Pigment –, das wahre Geheimnis lag im Mischungsverhältnis. Etwas weniger Wachs, eine Spur mehr Talkum. Das Ganze wurde in einer Tasse verrührt, die ich wiederum in ein warmes Wasserbad stellte, zu dem ich einen Weinkühler umfunktioniert hatte. Am Ende zog ich die Handschuhe aus und nahm den Mundschutz ab. Das war geschafft.

Ohne mich auszuziehen, legte ich mich ins Bett, zog die Decke bis unters Kinn und schlief innerhalb von Sekunden tief und fest.

58

Der nächste Drehtag begann wie jeder andere. Dieses Mal saß Alice im Bus neben mir, ihre Hand fest in meiner.

Als wir am Set ankamen, gab Eliot den Schauspielern letzte Anweisungen, während schon die Kulisse für die erste Szene aufgebaut wurde. Oscar saß abseits und schmollte. Über dem Horizont hing ein zarter Goldstreifen, und der Wind wurde stärker, sodass mein Halstuch flatterte. Das erbarmungslos schöne Wetter wechselte endlich.

Ein Techniker spähte in die Ferne. »Da zieht ein Gewitter auf«, prophezeite er.

Auf einem Felsen nicht weit entfernt stand ein Kojote, die Nase in dieselbe Richtung gereckt. Auf einmal jaulte er auf und sprang mit eingeklemmtem Schwanz davon.

Der Techniker lachte beklommen. »Der weiß Bescheid.«

Normalerweise hätten wir erwogen, den Dreh zu verschieben, aber es war unser letzter Tag, und deswegen blieb uns nichts anderes übrig, als weiterzumachen.

Ich rieb mir die Arme. Ein uralter kahler Baum stemmte sich stolz dem Wind entgegen, ein verdrehter Ast zeigte in meine Richtung. Diese Wüste ging einem unter die Haut.

»Also gut, alle mal herhören«, rief Riki. »Wir müssen dem Wetter zuvorkommen. Wir fangen um …« Er sah auf seine Armbanduhr und nannte eine Uhrzeit, bei der mir flau im Magen wurde.

Während sich die Mitarbeiter zerstreuten, zitierte Riki Alice und mich mit gekrümmtem Zeigefinger zu sich. »Heute will ich kein Perfekt. Ich will einfach nur Fertig. Wenn ihr beiden trödelt, gerät der ganze Drehtag durcheinander. Kapiert?«

So viel zum Respekt vor unserer Kunst.

Pflichtschuldig nickten wir und liefen zu unserem Wohnwagen. Ich hielt mich dicht neben Alice, während wir uns zwischen den Felsen durchschlängelten.

»Hast du gut geschlafen?«, fragte ich.

Sie wirkte verblüffend heiter nach dem gestrigen Abend. »Wie ein Baby. Und du?«

»Mhm.«

Im Wagen baute ich meine Utensilien auf. Schminke auf die eine Seite, Pinsel auf die andere. Schwämmchen daneben. Nur ein Platz blieb frei. Ich sah mich nach Alice um; sie setzte bereits einen Schauspieler auf ihren Stuhl auf der gegenüberliegenden Seite des Raums. Oscar würde nicht mehr in ihre Nähe kommen. Nicht, solange ich ein Wörtchen mitzureden hatte.

Ich wandte mich ab, holte ein kleines Töpfchen mit Schraubverschluss aus der Hosentasche und stellte es neben die anderen. Petraś oder Arvella hätten möglicherweise bemerkt, dass es keins von unseren üblichen Döschen war, aber keiner von beiden war hier. Ich zog mir meinen weißen Kittel über. Als ich ihn zuknöpfte, setzte auf einmal ein pochender Kopfschmerz ein, und ich sah verschwommen. Vielleicht lag es an dem aufziehenden Gewitter, oder was auch immer. War ich bereit, das durchzuziehen, also, wirklich durchzuziehen? Was stand heutzutage auf Mord? Die Todesstrafe?

Plötzlich wurde es laut an der Tür. Als ich den Kopf hob, stand Oscar Romero dort. Er ließ sich auf meinen Stuhl fallen und musterte mich mit einem Blick reinen Abscheus im Spiegel.

O ja, ihm war klar, dass ich über ihn und Alice Bescheid wusste.

»Guten Morgen, Mr. Romero.« Ich legte ihm den Umhang um und knotete ihn fest. Jetzt gehörte er ganz mir. »Wie geht es Ihnen?«

»Machen Sie voran.«

Ich ging an die Arbeit. Dies war das letzte Mal, dass ich Oscar Romero von Nahem sehen würde. Ich betrachtete sein Gesicht im Detail. Am Haaransatz entdeckte ich Reste von Färbemittel, dennoch waren ein paar graue Strähnen zu sehen. Ich fragte mich, ob er das wohl selbst machte, in seinem Marmorbadezimmer, oder ob er einen Friseur zu sich nach Hause kommen ließ. Seine Wangen waren gerötet, und obwohl er sich gründlich rasiert hatte, spürte ich Stoppeln unter den Handflächen. Quer über einer Augenbraue verlief die blasse Narbe, auf der keine Haare mehr wuchsen, weswegen sie sehr leicht abzudecken war. Die vollen Lippen und das Grübchen im Kinn waren so markant wie eh und je; er war ein attraktiver junger Mann.

Zuerst massierte ich Creme ein. Meine Finger trugen auf und verstrichen, trugen auf und verstrichen. Dabei beobachtete er mich unverwandt im Spiegel, den Mund zu einem höhnischen Grinsen verzogen.

Unvermittelt hielt er mich am Handgelenk fest. »Du kennst Stanley, oder?«

Ob ich den Mann kannte? Natürlich tat ich das.

Oscars Griff wurde fester. »Meine Party. Du warst da.«

Ich trat zurück und tat, als begutachtete ich sein Gesicht. Als sich Alice zu uns umsah, nickte ich ihr kaum merklich zu. *Alles im Griff.* Und das stimmte. Oscar konnte mir keine Angst mehr einjagen.

»Weiß ich nicht mehr.« Ich zog meine Hände weg.

»Blödsinn.« Oscars Blick war konzentriert auf mein Gesicht gerichtet. »Du bist die, die mir ausgebüxt ist.«

»Wenn Sie jetzt bitte die Augen schließen würden.« Ich

legte einen Zeigefinger unter sein Kinn und wartete geduldig ab, ohne seinem brennenden Blick auszuweichen. Es juckte mich in den Fingern, ihn zu ohrfeigen, aber ich beherrschte mich.

Nach ein paar Sekunden gehorchte er, und ich zog meine Baumwollhandschuhe an. Diskret streckte ich die Hände vor mir aus und wartete, bis das Zittern aufhörte. Na also. Dann begann ich, Grundierung auf sein Gesicht zu streichen. Die, die ich extra für ihn angerührt hatte.

»Ich erinnere mich«, raunte er auf einmal, sodass ich zusammenschreckte.

Woran genau erinnerte er sich?

Wie als Antwort darauf regte sich etwas unter dem Umhang, und auf einmal spürte ich heiße Finger zwischen meine Beine fahren und einen Oberschenkel umklammern.

Galle stieg mir in der Kehle auf. Zu jedem anderen Zeitpunkt hätte ich laut geschrien, aber das durfte ich nicht, nicht heute. Stattdessen zwang ich mich weiterzuarbeiten.

Er schob auch die andere Hand unter den Umhang, und dann hörte ich das leise Ratschen eines Reißverschlusses. »Mach weiter.« Die Hand in seiner Hose begann sich zu bewegen. Seine Augen waren fest zugekniffen, als er losrubbelte. »Erzähl mir, was passiert ist«, grunzte er. »In meinem Schlafzimmer.«

Da hatte ich also die Antwort auf meine Frage. Er erinnerte sich an alles.

»Die Türknäufe waren aus massivem Gold.«

»Und was hattest du an?«

Ein beiges Kostüm.

Ich schluckte. »Mein Hochzeitskleid.« Ich strich in langen, glatten Zügen über sein Gesicht. »Ihr Freund hat mich festgehalten.«

»Stanley, genau.« Er rubbelte schneller.

Weitere Bilder blitzten vor meinem inneren Auge auf. »Sie haben mich über den Wannenrand gedrückt.«

Mittlerweile war er ganz in seine Fantasie vertieft. Ich strich über sein Gesicht, er rubbelte. Es war wie eine Art widerliche Teamarbeit.

Oh, cherished love of mine.

Your face is so divine.

Dieser Text. Dieser furchtbare Text.

Ich beugte mich dicht neben Oscars Ohr. »Sie haben mir Gewalt angetan, wissen Sie noch?«

Es folgte eine kurze Pause, dann stieß er ein armseliges »Nng« aus und sackte auf seinem Stuhl zusammen.

Ich schraubte den Deckel fest auf das Töpfchen zurück und sank von der Stelle unterhalb der Decke herab, an der ich geschwebt hatte. Die Erinnerungen lösten sich auf wie Rauchwölkchen.

Ich wartete einen Moment ab, bis er sich gefasst hatte und seine Hand wieder hervorholte. Dann nahm ich ihm den Umhang ab und knüllte ihn schnell zusammen.

»Fertig.«

Als ich den Kopf hob, stand da jemand anderes. Eliot.

»Alles gut hier? Nur, weil Riki fragen lässt, wann wir anfangen können.«

»Alles bestens«, sagte ich.

Oscar strich sich mit der Hand über die Hose und stand auf. »Dann wollen wir mal.« Er ging, ohne sich noch einmal umzusehen.

»Bitte schön«, rief ich ihm nach.

Er reagierte nicht.

Wie sagt man auf Französisch noch so schön dazu? *La petite mort.*

59

Rikis Wunsch wurde erfüllt. Ab da ging alles sehr schnell. Es gab jetzt kein Zurück mehr. Alice war mit ihrem Schauspieler bereits unterwegs, und ich hörte draußen alle ihre Positionen einnehmen. Ich stellte das Cremetöpfchen in meinen Kosmetikkoffer, schloss ihn ab und steckte mir das goldene Schlüsselchen in den BH. Dann schnallte ich mir meinen Gürtel mit den Pinseln um und ging zur Tür.

Sobald ich hinaus unter die flatternde Markise trat, kam Eliot zu mir, Hände in den Taschen, den Blick nervös auf den sich verdunkelnden Himmel gerichtet. Es wurde schon die erste Schlüsselszene gedreht. Alice hielt sich in der Nähe, während Oscars Filmfigur einen Streit mit der Schülerin anfing, in die er heimlich verliebt war. Die Szene passte gut zu ihm, er konnte seine gesamte Wut und Frustration an dem armen jungen Ding auslassen.

»Wie war er?«, flüsterte Eliot angespannt, während wir die Szene beobachteten. »Alles in Ordnung?«

Das willst du gar nicht wissen.

»Wie üblich«, sagte ich. »Launisch, mürrisch, störrisch.«

»O mein Gott!« Alice' Kreischen musste zehn Kilometer weiter zu hören gewesen sein.

Aus dem Himmel kam eine Antwort: ein lautes, warnendes Grollen und schlagartig herabstürzender Platzregen.

»Du meine Güte.« Eliot rannte unter der Markise hervor und war schon bis auf die Haut nass, bevor er den engen Kreis von Schauspielern erreichte.

Regen prasselte. Lampen kippten krachend um. Sand spritzte auf. Hasen und Ratten huschten in Deckung. Die Luft färbte sich gelb. Alles war in Bewegung, einschließlich sämtlicher Mitarbeiter, die auf eine einzelne, auf dem Boden liegende Gestalt zuliefen.

Jetzt machte auch ich einen ersten zögerlichen Schritt in den Regen. Die Tropfen fühlten sich an wie winzige Hämmerchen, die auf meine Haut eintrommelten. Es war eine seltsame Empfindung, nicht ganz Schmerz, aber auch nicht weit davon entfernt. Es fühlte sich … richtig an. Als hätte ich das verdient.

Jemand rannte an mir vorbei. Ich folgte ihm hastig, rutschte aus und schlitterte durch den Matsch. Ich wollte es nicht sehen, musste aber.

Oscar krümmte sich auf der Erde. Es war kein schöner Anblick. Seine Augen rollten in den Kopf zurück, schienen sich dann aber doch auf etwas zu richten. Auf *jemanden.*

Mich.

Mittlerweile drehten alle durch. Erwachsene Männer weinten. Ich stand da und sah einfach nur zu. Eine Zeugin. Unerwartet empfand ich den starken Drang, diesen Mann, diese Legende, die dort lag, näher zu betrachten.

Die Stimme meiner Schwester ertönte in meinem Kopf.

Verflucht noch mal, Margaret, was hast du jetzt wieder angestellt?

Jemanden umgebracht, Enid.

Man sah Romero den Kampf und den Schmerz an. Riki versuchte sinnloserweise, seinen Star ins Leben zurückzuholen, rutschte wiederholt mit den Fingern ab, mit denen er immer wieder auf Oscars Brust drückte. Es sah aus, als würde er ihm eine Rippe brechen.

Mein Blick wanderte wieder zu Romeros Augen hinauf. Schminke floss ihm in Rinnsalen über die Wangen, versickerte in seinen Haaren und im Sand. Ich biss mir auf die Lippe. Sämtliche Beweise wurden weggespült.

»Was ist denn passiert?«, fragte ich, während ich den Regen wegblinzelte.

»Er ist einfach zusammengebrochen«, antwortete jemand.

»Nein, ist er nicht«, widersprach ein anderer. »Erst hat er ein bisschen geschwankt und irgendwas vor sich hin geredet.«

»Ich glaube, er hat gebetet«, flüsterte einer theatralisch.

Ich bezweifelte stark, dass Oscar Romero in seinem ganzen Leben jemals gebetet hatte.

Riki setzte seine Herzdruckmassage fort. Verzweifelt hob er den Kopf. »Kann mal jemand seinen Puls fühlen?« Er sah mich an. »Sie!«

Ich kniete mich hin, nahm Romeros Hand und drückte die Finger innen auf das Gelenk. Mein Blick richtete sich in die Ferne. Ich spürte ein ganz schwaches Flattern. Schwach, aber eindeutig.

Auch Eliot ging auf die Knie und tastete an der anderen Hand nach dem Puls.

»Und?«, wollte Riki wissen.

Eliot wartete eine Sekunde. »Nichts.«

Rikis Bewegungen wurden langsamer und hörten schließlich ganz auf. Seine Haare klebten klatschnass am Schädel und enthüllten dabei den Ansatz einer kahlen Stelle.

Steif standen wir drei auf.

»Der Kerl ist tot.« Riki strich sich über den Kopf. »Warum muss so was immer mir passieren?« Vorwurfsvoll sprach er mich an. »Sie waren als Letzte mit ihm zusammen«, übertönte er den Regen. »Was ist passiert?«

Sämtliche Gesichter wandten sich mir zu.

Ich schluckte. »Gar nichts.«

»Irgendwas muss doch gewesen sein.«

»Moment, Moment.« Eliot hob die Hände. »Das ist nicht Lorettas Schuld.«

Mir wurde bewusst, dass ich zitterte.

Hinter mir rührte sich etwas, und Alice trat in den Kreis. »Ich hab's gesehen. Ich hab alles gesehen!«

»Alice …«, setzte ich an.

»Nein, du brauchst ihn gar nicht zu verteidigen, Loretta.« Sie legte mir schützend einen Arm um die Schultern. »Er hat unter dem Schminkumhang masturbiert. Es war ekelhaft.«

Jetzt starrten alle wieder Oscars Leiche an. Alle außer Eliot, der mich anschaute.

»Stimmt das?«, fragte Riki streng.

Nach einem kurzen Zögern nickte ich, den Blick gesenkt. Alice umarmte mich.

Ein Ausdruck der Erkenntnis huschte über Rikis Gesicht, als passte plötzlich alles zusammen. Es wirkte, als hätte er die Leiche am liebsten getreten. »Er verpasst sich selbst einen Herzinfarkt, indem er sich einen runterholt. Unfassbar.«

Eliot räusperte sich, er war blass. »Sollten wir ihn nicht ins, äh, Krankenhaus bringen oder so?« Er schielte zu mir.

»Ja, ja. Du hast recht.« Riki warf Eliot einen Schlüsselbund zu. »Nimm mein Auto. Und die soll auch mit. Bestimmt wollen sie ihr Fragen stellen.« Er sah sich um; der Regen machte keine Anstalten nachzulassen. »Wir müssen abbauen, bevor alles ruiniert ist.« Übergangslos erteilte er einige Anweisungen, und die meisten Mitarbeiter folgten ihnen hastig, ohne noch einen Blick auf die Leiche zu werfen.

Oscars Gesicht färbte sich bereits blau. Inmitten der schlammigen Pfützen sah er überhaupt nicht mehr wie das große Kino-Idol aus.

Rikis Assistent kniete sich hin und versuchte, ihm die Augen zu schließen, aber sie klappten sofort wieder auf und starrten ausdruckslos in die Luft.

Ich drehte mich in Alice' Armen um und lauschte den Männern um uns herum.

»Kommt, bringen wir ihn zum Auto.«

Rikis Assistent packte ihn an den Schultern, Eliot hob ihn an den Füßen hoch. Alice und ich halfen ihnen. Irgendwie schafften wir es zu Rikis Wagen. Das Dach war eingeklappt, und die Polster waren bereits durchweicht.

Eliot grunzte, als er mit dem Rücken an die Tür stieß, dann drehten wir Oscars Leiche herum und schoben ihn auf die Rückbank. Seine Beine standen heraus. Der Assistent fluchte halblaut und drückte dagegen, bis die Knie einknickten und wir sie hineinquetschen konnten. So hätte er keiner Maus mehr Angst machen können, und dieses Wissen dämpfte bis zu einem gewissen Grad die Panik, die immer wieder in mir aufwallte.

»Kurz hinter dem Hotel gibt es ein Krankenhaus«, sagte Jack, der Assistent. Er beschrieb uns hastig den Weg.

»Fahren wir.« Eliot deutete mit dem Kopf auf meinen Maskenwagen. »Brauchst du noch was?«

Ich rannte, um mir den nassen Kittel auszuziehen und eine Strickjacke zu holen.

Alice war mir gefolgt und schloss die Tür hinter sich. »Du hattest doch nichts dagegen, dass ich es den anderen erzähle, oder?«, fragte sie mit flehentlicher Miene. »Was er gemacht hat?«

Aber so was von nicht.

Ich schüttelte den Kopf.

»Dann ist ja gut. Denn ich fühle mich schrecklich.« Sie begann, auf und ab zu laufen. »Ich hätte ihn irgendwie aufhalten sollen.«

»Niemand konnte den aufhalten, Alice.« *Niemand außer*

mir. »Mach dir keine Vorwürfe.« Ich fasste sie am Arm. »Du musst dich beruhigen.« Alice wäre eine furchtbare Komplizin gewesen.

»Ein Mann ist gerade gestorben!«, rief sie. »Und du warst der letzte Mensch, der ihn lebend gesehen hat.«

Ich starrte sie an. »Was meinst du damit?«

Sie riss die Arme hoch. »Was weiß ich! Es tut mir so leid, dass du das alles miterleben musstest!«

Alice benahm sich wieder naiv, und eindeutig musste ich uns beide davor schützen.

»Beruhige dich. Es kann niemand etwas dafür, so was passiert einfach.«

»So was?« Alice sah mich düster an, das machte sie sonst nie.

Ich packte sie an beiden Armen. »Ja, ein Mann ist gestorben, und es war seine eigene Schuld.«

Sie schüttelte den Kopf. »Das kommt mir falsch vor, Loretta.«

Es blieb mir nichts anderes übrig, als emotionale Manipulation anzuwenden. »Es kam mir auch falsch vor, als Sally gestorben ist. Weißt du, was für ein enges Verhältnis ich zu ihr hatte?«

Alice nickte.

»Na also. Das hier sind Filmstars; und so was passiert eben. Klar, er war zu jung, tragisch jung, aber das tut nichts zur Sache.«

Sie sah mich an. »Du klingst so kalt.«

Darauf durchfuhr mich wirklich ein Schauer. »Ich bin nicht kalt, nur realistisch. Mit uns beiden hat das nichts zu tun. Vergiss das nicht.«

»Es gefällt mir nicht«, murmelte Alice. »Es ist zu viel.«

»Es ist Hollywood.« Ich schüttelte sie leicht. »Das kapierst du, oder? Wir sind nicht schuld«, wiederholte ich.

Keine Frau ist schuld.

Sie lächelte matt, und dann liefen die Tränen. »Ich weiß nicht, was ich ohne dich machen würde, Loretta.«

Eine andere Stimme erklang in meinen Ohren. *Ohne dich würde ich das nicht schaffen, Margaret.* Bei der Erinnerung kniff ich die Augen zu, fest entschlossen, nicht ebenfalls zu weinen. Ich war nicht der Typ dafür, und das sollte auch so bleiben.

»Ich muss mit Eliot ins Krankenhaus«, sagte ich eindringlich und langsam, um Alice Zeit zum Verarbeiten zu geben. »Kommst du allein zurecht?« Als sie nickte, umarmte ich sie. Sie zitterte am ganzen Körper. Ich küsste sie auf die Schläfe. »Ich muss jetzt los.«

»Und ich räume hier drin auf.« Sie wischte sich die Tränen mit dem Handballen ab.

Ich schielte nach meinem Kosmetikköfferchen und schnappte es mir schnell. »Mach das. Bis später.«

Als ich mich neben Eliot auf den Beifahrersitz fallen ließ, stieg Dampf vom Asphalt auf. Die Hitze kehrte bereits zurück.

»Dann bis später im Hotel?«, fragte ein Kollege.

»Ich denke schon«, sagte Eliot, den Blick nach vorn gerichtet. An seinem Kinn zuckte ein Muskel. Er drehte den Zündschlüssel und setzte überflüssigerweise den Blinker.

Wir rollten auf den wässrigen Horizont zu und ließen Alice allein mit den anderen zurück. Ich drehte mich nicht um. Während der gesamten Fahrt sagte keiner von uns ein Wort. Ich sah nur starr auf die Straße, das Kosmetikköfferchen zu meinen Füßen, und versuchte, nicht zu viel zu denken. Gar nicht zu denken.

60

Die Augen der Krankenschwester am Empfang leuchteten vor Aufregung. »Ach du liebes bisschen!« Blind tastete sie nach einem Telefon und reckte dabei den Hals Richtung Parkplatz, wo Oscar noch im Auto lag. »Geht es ihm gut?«

»Nein, er ist tot.«

Innerhalb von Sekunden kamen Pfleger angerannt, eine Krankenbahre wild schlingernd vor sich herschiebend.

Die Schwester trat hinter ihrem Tresen hervor, und zu dritt beobachteten wir durch die Glastür das unwürdige Gezerre, das nötig war, um ihn aus dem Wagen auf die Bahre zu bugsieren. Die Frau nestelte ein Taschentuch aus ihrem Ärmel und schluchzte leise hinein, während Romero hereingerollt wurde. Ich ging davon aus, dass sie sich, sobald seine Leiche außer Sicht war, sofort ans Telefon hängen würde, um ihre Freundinnen einzuladen und ihnen bei diversen Margaritas noch heute Abend sämtliche reißerischen Details zu berichten. »Er sah in echt genauso gut aus. Obwohl er, na, ihr wisst schon, tot war.«

Ein gewisser Dr. Price vergewisserte sich, dass Oscar eindeutig, ganz bestimmt tot war. Während wir erklärten, was passiert war, hörte er ungeniert fasziniert zu. Die Hitze beim Dreh in der Wüste. Oscars Alkoholkonsum und abrupte unfreiwillige Nüchternheit. Das Masturbieren in der Maske. Zusammenbruch. Herzinfarkt. Die Geschichte erzählte sich von allein.

»Wo ist er jetzt?« Ich hatte die Krankenbahre nicht mehr gesehen, seit die Pfleger sie nach der Untersuchung durch den Arzt in einen Flur geschoben hatten.

»In der Leichenhalle«, antwortete Dr. Price. »Wir müssen eine Obduktion durchführen. Um die Todesursache festzustellen.«

»Aber … wir haben Ihnen doch schon erzählt, was geschehen ist.«

Er lächelte. »So läuft das nicht.«

Wie dumm konnte man sein? Natürlich gab es eine Obduktion. Mir wurde flau im Magen. Möglicherweise hatte er noch Reste des Gifts im Organismus.

»Und jetzt? Lassen wir ihn einfach hier?« Eliots Frage unterbrach meine rasenden Gedanken.

Dr. Price nickte. »Wir müssen seine Angehörigen informieren. Die entscheiden, was danach mit dem Leichnam geschieht.«

Angehörige? Jemand wie Oscar hatte doch wohl niemanden, der ihn tatsächlich liebte?

»Wie lange wird das alles dauern?«, erkundigte sich Eliot.

Der Arzt zuckte die Schultern. »Ein oder zwei Tage.« Er grinste. »Hier geht es eher ruhig zu.«

»Und Sie schicken uns dann die Ergebnisse?«, fragte ich.

Er musterte mich eigenartig. »Die Ergebnisse schicken wir selbstverständlich an seine Familie.«

Ich schluckte. »Und was, wenn es keine Angehörigen gibt?« Unterstützung heischend sah ich Eliot an. »Ich habe noch nie von welchen gehört. Du?«

»Nein«, sagte er nach kurzem Überlegen. »Nicht, dass ich wüsste.«

»Ach«, versicherte Dr. Price, »wenn ein Filmstar stirbt, gibt es immer Angehörige. Keine Sorge, die kommen schon aus ihren Löchern gekrochen.«

Leicht benommen stand ich auf, und der Arzt begleitete uns zurück zum Empfang, wo ich noch einmal über die Schulter sah. Es kam mir seltsam vor, Oscar einfach hierzulassen. Den großen Star, den Gastgeber von Hollywoods glanzvollsten Partys, ganz allein in einer kalten Krankenhausleichenhalle.

»Wir kümmern uns gut um ihn«, versicherte uns Dr. Price und schüttelte erst mir und dann Eliot die Hand. »Keine Angst, wir werden das Ganze schon aufklären.«

Danach saßen wir eine Weile stumm im Wagen.

»Kannst du das glauben?«, fragte Eliot irgendwann.

Ich schüttelte den Kopf.

»Wir fahren besser mal zurück.«

»Ja.« Ich sah kurz zu ihm hinüber. »Danke für …«

»Du brauchst dich nicht bei mir zu bedanken«, sagte er unvermittelt. »Jemand musste ihn ins Krankenhaus bringen.«

»Ich weiß gar nicht, was ich denken soll.«

»Ich auch nicht.« Eliot starrte mit verkniffener Miene geradeaus.

»Eliot, bitte …«

»Lass uns nicht reden«, unterbrach er mich. »Ich bin erschöpft.«

»Ist gut.«

Ich band mir das Kopftuch um, und wir fuhren schweigend zum Hotel zurück.

61

Noch nie hat man ein Hotel sich so schnell leeren sehen wie das Dow, da alle schnellstmöglich dem Hauch des Todes entfliehen wollten.

»Packt eure Sachen, und kein Wort zu irgendjemandem«, sagte Riki, als wir uns ein letztes Mal im Restaurant versammelten. Er hatte jedem einen Drink spendiert, was noch nie vorgekommen war. Jetzt erhob er sein Glas. »Auf Oscar.«

Dutzende von Armen reckten sich in die Luft. »Auf Oscar.«

Während die anderen ihren Schnaps kippten, stellte ich mein Glas unangetastet auf die Theke. Kurz darauf winkte uns der Eigentümer des Hotels zum Abschied unter den Lichterketten, die den schmalen Kiesweg säumten.

»Macht es dir nichts aus?«, fragte ich Alice, bevor sie in den Bus stieg.

»Aber nein.« Wirklich überzeugend klang sie nicht.

»Willst du nicht mit Eliot und mir zurückfahren? Wie auf dem Hinweg? Das hat doch Spaß gemacht, oder?«

Sie wich meinem Blick aus. »Nein, ich glaube, ich bleibe bei den anderen.«

Kurz darauf entfernte sich der Bus in einer Staubwolke.

Eliot und ich nahmen den gleichen Weg zurück, vorbei an Ranches und Feldern, an den wie Dinosaurier geformten Kakteen, den orangefarbenen Felsen, in denen sich geheime Höhlen verbargen. Hin und wieder tauchte eine verlassene Hütte mit zerbrochenen Fenstern und im Wind flatternden ausgefransten Spitzenvorhängen auf. Doch die mysteriöse

Atmosphäre hatte sich in Luft aufgelöst; jetzt wirkte alles grüblerisch, wachsam, wissend.

»Wir können reden, wenn du willst«, sagte Eliot, als hätte er mir meine Stimmung angemerkt.

Ich verspannte mich. »Ich weiß nicht so rech…«

»Ein Mann ist gestorben, Loretta.«

»Und?«

Er verschob die Hände auf dem Lenkrad. »Und … Männer scheinen gerne mal Pechsträhnen zu haben, wenn du in der Nähe bist.«

Mein Herz pochte wie wild.

»Ich glaube, ich habe einen Puls gespürt«, sagte er auf einmal. »Du auch?«

»Ich … Warum hast du denn dann nichts gesagt?«

Er nahm einen tiefen, zittrigen Atemzug. »Dann hast du es also auch gespürt. Mein Gott, er hat noch gelebt.«

Ich schnaubte. »Gerade so eben.«

Er sah mich von der Seite an. »Loretta, empfindest du denn gar nichts? Ich weiß, dass er nicht unbedingt nett war, aber …«

»Nicht unbedingt nett?« Ich konnte nicht mehr an mich halten. »Machst du Witze? Der Mann war ein Monster!«

»Soll das heißen, er hatte es nicht anders verdient?«

»Also du hast keinen Alarm geschlagen.«

»Ich habe nichts gesagt, weil ich dachte, dass …«

Ich schlug auf den Sitz. »Was? Was hast du gedacht?«

Darauf antwortete er nicht, aber er sah mich durchdringend an.

»Das Ganze ist sehr bedauerlich«, sagte ich nach einer Weile zögerlich und richtete den Blick auf den rötlichen Horizont.

Eliot legte eine Hand auf meinen Oberschenkel. »Ich weiß, dass das, was er mit dir gemacht hat, schlimm war, sehr schlimm, aber …« Ich wartete, immer noch stocksteif vor Anspannung. »Du musst vorsichtig sein, Loretta.«

»Ich bin immer vorsichtig.« Mein Kosmetikköfferchen stieß scheppernd gegen meine Füße. »Eliot, ich …«

»Vergiss es.« Er nahm seine Hand weg und bog scharf um eine Kurve, sodass ich gegen die Tür gedrückt wurde. »Alles gut.«

Vor meinem Haus zog er die Handbremse und legte den Arm um meine Sitzlehne. »Also, es war ein Riesenspaß.«

»Es war denkwürdig«, murmelte ich und wollte aussteigen, aber er hielt mich zurück.

»Loretta, tut mir leid, es ist nur … Du bedeutest mir viel. Das weißt du doch wohl mittlerweile?«

»Ja.« Auf einmal schämte ich mich. Eliot trug an der ganzen Geschichte keine Schuld. »Das weiß ich.«

»Darf ich dich anrufen? Sobald wir uns wieder eingelebt haben, meine ich?«

»Klar.« Selbst ich hörte, dass ich nicht sonderlich überzeugend klang. Die Heimfahrt hatte mich etwas aus der Fassung gebracht; ich brauchte Zeit zum Nachdenken.

Bevor er noch etwas hinzufügen konnte, tauchte eine Gestalt an einem der Fenster des Hacienda Arms auf und winkte wild. »Da bist du ja wieder!«

Es war Primrose, die Haare in Lockenwicklern.

»Du gehst besser mal deine Freundin begrüßen.« Eliot stieg aus und half mir, meine Habseligkeiten aus dem Kofferraum zu holen. Die Lippenstiftproben rasselten in meinem Gepäck.

»Ich komme rüber!«, rief Primrose und zeigte mit dem Finger auf meine Wohnung.

»Dann also bis bald«, sagte ich, ohne Eliot dabei anzusehen.

Nachdem ich mich zum Haus umgedreht hatte, hörte ich den Wagen wegfahren. Ich schaute nicht über die Schulter. Was hätte das bringen sollen?

62

Primrose hatte Bier im Kühlschrank gefunden und zwei davon zur Begrüßung geöffnet. »Ich hab gesehen, dass Eliot dich abgesetzt hat.«

Wir ließen uns wie immer auf der Fensterbank nieder.

»Ja, wir haben uns gestritten.«

»Nein!«

»Doch.«

»Worüber denn, um Himmels willen?«

Darauf wollte ich nicht eingehen. »Ach, das Übliche.«

»Das Übliche kenne ich.« Schlau, wie sie war, bemerkte sie, dass ich nicht darüber reden wollte. Also sah sie aus dem Fenster.

Ihre Mundwinkel sanken herab.

»Geht's dir gut, Primrose?«

Sie rieb sich mit der Hand über den Arm. »Weiß nicht. Das hier …« Sie erschauerte und schob die Ärmel ihres Seidenkimonos hoch. Die Quasten waren ausgefranst und speckig. »Es wird mir langsam zu viel.«

»Du überlegst doch nicht, wegzuziehen, oder?«

»Kann schon sein.« Sie warf mir einen kurzen Blick zu. »Jemand, den ich kenne, hat eine Ranch. Er … er will, dass ich ihn heirate.«

»Heiraten? Du?« Im selben Moment bekam ich ein schlechtes Gewissen. War Primrose nicht genauso skeptisch gewesen, als ich mir bei Raphael so sicher gewesen war? Sie hatte sich damals kein Urteil über mich erlaubt.

»Liebst du ihn denn?«, fragte ich.

Primrose' Miene hellte sich auf. »Und wie! Er heißt Arthur, und er ist ein echter texanischer Gentleman. Du weißt schon, der Mann, der mich vor Peter gerettet hat.« Jetzt erinnerte ich mich, aber Primrose sprach so schnell weiter, dass ich sie nicht zu unterbrechen wagte. »Er trägt Cowboystiefel und alles, und er ist einfach ein Schatz! Außerdem … hab ich schon Ja gesagt.«

»Wirklich? Na, das ist doch großartig.«

»Freust du dich für mich?« Sie lächelte hoffnungsvoll. »Ich kriege ein eigenes Pferd, und das Haus hat drei Badezimmer!«

Ich lächelte tapfer. »Wenn du dich freust, freue ich mich auch.«

»Dann ist es ja gut.« Sie drückte mir ein Päckchen in die Finger, das sie in der Hand gehalten hatte. »Es ist Zeit, meinst du nicht?«

Vielleicht ja. Vielleicht war es wirklich Zeit.

Primrose umarmte mich stürmisch, und ich vergrub das Gesicht in ihren Haaren, atmete ihren Duft ein. Als sie sich von mir löste, schwammen Tränen in ihren Augen. Sie tätschelte mir die Hand. »Also, erzähl mir alles von dir und Eliot.«

Ich war baff. »Mir und Eliot?«

»Natürlich! Ihr beide müsst doch inzwischen zusammen sein. Komm schon, Loretta, mir kannst du nichts vormachen. Picknick im Hotelzimmer!«

»Das heißt gar nichts.«

Sie sah mich liebevoll an und seufzte verzückt. »Arthur hat mich zu einem Picknick eingeladen. Im Griffith Park, beim Zoo. Dort hat er mir den Antrag gemacht.«

Ich war ja nicht oft nahezu sprachlos, aber das war einer dieser Momente. »Wie romantisch. Aber ehrlich, Eliot und ich sind nicht wie du und Arthur.«

»Ach nein?«

»Er hat noch nicht mal versucht, mich zu küssen.«

»Hmm.« Sie machte eine enttäuschte Miene. »Ich hätte schwören können, dass ihr verliebt seid.« Damit schien sie das gesamte Thema abzuhaken und stand auf. »Ich muss dann mal los.«

Ich brachte sie zur Tür, einigermaßen froh darüber, mich selbst nicht mehr mit der Problematik beschäftigen zu müssen. »Wann ziehst du weg?«

»In ungefähr zwei Monaten.«

»Was passiert mit dem Geschäft?«

»Ich verkaufe es als laufenden Betrieb. Super Lage, diskret, diensteifrige Mädels – wer würde so was nicht haben wollen?« Sie grinste.

»Na los, geh schon. Du musst dir ein Hochzeitskleid aussuchen.«

»Ich weiß!« Sie riss die Augen auf. »Stell dir vor, meine Wenigkeit in einem Hochzeitskleid!«

An den Türrahmen gelehnt, sah ich ihr nach, als sie die Treppe hinunterging und dabei munter wie ein Vögelchen vor sich hin sang. Ich lauschte ihr, bis die Haustür ins Schloss fiel und ihre Stimme verebbte.

Dann stand ich ganz allein da. Eliot in mich verliebt? Was für eine verrückte Idee.

63

Nach jenem Wochenende wurde es Zeit, ins Studio zurückzukehren. Ich wählte ein Sommerkleid aus einem Lochstickerei-Stoff mit einem niedlichen kleinen Kragen und kombinierte es mit einem Gürtel und Schuhen in Korallenrosa.

Biff winkte mit seiner Kappe. »Hey, sie ist zurück! Kommen Sie, kommen Sie.«

Ich lief zwischen den Autos hindurch zu ihm. »Wie geht es Ihnen, Biff?«

»Jetzt, wo Sie da sind, noch besser.«

Ein Mann in einem Anzug, der am Steuer darauf wartete, dass das Tor geöffnet wurde, räusperte sich demonstrativ. Ebenso demonstrativ ignorierte Biff ihn.

Er sah mich forschend an. »Wie geht es Ihnen?«

»Gut, Biff, danke.« Nervös schielte ich nach dem Mann im Auto. »Sollten Sie nicht …«

»Sind Sie sicher?«

»Biff, ich muss los. Sonst komme ich zu spät.«

Er salutierte. »Verstanden Käpt'n.«

Ich tat, als müsste ich lachen, und salutierte ebenfalls.

Der wartende Autofahrer hielt sich die Hand an die Stirn. »Dürfte ich jetzt bitte rein?«

Endlich drückte Biff auf den Knopf, um das Tor zu öffnen, und ich floh. In meinem leeren Magen kribbelte es.

Den Weg in die Maske kannte ich inzwischen in- und auswendig.

»Er wartet schon«, begrüßte mich Klein mit einer Zigarre zwischen den Zähnen an der Tür.

»Auf mich im Speziellen?«, fragte ich mit plötzlich trockenem Mund.

»Auf wen sonst?« Der Perückenmacher zeigte mit der Zigarre in den Flur.

Benommen ging ich weiter, während ich mir Mühe gab, an nichts zu denken.

Die Bürotür stand offen.

»Kommen Sie rein, nehmen Sie Platz.«

Ich schloss die Tür hinter mir.

Petraś wartete, bis ich mich gesetzt hatte. »Also, wollen Sie mir erzählen, was los ist?«

Ich versuchte, meine bekannt kecke Art herauszukehren. »Was möchten Sie denn gern wissen?«

Er legte die Fingerspitzen vor dem Kinn aneinander. »Fangen wir doch mit Oscar Romero an.«

Ich zuckte die Schultern. »Ich weiß nicht … Ich meine, womit soll ich denn anfangen?«

»Mit der Wahrheit vielleicht?« Aus einer Schublade holte er eine Ausgabe der *Daily Variety* und knallte sie auf den Schreibtisch.

Baseballgroße Leber, verkündete die Schlagzeile.

Eilig las ich den Artikel durch. *Jäher Zusammenbruch … bekannter Alkoholiker … anstößiges Verhalten … Obduktionsbericht … leber- und herzkrank.*

»Die Autopsie wurde schon durchgeführt?«

»In Hollywood geht alles schnell.«

Das konnte man wohl sagen. Autopsie fertig und die Presse wusste bereits Bescheid, und das alles übers Wochenende? Jemand plauderte.

Wortlos schob ich die Zeitung über die Tischplatte zurück.

Petraś stieß ein Seufzen aus. »Warum haben Sie Arvella nichts erzählt?«

»Ich wusste ja nicht, dass er stirbt!«

»Ja«, räumte er ein. »Das klingt alles sehr dramatisch.« Er zögerte. »Ist sonst noch was passiert, während Sie dort waren?«

»Was meinen Sie?«

Er deutete mit dem Kopf auf den Artikel. »Anstößiges Verhalten.« Kurze Pause. »Das ist eine ernste Sache, Loretta. Es war erst Ihr ... Ihr was, zweiter oder dritter Film? Und schon gibt es einen Todesfall am Set.«

Oje, er schöpfte Verdacht. Hatte Eliot etwas gesagt? Seit wir zurück waren, hatte er noch kein Mal den Hörer in die Hand genommen.

»Das sollte keine von meinen Angestellten erleben müssen«, fügte Petraś sanfter hinzu. »Wenn Sie irgendwas zu erzählen haben, dann raus damit.«

Ich brachte ein schiefes Lächeln zustande. »Um mich müssen Sie sich keine Sorgen machen.«

»Das sagen Sie immer, Loretta, aber ich tue es trotzdem.« Sein Stuhl quietschte, als er aufstand. Er ging um den Schreibtisch herum und setzte sich auf die Tischkante. »Lip Girl Lippenstifte. Hübscher Name. Gefällt mir.«

Schicksalsergeben schloss ich die Augen. »Arvella.«

»Ich rate Ihnen, in Zukunft nicht einfach für jeden sichtbar eine Zutatenliste rumliegen zu lassen. Wissen Sie, es mag Ihnen schwerfallen, das zu glauben, aber Arvella tut Ihnen damit einen Gefallen.«

»Einen Gefallen?«

»Es gibt einen Grund dafür, dass ich kürzlich in New York war.« Er verschränkte mit einem ziemlich selbstgefälligen Ausdruck auf dem Gesicht die Arme vor der Brust.

»Nämlich?«

»Ich denke darüber nach, mein Sortiment zu erweitern. Produkte für einen jüngeren Markt. Teenager. Schon mal davon gehört?«

Ich sah ihn durchdringend an. »Ich war selbst mal einer, vor gar nicht allzu langer Zeit.«

»Genau! Und als ich neulich in Ihrer Wohnung war, habe ich gesehen, was sie vorhaben.«

»Das habe ich nie während der Arbeitszeit gemacht«, sagte ich hastig.

»Sie brauchen mir nichts zu erklären, Loretta.« Er setzte sich wieder auf seinen Stuhl. »Ich investiere in Ihre Idee, gegen eine Beteiligung von siebzig Prozent.«

»Sie … Wie bitte?« In Hollywood ging wirklich alles verdammt schnell.

»Ich möchte Ihnen helfen. Mein Geld, Ihr Name«, fuhr er fort.

Ich überschlug rasch im Kopf. »Und ich gebe *siebzig* Prozent ab?«

Er senkte die Augenlider. »Haben Sie die geringste Ahnung, was es kostet, eine Kosmetiklinie einzuführen?«

Ich wurde rot, als mir einfiel, wie spöttisch Arvella auf meine Berechnungen reagiert hatte. »Aber es sind meine Rezepte«, sagte ich, um Zeit zu gewinnen.

»Sie können die besten Rezepte der Welt haben«, erwiderte er geduldig. »Aber was ist mit der Produktion? Schon mal in einer Kosmetikfabrik gewesen?« Er wartete, bis ich den Kopf geschüttelt hatte. »Natürlich nicht. Was könnten Sie schon von den richtigen Gefäßen wissen oder den exakt einzuhaltenden Temperaturen? Und das ist nur der Anfang.« Er zählte die Punkte an den Fingern ab, während ich wortlos zuhörte. »Das alles sage ich nicht aus Gemeinheit, Loretta, sondern damit Sie es nachvollziehen können. Sie brauchen mich.« Er bedachte mich mit einem Blick, der alles zu enthalten schien, was mir durch den Kopf schoss. »Wir brauchen einander.« Er verschränkte die Finger und wartete.

»Fünfzig Prozent«, sagte ich schnell. »Fünfzig können Sie haben.«

»Verstehen Sie denn nicht? Ich biete Ihnen an, wohlhabend zu werden.«

Wir sahen einander an.

Ich ließ seine Seidenkrawatte auf mich wirken, seinen Mahagoni-Schreibtisch, den goldenen Füllfederhalter: alles, was er früher gewesen war und jetzt war. Der Immigrant, der es aus eigener Kraft geschafft hatte. Der Mensch, der eine Gelegenheit erkennen und zu einem Vermögen machen konnte. Der Mensch, der glaubte, dass ich ebenfalls das Zeug dazu hatte.

Eine Assistentin platzte herein. »Mr. Petraś«, sagte sie hektisch. »Mr. Klein bittet Sie, schnell zu kommen. Marilyn hat sehr eigene Vorstellungen von Blond.«

»Ist gut, danke.«

Die junge Frau verschwand, und gemeinsam lauschten wir schweigend ihren sich entfernenden Schritten.

Nach einer Weile seufzte Petrás resigniert. »Klein und seine Perücken. Demnächst verlangt er noch, dass es dafür einen eigenen Oscar gibt.« Er lächelte mich an. »Möchten Sie wenigstens darüber nachdenken?«

Als er aufstand und an mir vorbeiging, sah ich ihm nach. An der Tür drehte er sich noch einmal zu mir um. »Ich hatte an sechzehn Farbtöne gedacht. *Sweet Sixteen,* Sie wissen schon.« Er hielt sich die Finger an die Lippen und warf mir eine Kusshand zu. Mein überfordertes Herz fühlte sich an, als wollte es zerspringen. »Und das wäre nur der Auftakt.«

Damit verschwand er.

Ich sackte in mich zusammen.

»Ja, ja«, hörte ich ihn draußen sagen. »Also, was ist das Problem?«

Sechzehn. Entgeistert starrte ich die Tür an. Dann schaute ich mich in seinem Büro um. Betrachtete die Auszeichnungen, die Fotos, auf denen er mit diversen Stars zu sehen war, die lederne Schreibunterlage, den Stiftehalter.

Sechzehn verdammte Farben.

64

Letzten Endes einigten wir uns auf einundfünfzig Prozent für Petraś.

»Jetzt fängt der Spaß an«, verkündete er, nachdem wir beide den von seinem Anwalt aufgesetzten Vertrag unterschrieben hatten, und lud mich fürs nächste Wochenende in seine Villa ein, damit wir loslegen konnten.

Eine Hausangestellte mit gestärkter Schürze über einer schwarzen Uniform mit süßem Muschelkragen öffnete mir die Tür. Sie stellte sich als Mary vor. »Mr. Petraś erwartet Sie.«

Ich folgte ihr durch das Haus, wobei ich mich beherrschen musste, nicht mit offenem Mund zu gaffen.

Vor einer breiten Terrassentür in der großzügigen Küche standen Petraś und ein anderer Mann. Sie trugen seidene Morgenmäntel mit Paisleymuster und locker umgebundene Halstücher. Petraś' Besuch war sehr attraktiv, ausgeprägte Wangenknochen, das perfekte Grübchen im Kinn. Ein griechischer Gott, der sich unter uns Sterbliche gemischt hatte. Als ich den vertraulichen Blick zwischen den beiden bemerkte, ging mir ein Licht auf.

Und du dachtest, er und ich würden es miteinander treiben, neckte mich Sallys Stimme. *Was für ein Brüller!*

»Loretta, darf ich Ihnen Paulo vorstellen.«

Paulo musterte mich forschend, während er mir die Hand entgegenstreckte.

Ich ergriff sie. »Es ist mir eine Ehre.«

Seine Miene entspannte sich, und er drehte sich zu Petraś um. »Du hast recht, sie ist eine von den Guten.«

Mein Chef lächelte. »Oh, verlass dich drauf. Das weiß ich.« Er zog einen Hocker heran. »Setzen Sie sich doch. Machen Sie es sich gemütlich.«

Gemütlich. Ich meine, wenn man weiße Marmorsäulen, eine Dreifachgarage und einen separaten Gästetrakt als gemütlich bezeichnen konnte, dann war es das wohl.

Während sich Mary und Paulo an der Arbeitsfläche daranmachten, einen Biskuitkuchen auf einer Platte zu drapieren, setzte sich Petraś neben mich. Die drei waren wie eine kleine Familie.

Petraś griff in seine Tasche und holte ein herzförmiges Schächtelchen heraus.

»Das ist für Sie«, sagte er. »Immerhin ist heute ein sehr wichtiger Tag. Ihr letzter Tag als Maskenbildnerin, bevor Sie Unternehmerin werden.«

»Was ist das?«

»Nur eine Kleinigkeit, um diesen Anlass zu würdigen.« Petraś deutete mit dem Kopf auf das Schächtelchen. »Machen Sie es auf.«

Paulo war wieder neben uns getreten und strahlte über das ganze Gesicht.

Ich zog an der rosa Schleife. Die Messingscharniere quietschten verhalten, als ich den Deckel aufklappte. Auf einem rosa Samtkissen lag ein schwer wirkendes goldenes Lippenstiftröhrchen.

Ungläubig sah ich auf. »Nein!«

Petraś nickte.

Ich nahm das Röhrchen heraus und wog es in der Hand.

»Massivgold«, bestätigte er. »Drehen Sie mal um.«

Eingraviert auf der anderen Seite stand der Schriftzug *Lip Girl*.

»Das ist zu viel«, murmelte ich, was mich aber nicht davon abhielt, das Röhrchen aufzuschrauben.

»Nennen Sie es ein Muster.« Petraś wirkte sehr stolz auf sich. »Probieren Sie ihn mal aus.«

An dem Röhrchen war mit einem Scharnier ein winziger Spiegel befestigt, den ich ausklappte, um mich zu betrachten. Ich erkannte die Frau, die mich ansah, kaum. Mein Gesicht wirkte voller, und das Gequälte, das in meinen Augen gelegen hatte, war verschwunden. So viel war passiert, seit ich meine Mutter und Enid in einem Häuschen am Meer zurückgelassen hatte.

»Na los, ausprobieren!«

Ich trug den Lippenstift auf. »Wie sehe ich aus?«

»Fantastisch«, flüsterte Mary, die sich ebenfalls wieder zu uns gesellt hatte.

Paulo nickte, als Petraś mir eine Hand auf den Arm legte. »Sie haben sich alles verdient, was das Leben für Sie bereithält, Loretta.«

Mein Lächeln erstarb, als Oscars lebloser Körper im Wüstenregen vor meinem geistigen Auge aufblitzte. Ich hoffte inständig, dass das nicht zutraf.

65

Erinnert mich an die alten Zeiten!« Petraś rieb sich die Hände, während er interessiert zusah, wie ich meine selbst gemachten Pigmente aufreihte.

Wir waren ins Esszimmer gegangen, wo der lange Tisch zum Schutz mit einer Plastikfolie abgedeckt war. Petraś inspizierte, was ich bisher produziert hatte, wobei er mindestens die Hälfte der Mischungen mit wenigen Worten abqualifizierte – das Braun nicht warm genug, zu wenig Blau im Rot. Ich musste zugeben, dass ich völlig planlos war.

»Die sechzehn Farbtöne müssen eine geschlossene Einheit bilden«, erklärte er. »Nicht einfach nur ein buntes Allerlei, Loretta.«

Mit diesem Part hatte ich immer noch Schwierigkeiten. Es gab so viele Farben zur Auswahl.

»Aber woher weiß man, welche man auswählt?«, jammerte ich.

»Sie wollen eine Geschichte erzählen. Das machen alle echten Maskenbildner. Lizzie Arden und ihre rote Tür. Bourjois und diese runden Döschen. Max und sein Hollywood-Glamour. Was soll Ihre Geschichte werden? Na los, Loretta«, ermunterte er mich.

Ich zog einen Stuhl heraus, setzte mich und stützte das Kinn in die Hände. Wer war das Lip Girl? Tochter und Schwester. Erpresserin. Englische Einwanderin. Ehefrau, Maskenbildnerin, Freundin. Und ganz klar ein Mensch mit Geheimnissen.

Kein buntes Allerlei, Loretta. Etwas Stärkeres?

Ich dachte an all die Schauspielerinnen, die ich bewunderte. Die mich nach Hollywood geführt hatten. Die starken Frauen. Lauren Bacall, Elizabeth Taylor, Lana Turner. Lucille Ball, verdammt noch mal! *I Love Lucy* lief erst seit Kurzem im Fernsehen, war aber schon ein Renner, und sie produzierte die Serie mit ihrem kubanischen Ehemann selbst. Die Liste hätte sich ewig fortsetzen lassen. Das sollte meine Inspiration sein.

»Wir empfinden unsere Farbtöne starken Frauen nach«, sagte ich schließlich.

Petrás legte mit konzentrierter Miene den Kopf schief. »Reden Sie weiter.«

Und wie ich das tat!

»Junge Frauen wollen nicht mehr wie ihre Mütter aussehen. Diese dicke Spachtelmasse. Was sind wir, Clowns?« Ich kam langsam in Schwung. »Die Leute wollen was anderes.«

Ich ließ den Blick über die Farbpalette schweifen, spürte ein aufgeregtes Prickeln. Himbeere, Koralle, all diese Mädchenschattierungen, was für ein Quatsch! Wir mussten systematischer vorgehen. Plötzlich war alles sonnenklar: Elizabeth' Lila-Töne. Lana Turner in *Im Netz der Leidenschaften*. Film noir! Wir wollten nicht wir selbst sein, sondern vollkommen anders. Wir wollten Filmstars sein, egal, wie jung wir noch sein mochten.

»Okay, ich hab's kapiert«, sagte ich. »Man muss sich was trauen.«

»Genau!« Petraś war an Bord. Vielleicht brachte zur Abwechslung mal ich ihm etwas bei.

Wir schnappten uns die Tiegelchen. Von dem Moment an wussten wir, dass wir uns auf einem guten Weg befanden. Gewissenhaft machten wir uns Notizen, während wir wogen und mischten, hier und da um ein Milligramm abänderten.

Magenta! Scharlach! Kirsch! Bald hatten wir die sechs Farben für die Markteinführung fertig, und ich lernte an dem Tag etwas Wichtiges: Kreative brauchten Freunde.

Eines Nachmittags spielten wir mit einem besonders kraftvollen Farbton herum, der mich an Grace erinnerte. An ihr hätte er perfekt ausgesehen. Ich dachte an ihren Kavalier James Luke und dass es um die Karriere der beiden unheimlich still geworden war. Während der Dreharbeiten in der Wüste hatte ich eine Postkarte von ihr bekommen, ansonsten jedoch nichts mehr von ihr gehört.

»Kannten Sie schon mal jemanden, der aufs Abstellgleis geschoben wurde?«, fragte ich ohne Einleitung.

Petraś hob nicht einmal den Kopf. »Geht es um Grace?«

Mir fiel die Kinnlade herunter. »Woher wissen Sie das?«

»Arvella hat mir erzählt, dass Sie beide dick befreundet sind. Sie sind nicht so dezent, wie Sie glauben, Loretta.«

»Ach.«

»Sie dürfen sich nicht einmischen.« Ganz offensichtlich verriet mich meine Miene, denn er richtete seinen Spatel auf mich. »Was auch immer da läuft, halten Sie sich raus.«

»Aber ich weiß ja noch nicht mal, was los ist!«

»Gut. Belassen Sie es dabei.«

»Das sind doch reine Vorurteile«, platzte ich heraus. »Sie soll keine Beziehungen mit jemandem führen, weil er, was, ein Japse ist?«

Petraś sah mich böse an. »Waschen Sie sich gefälligst den Mund aus.«

Ich spürte die Wut in mir aufwallen. »Genau das sagen alle, und Sie wissen genau, dass ich es nicht so meine. Glauben Sie etwa, ich sehe tatenlos zu, wie Grace aus der Stadt gejagt wird?«

Er holte tief Luft. »Werfen Sie mir nie wieder vor, tatenlos zuzusehen.«

»Na, was unternehmen Sie denn?«

»Ich bemühe mich, die Dinge zu verbessern, Loretta. So wie ich es schon mein ganzes Leben lang mache, wie ich es für Sie mache.« Er schlug mit der flachen Hand auf den Tisch. Dermaßen aus der Fassung hatte ich ihn noch nie erlebt. »Aber wir können nicht für jeden alle Probleme aus der Welt schaffen.« Noch ein tiefer Atemzug. »Außerdem ist Grace schlau.«

»Sie haben sie *farblos* genannt.«

Noch ein warnender Blick. »Ich habe mich geirrt.«

Also wusste er doch etwas. »Was läuft da?«

»Das werden Sie schon noch erfahren.«

»Wann?«

»Bald. Grace und ihr Auserwählter … Tja, Sie werden sich über die Nachrichten freuen.«

»Warum erzählen Sie es mir nicht einfach?«

»Dazu sind doch die Klatschkolumnisten da.«

»Ach, von wegen Klatschkolumnisten. Sie wissen was!«

Ich wollte mit den Fäusten auf ihn losgehen, aber er hielt mich lachend fest. »Jeder braucht seine Geheimnisse, Loretta.« Sein Tonfall duldete keinen weiteren Widerspruch.

Er machte sich wieder an die Arbeit, und mich beschlich ein sehr ungutes Gefühl. Für ihn war das alles ein Witz, für mich aber nicht. Klar, jeder brauchte seine Geheimnisse – nur, wenn Petraś über Grace Bescheid wusste, hieß das, er wusste auch über mich Bescheid? Wäre dem so gewesen, wäre er sicherlich keine Geschäftsbeziehung mit mir eingegangen … oder etwa doch?

Es gab allerdings noch eine größere Frage, die mich umtrieb. Wer war Loretta Darling eigentlich?

66

Ich hätte wissen müssen, dass Dr. Price mit seiner Behauptung recht behalten sollte, und zwar nicht nur hinsichtlich der Angehörigen. Oscar Romeros Beerdigung wurde das Ereignis des Jahres.

Oscars Familie saß zusammengedrängt in den vorderen Bänken von St. Clement, die Gesichter der Frauen schwarz verschleiert. Alle wirkten verstörend durchschnittlich, lauter schlecht geschnittene Anzüge und Handtaschen mit abgestoßenen Ecken.

Ich selbst saß oben auf den billigen Plätzen, was mir nichts ausmachte. Da Pfarrer McCoy eine Stunde auf sich warten ließ, vertrieb ich mir die Zeit damit, die Stars unten zu zählen.

Hedda Hopper saß neben Petraś, ungefähr eine Reihe hinter den prominentesten Gästen. Ein paar Plätze weiter entdeckte ich Arvella. Wie schade. Sie würde keinen Klatsch zu erzählen haben. Brando mit düsterer Miene, Elizabeth Taylor göttlich in einem Zweiteiler mit schwarzem Schleier, der garantiert ihre veilchenblauen Augen betonte, nicht weit davon Grace Kelly in einem Kostüm aus Christian Diors »New Look«-Kollektion, das sich an ihre schmale Taille schmiegte.

Schließlich tauchte Pfarrer McCoy auf. Er hielt eine lange Rede, was für ein Talent Oscar Romero gewesen war, der übliche Mumpitz darüber, was er nicht alles aus einem Drehbuch machen konnte. Das hätte Eliot zum Lachen gebracht.

Wo war Eliot überhaupt?

Noch einmal sah ich mich um. Ich war vorher noch nie in einer katholischen Kirche gewesen. Sie unterschied sich stark von der klammen, schlichten Methodisten-Kapelle, in die ich jeden Sonntagmorgen geschleift worden war. Hier hing Jesus an einem Dutzend Kreuzen, das Gesicht schmerzverzerrt. Es gab viel Gold und was Mum Protz genannt hätte.

Nach einer Weile blieb mein Blick an einer Gestalt hängen. Eliot. Er trug einen schwarzen Anzug – bei der Hitze! – und hatte sich vorgebeugt, um das Geschehen unten zu verfolgen. Während ich lautlos die Lippen zu dem Lied bewegte, das gerade gesungen wurde (irgendetwas über Hirten oder Sünden oder so), beobachtete ich ihn heimlich über das Gebetbuch hinweg. Dann begegneten sich unsere Blicke. Angestrengt versuchte ich, seine Miene zu deuten. War er möglicherweise bereit, sich wieder zu versöhnen, oder durfte ich darauf nicht zu hoffen wagen? Bei der letzten Strophe – so viele Strophen! – sang er auf einmal übertrieben mit, schielte dabei und spielte den Clown. Ich musste mein Lachen hinter dem Büchlein verstecken. Doch das Beben meiner Schultern schien ihm nicht zu entgehen, denn als ich verstohlen den Kopf hob, grinste er mich an. Ich konnte kaum erwarten, dass der Gottesdienst vorbei war.

Als ich nach der Trauerfeier endlich ins helle Sonnenlicht trat, fiel ein Schatten auf mich.

Hedda Hopper, ausgerechnet.

»Das Lip Girl.« Warum beachtete sie mich überhaupt? »Wie geht es Ihnen?«

»Ähm, gut. Danke.« Ich sah mich nach jemandem um, der mich retten konnte, aber da war niemand. »Und Ihnen?«

»Ich bin natürlich untröstlich. Arvella war so freundlich, mir eine Einladung zukommen zu lassen. Was für eine Tragödie. Also.« Aus dem Nichts zauberte sie einen kleinen Notizblock und einen goldenen Ministift hervor. »Sie waren für Oscars Maske zuständig, richtig? Bei *Die Irrgläubigen?*«

Ich machte große Augen. »Äh, ja.«

»Auf Insistieren der Familie wird es eine gerichtliche Untersuchung der Todesursache geben, nicht wahr?«

Ich brauchte einen Moment, um mich zu fassen. Zum Glück erspähte ich in diesem Augenblick ein Stück hinter ihr ein bekanntes Gesicht. Ich winkte wild. »Entschuldigung, ich muss weg.« Damit ließ ich sie stehen und quetschte mich zwischen einer Reihe Filmstars hindurch. »Hallo! Wie schön, dich zu sehen.«

»Hallo.« Eliot sah zu Hedda hinüber. »Probleme?«

Als ich nickte, lotste er mich um die Ecke der Kirche, wo ich mich gegen eine Tür sinken ließ. »Danke.«

»Bitte.« Er warf verstohlen einen Blick über die Schulter. »Alles gut.«

»Nein, gar nichts ist gut. Hedda Hopper!«, platzte ich heraus. »Sie erzählt was von einer gerichtlichen Untersuchung von Oscars Todesursache!«

Eliot runzelte die Stirn, aber ehe er etwas erwidern konnte, tauchte auf einmal Riki auf und klopfte ihm auf den Rücken. »Hallo, Kumpel.« Dann erkannte er mich. »Ach, hallo, Loretta.« Wieder an Eliot gewandt, fragte er: »Willst du dir die Ausschnitte mit ansehen?«

»Fahrt schon mal vor. Ich komme gleich nach.«

Widerstrebend nickte Riki. »War schön, dich zu sehen, Loretta.« Er hob zum Abschied die Hand, bevor er zu Eliot sagte: »Beeil dich.«

»Du solltest mitfahren«, drängte ich. »Ich komme allein klar.«

Eliot hob die Augenbrauen. »Im Ernst? Du brauchst mich nicht?«

»Ist ohne dich schon schwer genug.«

»Manch einer würde daran vielleicht Anstoß nehmen.« Er verschränkte die Arme und machte ein beleidigtes Gesicht. Als würde ich darauf hereinfallen!

Es tat so gut, wieder jemanden zum Ärgern zu haben.

Ich verschränkte ebenfalls die Arme, und wir sahen uns starr in die Augen.

Er wandte den Blick zuerst ab, schüttelte den Kopf und fluchte halblaut. »Du kleines Miststück, Loretta Darling.«

»Danke!«

»Willst du eine Kleinigkeit essen gehen?«

»Ich bin am Verhungern!« Kirchen haben gern mal diesen Effekt, nicht wahr?

Eliot hielt mir den Ellbogen hin. »Na dann los.«

Es gab nur ein Problem. Als wir um die Ecke bogen, unterhielt sich dort Hedda Hopper mit Arvella.

67

Wenigstens haben sie uns nicht gesehen!«

»Wer?«, fragte Eliot.

»Hedda und meine Freundin, die gemeine Arvella.«

»Loretta, glaubst du allen Ernstes, die kümmern sich um uns? Wir sind für die zwei Niemande!«

Eliot hatte recht.

Ich starrte den Schriftzug an. Es war sehr lange her, dass ich zuletzt hier gewesen war.

»Magst du das Van de Kamp's nicht?«, fragte Eliot. »Wir können auch woanders hingehen.«

»Nein, nein.« Ich schüttelte mich. »Los, gehen wir rein.«

Die Kellnerinnen huschten in den vertrauten rosa-türkisen Uniformen herum, aber die Gesichter waren alle neu. Der Koch allerdings war noch derselbe.

»Hey, Loretta«, grüßte Jake. »Wie geht's, wie steht's?«

Ich winkte ihm zu. »Super, Tom, total super.«

Er zeigte mit einer Schöpfkelle erst auf mich und dann auf eine Kellnerin. »Apfelkuchen aufs Haus.«

Eliot sah mich verblüfft an.

»Ich hab hier mal gearbeitet«, erklärte ich. »Nachdem ich frisch angekommen war.«

Er sah sich um. »Hier hat also alles angefangen? Die sollten so eine Gedenkplakette aufhängen.« Er malte sie in die Luft. »Einst servierte hier das legendäre Lip Girl Kuchen.«

Wir setzten uns an einen Tisch, und die Kellnerin – ihr

aufgesticktes Namensschild informierte uns, dass sie Judy hieß – nahm unsere Bestellung auf. Wir baten um schwarzen Kaffee und eine extra Kugel Eis zum Apfelkuchen.

Sobald sie gegangen war, verschränkte Eliot die Arme und beugte sich über den Tisch. »Also, raus mit der Sprache. Was hat es mit Miss Hopper auf sich?«

»Sie ist uns auf der Spur.«

»Uns? Was soll das heißen?«

»Es wird eine gerichtliche Untersuchung geben. Oscars Verwandtschaft glaubt anscheinend das mit der explodierten Leber nicht.«

Eliot wurde bleich. »Seine Leber ist also gar nicht explodiert?«

Ich ließ mich gegen die Rückenlehne sinken. »Der stand schon die ganze Zeit mit einem Bein im Grab. Der Mann war eine wandelnde Apotheke.« Ich hob die Papierserviette auf und ließ sie wieder fallen. »Oscar Romero ist in der Wüste gestorben. Was gibt es daran nicht zu verstehen?«

»Sag du es mir. Du bist diejenige, die sich über die gerichtliche Untersuchung aufregt.«

Ich riss die Augen auf. »Sein Puls. Du weißt schon, den wir beide gespürt haben?«

»Na ja, ich wusste nicht … Keine Ahnung.« Er wirkte verwirrt. Zu verwirrt.

Ich winkte ab. »Ist ja auch egal. Vergiss es einfach.« Schweißtropfen kribbelten unter meinen Achseln. Ich hatte gedacht, wir wären Komplizen, und jetzt das?

Eliot musterte mich einige Sekunden lang, dann lehnte er sich ebenfalls zurück. »Also gut. Keine Panik. Worüber auch immer wir in Panik geraten sollten.«

»Über nichts«, sagte ich mürrisch. »Absolut gar nichts.«

»Na, das ist doch super. Denn ich hätte einen Vorschlag zu machen.«

»Nämlich?« Ich tat, als schmollte ich, war in Wirklichkeit aber sehr gespannt.

»Zuerst mal brauche ich eine Entschuldigung.«

»Eine was?«

»Sofort, Loretta.«

Ich starrte die Tischplatte an. »Tut mir leid«, murmelte ich, obwohl ich keine Ahnung hatte, wofür ich mich entschuldigen sollte.

»Es tut mir leid, Eliot, dass ich geschmollt habe und dass ich dich ignoriert habe und dass wir wochenlang nicht miteinander geredet haben«, sprach er mir vor.

»Ja, von mir aus. Das alles.«

»Wow. Und du bist gerade solo? Ehrlich, ich bin erstaunt.«

»Wer hat gesagt, dass ich solo bin?«

»Bist du nicht?«

Ich seufzte. »Doch, bin ich.«

»Schön.«

»Ist ja gut, es tut mir leid. Es tut mir leid, es tut mir leid, es tut mir LEID!«

Die anderen Gäste drehten sich schon zu uns um.

»Wunderbar. Sehr demütig. Das mochte ich schon immer an dir.« Er holte tief Luft. »Möchtest du jetzt meinen Plan hören oder nicht?« Er lehnte sich vor und verschränkte seine Finger mit meinen. Alle anderen Geräusche verblassten. »Wir vertrauen einander, oder nicht?«

Ich drückte seine Hand. »Absolut.«

»Tja, also …«

Und dann fing er an zu erzählen. Von seinem Plan für uns beide. Einem Plan, der uns weit, weit von Hollywood und seinen heimtückischen Lügen und Klatschkolumnen wegführen würde. Einem Plan, der einen Neuanfang bedeutete.

Offen gestanden konnte ich es kaum erwarten zu entfliehen.

68

Eliots Wagen sprang nicht an (mal wieder), also nahmen wir ein Taxi zu ihm. Stumm saßen wir auf der Rückbank, die Hände fest verschränkt.

Im Flur kniete Eliot sich hin, um mir die Schuhe auszuziehen, die mich schon den ganzen Tag quälten. Als sich unsere Blicke begegneten, durchströmte eine Flut von Emotionen meinen Körper. Passierte das wirklich?

»Kann ich dir was zu trinken anbieten?«

»Nein.«

»Was zu knabbern?«

»Wir haben doch gerade gegessen.«

Seine Miene war fragend. »Kann ich denn gar nichts für dich tun?«

Ich nahm ihn bei der Hand und führte ihn ins Schlafzimmer. Den Weg kannte ich ja bereits. Eine Nachttischlampe warf uns ein einladendes Leuchten entgegen.

»Was geht hier vor?«

»Wir haben jetzt Sex, Eliot.«

»Bei dir klingt das so romantisch.«

»Du könntest mich ausziehen.«

Und so begann es. Die Haken und Ösen. Das Ratschen des Reißverschlusses. Das langsame Abstreifen der Seidenstrümpfe. Meine Oberschenkel wurden heiß. Mein Brustkorb fühlte sich an, als wollte er bersten. Eliot trat zurück und betrachtete mich beinahe ehrfürchtig, und ich zerfloss innerlich, obwohl ich versuchte, die Kontrolle zu behalten.

»Ziehst du dich dann auch mal aus?« Ich gab mich weiter cool. Einer von uns musste es ja tun. »Sonst wird das nichts, glaube ich.«

»Weißt du, Loretta, es ist lange her, dass ich …«

Ich streckte mich auf seinem Bett aus.

Er starrte mich an. »Okay, wenn, dann brauche ich aber Musik.«

»Was bist du, ein Stripper?«

Ohne darauf zu reagieren, lief er ins Wohnzimmer.

Ich schob die Hände unter den Kopf und horchte. Schon bald hörte man Ella Fitzgeralds schmeichelnde Stimme. Kurz darauf tauchte Eliot mit zwei Gläsern Whisky in der Tür auf und leerte eins davon in einem Zug. »Ich muss mir Mut antrinken.«

»Du ziehst nicht in den Krieg.«

Skeptisch blickte er an sich hinab.

»Fang mit dem Hemd an«, schlug ich vor.

Einen nach dem anderen öffnete er die Knöpfe, verhedderte sich dann aber mit dem Ärmelsaum in seiner Armbanduhr und zerrte verzweifelt daran.

»Ach, Liebster«, murmelte ich. »Du bist wirklich der Beste.«

»Sei still, Loretta!«

Ich legte Daumen und Zeigefinger aneinander und machte damit eine Geste, als würde ich einen Reißverschluss vor meinen Lippen zuziehen.

Danach kamen die Hose, die Unterhose, das Unterhemd dran. Du liebes bisschen, Männer trugen beinahe so viele Schichten wie wir Frauen!

Er kam zum Bett und legte sich neben mich, den Kopf in meine Achsel geschmiegt. »Zum Glück haben wir das hinter uns.«

Ich kletterte auf ihn. Meine Miene wurde ernst, als wir uns mit heißer Haut aneinanderpressten.

»Willst du es?«

»Ja, ich will es.«

Die nächsten Momente verliefen nicht *gänzlich* reibungslos. Er verfing sich mit den Fingern in meinen Haaren. Er meldete sich, wenn ich zu weit oben oder zu weit unten oder irgendetwas in der Mitte war. Viel Gerede, viele Instruktionen. Viel Nettigkeit. Viel Intimität.

Ich sah ihn an, atmete seinen Duft ein, spürte seine Hände auf meinen Rundungen. Mein eigenes Verlangen nach ihm fühlte sich an wie Hunger. Das Ganze war nicht routiniert oder ausgefeilt, aber es war liebevoll.

Hinterher lagen wir Seite an Seite auf der Matratze, die Gliedmaßen von uns gestreckt wie Seesterne.

»Auf einer Skala von eins bis zehn?«, fragte Eliot, den Blick an die Decke gerichtet.

»Männer! Warum braucht ihr immer eine Wertung?«

»Wir können nicht anders. Das ist genetisch verankert.«

Ich stützte mich auf einen Ellbogen und betrachtete sein Gesicht, strich ihm eine Strähne aus der Stirn. »Also gut, lass mich überlegen. Meinst du nach olympischen Gesichtspunkten?«

»Sag du es mir.«

Ich zählte die Kriterien an den Fingern ab. »Für die Kür sieben Punkte. Haltung sechs.«

»Sechs?«

»Also bitte, du bist zwischendurch vom Bett gefallen.«

Er nickte. »Akzeptiert.«

»Ausführung … zehn.«

Er grinste. »Das sagst du jetzt nur aus Nettigkeit.«

Ich schüttelte den Kopf. »Eliot, ich kann dir versprechen, dass ich niemals etwas nur aus Nettigkeit zu dir sagen werde.«

Er nahm sich eine Zigarette vom Nachttischchen und

zündete sie mit einem Marmorfeuerzeug an. »Wusste ich's doch.«

Dafür trat ich ihn so fest gegen das Schienbein, dass er aufjaulte; dann setzte ich mich rittlings auf ihn, nahm ihm die Zigarette ab, drückte sie im Aschenbecher aus und verflocht meine Finger mit seinen. Ich beugte mich runter, bis meine Brust an seine gedrückt war und meine Haare über seinem Gesicht hingen, und küsste ihn. »Du wirst nie, niemals eine bessere Frau als mich kriegen.« Ich drückte meine Hände noch fester auf seine. »Stimmt's?«

Er reckte den Hals, um mich zu küssen. »Stimmt.«

Ich richtete mich auf und wickelte mir die Haare zu einem Knoten. »Ich muss los.«

Er schob mich von sich herunter und rutschte an die Bettkante vor. »Was? Warum?«

»Oscar-Verleihung morgen, schon vergessen?«

»Das kann nicht dein Ernst sein.«

»Oh, doch. Ich hab viel zu tun und muss schlafen.«

Er warf einen Blick auf den Wecker. »Es ist noch nicht mal Mitternacht.«

Ich schmiegte den Kopf an seinen Hals. »Wir brauchen beide unseren Schlaf.«

»Und den können wir nicht zusammen haben?«

Ich gab ihm noch einen Kuss. »Ruh dich aus, wir sehen uns morgen. Wir haben beide einiges durchgemacht; ein einziger Abend mit Essen und Sex reicht nicht aus, um sich davon zu erholen.«

Er zog den Kopf zurück, um mich anzusehen. »Beschäftigt dich was?«

»Du auf jeden Fall nicht.« Das hatte abweisend geklungen. Ich verflocht meine Finger mit seinen. »Entschuldige, so hab ich das nicht gemeint.« Ich stockte. Erinnerungen waren aufgeblitzt. So intim mit einem echten Mann zu sein – und Eliot war ein echter Mann –, führte mir wieder vor Augen, was ich alles verpasst hatte.

»Willst du mir davon erzählen?« Eliot sah mir offensichtlich an, dass etwas nicht stimmte.

Ich stand auf und wandte ihm den Rücken zu. »Wovon?«

»Loretta, wenn wir meinen Plan durchziehen wollen, sollten wir dann nicht wenigstens ehrlich zueinander sein?«

Ich drehte mich wieder zu ihm um. »Auf der Stelle? Und so?« Ich deutete an uns beiden herab. Wir waren immer noch splitternackt.

»Wenn nicht jetzt, wann dann? Früher oder später werden wir diese Unterhaltung führen, ob du willst oder nicht.«

Ich wollte nicht, überhaupt nicht.

»Na los, komm zurück ins Bett.«

Er ging uns noch einen Whisky holen und legte eine neue Platte auf.

»Du brauchst nicht solche Angst zu haben.« Er stellte mein Glas auf das Nachttischchen, setzte sich neben mich aufs Bett und schüttelte die Kissen auf.

»Also.« Er verschränkte die Arme.

»Also.«

»Tu, als wäre ich dein Therapeut.«

»Ich war noch nie bei einem.« Mal ehrlich, hierzulande waren alle so unglaublich fixiert auf das, was sich in ihrem Kopf abspielte, und wollten unbedingt jemanden für seine ehrliche Meinung bezahlen. Hatten die keine Freunde?

»Meistens fängt man bei den Eltern an.« Er schloss die Augen. »Erzähl. Tu von mir aus so, als wäre ich gar nicht da.«

Ich musste heftig schlucken. Vielleicht konnte ich ja ausnahmsweise einmal ehrlich sein. Zu mir und zu Eliot.

»Also, meine Mutter war eine Reisende.«

»Reisende?«

»Du weißt schon, fahrendes Volk.«

»Aha, verstehe.«

»Dad hat sie aufgenommen, und dafür hatte sie ihm immer dankbar zu sein. Das machte sie schwach.«

Er nickte. »Sprich weiter.«

»Dad war schon immer kalt, aber nach dem Krieg veränderte er sich.« Meine Hände umklammerten das Whiskyglas. »Er betrank sich oft und kam wütend nach Hause.« Ich lachte kurz auf. »Solche Geschichten hast du bestimmt schon mal gehört.«

»Jede Geschichte ist anders.« Er hielt die Augen weiterhin geschlossen. Ich war ihm dankbar, dass er mich nicht anzusehen versuchte. »Geschwister?« Das wusste er eigentlich schon, aber ich ließ es ihm durchgehen.

»Eine jüngere Schwester. Enid.«

»Und wie war euer Verhältnis?«

Das war möglicherweise eine Frage zu viel. Liebe wallte in meiner Brust auf, überwältigend und schwer zurückzuhalten. Wie die richtigen Worte finden?

»Ich habe sie geliebt!« Meine Stimme klang erstickt. »Sie war die Beste von uns.« Das meinte ich ernst.

»Gut.«

Das war es. Das war *sie* gewesen.

»Ich musste sie beschützen.« Ein Schmerz fuhr mir die Wirbelsäule hinab.

»Das muss schwer gewesen sein.«

Ich dachte an jenen schmalen Treppenabsatz und das Geländer, dessen Schrauben sich gelockert hatten, was niemand von uns bemerkt hatte, bis es zu spät war. Die trübe Deckenlampe. Enid mit dem Baby auf dem Arm. Dad betrunken und wütend und auf der Suche nach etwas oder jemandem, auf das oder den er einprügeln konnte. Was für ein schäbiges Häuschen. Kein richtiges Zuhause. Aber eine Familie, die ich verteidigen musste – bis ich sie selbst im Stich ließ. Zu was für einem Menschen machte mich das?

Plötzlich war ich erschöpft und lehnte den Kopf an Eliots Schulter. »Können wir jetzt aufhören?«

Wir schwiegen eine Weile.

»Das baust du doch aber nicht in ein Drehbuch ein, oder?«, fragte ich und pikste ihn in die Rippen. Er sollte mich auf keinen Fall in ein Drehbuch schreiben.

Er küsste mich auf die Stirn. »Deine Geheimnisse sind bei mir gut aufgehoben. Bleibst du bitte über Nacht? Leistest einem einsamen Mann Gesellschaft?«

Ich kuschelte mich ins Kissen. »Wenn du darauf bestehst.«

»Croissants zum Frühstück?«

Ich nickte, drehte mich zur Seite und knipste die Nachttischlampe aus. Ich war froh, dass er nicht noch mehr Sex vorgeschlagen hatte, weil ich nicht sicher war, ob ich dazu in der Lage gewesen wäre.

Ein Arm legte sich um meine Taille und zog mich wieder zurück, sodass wir nebeneinanderlagen, die Beine verschlungen.

»Ich bin so froh, dass du morgen früh hier sein wirst«, flüsterte er und küsste mich aufs Ohr.

»Ich auch.«

Erst beim Ausschalten der Lampe war mir aufgefallen, dass das Foto von Agatha nach wie vor auf dem Nachttisch stand. Das klingt vielleicht seltsam, aber es störte mich nicht. Ich erinnerte mich an Enid, und Eliot erinnerte sich an seine Frau. Wir kümmerten uns beide um andere, und ich glaube nicht, dass das falsch war. Wir dachten an die Menschen, die nicht vergessen werden durften.

69

Ich hatte Eliot nicht ganz die Wahrheit gesagt. Ja, ich ging zur vierundzwanzigsten Oscar-Verleihung, aber nicht als Gast. Sondern als Schminkhilfe in der Damentoilette. Das machte Petraś schon seit Jahren, als Gratisangebot für die Studios, wofür er im Gegenzug bevorzugt behandelt wurde. Es war natürlich auch hilfreich, dass wir Mädels alle begeistert waren angesichts der Chance, auch nur in die Nähe einer solchen Veranstaltung zu kommen.

Am eigentlichen Tag brachte Debras Vater uns extra früh mit seinem Buick hin, damit wir uns alles in Ruhe ansehen konnten, bevor die Gäste eintrafen. Das Pantages Theater wurde seinem glanzvollen Ruf gerecht. Reihe um Reihe von roten Samtsesseln, Hunderte. Mehr Blattgold, als ich jemals gesehen hatte: Sogar die kleinen Aschenbecher an den Rückenlehnen glänzten golden. Ich legte den Kopf in den Nacken und starrte an die Decke. Henry Hughes Büro befand sich angeblich irgendwo über diesen Kronleuchtern.

»Loretta, sieh mal!«

Alice hüpfte durch die Reihen und betrachtete die Namensschilder, die an den Klappsitzen befestigt waren. Ach, diese Namen! Wir gingen durch die Reihen und lasen sie einander vor.

»Debbie Reynolds.«

»Humphrey Bogart.«

Debra blieb stehen. »Ich suche mir nur kurz einen Münzfernsprecher«, rief sie uns zu. »Wir treffen uns in der Damentoilette.« Damit huschte sie hinter die Kulissen.

»Wen muss sie denn jetzt so dringend anrufen?«, fragte Alice, als wir wieder aufeinandertrafen.

»Ihren Dealer?«, witzelte ich.

»Ach, Loretta! Debra nimmt doch keine Drogen«, sagte Alice fröhlich und hakte sich bei mir ein. »Komm, wir sehen uns die Toilette an.«

Ich ließ mich von ihr hinauf auf den Balkon ziehen. Die Damentoilette war groß genug, dass sich dort ungefähr dreißig Personen gleichzeitig aufhalten konnten, die Einrichtung komplett in Altrosa gehalten. Es gab einen mit Teppich ausgelegten offenen Bereich, an dessen einer Wand von Seidenvorhängen eingerahmte Spiegel über einer Resopalablage hingen. Unsere Aufgabe bestand darin, die weiblichen Gäste zu verwöhnen: Puder aufzufrischen, Lippenstift nachzuziehen. Natürlich waren die Stars bereits zu Hause von den Maskenbildnern der Studios geschminkt worden, damit sie bei ihrer Ankunft bereit für die Blitzlichter waren.

Alice und ich suchten uns jeweils einen Arbeitsplatz, stellten unsere Kosmetikkoffer ab und spazierten herum. Selbst die Toilettenspülung war golden! Nachdem wir sämtliche Lampen und Brokathocker bestaunt hatten, gingen wir wieder nach unten, um uns die Vorbereitungen anzusehen.

Angestellte eilten herum – hauptsächlich arbeitslose Schauspieler, die als Platzanweiser auftraten – und vergewisserten sich, dass alles in Ordnung war, oder rauchten noch schnell eine Zigarette. Während das Orchester im Graben Platz nahm, Geigensaiten gestimmt und Trommeln Probe geschlagen wurden, liefen wir vom großen Foyer zurück in den Saal.

»Wo ist Debra überhaupt?«, fragte ich, während ich die

Stufen zur Hauptbühne hochstieg. Sie war riesig. Bald schon würden hier echte Stars ihre Preise entgegennehmen. Ich ließ den Blick über die Stühle schweifen und fragte mich, ob Eliot wohl auch eines Tages hier stehen und eine der goldenen Statuetten in der Hand halten würde.

Alice hatte sich auf einen Stuhl gesetzt und ließ die Beine baumeln. »Ich bin Marilyn Monroe!«, rief sie und zeigte mit dem Finger auf das Schildchen. Das war wahrscheinlich das Rebellischste, was Alice je im Leben getan hatte.

Ich trat hinter die Kulissen und sah mich um. In einem Korridor, der zur Garderobe führte, lehnte Debra mit dem Rücken zu mir an der Wand und sprach ins Telefon. Was machte sie denn da so lange?

Sie stand unter einer Lampe und las von einem Zettel ab. Auf Zehenspitzen pirschte ich mich näher heran.

»… und Ingrid Bergman sitzt in der zweiten Reihe, neben Humphrey Bogart. Ich glaube, das war's. Beziehungsweise alles, was ich in Erfahrung bringen konnte. Vergessen Sie mein Trinkgeld nicht!«

Am anderen Ende der Leitung war schwach eine Stimme zu hören, dann hängte Debra den Hörer auf und drehte sich um. Ihr Grinsen erstarb schlagartig.

»Loretta! Was schleichst du denn hier rum?« Hastig zerknüllte sie den Zettel.

Als mir dämmerte, was vor sich ging, schüttelte ich den Kopf. »Du warst es also. Du bist die Petze, die Hedda mit Informationen versorgt!« All diese Geschichten. Über die »Kokos-Kollision« von Clark Stuart. Raphaels plötzliche Erkrankung am Set. Oscars Tod.

Sie wich vor mir zurück, die Hände erhoben. »Weißt du, eigentlich geht dich das nichts an.«

»Und dich auch nicht!« Ich konnte es nicht begreifen. Sie kam doch aus reichem Elternhaus; sie war finanziell noch nicht einmal auf ihre Stelle als Maskenbildnerin angewiesen. »Warum?«

Debra verdrehte die Augen. »Ach, sei doch nicht so schwer von Kapee. Was glaubst du denn, wie das in dieser Stadt läuft? Wir tun einander Gefallen. Ich liefere Hedda Informationen, sie hilft mir beruflich.« Sie musterte mich von Kopf bis Fuß. »Du hättest es ja genauso machen können, wenn du auf die Idee gekommen wärst.«

»Ich brauche keine Klatschkolumnistin, um beruflich voranzukommen. Das schaffe ich ganz gut allein.«

»Allein?« Sie brüllte vor Lachen. »Erzähl mir doch nichts. Du himmelst Petraś so an, dass du einen dauersteifen Nacken haben musst.«

»Worüber tuschelt ihr beide denn?« Alice war hinter uns aufgetaucht und sah zwischen unseren beiden wütenden Gesichtern hin und her. »Ist was nicht in Ordnung?«

»Alles gut, Alice.« Ich nahm ihre Hand und fügte mit einem durchdringenden Blick auf Debra hinzu: »Sogar ganz wunderbar. Wir müssen an unseren Platz. Wegen *Debra* sind wir spät dran.«

Wir gingen zurück ins Foyer, das schon an sich spektakulär war. Zwei Treppen führten zu den Balkonen hinauf, ein perfekter Hintergrund, um in einem Kleid unter der gewölbten Decke zu posieren.

Plötzlich wurde es vor der Tür laut, und wir rannten los, um durch die Glasscheiben zu spähen.

Die ersten Limousinen waren eingetroffen; durch heruntergekurbelte Fenster sah man vertraute Gesichter. Die Menge auf den extra aufgebauten Tribünen drängte sich an die Absperrungen. Ich ließ den Blick über die in Reih und Glied stehenden Wachleute schweifen. Da war Biff! Als ich an die Scheibe klopfte, drehte er sein fröhliches Gesicht in meine Richtung, und wir reckten beide die Daumen.

Der Himmel war jetzt tiefschwarz, Scheinwerfer schwenkten hin und her, sodass es unmöglich wurde, im gleißenden Licht die echten Stars auszumachen. Überall waren bauschige Röcke, und die Herren manövrierten ihre Partnerinnen mit einer knapp über der Taille schwebenden Hand durch das Gedränge. Mum wäre beim Anblick der vielen Pelze vor Neid grün geworden. Es sah wirklich aus, wie man es sich vorstellte. Glamourös, bildschön, elegant. Bis ein Betrunkener ein Absperrseil durchbrach, auf den roten Teppich torkelte und einen der Schauspieler beschimpfte.

Debra trat neben uns. »Wir sollten mal los.«

Oben in der Damentoilette nebelte Debra sich mit Parfüm ein. Es war, als hätte sie unser Gespräch bereits völlig vergessen. Ihre Dreistigkeit war fast bewundernswert.

»Du liebes bisschen, lass dich bloß nicht von Arvella erwischen«, meinte Alice.

»Die alte Klatschtante kann mich mal.«

Aber als die Tür geöffnet wurde, stieß sie ein erschrockenes Quietschen aus und knallte hastig das Parfümfläschchen zurück auf die Ablage.

Es war allerdings nicht Arvella, die hereinkam, sondern eine junge Frau in einem gepflegten Blüschen. Ihre Füße versanken im Teppich. Sie klatschte begeistert in die Hände. »Wie hübsch.«

»Möchten Sie sich gern Ihr Make-up auffrischen lassen?«, fragte Debra sogleich.

Die Frau ließ sich auf den nächsten Hocker fallen. »Ich kann das gar nicht fassen! Also so was!«

Ehe wir es uns versahen, stand eine Schlange vor der Tür. Die Begeisterung war ansteckend, und bald schon lag dichter Parfümnebel in der Luft, und Dutzende Stimmen schnatterten durcheinander. Debra leistete ärgerlich Eindrucksvolles mit dem Augenbrauenstift. Alles war so aufregend, dass ich fast bereit war, ihr die Petzerei an Hedda zu verzeihen.

»O mein Gott«, rief die Frau, die Debra gerade schminkte. »Ich fühle mich wie eine Königin.«

In dem Moment wurde eine Ansage gemacht und das Licht an- und wieder ausgeschaltet, um den Beginn der Preisverleihung anzukündigen. »Zehn Minuten. Zehn Minuten, verehrte Gäste. Nehmen Sie bitte Ihre Plätze ein.«

Die Frauen sprangen auf, fassten einander an der Hand und strömten mit rauschenden Röcken hinaus.

»Dann geht es jetzt wohl los«, meinte Debra.

Und so war es.

70

Hätte sich jemand auf dem Balkon umgedreht, hätte er eins, zwei, drei Gesichter gesehen, die durch einen Spalt im Samtvorhang spähten.

»Meint ihr, wir können uns weiter nach vorn schleichen?« Debra deutete mit dem Kopf auf eine freie Stelle am Geländer.

»Nein«, flüsterte Alice. »Das ist …«

Zu spät. Debra packte sie am Handgelenk, und wir liefen durch den Gang und hockten uns ans Geländer. Debra war trotz allem witzig, auch wenn ich ihr loses Mundwerk nicht leiden konnte.

Danny hielt seine zum Brüllen komische Eröffnungsrede vor einem riesigen goldenen Oscar. Es wurden einige der weniger wichtigen Auszeichnungen verliehen, und eine Tanzgruppe trat auf. Wir drei wechselten uns mit einem strassbesetzten Opernglas ab, das jemand in der Damentoilette vergessen hatte.

Endstation Sehnsucht war der große Abräumer des Abends – ganze zwölf Nominierungen. Es gab eine kurze, geschmackvolle Würdigung Oscar Romeros durch Stanley Hughes, mit der ich nicht gerechnet hatte. Hughes überstand seine Rede einigermaßen gut, aber ich freute mich insgeheim darüber, wie unbehaglich er auf der Bühne wirkte.

Danach folgten die anderen posthumen Auszeichnungen. *Die Hexe* war Sallys Meisterwerk geworden, das niemand hatte kommen sehen. Außer ihr selbst natürlich. Es wurde eine traurige kleine Rede gehalten – »fantastische Schauspielerin … unverwechselbar« –, und das Publikum erhob sich und klatschte begeistert, was wiederum Sally begeistert hätte. Ich selbst applaudierte überschwänglich mit.

Von Eliot war die ganze Zeit weit und breit keine Spur zu sehen.

Nach etlichen Stunden, während derer ich Angst hatte, meine Blase könnte platzen, nahm das allgemeine gegenseitige Schulterklopfen ein Ende. Debra deutete mit dem Kopf auf den Samtvorhang, und wir schlichen uns zurück zur Damentoilette, ehe das Publikum aus dem Saal strömte. Dabei stolperten wir über den letzten Menschen, mit dem ich gerechnet hatte.

»Grace!« Ich umarmte sie. Sie trug ein durchscheinendes Abendkleid aus zartblauer Seide und war schöner als je zuvor.

»Mir war nicht klar, dass du auch hier bist«, sagte sie.

Ein Mann stellte sich neben sie.

»Das ist mein Kavalier für diesen Abend, James Luke.«

Der James Luke! Er sah unheimlich gut aus, mit einem Grübchen im Kinn und einem offenen Gesicht. *Beinahe* so perfekt wie Grace.

»James, das ist Loretta.«

»Ah, das Lip Girl.« Er schüttelte mir die Hand. »Von Ihnen habe ich schon viel gehört.«

»Nur Schlechtes, hoffe ich.«

»Furchtbar.«

Ich mochte ihn jetzt schon.

»Was habt ihr denn jetzt so vor?«, erkundigte ich mich.

Ich wappnete mich für Grace' traurig-niedergeschlagene Miene, stattdessen strahlte sie jedoch über das ganze Gesicht. Sie wechselte einen Blick mit James, der darauf kaum merklich nickte.

»Erzähl es keinem, aber wir ziehen nach New York!«, sprudelte sie hervor.

»New York?« Das war ja interessant.

»Ja, weißt du nicht mehr? Als du dir für mich die Perücke ausgeliehen hast? An dem Tag hatten wir ein Vorstellungsgespräch.«

James übernahm. »Die Fernsehwelt. Die haben gehört, dass wir beide ein Paar sind, und daraufhin extra eine Sendung für uns in Auftrag gegeben. Eine Serie.« Er sah mich eindringlich an. »Ich will ja nicht angeben, aber es ist ein dickes Ding.«

»Ich dachte, ihr beide wolltet damals einfach nur ausgehen!«, keuchte ich.

Grace legte mir eine Hand auf den Arm. »Ach, du Liebe. Du bist so süß.«

Ich konnte es nicht fassen. Ich war von einer Trickserin ausgetrickst worden, die besser als ich selbst war. Hut ab, Grace Riley!

Grace' Grinsen wurde noch breiter, als sie fortfuhr. »Na ja, wir waren auf dem Abstellgleis gelandet und …«

»Du wusstest es!«

»Natürlich. Ich bin ja nicht blöd, Loretta. Also dachten James und ich uns: dann eben nicht.« Sie lachte. »Wir ließen unsere Agenten ein paar diskrete Telefonate führen, die Studios durften nichts davon erfahren. Tut mir leid, aber deshalb konnte ich dir auch nichts erzählen.«

Petraś hatte davon gewusst, vermutete ich. Ein bisschen gekränkt war ich trotz allem, dass er mir nichts verraten hatte.

»Hilf dir selbst, dann hilft dir Gott«, kommentierte James.

»Wie recht ihr habt.« Ich umarmte Grace noch einmal. »Du alter Fuchs«, flüsterte ich ihr ins Ohr.

Sie löste sich von mir. »Du musst uns besuchen kommen!«

Ich lächelte. »Kann gut passieren.«

Aus ihrem Handtäschchen holte Grace eine Visitenkarte aus dickem cremefarbenem Papier, auf der in Schönschrift ihre Adresse stand. »Melde dich.«

Als ich die Karte einsteckte, legte James den Arm um Grace' Taille.

»Wir müssen leider los, Loretta«, sagte sie. »Ein paar Freunde schmeißen eine Abschiedsparty für uns.«

»Na dann viel Spaß. Ich bin so froh, dass wir uns über den Weg gelaufen sind.« Das war ich wirklich. Die beiden hatten dem gesamten System den Stinkefinger gezeigt. Den Studios, den Bossen, den Finanziers, all den Leuten, die sich benahmen wie Hollywood-Zaren. Grace hatte ihnen zu verstehen gegeben, wohin sie sich ihre sogenannte Macht stecken konnten. Wahrscheinlich hieß das, dass sie nie zurückkommen konnte, aber das schien ihr vollkommen egal zu sein; sie warf sich einfach in das nächste Abenteuer – und New York klang nach einem Riesenabenteuer.

Plötzlich steckte jemand den Kopf aus der Tür der Damentoilette. »Komm schon, Loretta!«, rief Alice. »Wir werden hier überrollt.«

Ich folgte ihr in die Toilette. Und tatsächlich, es ging zu wie im Taubenschlag. Alle machten sich für die After-Show-Partys zurecht. Es war eine Freude, sie mit dem Wissen, das ich jetzt hatte, ein letztes Mal zu schminken. So viele neue Abenteuer!

Nach gefühlt mehreren weiteren Stunden auf den Füßen taten mir die Beine weh, und ich machte Schluss. Mit meinem Kosmetikköfferchen in der Hand lief ich die Treppe hinunter und stolperte im Foyer über jemand anderen.

Mein Herz rutschte mir ungefähr in die Kniekehlen.

»Arvella.«

»Loretta. Ich habe gehört, Sie verlassen uns.« Es war beinahe, als hätte sie auf mich gewartet.

All die Momente, in denen wir aneinandergeraten waren – manchmal mit offenem Hass, manchmal etwas subtiler – blitzten vor meinem geistigen Auge auf. Raphaels »allergische Reaktion«. Das Durchsickern von Einzelheiten, als es mit Eliots Film den Bach hinuntergegangen und Arvella genau in dem Moment aufgetaucht war. Arvella und Hedda, die Köpfe zusammengesteckt. Arvellas Ruf als Klatschmaul! Inzwischen wusste ich allerdings, dass es Debra gewesen war. Ich konnte es kaum glauben, aber ich hatte Arvella tatsächlich überschätzt. Sollte ich ihr meine falschen Verdächtigungen gestehen? Kam nicht infrage! Die konnten sich zu meinen übrigen Sünden gesellen, von denen es ja reichlich gab.

»Dann haben Sie es also schon mitbekommen«, murmelte ich. »Sie sind wahrscheinlich froh, mich los zu sein.«

Sie zog sich ihren Pelz fester um die Schultern. »Tja, viel Glück, Loretta. Und noch ein Tipp.« Ihr Mundwinkel zuckte. »Passen Sie auf, dass Sie keine Altlasten mitnehmen.«

»Ich habe keine Ahnung, wovon Sie reden.« Darauf ließ ich mich nicht ein, oh, nein. Ich wollte nichts mehr mit ihr zu tun haben.

»Haben Sie Freunde in New York?«, fragte sie nach einer kurzen Pause.

Ich dachte an Grace und auch an andere Leute. So allein, wie es mir Arvellas Ansicht nach recht geschehen wäre, war ich nicht. »Ja, habe ich.«

Sie schürzte die Lippen und zog die Augenbrauen zusammen. »Dann pflegen Sie diese Freundschaften. Sie werden sie brauchen.«

Damit drehte sie sich um und ging unter den ausgeschalteten Lampen durch, um auf den von Müll übersäten Bürgersteig hinauszutreten. Sie kannte nichts anderes als diese Stadt, in der manche vergessen und ignoriert wurden, während sich andere ihre Träume erfüllten. Vielleicht war Arvella falsch eingeschätzt worden. Aber das war nicht meine Schuld.

Ich sah sie in ein Taxi steigen. »Du wirst mir fehlen«, sagte ich halblaut. Nie im Leben hätte ich damit gerechnet, einmal so zu empfinden.

Dann machte ich mich endlich auf den Heimweg. Zurück dorthin, wo alles begonnen hatte. An diesem Abend hatte es viele Abschiede gegeben, jetzt fehlte nur noch ein weiterer.

71

Ich schaffte es bis zur Vine Street, die kühle Abendluft im Gesicht. Es war ein langer Fußweg, aber das störte mich nicht. Ich konnte die Zeit nutzen, um nachzudenken und ein letztes Mal meine Stadt zu betrachten. *Meine Stadt.* Wann hatte ich eigentlich angefangen, sie so zu sehen?

Die Straßen waren ungewöhnlich leer; alle waren auf irgendeiner Party. Ich musste einen seltsamen Anblick bieten in meinem Seidenkleid mit den silbernen Schuhen. Verdammt, die Schuhe brachten mich noch um! Vielleicht war den Bus zu nehmen doch die bessere Idee.

In diesem Moment hörte ich gedämpfte Stimmen, und als ich mich umdrehte, sah ich Eliot mit einem Wachmann vor dem Theater streiten. Seufzend machte ich kehrt.

»Lassen Sie mich doch bitte einfach kurz durch«, sagte Eliot gerade. »Hey! Die da meinte ich!«

Der Wachmann kniff die Augen zusammen und musterte mich von oben bis unten. Er grunzte. »Ich verstehe, was Sie meinen.«

Ich stützte die Hände in die Hüften und sah von einem zum anderen. »Was bin ich, ein Stück Fleisch?«

Der Wachmann kicherte. Erst jetzt fiel mir auf, dass er Eliot am Oberarm festhielt. Als er meinen Blick bemerkte, nahm er seine Hand weg.

»Was ist denn hier los?«, fragte ich streng.

»Ich bin nur kurz durch die Absperrseile geschlüpft, um …«

»Sie haben zwei davon ausgehakt, Mister.«

Eliot verdrehte die Augen und setzte neu an. »Ich habe zwei Absperrseile ausgehakt, um dich drinnen abzuholen.«

»Das ist ein Verstoß gegen die Sicherheitsbestimmungen.«

»Ach, ich bitte Sie! Es ist doch niemand mehr da. Was glauben Sie denn, was ich vorhatte? Den Stuhlabdruck von Lucille Ball um ein Autogramm bitten?«

Ich holte hörbar Luft. Sarkasmus im Umgang mit einem Wachmann? Hatte Eliot denn überhaupt keinen gesunden Menschenverstand?

Der Mann sah mich von der Seite an. »Können Sie für diesen Herrn bürgen?«

Darüber hätte ich unendlich viele Witze reißen können. Aber Eliot sah mich mit großen, flehentlichen Augen an. »Ja, das kann ich.«

»Dann dürfen Sie gehen, Mister.«

Eliot zog seinen Smoking straff. »Danke.« Er zögerte kurz, dann schlüpfte er durch den Spalt zwischen den Seilen, während der Wachmann diskret in die andere Richtung schaute.

Ich nahm Eliot bei der Hand, und zu zweit spazierten wir los.

»Ich *darf* gehen?«, murmelte Eliot. »Was wollte der denn mit mir machen, mich verhaften?«

»Nicht aufregen, lauf einfach weiter«, flüsterte ich, die Augen starr geradeaus gerichtet.

»Mein Auto steht gleich da hinten.« Wir bogen um eine Ecke, und sobald wir außer Sicht waren, rannte Eliot los. »Komm schon«, rief er über die Schulter. »Solange wir noch können!«

Ich brach in Gelächter aus und spurtete ihm hinterher. Scott Eliot verstieß gegen Vorschriften? Und da hieß es, es gebe keine Wunder.

Als wir am Auto ankamen, ließen wir uns atemlos dagegen sinken.

»Wo wolltest du überhaupt hin?«, fragte Eliot keuchend. »Ich hab dich den ganzen Abend nicht gesehen, und auf einmal schlenderst du die Straße runter.«

»Nach Hause«, sagte ich. »Ich muss was holen.«

Er runzelte die Stirn. »Zu dir? Das war aber doch die völlig falsche Richtung?«

Lieber Gott, danke für Scott Eliot. Auf einmal hatte ich eine Idee. »Sag mal, könntest du mich wo hinbringen?«

»Klar doch.«

Wir stiegen ein. Als wir losfuhren, legte ich die Arme in das offene Fenster, hielt das Gesicht in den Wind und sah die Straßen an mir vorbeirauschen, eine nach der anderen, ließ alles hinter mir.

72

Nach einem kurzen Abstecher in meine Wohnung standen wir, immer noch in unserer Abendgarderobe, vor dem verschlossenen Tor des Forest Lawn Memorial Park. Nicht unbedingt die übliche Kleidung für einen Friedhof, aber das, was wir vorhatten, war auch alles andere als üblich.

Ich begutachtete den zwei Meter hohen Zaun, dann ging ich ein Stückchen daran entlang, drückte probehalber mit dem Fuß gegen eine Stange, um ihre Stabilität zu testen. »Ich glaube, das geht.«

Eliot starrte mich an. »Was geht? Du trägst hohe Absätze und ein Abendkleid.«

Ich umfasste eine Querstange und drehte mich dann zu ihm um. »Räuberleiter. Bitte.«

»Du machst Witze.«

»In Bezug auf Räuberleitern mache ich nie Witze, Eliot.«

»Was habe ich heute nur mit Absperrungen?« Kopfschüttelnd hielt er mir die verschränkten Hände unter den Fuß. »Warum machen wir das noch mal?«

»Das wirst du gleich sehen.«

Eliot drückte mich hoch, sodass ich über den Zaun springen konnte und auf der anderen Seite auf dem Boden landete. Ich rappelte mich auf. »Jetzt du.«

Eliot sah am Zaun hin und her. Er hatte niemanden für eine Räuberleiter.

»Sag mir bitte, warum du mich mitgenommen hast«, forderte er mich argwöhnisch auf.

»Weil wir im gleichen Boot sitzen.«

»Wenn du das sagst.«

»Nicht so romantisch, bitte.«

Wir schauten uns beide nach irgendetwas um, das ihm helfen konnte, ebenfalls über den Zaun zu kommen. Nach ein paar Schritten fanden wir einen Baumstumpf auf seiner Seite.

»Na also, geht doch!«

»Geht doch«, murmelte Eliot. »Du überschätzt mich.«

Trotzdem probierte er es.

Es war nicht leicht. Ich musste mir den Mund zuhalten, um nicht loszuprusten, als er auf wackeligen dünnen Beinen die Streben hochkletterte.

»Wenn ich meine Männlichkeit verliere, bist du schuld, Loretta Darling!«, ächzte er, während er sich über den Zaun hievte. Er prallte so heftig auf, dass ich Angst hatte, wir bräuchten einen Krankenwagen, aber mit meiner Hilfe konnte er aufstehen.

Ich klopfte ihn ab. »Nicht übel. Das war fast olympiareif!«

Er strich sich die Haare aus dem Gesicht. »Ich hasse dich.«

»Nein, tust du nicht. Und jetzt komm.«

Um uns herum hing Dunst, meine Frisur war endgültig ruiniert. Aber als wir weitergingen, wurde mir wieder klar, warum wir gekommen waren. Die pausbäckigen, geflügelten Putten. Traurige Engel und gemeißelte Götter. Die Gräber und, ach, die Grabsteine. Der Nebel waberte um unsere Knöchel, Tau durchweichte den Saum meines Kleides. Unsere Witze erstarben, und ich blickte in den Himmel. Es würde bald dämmern.

»Was machen wir hier?«, flüsterte Eliot erneut.

»Ich brauche eine Zeremonie«, sagte ich. »Eine Art letzten Abschied.«

Als wir vor Sallys Grabstein ankamen, bekam ich auf einmal ein schlechtes Gewissen, weil mir bewusst wurde, dass ich zum ersten Mal seit der Beerdigung hier war. Das Gras war frisch gemäht, Filmfans hatten zum Gedenken Kerzen und kitschige Blumensträuße abgelegt. Ich kniete mich hin, ohne mich darum zu kümmern, dass mein Kleid nass und schmutzig wurde. Aus meiner Handtasche holte ich ein Päckchen – dasjenige, das Primrose mir zurückgegeben hatte. Sie hatte es in wunderschönes butterblumengelbes Seidenpapier eingeschlagen, mit akkurat gefalteten Ecken und einer Schleife.

Eliot ging neben mir auf die Knie. »Was hast du da?«

Als ich die Schleife aufzog, rutschte ein Stapel Postkarten aus dem Seidenpapier, und ein Zettel, auf dem in vertrauter unbeholfener Handschrift stand: *Wir wollen das nicht mehr bekommen. Es macht uns traurig. Hör bitte auf.*

Hör bitte auf. Hör auf. Mehr nicht.

Wir beobachteten, wie die Feuchtigkeit in die Ecke einer Karte kroch und die Tinte, mit der ich Enids Namen geschrieben hatte, zu verlaufen begann.

»Was ist das?«, fragte Eliot erneut.

Aus dem Augenwinkel sah ich, dass er die Karten umdrehte, eine nach der anderen, und den Text las. *Deine Dich liebende Schwester Margaret.* Eliot war die einzige andere Person, die mich unter diesem Namen kannte.

Er inspizierte die Stempel und Briefmarken, dann schaute er mich an. »Das sind … Das sind die Geschichten deines Lebens, Loretta.« Es freute mich, dass er meinen selbst gewählten Namen verwendete. Der inzwischen nicht mehr so neu war. »Aber warum hast du die Karten?« Er las mit zusammengekniffenen Augen meine verwischte Handschrift. »Liebe Enid …«

»Meine Schwester«, sagte ich.

»Ja, aber warum hat sie sie zurückgeschickt?«

Ich schluckte heftig. »Hat sie nicht.«

»Ich verstehe nicht.«

»Sie ist tot.« Ich konnte nicht weitersprechen, als ich den Ausdruck sah, der sich auf seiner Miene ausbreitete: Mitleid. Meine Gefühle überwältigten mich, und ich begriff, wie sehr ich das gebraucht hatte, Verständnis oder Mitgefühl, egal in welcher Form. Doch ich fing mich schnell wieder. »Hast du Streichhölzer?«

Eliot klopfte seine Taschen ab und fand schließlich ein rotes Heftchen.

Ich baute die Postkarten zu einer Pyramide auf.

»Bist du dir sicher, dass du das willst?«, fragte er.

Ich nickte, nahm ein ganzes Bündel Streichhölzer, riss sie zusammen an und hielt sie unter die Karten. Dann lehnten wir uns zurück und sahen zu, wie die Flammen an den Ecken leckten und Rauch aufstieg. Ich blies hinein, so wie ich es früher mit dem Kohlenfeuer gemacht hatte. Die Flammen wuchsen, färbten sich orange, Ascheflöckchen stieben in die Luft, getragen von einer der seltenen kalifornischen Brisen, bis sich die Botschaften in nichts auflösten.

»Fertig. Es ist vorbei«, sagte ich.

»Aber Loretta, wenn deine Schwester tot ist, wie sind dann die Postkarten zurückgekommen? An wen hast du sie geschickt?«

»Ich bin damals sehr überstürzt aufgebrochen, ich wollte es einfach nicht wahrhaben. Aber meine Mutter will die Karten nicht mehr. Deswegen hat sie sie zurückgeschickt.« Die Schwester, die mein Herz mit so viel Liebe erfüllt hatte, dass es schmerzte. Die Mutter, die ich zurückgelassen hatte.

»Es ist kalt«, sagte ich, bereits im Aufstehen begriffen. »Suchen wir uns einen anderen Platz.«

Wir liefen zu einer Bank, und Eliot nahm mich in die

Arme, streichelte mir über die Haare. Ich zog die Schuhe aus und klemmte die Füße unter den Po.

Und so begann die echte Geschichte. Endlich.

»Dad war nicht … Er war nicht so nett.« Jetzt, wo ich es zuließ, wurde ich von Erinnerungen überflutet. Daran, wie er, solange ich zurückdenken konnte, betrunken nach Hause gekommen war. Erinnerungen an sein Lallen, seine hervortretenden Augen, sein rotes Gesicht. Wie er Streit mit Mum anfing. Wie ich Enid tröstete, sie umschlang. Immer und immer wieder. Bis Enids Bauch anschwoll. Das Baby, das ununterbrochen weinte. Dad, wieder betrunken und aggressiv. Mum, zu gebrochen, um zu helfen. Ich, auf mich gestellt. Wie ich kämpfte. Immerzu kämpfte. Voller Angst, aber ohne zurückzuweichen. Um Enid zu beschützen. Sie immer zu beschützen.

Der Sturz. Die Gliedmaßen. Acht Stück.

»Wie ist Enid gestorben?«

»Ich bin zu spät gekommen. Als ich ihn oben am Treppenabsatz erreichte, hatte er bereits das Schlimmste getan.« Ich hatte versucht, ihn aufzuhalten, aber in dem Gerangel …

»Das Baby?«

»Mum kümmert sich um ihn. Beziehungsweise versucht sie es. Ich mag mir gar nicht vorstellen, wie es ihnen geht.«

»Es muss schwer gewesen sein, wegzugehen.«

Ich schielte nach seinem Gesicht, entdeckte darin zu meiner Erleichterung nur Besorgnis. »Ich musste weg. Bleiben war unmöglich geworden.« Ein Haus voller Geister. »Die Leute haben geredet. Die Nachbarn. Die haben das Streiten gehört, alles mir zugeschrieben. Der schwierigen Tochter. Außerdem …« Ich setzte mich auf. »Ich musste doch meine Karriere starten! Du weißt schon, das Lip Girl.« Ich lächelte tapfer.

»Ah ja, das Lip Girl«, wiederholte Eliot und lächelte ebenfalls. »Was wären wir nur ohne sie?«

»Glücklicher?« Es war ein Witz, aber kein guter.

Er strich mir die Haare aus dem Gesicht, zog das Kleid um meine Beine glatt. »Tja, könnte sein.« Seine Mundwinkel zuckten. »Aber wer braucht schon Glück, wenn er Loretta haben kann?«

»Du Abschaum!« Ich boxte ihn gegen die Schulter, und er krümmte sich übertrieben. »Machst du dich etwa über mich lustig?«

»Als könnte ich dich jemals nicht ernst nehmen.«

Gemeinsam drehten wir uns um und beobachteten die letzten Flammen auf meinem kleinen Scheiterhaufen. Dem, der viel zu spät entzündet worden war. Es wurde Zeit, Enid hinter mir zu lassen. Dad auch. Vielleicht sogar Sally.

Wag es ja nicht, hörte ich prompt ihre Stimme in meinem Kopf und musste lachen.

»Was ist so komisch?«, fragte Eliot.

»Ach, nicht viel. Nur Sally. Du weißt ja, wie sie war.«

Aus einem Baum, in dem Vögel nisteten, stieg einer in die Luft auf. Wir sahen ihm schweigend nach, dann warf Eliot einen Blick auf seine Armbanduhr.

»Weißt du, es besteht noch die Möglichkeit, auf eine Party zu gehen.«

Ich verzog das Gesicht. »Ich will nie mehr in meinem Leben auf eine Party.«

»Ach, komm schon. Versuchen wir erst mal, hier wieder rauszuklettern.« Eliot nahm mich bei der Hand. »Lust auf eine Spritztour? Wir waren uns einig, stimmt's?«

Ich schnitt eine Grimasse. »In deinem Auto?«

»So schlimm ist es auch wieder nicht.«

»Oh, doch.«

Hand in Hand gingen wir zum Haupttor, das gerade jemand aufschloss. Es war der Bestatter, der Sally aufgebahrt hatte.

»Was machen Sie denn hier drin?«, fragte er unfreundlich. »Kenne ich Sie nicht? Sie sind doch diesem Petraś nachgelaufen, oder?« Er musterte mich eingehend, den Schlamm an meinen Knien und Knöcheln, die nackten Füße, die Schuhe in meiner Hand.

»Ja, früher mal«, sagte ich. »Aber jetzt nicht mehr.«

73

Am Morgen, nach null Minuten Schlaf, endete alles mit mir allein auf einem Bürgersteig, während ich Ausschau nach einem freundlichen Gesicht hielt. Genau, wie es angefangen hatte. Nur dass dieses Mal etwas Schnittiges und Glamouröses um die Ecke glitt.

»Du willst mich wohl veräppeln«, sagte ich, als der nagelneue Cadillac mit dem offenen Dach vor mir hielt.

Ich hatte alles gepackt und dabei festgestellt, dass es nicht besonders lange dauerte, eine Wohnung auszuräumen. Mein Leben hier war mir so groß vorgekommen; jetzt erschien es mir wieder klein.

Ich pfiff anerkennend, und Eliot beobachtete mich grinsend, während ich den Wagen umrundete und fachmännisch begutachtete. Er war in einem blassen Rosa lackiert, hatte hinten angeberische Heckflossen, und praktisch überall fand sich Chrom.

»Du hast gesagt, ich muss die alte Kiste loswerden, sollte ich jemals reich werden.«

»Bist du reich?«

»Na ja, immerhin habe ich mein erstes dickes Honorar kassiert.«

»Meinst du das ernst?«

»Tja, die Fernsehwelt meint es ernst.« Er rieb Daumen und Zeigefinger aneinander. »Kohle, Baby! Bist du bereit für eine längere Reise?«

»Nur mit dir, Schatz.«

Beim letzten Wort mussten wir beide lachen; es war so ungewohnt zwischen uns.

»Wir sollten zusammen einen Liebesroman schreiben«, gluckste er. »Der würde ein Meisterwerk.«

»Bringen die beiden einander am Ende um?«

»Ja, mit einem hochgradig romantischen Pakt. Und jetzt steig schon ein. Wir können nicht den ganzen Tag rumstehen und turteln.«

Auf dem Weg aus der Stadt entdeckte ich im Vorbeifahren einen Laden, vor dem ein Ständer mit Postkarten stand. »Kannst du mal kurz anhalten?«

»Echt jetzt, Loretta?«, brummelte Eliot. »Wir sind doch gerade erst losgefahren.«

»Bitte. Ich beeile mich auch. Versprochen.«

Eliot stellte sich schief in die nächste Parklücke. »Von mir aus, aber mach schnell.«

Ich nahm die erstbeste Karte aus dem Ständer. »Die und eine Briefmarke«, sagte ich zu der Verkäuferin, während ich schon in meiner Tasche nach einem Kuli suchte. Doch das Einzige, was ich fand, war ein Augenbrauenstift. Ich drehte die Karte um und schrieb.

Es ist vorbei. Es ist geschafft. Es hört jetzt auf, versprochen. Ich zögerte kurz, dann unterschrieb ich mit: *Loretta.*

Ich leckte die Marke an, ging zu einem Briefkasten und sah in die hohen Palmen hinauf, den klaren blauen Himmel, betrachtete all das, was ich hier gesucht hatte. Eine Ahnung dessen, was ich sein konnte. Nicht die kleine Verkäuferin oder das Mädchen, das ein Mann in den nächsten Hauseingang zerren konnte. Nicht die Tochter, die tötete und Schande brachte. Ich hatte jemand sein wollen, der sich nur auf sich selbst verließ. Stattdessen hatte ich mich nach und nach auf so viele Menschen verlassen – Primrose, Alice, Petraś. Eliot.

»Wie lange dauert die Fahrt denn eigentlich?«, fragte ich, als ich wieder einstieg.

»Fünf, sechs Tage. Wir müssen durch Pasadena und dann auf die Route 14.«

Eliot wendete. Die Straßen waren ruhig. Als wir an einer Reihe großer Villen vorbeikamen, beschlichen mich für einen Moment Zweifel. Was dachte ich mir nur dabei, das alles zurückzulassen? Die Pools und gepflegten Rasenflächen, die Diners und den Strand.

Ich drückte den Rücken an die Lehne, die nach neuem Leder roch. Die Stadt sauste an mir vorbei, Kinos, Bars, Restaurants und Hotels. Wo hörte es auf?

Eine junge Frau stolzierte mit wiegenden Hüften an einem Schuhputzer vorbei, eindeutig auf dem Heimweg von einer Party. Sie trug ein goldenes Kleid, die Füße waren nackt.

»Pass auf dich auf!«, rief ich der Fremden zu und winkte wie wild.

»Du auch!«, erwiderte sie.

Ich wandte mich an Eliot. »Also, erzähl mal. Ist New York wirklich so anders als Hollywood?«

Er grinste hinter seinem nagelneuen Lenkrad. »Ach, Loretta, du wirst es lieben. Und New York dich auch! Die Stadt, in der wir unsere Träume neu gestalten können. Du als Unternehmerin, ich als preisgekrönter Fernseh-Drehbuchautor. Klingt doch nach einem guten Plan, oder?«

Ich kuschelte mich in den Sitz. »Allerdings.«

Fernsehwelt, wir kommen!

Eliot nickte Richtung Horizont. »Bist du bereit?«

»Ach, ich weiß nicht genau.« Ich gähnte herzhaft. »Vielleicht sollten wir einfach umkehren und das Ganze vergessen.«

»Wer sind Sie?« Eliot grinste verschmitzt. »Und was haben Sie mit meiner Freundin angestellt?«

Freundin. Das Wort gefiel mir.

Dann trat er das Gaspedal durch, und wir wurden, lachend vor Übermut, in unsere Sitze gepresst.

Ich riss mir das Tuch vom Kopf und warf es in die Luft. Mit dem Verstecken war es ein für alle Mal vorbei.

»Ich bin die unvergleichliche Loretta Darling!«, rief ich und reckte mein Gesicht gen Himmel. Und ich konnte machen, was ich verflucht noch mal wollte.

DANKSAGUNG

Alles begann in einem Konferenzraum nahe Piccadilly Circus, wo fünfzehn nervöse Autoren an einem Tisch saßen und sich und ihre Geschichten vorstellten. Mein aufrichtiger Dank geht an den Kreativtutor von Curtis Brown, Simon Wroe, der uns dazu ermuntert hat zu träumen, und an Jennifer Kerslake, die diese Träume gefördert hat. Die anderen Kursteilnehmer sind Freunde fürs Leben geworden und haben viele – zu viele! – Auszüge aus diesem Roman gelesen. Besonderen Dank bin ich Helen für ihr historisches Wissen und ihr Adlerauge schuldig. Ebenfalls danke ich Diane, Natascia und Suzanne, die alle netterweise die komplette erste Fassung gelesen haben. (Oder war es die zweite? So viele Fassungen.)

Danke auch an unsere Gasttutorin bei CBC, Kerry Hudson, dafür, dass sie die Orgie vorgeschlagen hat!

Janene Spencer hat mir geholfen, das Buch an Agenten zu schicken, und ist mir beim Schreiben und Nähen seit etlichen Jahren eine Freundin.

Ich danke Katie Greenstreet dafür, mein Manuskript über Nacht gelesen und mir ein Angebot gemacht zu haben, das mein Leben verändern sollte. Ich bin so stolz, zu Paper Literary zu gehören. Melissa Pimentel hat Notizen zum Plot beigesteuert, die das Buch maßgeblich verbessert haben.

Hervorragende Lektoren sind wie Busse: Man wartet Ewigkeiten auf einen, und dann kommen gleich zwei auf einmal. Vicki Moynes von Viking und Sara Nelson von HarperCollins US haben mich mit so viel Unterstützung und Weisheit versorgt, wie man sich nur wünschen kann; ich habe unglaublich viel gelernt. Besonders erwähnt werden muss auch meine Redakteurin Wendy Shakespeare, die mich vor mehreren bösen Schnitzern bewahrt hat.

An jedem Buch sind viele Leute beteiligt, die hart arbeiten und oft unsichtbar bleiben: Vielen Dank an alle im Verlag, die zu diesem Roman beigetragen haben.

Josette Reeves ist meine bessere Hälfte bei Speckled Pen und hat viele, viele Fassungen von Lorettas Geschichte gelesen. Wahrscheinlich will sie dieses Buch nie wieder lesen! Clare Whitson stand mir mit ihrer Lektoratskompetenz zur Seite, als ich sie am dringendsten gebraucht habe.

Alex Allan und Tracey Turner schenken mir seit annähernd dreißig Jahren Liebe und Lachen. Sie haben mich nicht im Stich gelassen, als ich Fassung um Fassung schrieb, und immer weiter angefeuert. Vielen Dank für eure Freundschaft. Der Dank geht auch an Egle, der mit eigenen Augen gesehen hat, wie unordentlich ein Autorenbüro werden kann.

Raj ist der beste Partner, den ich mir je hätte erträumen können. Er hat sich nicht einmal beschwert, wenn ich um halb sechs aufgestanden bin, um zu schreiben.

Schließlich: Ein großes Dankeschön geht an Mum, die mir das Lesen beigebracht und dafür gesorgt hat, dass mein Elternhaus immer voller Bücher war; an Dad für seine stoische Ruhe inmitten der vielen Frauen, die ihn herumkommandiert haben; und an meine Schwestern Amanda und Tracy für ihre Güte und Verbundenheit.